中国少数民族文学发展工程
翻译出版扶持专项（民译汉）

苍茫戈壁

【著】那·希日呼（蒙古族）
【译】布和吉雅（蒙古族）

作家出版社

编委会名单

目 录

第一章　黑雾遮盖阳光
苦难降临戈壁

一、苦难中降生

秋风瑟瑟，戈壁开始变得苍凉荒芜。牧民忙着迁往冬营地。在额肯公北麓过了一秋的昆都仑忙着迁往哲里木冬营地。

“布赫！”他叫了一声牧马人布赫。

马桩旁修套马杆的布赫应声而起，掸了掸破旧不堪的蒙古袍，跑向昆都仑。

“主人，有什么事吗？”

昆都仑拿望远镜看着远处的天空，转向布赫：“早作准备，明天一早就迁吧！去北边草地放一放马群，别忘了装车！”

“我这就去赶回查干敖包图的马群！”布赫解开了绕着马桩不安分的栗马的缰绳，拄着套马杆飞身上马，奔向东南方。

昆都仑懒洋洋地绕着蒙古包收拾了点物件，推开蒙古包门进去前，望着绝尘而去的布赫，“这是个老实勤快人，这种人只能顺着性子使唤才行。听说他媳妇要生产了，无法一起迁走，到冬营地再说吧！”想着乱七八糟的东西推门进蒙古包时，妻子额尔顿朝古拉正在收拾家里的细软。

看见进门的昆都仓又望了一眼包外，面露不悦道：“布赫往东边干什么去了？再好的良马也折腾不起他那种骑法。”

昆都仓鼻孔里发出哼哼声，不屑道：“去赶东边的马群，总比明天到处寻找强吧！你呀，总是找别人的不是！”说完盘腿坐在黑幕日（蒙古包里迎门的一面），拿起大木碗大口大口喝起了铜壶里的奶茶。

“像要渴死的骆驼似的灌那么多茶，还不趁着有亮收拾东西！”额尔顿朝古拉斜眼瞅了瞅昆都仓。

“又不是第一次迁，哪次误了迁徙！”昆都仓说着从靴子里抽出玉烟袋，装了筒烟叶子，猛吸了起来。

昆都仓夫妻二人，丈夫倔强，妻子唠叨，像煮在锅里的两个羊头永远不会和谐相处。昆都仓小额尔顿朝古拉七岁，妻子的唠叨让昆都仓烦闷不已。富牧主嘎拉丹德木楚克的独生女额尔顿朝古拉在父亲“积富积财”的夙愿下，不仅继承了父母的遗产，也嫁给了有权有势又有财产的高勒苏木章京。但好景不长，苏木章京因病死去后只得改嫁昆都仓。苏木章京在世时，经常外出，家里靠昆都仓打理。苏木章京去世不久，额尔顿朝古拉哭哭啼啼，千方百计留下昆都仓过上了日子。昆都仓虽不怎么情愿，但想着苏木章京的财富，便遂了额尔顿朝古拉的心愿。“缺男人的你、缺钱财的我，各怀鬼胎的咱们俩半斤八两！称心就好好过，不如意就把你这唠叨东西扔到戈壁深处，到时还不得哭喊着求我！”昆都仓虽有此想法，但人在屋檐下不得不低头，只得认命了。

昆都仓五畜兴旺，只是缺少劳力。于是就把布赫一家迁来离自家营地不远处，让布赫放马，妻子通乐嘎放羊，布赫老母亲帮衬日常生活。

布赫来到昆都仓处有两年时间了，儿子五岁，一家四口人。布赫母亲年迈眼神不好，只能干一些日常杂活儿帮助带孩子。最近通乐嘎临近生产，身子沉重行动不便了。昆都仓从附近牧人家雇了个叫萨仁的小姑娘，又雇了“背耳朵”嘎拉桑来放骆驼。

布赫骑栗马，把马群赶到奥兰呼都格北麓返回家的时候正好是晚饭时间。昆都仓边吃边安排明天的迁徙。昆都仓计划着让布赫赶马群、萨仁赶羊群、嘎拉桑装车、自己赶牛群，明日一早动身。

辛未年九月二十五早晨。东方鱼肚大白，昆都仓一家喝完早茶开始装车。

天空格外晴朗。

望着晴朗的天空额尔顿朝古拉面露喜色道：“二十五要是天气好，下一个月都是好天气。今天长生天保佑我们呢！”

昆都仓说道：“别兴奋了，早上天气变化多，快动手装车，早点上路！”说完赶紧往五峰骆驼上载满了东西。

迁徙队伍出发了。

额尔顿朝古拉骑上黑骏马跟着车。

布赫到北边草场，下马紧了紧马鞍，望了一眼秋营地。他家的蒙古包孤零零的，像离群的孤雁。“留在这里倒没什么，只是希望全家人都平平安安！”嘟哝了几句去赶马群。

驼群和马群一起赶是件头疼的事情，收拢了马群散了驼群，收了驼群，马群又散了。布赫费了九牛二虎之力，太阳落山前穿过奥兰呼都格到达了冬营地哲里木。萨仁也赶着羊群到了营地。

布赫在冬营地东南收好马群，与萨仁回营地时，昆都仓已经搭起蒙古包，正在忙着做饭。吃毕，人们都靠哈那（蒙古包毡壁的支架）解乏。布赫没有享受这个空闲，他跨上他那赶了一天路的栗马，迎着夜色奔向秋营地。

大家迁走后，留在秋营地的布赫一家显得更加孤寂。通乐嘎身体出现了产前症状，肚子开始绞痛。婆婆乌云玛老人铺好褥子让通乐嘎躺下了。

家境不富裕的布赫与他母亲给富人当佣人过日子。布赫当佣人的时候认识了通乐嘎，产生了感情，组成家庭，支起炉灶过起了小日子。婚后第三年儿子苏和降生在这个穷困家庭。前年生的男孩又不幸夭折了，这让通乐嘎希望有个女孩子的愿望愈加强烈，想到马上出生的小生命，感觉肚子越发疼痛难忍了。

傍晚，通乐嘎肚子一阵剧痛。估算生产日子的乌云玛老人以防万一早就把柴火预备齐了。为了不让风吹着通乐嘎，老人用破烂毛皮堵住蒙古包的缝隙。这时候伴着通乐嘎的呻吟喊叫声，一声婴儿清脆的“哇”声响了起来。乌云玛老人剪了脐带，用旧蒙古袍包住孩子。眼神不好的老人未能看清是男孩女孩，包好后放在通乐嘎身边，忙着点炉火。

小苏和好奇道：“他像我一样吗？”他目不转睛地盯着襁褓中的婴儿问他奶奶。

“奶奶还没顾上看呢，听哭声是女孩子！”老人边忙活边说。

萨仁没来以前通乐嘎一直跟着羊群，所以母女身体都非常瘦弱。

“今晚布赫能回来吗？”盼着丈夫归来的通乐嘎说。

用炒米、干果条准备晚饭的乌云玛老人说道：“谁知道呢，驼群和马群一起赶是件苦事。再说额尔顿朝古拉不会那么容易就让他回家的，饱汉不知饿汉饥！昆都仓倒是受过苦的人，也许能体谅穷人！”

正在这时，躺在蒙古包跟前的黑狗嘎尔吉嗅到了什么味道，“汪汪”叫着跑向西北。

“儿子是不是回来了？”乌云玛老人摇晃着站起来蹒跚着走出蒙古包。

苏和比他奶奶先跑出包门，听了会儿动静，指向西北：“奶奶，那儿——爸爸骑的栗马的马蹄声，一定是爸爸回来了！”话音刚落布赫骑马奔到了蒙古包前。

苏和揪住父亲的衣襟："爸爸，我有弟弟了！"

"真的吗？"布赫疾步走进蒙古包。

"儿子回来了？我们几个羸弱的人可是急得不行，苍天保佑通乐嘎顺利生产了！"乌云玛给布赫递过奶茶。

"顺利就好，我把马群放在营地就急着回来了，生了男孩还是女孩？"布赫用期待的眼神望着通乐嘎问道。

"还不知道呢，怕风吹着生下来就包住了。哭声细长，应该是女孩子！先把家烧暖和了再看吧！"老人往炉子里添了柴火。布赫往锅里加了水，紧盯着孩子看。

通乐嘎轻轻推了推布赫："你呀，就这么亲？还没给孩子洗身子呢！男孩帮你，女孩子还能帮我。"

"男女都是咱们孩子，都是咱们的活宝！"布赫脸上洋溢着笑容。

水开了，布赫喝完奶茶忙着堵塞蒙古包的缝隙。布赫灌水的时候乌云玛老人往壶里放了些盐。

"盐？"布赫好奇地问。

乌云玛老人说道："盐是净化物，能使孩子的皮肤又结实又柔软！"

炉火烧暖和了蒙古包。老人解开襁褓，婴儿乱挥着小手细声哭了起来。

布赫帮着母亲解开包裹，情不自禁道："是女孩，苍天遂人愿！"

乌云玛老人叹口气："苍天保佑！拉扯大一个孩子不易呀，你东跑西跑总不在家，通乐嘎又放羊，我们三个老弱守在家里。心想事成了，好日子会来的，贫富无常——"老人语无伦次。

犯困的苏和依偎奶奶的被褥早已进入了梦乡。老人给孙子盖了件羊皮大衣。

布赫一家虽然孤零零留在了秋营地，但此刻破旧的小小蒙古包洋溢着欢乐和喜悦。

明天一早要回去的布赫想休息一会儿，便躺下了。“不守着马群就私自回家，马叫狼叼去了怎么办？”布赫正迷糊间，耳边传来额尔顿朝古拉的怒吼声。布赫跳了起来，原来是场噩梦！他掀开门帘，看到了远处山丘模糊的影子，天快亮了。布赫心跳加速，耳边还响着额尔顿朝古拉阴阳怪气的怒吼声。

乌云玛老人说道：“要回去了吗孩子？喝完奶茶再走吧！”

布赫靠近母亲身旁：“妈！早些动身呀，怕马群散了找不回来。”说完加厚了衣服。布赫对母亲没有提起刚才的噩梦。

满腹狐疑的布赫走到门口：“把家烧暖和些，别让寒风吹着，主人要高兴明天我兴许能回来。”

布赫拿起套马杆，解开了栗马的绊马绳，套上了马鞍，飞身上马奔向额肯公北麓。阴天的寒风吹得格外冷。刚才的噩梦又进入布赫的脑海使他不由胡思乱想，祈祷着马群还在原处。

晚秋的天气变化莫测。西北风阵阵袭来，刮起了风暴。一到秋天戈壁风就格外强劲。布赫鞭策栗马全速奔向哲里木冬营地。远处的山丘在雾霭中若隐若现。布赫赶到营地的时候，驼群都在，这让布赫稍稍放了心。马群四散，布赫收拢马群发现少了几匹马。布赫环顾四周，东边有一群马，他奔向东。

早上的噩梦此时又钻进脑海。“这梦不会是真的吧？不，梦是反的！马群安在就好，佛祖保佑……”布赫思绪乱糟糟。奔到哲里木南面看见了顺风跑散的几匹马。一群乌鸦“呱呱”乱叫。“完了，肯定是狼叼了马驹！”布赫发现少了枣骝马刚下的黑马驹儿。枣骝马发出悲鸣的叫声。“这回肯定要赔马驹了。额尔顿朝古拉是个又自私又小气的人，她要是知道了，肯定要扣我一年的工钱。我是请了假才回去的，兴许会轻罚……”布赫不由得胡思乱想。见血的群鸦正在狂欢，地上只剩下小马驹的骨头。

布赫仔细寻找狼脚印，没落乌鸦的地方发现了狼脚印。狼逃向了东北。风暴中若隐若现的狼脚印告诉布赫，狼还没跑远。“不会放过你这个畜生！”布赫暗自咬牙，循着狼脚印追赶。狼过了沙丘进入了丛林密布的盆地。戈壁的风越吹越猛。布赫刚进入盆地，一匹大灰狼惊起向北狂奔。“就是你这祸害吃了我一匹马驹，看你还能逃出我的手掌心！”布赫边想着边快马加鞭从西边绕向北，截住狼的逃跑路线，灰狼转身跑向东北，“趁着狼还没吐出食物前抓住，吐了食物的狼跑得会更快。”布赫又加快了速度。追至哲里木东边，长满盆地的蒺藜刺破了狼蹄，疼痛难忍的狼再也跑不快了。布赫靠近狼，甩出了套马杆，套马索正套住了狼脖子。布赫往后全力扯紧套马杆，狼挣扎着倒地。从小熟悉马匹的布赫没给狼翻身起来的机会，掉转马头狂奔起来。栗马配合着主人加快了速度，奔出半里后狼不再挣扎。布赫下马一看，狼早已一命呜呼了。

布赫虽然失去一匹马驹，但惩罚了凶手，心情愉快。“俗话说，‘路上遇狼，凡事皆成’！除掉一匹狼，等于拯救了一群马。快回去告诉主人！”布赫收拢马群，穿梭在雾霭中奔向营地。

天越发阴沉，乌云密布，下起了雨夹雪。

累了一天的昆都仓起床较晚，正喝着早茶。

额尔顿朝古拉翻着白眼：“天阴沉，远处模糊，去看看牲畜吧！布赫昨晚把马群扔在外边回家了，早上肯定回不来。”

昆都仓不悦道：“昨晚狗叫得厉害，东南方向还有狼嚎声，布赫要是没回来我再去看看。”

昆都仓爬上营地的东北山头，拿望远镜望向东南。风暴太大，远处的景象看不清楚。驼群和马群还能依稀看见模糊影子。正在这时，西边的群马合到大群里。“布赫回来收拢马群呢，这么冷的天还是回屋喝茶的好！”正要转身进蒙古包的昆都仓看见收拢马群后布赫全速奔向东北。布赫身影渐渐消失在风暴中。“狼叼了牲畜了！”昆都仓猜到了八九分。

昆都仓二十岁的时候给富人放骆驼也碰到过一次睁不开眼睛的大风暴。寻找随风走失的一群骆驼，夜宿野外。第二天找到骆驼的时候，狼吃了一个驼羔。雇主大怒，斥责昆都仓丢了一峰骆驼，马鞭无情抽打在昆都仓的头上，鲜血顺着脸颊直淌，疼痛难忍，十余天后才愈合。“佣人永远没有好名声！”昆都仓嘟囔着快走到蒙古包门时，看见远处布赫从哲里木北边奔了回来。

额尔顿朝古拉跑出蒙古包：“站在风口干什么呢？还不去收拢畜群。布赫怎么还没有消息？马群和驼群回来了吗？”

额尔顿朝古拉唠唠叨叨，昆都仓没有理睬。

“你看见什么了？像个木雕似的！”额尔顿朝古拉大声吼道。

“布赫赶着马群回来了。”

“哪里？”额尔顿朝古拉眯缝着眼睛，眺望远处。风暴肆虐的天气无法看清远处的景象。

“没看见呀！”额尔顿朝古拉气急败坏地叫道。

“看见畜群近了，狼可能叼了牲畜！”昆都仓边等布赫边说道。

听到“狼”，额尔顿朝古拉厉声骂道：“狼？破烂臭乞丐让狼叼了牲畜？刚迁到冬营地不守着畜群就急着回去守他老婆，要扣他半年的工钱！”

饱尝苦难的昆都仓是个明白人。看着无理取闹的额尔顿朝古拉说：“布赫媳妇快生了，他是着急，不回去不放心。出了事别人会戳咱们俩的脊梁骨骂的！你呀，心胸狭窄，对佣人太苛刻，他们也不易！他们还不是给咱们干活？你我靠谁过着安逸的日子？”

昆都仓正给额尔顿朝古拉讲道理的时候布赫赶来下了马。

“天空阴沉，畜群还好吧？”昆都仓望着布赫问道。

“畜群都在，只是狼叼了黑马驹儿了！”布赫低声回道。

“是呀，昨晚狗吠狼嚎，闹了一晚！”昆都仓平静地说道。

额尔顿朝古拉骂道：“刚迁到营地就不守着畜群，马驹也是牲畜。你又不是新婚第一天，着了魔似的跑回去干什么？”

昆都仓怒对额尔顿朝古拉：“布赫不回去能行吗？他媳妇马上就坐月子了。连个石头都不会下的人，还对别人说三道四……”

昆都仓转身对布赫说：“家里好吧？通乐嘎快生了吧？明天把他们接过来吧！要这么分神的话，狼会吃掉更多的牲畜。”

“昨晚我回去的时候已经生了，幸好回去了！”布赫道。

“你看，布赫要不回去，你让那几个老弱怎么办？真是饱汉不知饿汉饥！”昆都仓生气地对额尔顿朝古拉说完，转身对布赫说道，“进蒙古包喝点热茶暖暖身子。”

昆都仓早猜到布赫已经把狼杀了。

“几匹狼？逃向哪个方向？”额尔顿朝古拉问道。

“一匹大灰狼！”

“不能用狼夹子吗？”昆都仓明知故问道。

“不用了！”

“为什么？不能放了那匹狼，还会回来吃牲畜的！”

“我尾随狼，在盆地中用套马索消灭了它！”布赫讲述了杀狼的过程。

昆都仓故意惊讶道：“布赫你真行，真是‘有来无往非礼也’，除掉了牲畜的天敌。”大家说着话进入蒙古包。

额尔顿朝古拉从小没吃过苦，过惯了衣来伸手饭来张口的日子，从不知苦难穷困的滋味。虽然心痛马驹，但是碍于昆都仓的面子和布赫除掉了灰狼，再也没说什么。

布赫喝了奶茶吃了奶油拌炒米饭，身子暖和了，解了乏。

昆都仓说道："多吃点，身子暖和后一起去剥狼皮。幸运神保佑布赫呢，刚生了千金，又除掉恶狼，是咱们戈壁上的好汉呀！"

心中十分不悦的额尔顿朝古拉翻着白眼，没有吭声。

临近中午天空越来越阴沉，雨夹雪纷纷落下。萨仁早出去放羊了，"背耳朵"嘎拉桑也出去放骆驼了。

布赫、昆都仓为了剥狼皮在雨雪中奔向哲里木北。额尔顿朝古拉因丢了小马驹闷闷不乐，往炉子里添柴火，突然想起了件事。"不知道布赫杀的狼是公狼还是母狼？公狼对我这不孕不育症有疗效，狼的全身都是宝贝。不知道昆都仓知道不？布赫愚蠢肯定不知道。狼皮异常暖和，狼皮褥子舒适暖和。"想着事推开了蒙古包门，望向远处。

雪覆盖了大地，更加看不清远处。布赫、昆都仓骑马赶到了狼尸旁。昆都仓转着狼尸看了看，便把马羁绊在离狼尸较远的地方。

"这是个叼惯了牲畜的狼！"布赫仔细观察狼发现黑色的狼毫又高又粗，"这种狼单独或两个结伴，被盯住的牲畜很难逃脱，而且这种狼力气大得惊人！"

昆都仓惊讶道："以前杀过这么大的狼吗？"

布赫激动地说道："别说杀了，见的都少。人都说这种狼厉害，以前掏狼窝，抓过几个狼崽子。"

"今年你可风生水起，不仅生下了千金，还除了狼害。真是双喜临门，好兆头！"

"剥狼皮吧，秋天动物的皮容易撕裂，你手脚麻利，你来剥皮吧，我帮你！"昆都仓帮着清理了狼身上的冰雪，布赫抽出随身携带的刀开始剥皮。

风力渐渐加大，刮起了白毛风。

狼皮剥完了。

昆都仓看着狼：“划开狼肚子看看，到底吃了多少？”布赫轻轻一划，狼肚子流了出来。黑马驹的毛皮还没被完全消化。昆都仓本意是想看狼到底吃没吃马驹才剥开的狼肚子，他才不关心狼吃了多少肉。

“真是个大家伙，连皮带毛都吞进肚子了，它也受到了惩罚。我们回吧！你马老实，驮上狼皮！风暴越来越大，把马群往营地赶一赶，晚秋的大雪会带来大灾。”昆都仓说着走向马。

布赫驮上狼皮，狼头直扫地。布赫拽着马缰绳，骑上略受惊的栗马，向马群疾奔而去。昆都仓的马因受惊，不敢靠近布赫的栗马。

昆都仓、布赫、嘎拉桑把驼群和马群收拢到营地前面的草丛中，回到了蒙古包。萨仁帮着准备晚饭。昆都仓摘下帽子，告诉额尔顿朝古拉传说般的除狼故事。

额尔顿朝古拉假笑道：“不错，不过以后你们可要注意了，都警觉一些，虽然除了一个祸害，但不知还有多少狼呢。”至今额尔顿朝古拉还有些后悔没有及早提醒他们。

晚饭后，风雪有所减弱。云淡的地方太阳露出光。

昆都仓和额尔顿朝古拉整理了蒙古包外的东西。

昆都仓进入蒙古包对布赫说道：“今晚你回去看看吧，大风雪中不知通乐嘎几个老弱怎么样了？换个马骑，这里有我们呢。后天回来吧，通乐嘎坐月子，现在无法迁徙。过了十月二十五，挑选晴朗暖和的日子再迁来吧！”

昆都仓跟着布赫走出蒙古包，给布赫换了一匹绛紫色的走马。虽然没有栗马的速度，但是一匹老实的走马，放在家门也不会走远。布赫顺着风，骑向额肯公。

昆都仓给了三天假，不仅是对布赫除掉狼害的褒奖，这也是昆都仓的驭人之术。得了雇主赏赐，布赫心情愉快，哼着小曲：

骑上黄骠马
奔向故乡土
亲朋齐团圆
举杯乐悠悠

乌拉特戈壁上流传甚广的民歌《黄骠马》悠扬的旋律在戈壁回荡。

太阳落山，大地漆黑一片。布赫赶到了额肯公。看家狗嘎尔吉跟在布赫的身后摇着尾巴。

通乐嘎听见狗叫声，对婆婆说道："狗叫呢，来客了吗？"

乌云玛老人奇怪道："这么大的风雪，谁会来？布赫回来了吧！"话音刚落，布赫掀开蒙古包门走了进来。

乌云玛老人喜道："儿子回来了，这么大冷天冻坏了吧？快靠炉子暖和暖和！"老人给炉火加了干牛粪。布赫倒了一碗热奶茶，坐在炉火东侧大口喝了起来。

"我宝贝女儿干什么呢？"布赫探身欲要亲。

通乐嘎轻轻推开布赫，微笑道："冷飕飕的别亲我女儿，等暖和透了再亲！"

苏和黏着布赫撒娇："我妹妹可爱极了，以后领我妹妹玩儿！"

乌云玛老人说："幸好儿子回来了，畜群没事吧？"

"没什么事，狼叼了一匹小马驹子！"布赫失口道。

"佛祖呀，要赔偿吗？这一年又白干了？"老人颤声道。

“不用担心，我除掉了狼，是戈壁上最厉害的狼。上苍保佑添了女儿又除了狼害。以后日子会越来越好！”布赫安慰着母亲。

“哦，那可能不会被惩罚了！”老人祷告着。

通乐嘎因生了女儿，心情愉快，微笑着看布赫。

布赫笑容满面：“你们不要着急，昆都仓对我很好。他妻子有些不高兴，不过也没说什么。等通乐嘎出月子的时候，挑个好日子迁过去，到时候嘎拉桑他们来帮忙。我也会经常回来，注意别让孩子受冻生病！”

“给孩子起了什么名字？”

“才出生的孩子不着急起名，等出了月子再起吧。会有好名字的！”老人亲了亲孙女的小脸蛋。

“没名就是昂嘎海！”

小苏和拽着父亲的衣襟：“昂嘎海是什么？”

“昂嘎海是刚孵出的小鸟！”通乐嘎解释。

布赫亲了亲喋喋不休的儿子。

夜幕降临，蒙古包外伸手不见五指。从秋营地的小蒙古包里不时传出欢笑声，孤寂寒冷中的一家人感受着无比的温馨。

高兴的夜晚过得快。

第二大风暴停了，戈壁更加苍凉。大家迁走后除了布赫一家外，再无人烟，只有鸟鸣声和一闪而逝的野鹿的影子诉说着这片戈壁还存在的些许生机。

戈壁天气变化多端。有时一天变化好几次。早上还风和日丽，到中午时冷风猛吹，刮得蒙古包内呜呜作响。布赫用沙袋加固了蒙古包，架木也挂上了厚重的沙袋。趁着两天的假，布赫准备好了充足的干牛粪、柴火，修缮固定了蒙古包。

来到人间的小生命都是父母生命的延续，但都伴随着无法预知的苦难。布赫女儿来到这世间，还没有感受人间冷暖先感受到了大自然的冷酷。天气越来越冷，蒙古包更加阴冷无比。缸和器皿里的水都冻成冰坨。通乐嘎为了不让孩子受冻，给加盖被褥，但孩子冻得脸青紫，小女孩儿在母亲怀里哭闹不停。古语说得好，“男人是顶梁柱，女人是持家宝”。布赫虽说隔三岔五回来一趟，但照顾家里的时间不长。照顾全家的重担无情地压在通乐嘎身上，照看孩子，还得缝补全家人过冬的衣服。

只有穷人才会体会穷人的苦。通乐嘎的月子一天没安稳过，忙这忙那眼看到了出月子的日子。天还没亮，通乐嘎起床点了炉火，烧水熬茶的时候，狗叫声传来。原来布赫他们牵着骆驼回来，正在蒙古包前下驼下马。今天他们来迁走布赫一家，昆都仓牵来了五峰骆驼。

戈壁的风雪持续了几天。

昆都仓望着灰暗的天空：“通乐嘎快出月子了，茫茫戈壁上扔下那几个老弱，冬天会出事的。赶紧想办法把他们迁过来！”

额尔顿朝古拉沉默片刻：“明天天气会好的，黎明前领上布赫、嘎拉桑去，早点把他们迁过来！”

昆都仓微笑着看了一眼额尔顿朝古拉，心想，“我的媳妇还是通人性的！”

额尔顿朝古拉突然厉声叫道：“你们都走了，谁放这么多牲畜？”

“让萨仁骑上老实安分的绛紫马，放羊的时候顺便照看着其他畜群。再说你不能放驼群吗？大家忙的时候你也得出些力。”昆都仓生气道。

昆都仓前一天晚上没有休息多长时间，领着大伙便奔着布赫家出发。

上天保佑，天空格外晴朗。喝足热奶茶的人们开始装东西。东西虽破烂不堪，但是居家过日子都是宝贝。大家装完车的时候快到中午了。

因冬营地人手不够，装完东西昆都仓急着回去了。

通乐嘎抱上孩子，骑了匹老实的老马。乌云玛老人也骑上一峰老骆驼抱着苏和。嘎拉桑牵着骆驼，布赫照看东西，大伙儿往昆都仓的冬营地出发。

天气暖和，大家心情舒畅，安心赶路。

布赫整理着歪斜的包裹，扯开粗犷的嗓门：

乌仁唐乃梁北麓降生的栗色骏马
乌拉特戈壁三旗闻名的栗色骏马

唱着乌拉特民歌《乌仁唐乃梁》。

大伙儿有笑有唱，太阳落山前赶到了昆都仓的冬营地。在昆都仓的大蒙古包西北角搭起了自家的小蒙古包，收拾好了东西。通乐嘎在昆都仓家给孩子喂奶，额尔顿朝古拉脸色难看，和通乐嘎象征性地打了招呼。额尔顿朝古拉至今没有孩子，不愿跟人谈论孩子，看到坐月子的人会从心底厌恶。

缘定富贵达官门
穿金戴银享无边
若是家庭不和睦
苦恼烦事终不断
虽嫁贫民百姓家
吃糠咽菜受苦难
若是夫妻恩爱深
幸福快乐无穷尽

布赫搭好自己的小蒙古包，比搭了八面哈那的大蒙古包还高兴。烧旺了炉火到昆都仓家接回了一家老小。

布赫一家刚走，额尔顿朝古拉扫了地煨了桑。

“抽哪门子疯？弄得家里尘土飞扬的！”昆都仓不悦道。

额尔顿朝古拉白了一眼昆都仓：“坐过月子的人身上脏，难道你喜欢？”

昆都仓生气道：“你是从石头缝里蹦出来的吗？不要欺负受苦的人。他们还给你放牧呢，就你这德行什么人愿意跟你共处？‘马花耐看，碗破人嫌’。多想想人的好处！”

额尔顿朝古拉受了一顿责备，怒不可遏，尖声吼道：“随心了我用，不愿意我就赶走他们！”

昆都仓猛地站起：“想撵我走吗？虽不是正儿八经娶的媳妇，但你是愿意过日子才来的。嫌我穷，带来的牲畜少？那你去找五畜兴旺、财富满地的人呀！”夫妻二人的吵架声时低时高地持续着。

朱拉月（阴历十月—佛灯节）二十五前昆都仓杀了肥羊，准备迎接吉祥日。叫布赫、嘎拉桑、萨仁帮衬，大家一起吃了羊肉。

布赫杀了一只老羊。朱拉月二十五是吉祥日，也是通乐嘎出月子的日子。布赫煮好了羊肉，摆上了奶食品，又把多年珍藏的酒拿了出来。

布赫到昆都仓蒙古包：“孩子要满月了，请主人给赐名。放牧前来请您了！”

昆都仓、嘎拉桑、萨仁等人都赶到了布赫的蒙古包。额尔顿朝古拉守着自己的蒙古包，不去布赫家。

布赫恳请道：“夫人您赏光，孩子要满月了，请您赐福！”

“我又不是活佛高僧，赐不了福。最近身体有些不舒服，你回去办好宴席吧。不要误了放牧！”额尔顿朝古拉冷冷地回道。

布赫无奈返回。

昆都仓坐在主位，其余人都入了座。敬过奶茶，尝过奶食品后，布赫在银碗里斟满美酒敬客人说道：“今天给孩子取名字，劳烦大家了！”

乌云玛老人说：“合属相的人起名更好，不知谁是合属相的人？”说完老人望着萨仁，“你是属什么的？”

“属猪，今年二十一！”萨仁答道。

“正好和我孙女合属相，羊猪兔年生的人合属相。年纪最小又合属相，萨仁你来起名吧？”老人合掌念叨。

萨仁沉思了会儿：“刚孵出的小鸟叫昂嘎海，女孩儿长得像昂嘎海般可爱！就叫美丽的孔雀‘陶格斯’吧，可以吗？”望着老人。

“好名字，就叫陶格斯！”大家异口同声道。

乌云玛老人从箱底掏出些冰糖，放在哈达上祝福道：“聪明乖巧的女孩子你给我孙女起了美丽的名字。愿孩子你长命百岁！”

萨仁忙站起身按乌拉特习俗弯了三次腰接了哈达。

布赫用小指敬献奶油，点在孩子的额头，祝福道：“陶格斯！乖巧的孩子，健康茁壮地成长吧——”

就这样，乌拉特戈壁上陶格斯的故事拉开了帷幕。

放羊时间一到，萨仁急忙吃早饭放羊去了。余下的人举杯畅饮，昆都仓、嘎拉桑喝高了，声音也大了。嘎拉桑因耳朵背，人们叫他“背耳朵”嘎拉桑。跟他说话都要大声，有时大声喊才能听得到。嘎拉桑黑脸、身材矮小、性格直爽、话语不多，干起活来像骆驼般有耐力，经验丰富。跟他老母亲和弟弟三人生活。今天嘎拉桑高兴喝多了，脸通红，话也多了。昆都仓也喝多了，骂着他的老婆：“她这是享福享过了头儿。我积攒的财富让她挥霍无度，她是骂骂叨叨、不合群的人……”不停地举杯……

紧邻昆都仓蒙古包的布赫一家虽然增加了人丁，日子没有太大的变化。布赫每天放着马群和驼群。萨仁受雇到别处后，通乐嘎放羊，老人照看两个孩子。通乐嘎放羊回来前，老人喂两次奶，小孩子还是饿得厉害。布赫养了一头母驼，晚上拴上驼羔，第二天挤驼奶给陶格斯喝，也还算够吃。

日子一天天地过去了。陶格斯长得越发可爱，成了父母和家人的掌上明珠。穷苦的日子是难熬的。多了一口人担子也越来越重。五口人的吃饭穿衣是棘手的问题。人来到这世界，应尝尽酸甜苦辣。这才是生活！

二、布赫一家的苦难遭遇

1934 甲戌年，戈壁的冬天格外寒冷。暴风雪持续肆虐戈壁，牧区情况糟糕透了。大雪封盖了戈壁，畜群没处吃草，牧民的处境越发困难。

布赫一家离开了昆都仓。苏木章京下令，让布赫给旗扎萨克（清代官名）的直系弟弟秃子巴拉丹家当佣人，布赫一家迁到了巴拉丹近邻。

秃子巴拉丹的头上剩下了数也能数清楚的寥寥几根头发，巴拉丹脸色铁青、鼻子高翘、嘴巴永远噘噘着、眼睛眯着，身体强壮。巴拉丹虽然长相不出众，但过日子却是把好手。妻子德格德格小巴拉丹十岁，是穷苦牧民却里布的女儿。德格德格年轻时欺下媚上，看人下菜，人们讽刺她叫“坏脾气的德格德格”。秃子巴拉丹家牲畜多，有四匹公马的马群、百余峰骆驼、二百多头牛、六百多只羊，五畜兴旺，是戈壁上有名的富人。五畜兴旺的巴拉丹虽然富有，但吝啬，常压榨佣人，只知索取不知奖赏。

自雇过来布赫一家后，布赫放马群、通乐嘎放羊，连小苏和也得照看羊羔牛犊。俗话说：“穷人的命犹如在刀尖上！”真是至理名言！布赫的日子雪上加霜，命运更加多舛了。

秃子巴拉丹父辈几代人都生活在阿都高勒、扎马谷恩。冬天在阿都高勒过冬，夏天则迁到扎马谷恩。人们叫巴拉丹是“冬眠在阿都高勒、过夏在扎马谷恩”。巴拉丹在这两个地方称王称霸，不允许他人踏足。

通乐嘎把陶格斯交给乌云玛老人，每天出去放羊。草场是一片宽广且长满了茂密锦鸡草和丛林的草场。西界包特德梁，东临套布查图、套日勒图、嘎顺敖日布格。在这么宽广、茂密的草场放羊没有马，通乐嘎苦不堪言。为了生活、为了孩子们，通乐嘎咬牙坚持。“天下乌鸦一般黑”，秃子巴拉丹比额尔顿朝古拉还坏十倍。干好干不好少不了挨骂，定下一堆规矩。巴拉丹骂完一次佣人，十天半月见不着人影，家里由妻子德格德格做主执行规矩。

乙亥年，刚入春便开始刮起了风雪，戈壁被干旱侵袭。巴拉丹让他弟弟放马群，让布赫去放牛。旱季放牛是让人头疼的差事。旱季草长得短，不适合牛吃。“不让牛吃饱，产奶量越来越少，奶牛都瘦成什么了？”巴拉丹天天喝骂布赫。

冬天暴风雪肆虐，戈壁苍茫一片。旱了一年的草场留不住牛群，布赫疲惫不堪。他起早给牛群饮水，饮完后放到草场，再去护理瘦弱的牛。到了晚上，寻暖和避风处收好牛群才敢回家。冬至后天气更加寒冷，连续下了几天的大雪，草被大雪覆盖，布赫放牛快要累断了腿。

风雪交加的一晚，布赫把牛群收在巴拉丹家冬营地西南方向的芨芨草盆地后趁着夜幕回家。简单吃喝后筋疲力尽的布赫倒头便睡。黎明时通乐嘎起床煮了奶茶叫醒了布赫。

布赫穿戴整齐出了包门，外面的世界已被风暴吞没。布赫叹了口气：“唉，老天要人命！”低声嘀咕着反身进蒙古包，“看这天气，我得赶紧回去！昨天的牛群今天该走到阿日山图北、翁查图了。今天要是继续顺着风走，现在必须去收拢往回赶，不然今天会夜宿野外了！”说着加厚了衣服，跑了出去。

巴拉丹家的畜群数目众多，巴拉丹要求把瘦弱的牲口留在营地，剩下的在营地外过夜。这使布赫疲惫不堪。

布赫换骑了骆驼赶到芨芨草盆地没有见到牛群。风暴太大无法看清蹄印。“牛群肯定顺风跑远了！”布赫猜想着便顺着风向，加快了追赶的速度。布赫骑的骆驼是一峰老骆驼，速度慢，就这样不紧不慢地往前走，沿途看到了几头牛犊跟母牛站在避风处。布赫到古日斑哈西雅图西边空旷地，又看见了几头落群的牛。找不到头牛就找不到整个牛群。布赫观察模糊的牛蹄印，通过了哈西雅图的东边，依然不见牛群的踪影。布赫站上高高的山丘四处张望，看见东北方向依稀是牛群的样子，但似乎像是别人家的驼群。布赫骑着慢吞吞的老骆驼循着牛群印迹继续顺风寻找。到了下午虽然风暴减弱，但冷劲儿依然。布赫的眼毛结霜，胡子粘在嘴唇上，冷风浸透了骨头。布赫寻到哈布塔盖梁，风暴中在哈布塔盖梁东边草地中有黑色影子忽隐忽现。“应该是我的牛群！”布赫骑驼走近一看，真是他的牛群。

找到牛群后，布赫赶紧回赶头牛，牛群已走过了大半个哈布塔盖梁。戈壁牧民把这片人烟罕至的地方叫“死亡梁”！是一片“通过梁的人，夏天渴死，冬天冻死”的荒凉无人的宽广区域。布赫回赶牛群，但逆风的牛群不按布赫的意愿顺利回走。又累又冻的布赫下了骆驼，找了避风处稍暖和了身子重新上了骆驼。“越急越乱！”走累的老骆驼也不肯往前走。布赫只得下了骆驼，赶着牛群，费了九牛二虎之力穿过了这片“死亡梁”。布赫重新骑上骆驼赶着牛群，天擦黑时看到了一户人家的蒙古包。“今天在这儿过夜，不然会冻死在野外！”布赫赶着牛群靠近了蒙古包，看见蒙古包的牛群也加快了脚步。走近蒙古包，看家狗狂吠起来。从蒙古包出来的汉子看见布赫和他的牛群，便叫住狗，帮布赫收拢牛群。

布赫说道：“您好！”

那个汉子回了礼。

俩人把牛群收放在蒙古包前避风处后进入了蒙古包。

“您怎么称呼？这么大的风暴……”汉子问道。

“布赫！秃子巴拉丹的牛倌儿，差点冻死在这里！”布赫摘了帽子推开包门掸掉了上面的雪。

“快喝热奶茶，暖暖身子！”汉子递上奶茶。

这家是和日暮东边盆地过冬的宁布家，也是贫困人家。布赫喝了几碗热奶茶，身子暖和了。

布赫叹道：“给人当佣人和饿狼结伴一样。牛群顺风走到‘死亡梁’，能活着赶到这儿老天也算开眼了！”

“人们都说秃子巴拉丹苛刻，碰上了他，怪可怜呀！”宁布又给添了茶。

宁布妻子忙着准备饭菜。老实安分的她煮肉的间隙照看着布赫的牛群。

宁布打开柜门，拿出了一瓶白酒，斟在木碗里：“哎，冬天赶路的人，喝上几口，身子会暖和。你要是没赶到这里，在哈布塔盖梁肯定有你受的，真是冒失呀！老弟今年多大？”

“三十四！”

宁布点了点头羡慕道：“小我十岁，年轻人还是强壮有力！”

“喝酒吧！”宁布继续劝道。

布赫酒量不大。过年过节偶尔喝上几杯，平时滴酒不沾。今天一路受冻，多喝了几杯。几杯酒下肚，身子开始发热。“真是户好人家，虽然穷，心眼好！”布赫边想边仔细观察蒙古包内。几个小孩子靠蒙古包里侧睡得正酣。

宁布说：“我虽然牲畜不多，但是孩子不少，七个孩子应了北斗七星。大女儿已经出嫁了，大儿子在诺颜仓（官仓）放马，家里还有三男两女，慢慢也会长大的！”慈祥的笑容堆满脸上。

“老人说‘积财不如积人’，做这么多孩子的父亲真不易呀。我也是儿女双全，妻子又怀孕了——”喝高了的布赫打开了话匣。

吃喝完后布赫出去看了牛群，牛群躺在草地上安静地反刍。布赫心里忐忑不安，路上有几头瘦弱的牛犊和母牛没能跟上牛群。“不知现在怎么样？不会被狼叼了吧？”布赫叹了口气。

宁布道：“找到牛群安全回来了，还叹什么气？”

布赫又叹了口气道：“哈西雅图那儿有几头牛没跟上牛群，不知死活呀！”

宁布说道：“这么大风暴也说不准，无论如何现在没有办法，要是路上再出事就更麻烦了。进蒙古包睡觉吧！”说着走进蒙古包给布赫铺好了被褥。

布赫决定睡觉。“天塌下来也得受着，听天由命吧！”布赫准备脱靴子，靴子无法脱掉，费了很大劲脱下了，脚又肿又痛。

宁布奇怪道：“老弟，你不会冻脚了吧？”

“没事儿！”布赫躺下睡觉了。

戈壁冬天的风雪是家常便饭。牧人虽然习以为常，但要带着牲畜过一冬，也是头痛万分。

天没亮，布赫醒了。布赫多年养成的习惯到点便醒。布赫的一只脚针扎似的又麻又疼，穿不进靴子。布赫疼痛难忍：“哎哟哟……”叫出了声。

宁布坐起，问道："老弟怎么了？"

布赫摇头道："一只脚冻坏了，穿不进靴子，疼得厉害！"

宁布热了热酒，热敷擦脚，说道："老弟，冻得严重了！昨天刚来时用雪揉搓就好了，以毒攻毒。今天走不了了，脚这样了，怎么赶牛群？"

布赫看着脚："脚断了也得走，瘦弱的牛要是死了，秃子巴拉丹会要了我的命！"好不容易穿上靴子，疼得无法下地行走。

宁布和妻子力劝布赫留下，布赫想走也是无法走动。

宁布对妻子说道："你出去看着牛群，别又让顺风跑了，等天气好转再放出去吧！"

宁布对他的二儿子道："你叔叔走不动，你去古日斑哈西雅图，阿日山图梁，把留在那儿的几头牛赶回来。那地方离这儿远，快去吧！"

宁布二儿子叫巴雅尔，骑了一峰骆驼，按着布赫指的方向出发，过了中午便赶了回来。

"叔叔，盆地的芨芨草丛里冻死了三头牛。阿日山图北边冻死了两头牛犊，母牛状况也不好！"十八岁的巴雅尔把看到的不幸告诉了布赫。

布赫吓得丢了魂儿似的瞪大眼睛："完了——真的天塌下来了，这一年又白干了——"

酩酊大醉的秃子巴拉丹十几天后回家来了。听妻子说布赫两天没有回来后，他那几根头发立起来，吼道："布赫大概冻死在哈布塔盖梁了，快派人去打探消息。不好好看着牛群让跑了。"

德格德格一副满不在乎的样子："牛群风暴中顺风跑了，布赫要是没冻死，肯定在别人家。牛群全部回来是不可能了，瘦弱的肯定都冻死了！"

一副心满意足的嘴脸更让巴拉丹发慌，说道："大风暴中顺风跑的畜群什么时候走不动才会停下来。哈布塔盖梁、巴彦宝日戈壁，还有东边几个苏木，甚至很可能走到了达尔汗贝勒旗、茂明安。在东边丢的畜群很难找回来。一百多头牛，全回来是不太可能了，饭桶布赫要是跟在牛群后边冻死了就更麻烦了！旗扎萨克衙门、盟扎萨克衙门哪个都会加罪惩罚我们的。再说，我哥脸上也不好看！”

巴拉丹叫来驼倌嘎日布，吩咐道：“明天一早去找牛群！布赫今晚要不回来，肯定出事了。沿路打问，到巴彦宝日戈壁那儿要是还没信儿，你就赶紧回来，再多派几个人去才行！”下了死命令。

“骆驼怎么办？”嘎日布问。

“骆驼能怎么样？风雪天躺着，天气转暖了逆风吃草。这么多人，你还操什么心？快去准备！”

布赫两天没回来，这让通乐嘎坐立不安。风力虽减弱，但寒冷依旧，风暴持续。“不会——”有不好预兆的通乐嘎挺着大肚子走进了巴拉丹蒙古包，正在气头上的秃子巴拉丹歪斜着脖子在抽烟。

“主人，布赫至今还没有消息。过今天就三天了，不会出什么事了吧？我肚子一天天大，放不了羊了！”通乐嘎低声说道。

“再对付两天，明天我出去找人。我明天派人去找布赫，不会出事的！”巴拉丹再没吱声。

通乐嘎无奈退出来。担心布赫的安危，也担心自己快坐月子了出什么乱子。“唉，苍天不睁眼看看我们这些穷人！真是‘祸不单行’！偏偏这时候，我这肚子——”长吁短叹地回到了蒙古包。乌云玛老人和孙子孙女也是不吃不喝，担惊受怕到了晚上。一家人的生活在无穷无尽的担心和苦痛中持续着。

远处被雪覆盖的白色山头上太阳露出了脸，风雪减弱寒冷稍缓。嘎日布喝完奶茶，挑了一峰腿力壮的骆驼，出发去寻找布赫。

嘎日布人老实，贵族出身，到他这辈已经没落了。放了多年的诺颜仓骆驼，对骆驼了如指掌。驯骆驼，做驼具，做骆驼鼻绳、骆驼小木桩，挤母驼都是把好手。秃子巴拉丹相中了他，雇来放驼。

嘎日布沿着牛群顺风走散的路途，踩着厚雪，中午时分过了翁查图。盆地积雪中的几个黑影引起了他的注意。嘎日布骑着骆驼赶到，看到两头母牛正在绝望地挣扎。牛犊早已冻死僵硬。嘎日布给母牛放了点芨芨草叶子，跑上了附近的山头。看见在远处宽广的梁地有两个人骑着骆驼赶着牛群。嘎日布略微放了心，“唉，希望布赫还活着！”老人心怀慈悲，嘴里念着佛祖，走向牛群。

嘎日布正遇上了归心似箭的布赫。布赫在宁布的劝说下住了三天。冻脚虽然疼痛，但也顾不得，稍有缓解便和宁布的二儿子一起赶着牛群往回走来。

“布赫你还活着？大家都担心呢，巴拉丹也坐不住了，让我来找你！”嘎日布高兴地说道。

布赫叹道：“还剩一口气，‘穷人命硬’！哈布塔盖梁那儿找到了牛群，亏了这小伙子的帮忙才捡了一条命。这孩子叫巴雅尔，是宁布家的二儿子。”

巴雅尔和嘎日布互相问候。

布赫下驼时冻脚撑不住身体跪倒在地。

嘎日布奇怪道：“怎么了？”

巴雅尔说道：“布赫叔叔在大风雪中跟着牛群，冻坏一只脚。不能走路，在我家休息了三天。”

“没事儿哥，人没有受不了的苦，只有享不了的福。过几天就好！”布赫撑着地站起身。

巴雅尔告别布赫返回了。嘎日布扶布赫骑上骆驼，又扶起两头母牛吃了点草。两个人赶着牛群，夜幕快降临的时候回到了营地。嘎日布下骆驼又扶布赫下了骆驼，秃子巴拉丹几个人迎了出来。

“幸好回来了，我们都担心死了。牛群都在吧？”巴拉丹直盯着布赫。

“几个瘦弱的掉了群，冻死了三头母牛两个牛犊。剩下的都回来了！”布赫低下了头。

嘎日布说道：“布赫差点让狼叼走，在哈布塔盖梁找到牛群回来路上冻坏了一只脚。现在走路困难。”

秃子巴拉丹说道：“行了，进蒙古包吧！”几个人进了蒙古包。

德格德格转过脸不说话。

秃子巴拉丹向他妻子说道：“快盛奶茶呀，拿出点肉，不让吃喝了？”

德格德格转过脸：“无头苍蝇似的跑了几天，立了什么大功劳？”没有动弹。

巴拉丹自己盛了奶茶，端出一盘肉。“布赫，多吃点，活着回来菩萨保佑了！幸亏在哈布塔盖梁那儿找到了牛群，要是过了哈布塔盖梁，牛群回来就难了。你吃喝好回去休息吧！”巴拉丹赏脸道。

“牛群要不顺风跑，不会冻死好几头牛。不珍惜别人家的牲畜，不好好放牛，讨厌的人！”德格德格斥责道。

蒙古包里鸦雀无声。

吃喝后，嘎日布扶着布赫送回了家，布赫的小小蒙古包有了喜气。

巴拉丹赏脸让布赫休息几天养脚，雇了米格玛日放牛群。通乐嘎因快坐月子，秃子巴拉丹托人又雇了个羊倌。

人是个奇怪的动物，有压迫的时候安于现状不反抗不吭声。习惯了干活的人，一旦休息了反而又不习惯。布赫养成的习惯天还没亮就起床。穿好了衣服，冻脚依然钻心地疼。脚稍好一些就想着去放牛。人就这样摸不着猜不透。

布赫一家人点了炉火正煮奶茶，蒙古包前来了个骑骆驼的人。通乐嘎出门看见是萨仁，萨仁微微发胖。

通乐嘎挺着肚子问候道："你好妹妹！"

大家进了蒙古包，通乐嘎忙着盛奶茶。

萨仁给乌云玛老人问安后望着布赫说道："布赫哥，怎么不高兴？"

"倒霉，前几天的风暴中冻坏了脚——"布赫望着萨仁，觉得萨仁更加成熟漂亮了。

通乐嘎见到萨仁格外高兴，腿脚轻便了许多，满脸微笑。给萨仁添了奶茶，说道："你来真好，给我女儿起了陶格斯的美名。现在肚子里还有一个着急要出来呢，还得让你给起名！"

萨仁轻轻亲了亲陶格斯："生女儿就叫陶格斯的妹妹陶笛，生儿子叫苏和的弟弟阿鲁哈（锤子）！"说完哈哈大笑。

萨仁自离开昆都仓家后给别人放羊。昨天，秃子巴拉丹找羊倌儿，跟萨仁现在的雇主说好，让萨仁替通乐嘎放羊，于是把她叫回来了。

腊月十七。经历了大大小小风雪灾害的戈壁牧民准备迎接新年。

一天早晨，通乐嘎穿好衣服后肚子开始阵阵疼痛。正这时候萨仁进来了。

"姐姐你怎么了？"扶着通乐嘎问。

"可能快生了，肚子痛得厉害！"

萨仁扶着通乐嘎坐下："姐姐你先坚持一下，可能今天就生孩子，得注意——"

女人生孩子犹如在鬼门关上走一圈，通乐嘎肚子阵阵绞痛。

"今天是腊月十七吧？好日子，佛祖保佑，让我的媳妇平安生产！"乌云玛老人祷告着准备东西。

通乐嘎肚子疼了一阵，临近中午生了孩子。

正帮着母亲准备东西的布赫大声叫道："哎呀呀！又一个女儿，我有两个女儿了——"

在外边帮着收拾干牛粪的小苏和听到父亲的叫声忙跑了进来："生弟弟了吗？"竖着耳朵看父亲。

"生了，你又多了一个可爱的小妹妹，儿子！"

苏和听了高兴地蹦跳。

蒙古包外做活的德格德格听到孩子的哭声走进自家蒙古包："布赫老婆又生了，孩子哭呢。穷得叮当响，人口倒是兴旺。那女人像母羊似的不停地生！"

巴拉丹不屑老婆的话："你呀，说人一套一套。谁没让你生？你有那本事吗？除了单蹦儿子你还有什么？"

德格德格火冒三丈："呸，你像个煮熟的鸭子，除了嘴硬别的什么能力都没有……"说完摔包门出去。

布赫脚虽然还没好利索，但也闲不住。拖着一条冻脚，护理瘦弱的牲畜，打扫棚圈，护理羊羔——虽然忙忙碌碌身体疲倦，但一见到孩子们心情格外愉快。人就这样，为了子孙后代不知疲倦地忙碌着。

戈壁上的人们度过了严重的雪灾迎来了新年。

整个戈壁洋溢着欢声笑语，人们度过了几天难得的安稳舒适的日子。穷苦的佣人们轮流休息，继续忙碌继续放牧。

正月十七，布赫家小女儿满月的日子。布赫、通乐嘎夫妻俩尽自己所能预备了一桌席。请了秃子巴拉丹、德格德格、嘎日布、萨仁过了满月。萨仁按照预先想好的，给孩子起了"陶笛"的名字。

时光如梭。暴风雪折磨戈壁牧民的日子减少，天气开始转暖。牧民忙着春天的活计。布赫一家忙着接羔，准备羔羊的饲料，忙碌的工作接踵而至。

秃子巴拉丹春分时节离家出门后三月初才回家。

白天的活儿结束后巴拉丹踏进了布赫蒙古包："俗话说，'好姑娘不愁嫁'！诺颜仓来命令让你去放马。唉，君命难违！我不愿意让你去，可也没有办法——"

布赫没有说话。穷人没有人身自由，天知道哪天会被发配到哪里。"让去哪儿就去哪儿吧！"布赫心想。

"家里怎么办？"布赫问。

"你先去吧，我会照顾他们，别担心！"巴拉丹答道。

"牛顶瘦，人欺弱"！布赫冻死了巴拉丹家的几头牛，怀恨在心的巴拉丹、德格德格夫妻俩把布赫借故流放到了诺颜仓。穷人的命永远掌握在富人手中，降临在头上的苦难只有咬牙挺过去，布赫别无他法。

两日后来了个叫巴图的年轻人接布赫去诺颜仓。

布赫后来得知巴图是他的恩人宁布的大儿子。巴图身材矮小，但机敏强壮、有朝气，是戈壁上的好汉。

诺颜仓的马群在胡德查干套路盖，马群中夹杂着驼群。

布赫自成诺颜仓马倌儿后，无论多么野性难驯的马在他胯下扑腾几下便会老实。出生在传奇美丽的戈壁，饱经苦难生活历练的布赫做事情井井有条，让人们刮目相看。布赫来诺颜仓前，巴图是这群马的马倌儿，布赫来后巴图去了别处放牧。这里还有赛音夫、格日乐苏娃两个四十出头的夫妻放骆驼，他们的日子不算太贫也不富，独生子额尔很巴雅尔也给人放牧当佣人。

一天，布赫正在驯一匹野性十足的公马。布赫没几下便套住了公马，公马蹦了几下也老实了。赛音夫警告道："老弟你要小心，这群马是出了名的野马后代！"

"蒙古男人和马有缘，不能惧怕任何一匹烈马，只要跨上了马背，猛如老虎的马也被驯得老老实实！”布赫充满自信地说道。

几天后来了一个自称王爷的亲戚的高个子黄脸汉子。

黄脸汉子指了以黄骠马为种马的马群中的一匹海骝马：“给我驯那匹马！”给布赫下了命令。多年放马经验使得布赫毫无惧色。他飞身骑上了海骝马，向前猛地一扑，套马索牢牢套住了海骝马，将它拽倒在地。布赫迅速下马，按住海骝马刚要套笼头，野性难驯的海骝马奋力跃起。眼疾手快的布赫剪了海骝马的鬃毛，跨上了马背。野性十足的海骝马惊恐万分，将后腿使劲踢蹬。布赫没能控制好身子被海骝马甩了下去，冻脚旧疾复发，疼痛使他眼晕目眩站立不住。

“出事了，快！”格日乐苏娃大声喊叫。

赛音夫几个人忙跑过去扶起布赫，布赫大声呻吟道：“恶心头晕，肋骨疼，是不是肋骨折了——”赛音夫几人扶着布赫进了蒙古包。

黄皮肤高个子的人叫巴扎尔，是秃子巴拉丹的亲弟弟，是专门来加害布赫的。因他是王爷的亲戚，所以掌管着诺颜仓的一切事物，哪个佣人要是不听他的话，永不得安宁。王公贵族、富人商贾争权夺利的时代，穷人的命运连狗都不如。

布赫断了四根肋骨，一宿无法入睡。

赛音夫骑马赶往川井请来了接骨人苏和。幸运的是接骨人苏和在家，傍晚便赶到了诺颜仓。苏和摸了摸布赫的肋骨，喷酒接上了骨头。包扎完毕后，嘱咐道：“七天之内再不能骑马，三个月内不能驯马。要好好养伤，如再犯会落下终身伤残。”俗话说，“接骨的医生胜过算命的人”。接骨人苏和在布赫的伤处喷上酒包扎后，布赫的肋骨疼痛立减。

第二天，格日乐苏娃送苏和回了川井。

四月底，通乐嘎才听到布赫受伤的消息，但也是鞭长莫及。“穷人连自己都做不了主！”通乐嘎只有唉声叹气担心而已。

乌云玛老人叫苦连天："儿子呀，你的命怎么这么苦？常年被人呼来喝去的，到处给人当佣人，不知哪天连命也丢了。穷苦人像给群狗扔的骨头，谁都啃一口——"除了叫苦，也是束手无策。

七天后布赫的身体好了些。布赫的表哥金巴听到布赫受伤的消息后，来接他去家里养伤。

金巴看到布赫后，稍微放了心："巴扎尔是坏心眼的人，明知你脚冻伤过，还让你驯最烈的马，给这种人拼命干活儿最后也没有好下场！"

赛音夫、金巴几个人聊了一晚上。第二天，金巴让布赫骑上骆驼，接到了中嘎顺。金巴担心把布赫送回家，巴拉丹、德格德格他们又要进一步加害，这才接到自己家。

初夏的戈壁披上了绿衣，饱尝了鲜草的牛羊叫声像交响曲响彻戈壁。

布赫在表哥家养了半个月的伤后身体基本康复。布赫帮着表哥做活。人要改变天性实在太难，布赫片刻闲不住。表哥表嫂虽劝他休息，布赫依然坐不住。随着天气越来越暖和，山羊羊绒也开始蓬松脱落。金巴和媳妇吉布吉德忙着剪羊绒，布赫帮忙放牧。

不知不觉过了一个月。关键时刻还是亲戚好，受苦绝望时表哥金巴伸出了援手。表哥表嫂的照顾使得布赫身体迅速复原。

穷人的命真苦，永无安宁。布赫正在表哥家养伤，听到了一个坏消息，犹如晴天霹雳。布赫从过路人口中听到了母亲身体不好的消息，表哥金巴也十分着急。他们黎明时分起床，便急忙赶着回家，心急如焚的他们天黑时回到了家。

乌云玛老人看到布赫安全回来喜忧参半道："我可怜的儿子，平安回来就好，菩萨保佑！听到你受伤的消息我担心死了。我最近头晕咳嗽，身体不舒服！"

通乐嘎叹气道："母亲身体越发虚弱，脸色不好！我照顾孩子也出不去。苏和能帮着放羊了。萨仁走了、米格玛日老汉也走了。现在你回来了，巴拉丹两口子不得刮你骨头，抽你血呀！”

陶格斯见到父亲高兴得不停地亲布赫脸颊。陶笛也长大了不少，见着布赫认生害怕，直往母亲怀里钻——

金巴因要急着回去，走进巴拉丹蒙古包，替布赫说好话，央道：“布赫伤还没痊愈，给安排些轻松的活儿干！”

“正好缺人手的时候布赫回来了，布赫命够硬——”巴拉丹、德格德格暗暗高兴。一家三口正在吃肉，伴随着狗吠声，布赫推开蒙古包门走了进来。

秃子巴拉丹的秃脑袋发出亮光，哈哈假笑道：“哎呀，布赫回来了？听说你受伤了，好了吧？坐坐，过来喝茶！”给妻子递了眼色，“倒奶茶！”摸着秃脑袋。

德格德格也是皮笑肉不笑：“担心死人了，平安回来就好了——”倒了奶茶，打开柜门拿碗盛了肉汤。“喝汤，就在这儿吃饭，喝新鲜肉汤！”

“倒霉的东西回来得正是时候！”巴拉丹边想边继续啃骨头。

布赫喝了口茶，放下碗长叹道：“唉，雪上加霜，骨折了不容易痊愈，怕留下后遗症。你弟弟巴扎尔让我驯烈性海骝马才弄成这样的。断了四根肋骨。唉，留下后遗症，我这个家就散了！”

巴拉丹挠了挠秃脑门：“俗话说，‘看马的人不看长相看种群’！我弟弟可能觉得诺颜仓的马种群优良。你应该小心仔细，驯马的人不小心就会出事。强壮有经验的人套上烈马，跨上马背，蹦跶几下就让马老实下来，应该小心加技巧呀！”责怪了几句收了话匣。

陶笛五个月就挥着小手想爬，不久前还在娘肚子里不谙人间冷暖的婴儿——现在也大了许多。

“你们的未来是什么样呢？”通乐嘎亲了亲陶笛的额头。

陶格斯抱着妹妹晒太阳，自己也会放羊了。“投错胎的苦命孩子——”布赫看着孩子愁容满面，泪水打湿了眼睛。

三、错了方向的生活

大千世界中的芸芸众生，挣扎沉溺在无底的欲望、金钱、仇恨、冷暖的海洋中。大概世界原本就这样。

布赫一家在秃子巴拉丹家干了五年的活儿。虽辛苦劳作，但回报甚少。靠吃冻死病死的畜肉艰难地过日子。穷人能有什么办法？只能咬牙坚持。布赫的孩子们越来越大，饭量也日益增加，使得布赫、通乐嘎二人不分昼夜地放牧，干零星的活儿。后来，秃子巴拉丹发了天大的善心，给了布赫一匹瘸马、老得不能骑的马和几只快要瘦死的绵羊山羊。这点东西使得巴拉丹家的活儿更加繁重了。

1937 年，丁丑年的骚乱席卷了全球。随着第二次世界大战的战火，日本帝国主义加紧了对中国乃至东方的侵略，策划了“卢沟桥事变”，战争的火焰在中国大地蔓延。

1938 年，在乌拉特戈壁战火燃起，戈壁草原淹没在日本间谍和战机轰炸的恐怖氛围中。当时，乌拉特中公旗扎萨克衙门迁往南部山区与傅作义联合抗日也未能改变现状。日本间谍活动越发猖狂，沿边境线设立了多家间谍机构，并采取了所谓的“狗咬狗”的策略，在当地培养了大批汉奸走狗，服务于他们的间谍机构，乌拉特边境线上的牧民承受着双重压迫。

位于高勒苏木的呼勒斯太寺成了日本间谍老窝。日本人又在色日布格朝和亚、杭盖努古车、扎戈、巴彦宝日建立了分机构，在朱勒格太设立了总指挥部，他们利用这些机构，进行政治迫害，探矿，收集文物古籍，甚至对戈壁人民进行经济压迫。

呼勒斯太寺自成为日本间谍机构后，寺房倒塌、佛经焚毁、佛像断腿断脚满院子乱滚，喇嘛们拼命四散出逃。寺庙净地枪声不断，烟火蔓延，成了抓捕审讯政治犯的人间地狱。

呼勒斯太寺活佛沙卜隆喇嘛级别大肚子罗布桑、寺仓库管理员歪胯巴拉桑为了霸占寺财产，没有遁走。巴结日本间谍，表忠心，密告家乡的信息，得到日本人的赏识过上了蒙奸的日子。厨子喇嘛希日布、班迪（小喇嘛）喇嘛德楞被强迫给日本人准备饭菜。

活佛沙卜隆（活佛中地位较低者）级别的大肚子罗布桑、寺仓库管理员歪胯巴拉桑密谋怎么转移寺庙的畜群。寺庙附近没有合适的草场放牧，经人介绍后二人决定让布赫来给放牧。于是，寻了片适合放牧的地方，迁来了布赫一家。

寺畜群有三百多头大畜。布赫放牧这么一大群牲畜，像是自己的畜群一样高兴。经过多年的努力，自己有了一峰骆驼、一匹五岁公马、领着马驹的母马和几十只羊。

老实本分的布赫认真管理畜群，得空驯着他那匹公马。

因夏天雨水充足，秋天畜群膘肥体壮。十二岁的苏和帮着父亲放牧，陶格斯也八岁了，也能帮母亲做一些力所能及的活儿。通乐嘎依旧忙着挤奶、拾干牛粪、缝补衣服。乌云玛老人在家带着陶笛，念佛祷告，希望菩萨保佑一家老小。

布赫一家夏秋季节游牧在嘎顺、哈古来木日楚克、棍呼图克、乌兰敖包、特木格图哈布奇勒、阿拉和麦汗。冬天则在萨拉查干呼硕的东南夕日套路盖过冬。放牧的地方虽然宽敞辽阔，但是山丘连绵，草木稀疏，放牧十分费力。

“世间万物变化多端”，布赫、通乐嘎靠着自己的努力有了几头牲畜，又放牧呼勒斯太寺的畜群，日子过得也算吃喝不愁。但是穷人从来灾祸不断。“‘祸从天降’！要认真给人放牧才行呀！”布赫时刻提醒自己。

布赫注意让畜群长秋天的肉膘，得空预备着冬天的饲草。

秋后的阳光落向西山。戈壁回归安静，白天的喧嚣终于散去。晚饭后陶格斯、陶笛嚷嚷着让奶奶讲故事。“奶奶讲故事！”乌云玛老人每晚给孩子们讲故事成了定规，把所知的那几个故事早已讲完了。

老人清了清嗓子道：“孩子们记住！今天奶奶给你们讲自己的故事吧！”

“奶奶小时候家里困难。那时候奶奶比陶格斯现在大几岁，每天骑了一峰骆驼出去放牧。附近的邻居看见便笑我是‘三个峰的骆驼’。奶奶二十岁时家境好转，成了有三百多只羊、两匹公马的马群、五六十峰骆驼的家。你们的爷爷叫贺喜格德力格尔，我跟你爷爷结婚的时候，娘家陪嫁了二十峰骆驼、十头牛、五十只羊。我和你爷爷的生活，算是中等家庭。你爷爷身强力壮，人们称他是‘戈壁好汉’！远近出名的摔跤手都不是他的对手。有一年夏天在公爷祭敖包那达慕上，赢了公爷的摔跤手，轰动了整个戈壁！唉，可是祸从天降！第二年诺颜仓的马群自大风暴中跑散了，衙门下令让你爷爷去追回马群。冬月走的人，过了正月也没有音信，我担心得要命。那时候你们父亲才七岁，你们父亲还有一个哥哥一个姐姐夭折了，就剩你父亲一个孩子！诺颜仓的三百多匹马顺风跑到了达尔汗贝勒旗、茂明安、四子王旗，马群里的马死的死，丢的丢，只收回了不到半数的马。听说回来的路上，你爷爷骑了一匹野性难驯的烈公马，摔下马背死在巴彦敖包盆地那儿。就这样，你们的奶奶我寡居了一辈子，你们父亲成了孤儿……”抹着泪讲完了故事。

布赫一家迁到了夕日套路盖冬营地。

家里杀羊吃肉，全家人正高兴时，布赫叹道："唉，世道艰难，最近日本间谍猖狂，到处搜刮牧民。杭盖内古查、色日布格的日本间谍机构有个叫毡袍子仁琴的耀武扬威，戈壁上的好汉都强行被抓了丁！"

乌云玛老人打断道："世道又乱了，我二十几岁那年也是这般，连着几天车马喧闹，说是去大忽热（今蒙古国乌兰巴托）做买卖的。后来才知道是国民党的军队为了占领大忽热，结果被打得溃不成军狼狈逃回。辛酉年撤退回来，行军队伍连了好几十里地，当年行军的路，很多年寸草不生。苍天！他们所到之处无恶不作，还杀了不少人。查干敖包富牧主阿旺拉西为了阻止他们抢走自家骆驼，跟他们吵闹，结果让他们一枪打倒了——佛祖保佑！流匪的祸害太恐怖了！"老人合掌祷告。

"我怕！"小陶笛钻进了奶奶的怀里。

晚秋的太阳懒洋洋地从山后探出了头，冬营地上饿了一宿的畜群叫声此起彼伏。

布赫喝完了早茶正要去放牧，蒙古包前山沟间闪出了一个骑马的人，来到布赫门口下了马。这人正是呼勒斯太寺的歪胯巴拉桑，不做喇嘛做起了日本人的走狗。歪胯巴拉桑喘着粗气走进了布赫的蒙古包。

通乐嘎敬茶，巴拉桑趁势把通乐嘎的手抓住，眯缝着色眼"嘿嘿"笑。他是出了名的淫喇嘛。把这一切尽收眼底的乌云玛老人感到恶心，但没敢吱声，捻着佛珠问道："喇嘛从哪里来？戈壁上有什么奇闻？"

"从寺里来，没有什么奇闻！"巴拉桑装腔道，"大日本国是我们戈壁的靠山。住在寺里，防备着俄罗斯、喀尔喀军队的入侵，对我们真好。咱们不能'以怨报德'！对日本不友好那就不对了，也没有好下场！你们应该明白！"

巴拉桑敬重日本人比敬重佛祖还虔诚百倍，龇着大黄牙问布赫："剪了秋天的羊毛了吗？"嘿嘿假笑。

“秋中时节就剪了，有几袋羊毛。”

“明天送到寺里交给仓库保管员希日布！”

“明天我去诺颜仓放牧！”

“两天后再去吧！明天要不送羊毛，我抽你的筋！就说我让你推迟几天去的！”歪胯巴拉桑眼珠子溜溜转直盯着通乐嘎。

“现在的世道，到处乱哄哄的——”乌云玛老人插了一句。

“造谣！谁传播造谣灾难降到谁头上。胆小如鼠的喇嘛们逃跑后，希日布我们几个守着寺。年轻力壮的人被送到警察局当兵。绿眼巴日哈斯、倔脾气拉西那木图格、罗布桑烁格拉、萨仁棍布等好汉都到朱勒格太总指挥部接受训练呢。布赫你要有思想准备，随时叫你去入伍——”说完摔门走出去了。

巴拉桑抱了日本人的大腿，变得狂妄、目中无人。“挨打的狗更听话！”布赫虽然生气，但人在屋檐下不得不低头。按着巴拉桑的指示布赫把羊毛送到了呼勒斯太寺，交给了希日布。放进仓库收好羊毛后跟着希日布进屋，十来岁班迪喇嘛德楞正在熬奶茶。

希日布让班迪喇嘛拿出奶干子、干肉，盛了奶茶。

布赫喝口茶，说道：“呼勒斯太寺成了日本间谍的老窝！”

希日布低下头：“寺毁了，信仰荡然无存！罗布桑和巴拉桑跟着日本人到处耀武扬威——”希日布对班迪喇嘛德楞递了眼色：“你出去玩儿吧，不要走远！看见日本士兵告诉我们！”支走了德楞。

“布赫！你听说了吗？那些当兵的到了晚上，蹂躏糟蹋人家的妇女，像个疯狗似的满足欲望！”说完“呸”地吐了口痰。

布赫揉着手不住叹气道：“真是无恶不作，戈壁的灾难来了！”

穷苦人除了叹气也是无能为力。

“让你媳妇小心点！巴拉桑、罗布桑现在不念佛经，专找女人满足淫欲呢！巴拉桑好像对你媳妇有歹念，注意！”希日布低声说道，“为了不让孩子遭蹂躏，有人把孩子嫁给身体残疾、岁数大的老头。佛祖保佑，这世道怎么了？”希日布念经祷告。

“这是不让日本人糟蹋的无奈之举。人不如牲畜，牲畜有牲畜的生存之道。可这些人——”布赫欲言又止。

和希日布聊了几句话，布赫出去正解拴马绳的时候来了个年轻人。

“我们官员叫你过去，拴好马跟我来！”年轻人是蒙古族。

布赫全身冒冷汗。“不会是日本人抓我去当兵吧？那可怎么办？”布赫心跳加快。布赫跟着年轻人走进了大殿。大殿中间摆了长桌，桌子后面坐着戴尖顶帽子、细眼睛的人。两旁站着穿兵服或警服，还有穿蒙古袍的人。大殿墙脚摆放着各式武器。布赫的头发根根竖起。

穿短衣翻译模样的青脸人努嘴示意让布赫坐下。翻译直盯着布赫问道：“开枪杀过人吗？”

布赫摇了摇头，支吾道：“没摸过枪！”

“现在摸一摸！”递了一把黑灰色长枪。

布赫推开枪，道：“牧人手里只拿套马杆，这我不摸！”连连摇头。

翻译回头看了一眼，转身说道：“没见过的可多着呢，一定要见识才行。不会的要学，加入我们的队伍，必须学会拿枪，立马就学会了！”眯眼看着布赫。

布赫吓出了魂儿：“我、我——真不会拿枪，更不会杀人。跟了一辈子牲畜的愚笨人——”紧张得说话更加支支吾吾，话也连不上了。

青脸提高嗓音，厉声道：“你不杀人，别人会杀你，你要怎么选择？忠诚地服务大日本帝国得到奖赏，全家富贵！”

“除了放牧，我一无是处。我、我——残疾人一个，脚冻坏了，走路困难。摔下马断了四根肋骨！”布赫解开腰带敞开衣襟让他们看了伤处，表现出马上要跪倒的窝囊样子。

翻译对坐在中间的人说了几句日语。日本军官对布赫厉声吼喊。

翻译转身道：“太君问你家里几口人？”

“六口人！六十岁老母亲、妻子，还有两个女儿、一个儿子。”布赫颤声回道。

军官听后问道：“儿子几岁了？”

“才十二岁！”

日本军官听了，让翻译转告布赫，“四年后可入伍！”军官心想：“让这胆小的人去哪儿好呢？”突然向布赫猛地点了点头。

翻译用狡猾的眼神看向布赫，说道：“你先回去，以后有任务必须要完成！不然要你脑袋！”

青脸翻译叫宋达来，宋达来以前给游街串巷的贩子牵骆驼。多年在蒙古戈壁地区行走的经历，使他掌握了熟练的蒙古语，对戈壁地貌了如指掌，后来成了副掌柜发了财。日本人侵略中国北方，奸商宋达来依靠日本人成了汉奸，被送到日本人建立的秘密间谍培训处培训半年后被派到呼勒斯太寺开展秘密间谍活动，接受了收集戈壁杭盖的地貌特色，抓捕审讯政治犯，加强间谍活动等任务。

宋达来现在又被招录到技术间谍机构，在毡袍子仁琴的指挥下展开行动。

前几天和他一条绳上的走狗歪胯巴拉桑谈论抓壮丁入伍的事情，巴拉桑突然想起布赫。“把布赫支走，霸占通乐嘎满足欲望！”的邪念使他介绍布赫给宋达来，所以他才非要布赫到呼勒斯太寺送羊毛。

间谍机构看中了巴拉桑的奸诈狡猾和不惧做任何坏事的本性，留下他的寺里的所有职务，让其从事间谍活动。巴拉桑为了金钱和美女，饿狼游魂般游荡在戈壁，打探哪里聚会、谁家有事，流传什么流言蜚语、有什么对日本人不利的状况等，还秘密跟踪陌生人——他把这些情报报告给日本人，从佛教徒变成了十恶不赦的恶魔。

布赫老实，但机敏。装了一副窝囊样儿，脱离了敌人的魔掌，兴致盎然地回到家。布赫拴马进蒙古包，歪胯巴拉桑正在他家里瞎扯胡吹。

见布赫进来，巴拉桑愣了神，问道："布赫，交了羊毛？"

布赫生气地看了一眼巴拉桑："交了！"

"好好——你不用去诺颜仓了，暂时在家待着。知道吗？"

"知道，还有事情？"布赫提高了嗓音。

歪胯巴拉桑眼珠子骨碌碌转，奸笑道："没有，好好收拾冬营地！"

歪胯巴拉桑走后，布赫把事情经过告诉了通乐嘎。"进了敌人的魔爪，这帮畜生要把戈壁毁掉的！"不停地叹气。

通乐嘎说道："日本人以杀人为乐吗？这么吓人！我们的人不能抢他们的枪炮灭了他们吗？"

布赫说道："没那么容易，他们杀人不眨眼。呼勒斯太寺的墙根摆着各式武器，我们牧民空手能夺吗？会用吗？'一物降一物'，总有让他们害怕的人——"

"不会是歪胯巴拉桑挑起的事吧？"通乐嘎突然问。

"我也是那样猜想。侵略者和汉奸狼狈为奸，一个鼻孔出气，什么坏事都可能干出来。毁灭了祖宗神圣土地的一群坏蛋——"布赫骂道。

通乐嘎眼睛亮道："真是三座大山压迫我们。我们穷人的命怎么这么可怜？不会真把你抓去当兵吧？那我们可怎么活呀？"

"总感觉要出事，现在什么事都有可能——"布赫担心地说道。

通乐嘎靠着布赫的肩膀低声哭泣。

布赫一家人这样提心吊胆过了两天。布赫正收拾羊圈，狗吠声传来。布赫走出羊圈，看见三个人正在下马。

正在收拾干牛粪的通乐嘎，跑到布赫身边：“那些家伙来了！”

布赫慢慢走到跟前打招呼道：“你们好吗？”

来的人正是宋达来，领了两个背枪的人。宋达来打了招呼，走进蒙古包门时碰到额头差点没仰倒。

“哎哟哟，这么厉害！”宋达来给乌云玛老人问安。

“安好，你们从哪里来？”老人问道。

“呼勒斯太寺当差的人。老人家忘记我了吗？我，宋达来！十几年前还来过你们家呢！”宋达来久久盯着老人。

“哎呀呀，可怜的！内地买卖人的小笔贴士。现在成了大掌柜了——”老人惊讶道，“认不出原先的模样了！”老人想。

通乐嘎盛了奶茶。

宋达来无视一切，对布赫奸笑道：“今天来请你，我们官爷听说，你放牧是把好手，特地请你去放朱勒格太总指挥部的军马。大日本国器重你，咱们现在出发吧！”语气渐渐严厉起来。

通乐嘎看了一眼布赫没吱声，流着眼泪打包收拾了衣物。

宋达来说道：“出发吧！”

陶格斯、陶笛抱着父亲的腿大声哭喊道：“爸爸，别走！”

“破小孩儿，鬼哭狼嚎干什么——”两个随从推开两个孩子，推布赫出了蒙古包。

通乐嘎抱起孩子擦干眼泪。

乌云玛老人踉跄跟在后面：“菩萨！什么时候能见到儿子？”眼泪顺着爬满皱纹的脸颊流淌。

宋达来让布赫和一个瘦个子合骑一匹马，几个人绝尘而去。

通乐嘎一家人在悲戚痛哭。大慈大悲的佛菩萨没有保佑这个穷苦人家，把他们无情地扔进了痛苦的深渊。

晚秋的太阳一如既往地落向山后。

苏和放羊归来。家里沉闷的气氛使他惊奇地问道："妈妈，出什么事了？爸爸出事了吗？"

通乐嘎缓缓站起："被几个当兵的带走了！"

"日本兵？"苏和慌张地问道。

"还能是谁？要让你父亲去放朱勒格太的军马，真是坠入地狱了！"通乐嘎嘶哑着嗓子又哭开了。一个弱女子最好的安慰是眼泪，这种眼泪是苦痛、伤心的眼泪——

1938 年秋末。

大货车拉了布赫几个人到了朱勒格太。第二天他们穿上日本军装开始了军训，翻译传达了所有放军马和勤杂人员都要接受军训的军令。

穿惯了蒙古袍，乍一穿上兵服，布赫感觉自己赤条条、身无遮拦。一入魔窟，正如刀口上舔血，日本人的子弹不知会从哪里飞来穿透了头颅，命运如此，布赫只好听天由命。

军训制度严格。听从军令，卧倒爬行，射击打靶。他们的动作稍迟缓，日本人的皮靴和枪把无情地砸落在身上。

布赫和十几个蒙古青年一起受训。二十天后，熟练了许多。没拿过枪的布赫跟着日本教官的指令，腾挪、跑步、射击的时候感到羞耻，但人在屋檐下不得不低头。

军训继续着。从刚开始射击靶子、刺草人，突然变成了射击活人。军训场地中央立了木桩，木桩上绑着嘴里塞布的八个人。

日本教官立正举刀，喊道："从一号开始射击各自的目标！"

布赫心怦怦直跳！"怎么办？"他麻木地钉在原地。

"一号！"军官下令。

布赫迅速跑到摆枪的土丘后瞄准射击，连开了五枪，子弹都从目标的头顶飞过。

“混蛋！帝国的军训是儿戏吗？”教官的皮靴踢在布赫的小腿肚上，又拿枪砸了几下。“混蛋！滚！”一脚踢开了布赫。

军官立正后，尖嗓子吼道：“看好，帝国的勇士是如何射穿那些犯人心脏的！”

“立正！”教官又继续下命令，“二号、三号、四号——”数到八号，枪声连续响起，子弹无一命中目标。

绑在木桩上的人中不知哪一个用蒙语喊了一声：“打倒日本鬼子！”

教官怒不可遏。“一群软弱无能的东西！给脸不要脸，先把你们统统枪毙！”刚掏出枪，从那边走来了一个军官用日语耳语了几句，反身回到原处。

教官拿枪挨个砸一遍，喊道：“立正！看好！”对几个日本兵点头道，“开枪！”

木桩上的人流着血在挣扎。

仇恨的怒火在布赫心里猛地燃烧。“把这些杀人不眨眼的魔鬼统统干掉！”生气使布赫全身颤抖，可是没有办法，荷枪实弹的日本兵就在身后监视着他们。

第二天情况有了变化。受训的蒙古青年们被派到朱勒格太矿做苦工，只留下布赫放军马。布赫被打得最严重，浑身肿胀，酸痛，走路吃力。

放军马的年轻人那木吉勒边给布赫洗伤口包扎边安慰道：“老哥你要小心，入了魔窟只能忍耐。只要活着，总有报仇的一天——”

进入敌营，生命时刻都受着威胁。放军马是苦差事，布赫日夜不停地劳作也挨骂挨打。他往战场送军马，战后喂草饮水，沉重的负担日复一日，布赫感觉连喘息的空闲也没有。

布赫越来越瘦弱，只剩皮包骨。

一日，日本军官牵来一匹野性难驯的黄公马，下令道："混蛋！你要好好驯服这匹烈马！"

布赫虽惧怕，但军令难违。抓住缰绳骑上了马背，黄公马剧烈地踢腿。驯马好手布赫狠狠给了黄公马几个鞭子，黄公马嘶鸣，后腿向上猛踢。布赫没稳住身子，滑下马背，一只脚夹在马镫里抽不出来。黄公马像疾风般向前全速狂奔，布赫在沙石地上被拖行，黄公马疾奔出一百米，日本军官一枪放倒了黄公马。

布赫失去了知觉，被沙石地擦破的脸上鲜血直流。

这匹烈公马是从东公旗牵来的，为了驯服它两名日本士兵被摔断骨头，一个军官被马拖死。大家抬布赫到了军医处治疗。医生给他清洗伤口，涂上药包扎好，但是被拖了一百多米的腿疼痛难忍。

过了半月布赫的身体恢复，继续放军马。但身体变得有些僵硬迟缓。有一次，送军马到战场时，又被子弹击中了右大腿，又躺了两个月。"穷人命硬"！布赫的命真够硬。经历了人生多灾多难，腿脚摔伤、身体落下残疾。布赫已经无法继续放马。日本人把他发配到矿上帮助厨子做饭。做饭不需要技术，清水煮菜和面便可大功告成。布赫主要帮着拾捡牛粪，刷洗碗筷，送饭菜。布赫身体弱，活计重，又吃不好，布赫的身体瘦弱得像个乞丐了。

人有时表面坚强但内心脆弱。灾难使人倍思故土和亲戚家人。布赫身体疼痛，更是担心想念家里的老小。七十岁的老母亲和年幼的孩子，还有支撑全家重担的妻子通乐嘎——萦绕在布赫的脑海。"不知道他们过得怎么样？不会遭到什么灾难了吧？"布赫日夜想念家人。

来到朱勒格太转眼已过了三年，家里音讯全无。他央求管理员蒙古族青年图嘎尔，想请假回去看看。布赫对图嘎尔诉说着自家的遭遇，忍不住泪流满面。“男儿有泪不轻弹”！布赫的内心已到崩溃的边缘。

图嘎尔知道布赫是勤快老实的人，虽然想让布赫回家探望家人，但担心出事，只得安慰布赫：“先忍耐一段时间，等时机合适让你回去！”

布赫被抓走三年多，家里人也日夜为他担心，以泪洗面。“不知死活，也不知受了多少罪，吃了多少苦！”

通乐嘎的天塌了！不怕生活苦累，就怕心里苦。心里的重担会使人弯腰趴下。悲伤苦痛使得通乐嘎苍老了，为了一家老幼，她坚强地活着。

“福无双至，祸不单行”！

苦难又一次降临在这个摇摇欲坠要滑向深渊的家庭。

秃子巴拉丹来到了他们家：“布赫放牧时，冻死了我家几头牛，至今还没赔偿——”翻出八百年前的陈年老账，带走了苏和给放牛顶账。十五岁的苏和是家里的顶梁柱。苏和的离去使通乐嘎肩上的担子越发沉重。白天放牧，晚上忙家里的杂活。旱年的畜群瘦弱不堪，也让通乐嘎担心不已。

通乐嘎正修缮冬营地，蒙古包前小路上尘土飞扬，歪胯巴拉桑带了几个人赶来。

巴拉桑几个拴上马，问安道：“秋天安好？”

“我们来拉羊肉，你去把羊群赶回来吧！”巴拉桑吩咐着通乐嘎，“通乐嘎越来越漂亮可爱了，越来越有模样了——”巴拉桑淫笑道。

通乐嘎赶回了羊群。

歪胯巴拉桑背着手走近羊群，说道：“今年的羊膘不好，怎么放的羊？不珍惜寺财产灾难会降临你们的头上。不理解我们的善心——”

巴拉桑指了指较肥的十来只公羊，对随从下令道：“先赶回寺里——”

随从走后，巴拉桑坏笑道：“哎哟！布赫走了有三年了，是不是想男人了——人就这样，好运没了，就永远抬不起头。布赫回不来了，听说被烈马摔下，伤得很重，现在估计见阎王爷了。别担心，戈壁上缺什么也不缺男人——是不是想男人？哥哥今晚好好陪陪你。”说着把通乐嘎往羊圈拉拽。

“垃圾！没和你的德吉德睡够，野狗似的，还想欺负我？”通乐嘎拼命挣扎。

从小到呼勒斯太寺当喇嘛，吃香喝辣惯了的巴拉桑人虽然瘦小，但力气不小。铁钳似的手抓住东西轻易不松手。巴拉桑在羊圈的角落，扑倒了通乐嘎，开始撕扯通乐嘎的衣服，衣服被撕裂到了肚子。歪胯巴拉桑色眼眯眯，口水直流。通乐嘎拿起夹在羊圈墙缝里的剪刀刺向巴拉桑的大腿，巴拉桑怪叫一声，向前猛地骑在通乐嘎的身上。

通乐嘎一惊，大声喊：“陶笛！”

羊圈边收拾柴火的陶笛听见母亲的喊声跑过来，巴拉桑爬起来往外跑去。欲壑难填意犹未尽的巴拉桑回过头：“你等着臭婆娘，哪天我再回来收拾你！”连咳带喘爬上马背，仓皇遁去。

想方设法支走布赫后，巴拉桑经常来骚扰通乐嘎。通乐嘎的刚烈使他始终未能如愿，今天也灰溜溜地回去了。

灾难、风暴、耻辱、惊吓轮流交替的戈壁送走了苍茫寒冷的冬天。

春天乍到，万物复苏，草木开始发芽，熬过寒冬的羊群吃上了嫩草。通乐嘎依旧无法从担心悲伤的深渊中脱离出来，各种消息使她寝食难安。乌云玛老人不停地打探儿子的消息，婆媳二人忧心忡忡。

苏和来到秃子巴拉丹家已有两年，从小跟畜群打交道的苏和过早地成熟了。白天放牛，晚间帮着做家里的杂活儿，日夜不停地忙碌。

马年是蒙古人视为带来福禄吉祥的年份。马年的春天雨水丰沛，牛羊肥壮，戈壁牧民兴高采烈。秃子巴拉丹家添了儿子，老来得子的巴拉丹乐得合不拢嘴，给儿子起名叫乌戈德勒格。为了庆祝孩子百天，巴拉丹在八月十五日大摆筵席举办那达慕。这天巴拉丹家的远亲近朋、富人权贵云集，蒙古族传统“三艺”比赛热火朝天地进行。

十六岁的苏和俨然成了男子汉。秃子巴拉丹为了在乌拉特戈壁传扬美名，赛马头名志在必得。他给苏和骑上一匹紫檀马参加比赛。但是事与愿违，巴拉丹的美梦泡汤了。比赛刚开始，紫檀马一直处于领先位置。但不知何故紫檀马突然受惊前腿打绊，顺势把苏和摔下了马背。苏和摔伤了手臂、右脚脚踝脱臼。紫檀马瘸着腿跑开。出尽洋相的秃子巴拉丹脸红得跟猴儿屁股一样。

恼羞成怒的巴拉丹跑到苏和跟前，骂道：“饭桶！拿了倒数第一，辱没了我的名声——”痛骂苏和一顿后把他关进了破蒙古包，不仅不给治伤而且不给吃喝地惩罚了三天。苏和父亲的旧识朋友嘎日布悄悄给弄点药治了苏和的伤，把脱臼的脚踝接上了。在嘎日布的照料下，七天后苏和能下地走动了。

心肠歹毒的巴拉丹和德格德格夫妻二人不停地骂道：“龙生龙凤生凤，老鼠生子会打洞！舔剩饭的狗崽子——”

小小年纪便尝尽人间酸甜苦辣的苏和悟到了“穷人的命连狗都不如！”的道理。想念家乡，想回去探望家人，但任人摆布失去自由的苏和未能如愿，手脚稍好些就又开始放牛。

手脚疼得厉害，但苏和忍痛放牛。秃子巴拉丹心想：“养个废物残疾有什么用？”秋后便把苏和赶回了家。苏和回来后，通乐嘎请来东戈壁的接骨人额尔德尼给苏和治疗脚伤。

僧俗恶势力控制的戈壁上好人也不少。接骨人额尔德尼诚实善良，他可怜通乐嘎一家的遭遇，分文未取。苏和的伤很快好转，帮助母亲放牧。

戈壁牧民开始迁往冬营地，通乐嘎一家也准备迁徙。通乐嘎从邻近放牧的丹巴家借了几峰骆驼要迁往冬营地。

丹巴说道：“我帮你们吧！我们穷苦人互相不帮忙谁帮忙？”

丹巴牵来几峰骆驼，帮助通乐嘎一家迁到了夕日套路盖的冬营地。

四、祸不单行

戈壁的秋天像善变的妇人，寒冷的北风阵阵吹来，戈壁开始下雪。

农历十月是蒙古人按照传统习俗敬献佛灯的灯节。乌云玛老人一到灯节，每天都要敬献供品向佛祖祷告。忙碌了一整天的通乐嘎晚上捻灯芯儿点长明灯，和孩子们跪拜佛祖，祷告许愿，盼着布赫早日归来。

二十五日的天空阴沉，预示大雪的到来。早茶后喜鹊绕着蒙古包叫个不停。

陶格斯跑进蒙古包：“喜鹊叫，今天有好事呀！”

乌云玛老人满脸堆笑：“孩子的话预示吉祥！布赫真要回来了吗？”拿出铜钱占卦，看了卦象道：“卦门开了，也许真要回来。”又絮叨道：“唉，骗孩子们干什么？”嘴里嘟嘟囔囔着开始合掌祷告，“让儿子平安归来吧！我死也瞑目——”

乌云密布的天空刮起了沙尘暴，晚上鹅毛大雪纷纷下落。通乐嘎一家正准备吃晚饭，伴随看家狗的叫声传来了骆驼的叫声。陶格斯跑出蒙古包，看见两个人正在下骆驼。大雪中两个人疾步向蒙古包走来，陶格斯、陶笛姐妹俩目不转睛地看着两个人。

“难道爸爸回来了吗？”苏和刚要开门，两个人走了进来。其中一人掸了掸帽子上的雪，跪倒在老人跟前：“母亲安好！”

乌云玛老人一眼认出了布赫：“儿子真活着回来了？我儿子布赫！”

老人喜极而泣。

布赫用手擦拭了母亲的眼泪，转身道：“孩子们都长大了——”抱起陶笛亲了亲额头。

通乐嘎激动万分，往炉子里加上干牛粪开始熬奶茶，喜悦的眼泪顺着脸颊不停地流。在白雪皑皑的戈壁上孤雁般的蒙古包洋溢着喜悦的气息。二十五的灯节给这家带来了幸福和惊喜。

和布赫一起来的中等个子的年轻人叫巴雅尔，是古日斑哈西雅图宁布的二儿子。

日本人的矿上突然停工后释放了一批工人，布赫也跟他们一起到巴彦宝日站交了文书后返回家。日本间谍站用货车把他们拉到一户牧民家便回去了。那户牧民正是古日斑哈西雅图宁布家。布赫幸亏到了宁布家，宁布派儿子巴雅尔送他回家。

灯节二十五晚上，一家人开始敬献佛灯。乌云玛老人蹒跚下地，点了粗大的佛灯。其他人各自又点了自己的佛灯，向长生天、佛祖、家乡神灵祷告，希望生活顺利、吉祥、富足！巴雅尔也点了佛灯。

乌云玛老人微笑着祝福巴雅尔：“孩子点了佛灯，亲戚家人会幸福安康心想事成！”大家再次跪拜。当晚，布赫讲述了朱勒格太的经历后，人家安睡。

第二天雪小了，但是刮起了白毛风，寒冷刺骨。巴雅尔喝完早茶，告别大家，牵上骆驼回了古日斑哈西雅图。

1942年，时局越发严峻。

日本间谍为了防止戈壁边境线上的牧民与苏联、外蒙古联系，加派军队加强监控。大肆抓捕与境外红党联系的嫌疑人。呼勒斯太寺的日本间谍站与毡袍子仁琴商量，采取了严密的防控措施，加派兵丁并收买当地的汉奸蒙奸，登记沿边境线的有嫌疑人家进行严密监控。

呼勒斯太寺的歪胯巴拉桑、扎根站的点头丹增与日本间谍机构狼狈为奸，跟踪边境线上有嫌疑的牧民，还招募贪财的人，时刻监视从事地下活动的人。

间谍机构为了加强防备，隔几天召开秘密会议，听取汇报采取行动。汉奸走狗为了谋得利益，捏造假消息祸害普通牧民，他们“立功”得赏，依附日本人狐假虎威。

歪胯巴拉桑越来越贪婪。

有一天，他跑到了日本间谍机构，对日本军官龇着大黄牙摇尾巴结道：“太君的庇佑下诸事顺利！我们要‘捉贼捉王’，据我探知义西格图、额尔德尼敖包西边放牧的高个子彬巴、西哈南的棍楚克敖思尔有重大嫌疑。他们经常沿边境线一带放牧，有时候越过边境线跟境外的牧民联系——”说完后像只哈巴狗望着日本军官的脸。

“好，把你了解的事情要具体讲讲！”

披着佛衣造孽的贪婪鬼巴拉桑越发巴结道：“前几日我以寻找丢失的马为借口，到希日塔拉、乌兰希布格、色日布格套路盖、呼德勒乌苏、内外哈布塔盖，站在高处拿望远镜一看，额尔德尼敖包的高个子彬巴刚开始在敖包后放驼群，不一会儿人就不见了。这时候从外蒙古的边防站出来两个骑骆驼的人，沿着翁格尔嘎希棍往东走了一阵，进入麦汉呼和不见人影了，大概过了一个钟头高个子彬巴重新出现在他的驼群旁，不一会儿人又不见了，黄昏时，他才又出现，赶着驼群返回。那边的人再没出现。”

日本军官眼珠子乱转问道：“那怎么了？”

“太阳落山，望远镜看不清！”歪胯巴拉桑嘴唇微微发颤。

“这就是事实，明天你继续在原地监视高个子彬巴的一举一动，及时报告给我！要注意秘密活动，别让嫌疑人警觉起来！时机成熟可以抓捕！”日本军官对巴拉桑点点头，以示嘉许。

歪胯巴拉桑背着手出来，带着“立大功”的愉快心情回去了。

歪胯巴拉桑第二天一早出发监视彬巴，监视两天没有异常。第三天，拿望远镜正在四处查看，“猎物”终于出现。三个骑骆驼的人沿着翁格尔嘎希棍往东走去。临近黄昏时分高个子彬巴出现，从山后往阿日嘎希棍走去。太阳落山后，三个骑骆驼的人跨过边境线，彬巴收了驼群从额尔德尼敖包后面回家。

“可以确定了！要趁热打铁才行，该抓捕了。”巴拉桑嘟囔着，收起望远镜站起来——

日本侵略者为了巩固殖民地的统治对边境线采取了严厉的大扫荡。

日本间谍站为了防止国民党抗日人士、共产党的地下组织在边境线秘密活动，苏联和蒙古国军方间谍机构与戈壁人民联系，为他们提供武器装备、搞政治活动，派出了大量的秘密间谍和军人，动用内部汉奸蒙奸抓捕一切有嫌疑的人，关进大牢百般折磨。

春季三月大风吼叫，戈壁苍茫混沌。

几年前布赫就想去看望大舅哥，因种种原因耽误未能如愿。今天布赫决定无论如何要前去看望大舅哥。布赫的大舅哥就是彬巴。彬巴大高个子、胸宽体壮、眼睛炯炯有神。彬巴因身高力壮被戈壁人称为“高个子彬巴”，是多次敖包那达慕摔跤比赛的冠军，还赢过旗公爷的摔跤手。在一次敖包博克比赛上摔倒巴拉桑，使巴拉桑摔断了腰，走路歪歪扭扭。自那以后，巴拉桑怀恨在心，时刻想报仇。彬巴人直爽、坚忍、能高瞻远瞩，好汉美名传颂在戈壁，戈壁人都尊重他。

高个子彬巴春天在乌布日哈布塔盖、洪谷尔莫力图放牧，驼群则在水草丰沛的额尔德尼敖包北、新乌苏、阿日嘎希棍放牧，他家畜群膘肥体壮。

布赫要去看望彬巴，通乐嘎格外高兴。

乌云玛老人擦泪道："路上小心，听说边境线抓捕嫌疑人员呢，到处乱糟糟的，快去快回！"母亲永远为子女操心，不管孩子多大了也不忘时刻提醒他们。

布赫骑上骆驼往东而去。路途遥远，布赫从查干哈木日北边奔向云雾缭绕的呼仍希波。午后喂骆驼吃了些草，让骆驼降下速度缓慢赶路，过一会儿又给骆驼加鞭加速前行，从套海湖北岸直奔昆都仑敖包，太阳偏西时几座蒙古包出现在眼前，布赫的骆驼加快了速度。

布赫路过彬巴的冬营地洪谷尔莫力图，临近了阿日哈布塔盖。赶了一天路程的骆驼再也提不起速度。幸亏望见彬巴的春营地，营地上母驼叫驼羔跳。

彬巴的妻子巴达玛正在挤母驼奶，听到狗叫声，看见有个骑骆驼的人正在下驼拴驼。巴达玛拎着挤奶桶急忙跑过来，一看是布赫。反身回蒙古包放下奶桶，急忙转身出来。

布赫道："您好！"

巴达玛回礼问安："几年不见，快认不出来了！"二人说着话走进蒙古包。

布赫："我以为你们还在冬营地，从洪谷尔莫力图过来的！"

"洪谷尔莫力图的草场满足不了母驼的食量了，搬来这儿十几天了！彬巴每天跟着驼群，骆驼老是越过边境线！"巴达玛叹气。

"大舅哥快回来了吧？在哪儿放牧呢？"布赫急不可待地要见彬巴。

巴达玛盛了奶茶："今天往新乌苏口、古日斑哈日、哈日德勒方向走的，快回来了，每天都快天黑才回来。"往木碟里加了肉干和奶食。

"赶了一天路，饿了吧？喝茶！"巴达玛忙着点炉灶，准备饭菜。

正在这时高个子彬巴收了驼群回来。看见拴在马桩上的骆驼，知道布赫来了。

彬巴一进蒙古包，布赫忙站起让彬巴坐在黑幕日问安。

“您好！几年不见，来看你们。通乐嘎也天天想念你们呢！”布赫盛碗奶茶，双手捧给彬巴。

彬巴用他那大手掌抹了一把脸：“家里都好吧？老人身体安康？”问这问那。

“都安好，母亲快七十了，身体有点小毛病但没有大问题。孩子多，数通乐嘎最累最辛苦！”

布赫看彬巴，虽有些苍老，但是赫赫有名的搏克手依然强壮。

巴达玛摆上了酒肉，二人边喝酒边聊局势的混乱、日本间谍的凶残。

彬巴喝了一口酒：“局势严峻，日本鬼子比恶狼还凶残。在戈壁上，杀人放火无恶不作，普通牧民也没逃过他们的监视。不知道他们要干什么？想把戈壁整个都吞下。蒙古人不会那么容易投降的，哪天会放那帮畜生的血——他们还跟踪监视我呢，畜生们——”仰脖喝干了碗里的酒。

布赫说道：“戈壁像群狗中的骨头，谁都想啃一口。吃人者终被人吃掉。歪胯巴拉桑成了狗腿子，仰仗日本人耀武扬威，是十恶不赦的狗腿子！”

彬巴说道：“听说在边境线一带活动，得了间谍机构的指令，像嗅到了血腥味的恶狗——”彬巴仰脖又饮干。

多年未见的两个人谈论着家庭生活、局势、戈壁杭盖、故乡——

狗叫声惊醒了刚入睡的彬巴一家人。巴达玛竖着耳朵听外面的动静，狗叫声骤停，骆驼惊叫声传来。

“狼来了吗？”彬巴心想着，起身穿衣服刚推开蒙古包门，从外边闯进来一人，厉声叫道："点灯！"惊慌失措的彬巴点了灯，从外面又闯进几个拿枪的人。"大半夜的你们要干什么？"彬巴生气地叫道。

歪胯巴拉桑坏笑道："来请你！快穿衣服！"眯着眼睛指了指布赫。

布赫起身穿上衣服问道："是巴拉桑呀，大半夜的——要干什么？"

"哼哼，布赫你来这儿串通什么？"

彬巴指着巴拉桑喊道："请人？请人白天来，土匪似的趁夜黑来呀？"

"不是常说，赶路不怕夜黑吗？"歪胯巴拉桑掏出手枪顶在彬巴的胸口疯狗似的吼道，"把他俩绑上！"

荷枪实弹的几人把彬巴、布赫赶出来。在马桩边，看家狗躺在血泊中。

彬巴怒不可遏："为什么要杀我的狗？"

歪胯巴拉桑用枪瞄了瞄狗，奸笑道："你的狗吞铁球睡着了，不就是一条狗嘛，有什么大惊小怪的？哼哼。"

彬巴猛地一脚把巴拉桑踢倒在地，怒骂："你才狗！窝里横的畜生，抱日本鬼子大腿祸害同胞！"

"给脸不要脸，让你尝尝铁球！"歪胯巴拉桑举枪瞄向彬巴，突然想起日本军官"不能杀，活着带回来，他是重要的关键人物——"的话，收了手枪，命令随从："带走！"

几个人把布赫、彬巴俩人推上骆驼，各自骑上马、骆驼，往呼勒斯太寺出发。

愤怒的彬巴想趁夜色，干掉这几个人后逃跑。但是荷枪实弹的十几个人没有给他任何机会。临近哈日敖包，天亮了。走在彬巴左侧的人一边催喊"快点——"一边用枪杆砸了一下骆驼，彬巴的骆驼怪叫一声猛地往前冲去。

"不懂规矩的畜生！打骆驼还不如打我！"彬巴骂道。

那个士兵策马上前，彬巴猛地勒住驼缰绳，拿起缰绳抽向那个士兵。挨打的士兵滚下马背，他的马拖着缰绳跑开。

“巴拉桑！彬巴打倒我们的人了！”一个人吼叫。

走在离布赫不远处的巴拉桑迅速转身喊道：“快下马，抓住捆紧！”一个人跑过来要夺彬巴手中的缰绳，彬巴对着他的后脑勺给了一拳，那人应声倒地。几个人一起冲过来，彬巴是出了名的摔跤手，对着最前面的人胯下踢了一脚，那个人抱住下身乱滚。十几个人合力把彬巴压倒，绑紧了手脚。

把彬巴重新推上骆驼，让布赫牵骆驼，布赫浑身颤抖。赤手空拳奈何不了荷枪实弹的十几个人，见过世面的布赫没有贸然动手，牵着骆驼默默前行。

中午到了呼勒斯太寺。十几个兵把他们二人赶到寺后面的几间小屋，分别关了进去。以前这里是班迪喇嘛们的宿舍，现在改成临时监狱，门口有全副武装的守卫。

呼勒斯太寺监狱关押的人一天比一天多。他们给了高个子彬巴一个破烂黄皮褥子，但是褥子太短，彬巴只得蜷着身体躺在地上，煎熬中数着日子度过。

五日后。太阳落山，大地 片漆黑。

彬巴思绪混乱，恨这乱世，躺在冰冷的地上。监狱大门外人声鼎沸，监狱门被打开。握枪的几个兵警在门前站成两排，大声叫道：“出来！”

彬巴猜要出事，缓缓站起身跟在士兵后面走了出去，士兵把他赶向大殿。外面伸手不见五指，偶尔不知从哪里传来几声枪响，活像传说故事中的阎罗殿一样阴森恐怖。

彬巴被带到大殿，大殿北墙前放了一张长桌，桌子后面坐着几个穿黄色衣服戴尖顶帽子长相奇特的人，桌子两旁列队站着拿枪的士兵，桌子的两角斜放了几张短桌，桌子后面坐着歪胯巴拉桑、吉米彦等人。坐在长桌中间、绿眼睛的人可能是最高的军官，直勾勾盯着高个子彬巴用日语厉声喊叫。翻译宋达来命令士兵解开了彬巴的绳子，让他坐在大殿中央的木墩子上。墙脚并排放了铁链、烙铁、鞭子、木桩等审讯犯人的刑具。

宋达来和日本军官嘀咕了几句，转向彬巴厉声道："彬巴，你是破坏大日本帝国法律的犯人。在大日本帝国的关照下，戈壁牧民幸福美满。大日本帝国给戈壁带来了和平自由。你却跨过边境与苏联、外蒙古的红党密谋对抗大日本帝国。如果坦白交代，日本帝国重用你，要反抗，什么结果你清楚！如实说来！"宋达来清清嗓子又问道，"跨过边境几次？见过什么人？"

"我不明白，我没有过边境线，更没有和什么人见过面！"高个子彬巴严肃地说。

宋达来三角眼直转："撒谎！抓你是冤枉你了？证据确凿，再撒谎要你命！"拍桌子喝道，"如实交代！"

"没有交代的，无罪的人交代什么？倒是你们把你们的罪行给人民交代清楚！"

审讯持续到半夜，彬巴守口如瓶。日本军官的胡子竖起，站起身又坐下。这时瘦高个的日本士兵对军官耳语几句，军官严厉地看着彬巴。

审讯结束了。彬巴重新被关进监狱，仇恨使得彬巴一宿没合眼。关在另一个房间的布赫对这一切一无所知。过了一天，监狱外面人声嘈杂，吵吵闹闹不休。

第二天无任何动静，傍晚时门被推开，进来一个送饭的年轻人，是审讯那晚和日本军官说话的年轻人。

年轻人放下饭："吃吧！"看了一眼外面，关上门，"只要活着什么都会实现，坚持吃饭！"向彬巴竖大拇指点点头，又握拳咬咬牙。今晚的饭菜很特殊，米饭羊肉汤，几天来，一粒米也没吃的彬巴听从年轻人的把饭菜吃了个干净。

吃喝后，彬巴躺在地上心想，"今晚的饭菜为什么是肉汤米饭，刚才的年轻人是谁？是好人吗？还是得到日本人信任的共产党地下工作人员？他让我坚持——"

正揣测猜想的时候，监狱门被打开，进来两个拿枪的士兵："起来！"吼叫着赶出了彬巴，把他带到大殿仍旧让彬巴坐在木墩子上，今天的审讯席上又多了几个人。

日本军官点了根烟，对着宋达来说了几句。

宋达来记录下，说道："带布赫！"给士兵下了命令。

几个士兵出去把布赫带来。彬巴看着布赫心想，"他们要审讯布赫，布赫你可千万不要乱说，幸好布赫知道得不多！"

宋达来依旧清嗓子说道："彬巴！你是好人，我们军官爱惜你。交代了事情就可以回去放牧了，错过了这机会，后悔就晚了！"

彬巴身边站着两个士兵，身后站着一个士兵。彬巴望着日本军官道："这就交代！"猛地起身，摔倒了身边的两个士兵，对着身后士兵的胸口给了一拳，那个士兵惨叫一声仰面摔倒。日本士兵一拥而上把彬巴绑紧。桌子后边的日本军官用日语尖声吼叫。

"胆敢反抗？再反抗卸了他的四肢。以怨报德，如实交代！"军官坐立不住。

彬巴若无其事地望着他们："这就交代，你问吧！"

宋达来像只被压在栅栏下的羊羔，发出难听的声音，问道："你的秘密名字？"

“彬巴，父母起的名，再无他名。”

“跟境外联系了几次？接受了什么任务？”

“一次也没联系，他们为什么给我任务？”

“还想撒谎？你妹夫全部交代了，你如实交代！”宋达来喊道。

“我没有犯罪，倒是你们交代清楚！侵略我们的国家，杀害普通牧民，抢掠财物。你们是土匪、刽子手、疯狗！”彬巴的声音使大殿震颤。

日本军官们被骂得坐立不住，中间的军官龇着一排黄牙吼道：“用刑！”

士兵把彬巴吊在大殿的梁上，用鞭子狠命抽打。拿烙铁的士兵撕开彬巴的衣服，往胸口压上通红的烙铁。

高个子彬巴哼都没哼，更没交代，咬牙忍着。彬巴晕了几次，但酷刑依然持续着。用最残酷的刑具折磨彬巴，佛门圣地变成了人间地狱。受刑的彬巴失去知觉晕死过去。

歪胯巴拉桑，哈布奇可罗瑞过来看了一眼：“彬巴好像断气了，难道死了吗？”

“叫医生验死活！”军官说道。

士兵跑了出去。这个士兵叫快步吉日嘎拉。送饭给彬巴鼓励彬巴的年轻人就是他，吉日嘎拉不一会儿领来了医生。

医生听听心跳，道：“已经死了！”

日本军官双眼通红，喊道：“死了？把他的尸体扔到山沟喂狼！”

快步吉日嘎拉等五个人把彬巴抬出去了。

外面，天空晦暗，下着蒙蒙细雨。抬这么大个子苦不堪言，几个人把彬巴抬到寺西边的山沟扔了下去。

哈布奇可罗瑞“哎哟哟”呻吟道：“这东西比牛还沉，打烂他脑袋！”

刚举起石头要砸彬巴，快步吉日嘎拉拦住道：“脑浆迸你身上会化脓的！让死人的血肉溅满全身多不吉利？”用袍子盖住彬巴的脸，大家返回寺里。

审讯了布赫一阵，也没得到任何有价值的信息。

快步吉日嘎拉走到军官身边：“这东西胆小怕事，除了放牧，干不出什么。在朱勒格太放了三年的军马，没有越过边境的机会。”日本军官再没吱声——

临近入夏，风暴骤减青草发芽。牛羊叫声此起彼伏，经历了严冬考验的戈壁开始伸伸懒腰惬意舒适。

通乐嘎一家忙着接羔。十三岁的陶格斯替苏和放羊，苏和整日在山沟丘陵地拾捡干柴，照料羊羔牛犊，整理圈舍，男人的重活儿苏和全部承担了。

苏和长成大小伙子，通乐嘎格外高兴，但更害怕儿子被诺颜仓叫走。

傍晚陶格斯放羊归来：“妈妈，爸爸怎么还不回来？已经八天了！不会摔下骆驼出事了吧？”

苏和看着妹妹道：“栗驼老实，父亲可能帮着舅舅家干活儿呢。”

“可能是，现在正好是梳驼绒的季节！”通乐嘎打断自己的话，“不会让那些坏蛋害了吧？前几天点头丹增在附近出现过。他也跟歪胯巴拉桑一样，是心眼坏的东西——不会是我哥出事了吧？——”不好的兆头萦绕在通乐嘎脑海。

陶格斯一早出去放羊，闻到鲜草味道的群羊四处撒欢，陶格斯尽量把羊群放牧在视野宽阔处不让它们进山沟里。

通乐嘎忙家务帮陶格斯放羊。晚上羊群回营地，通乐嘎帮陶格斯圈了羊，叫苏和照料羊羔。这时，看家花狗突然汪汪叫着，从夕日套路盖前头跑向西。骑马骑骆驼的两个人，出现在通乐嘎视线里，骑骆驼的是布赫，骑马的人穿了一身日本人的绿色军服。通乐嘎和孩子站立在原地未动，布赫脸色难看地下了骆驼进了蒙古包。

送来布赫的士兵看着通乐嘎：“你是布赫妻子吗？”

通乐嘎惊道：“是，您是？”

“日本军方的公差，我叫罗瑞。你哥哥彬巴牵连到边境线的事情被叫到警察局接受审讯呢。你丈夫布赫虽然有嫌疑，但是问题不严重，罚他到公爷衙门干三年的活儿。我承担送布赫去衙门的任务。你快去给收拾衣物！我们现在就走。”

通乐嘎收拾包扎完衣物，罗瑞催促布赫上路。

布赫跪倒在母亲前：“母亲，您放心吧！我很快就回来了——”

老人耳聋，听不清，发愣问道：“儿子！什么？”

布赫向通乐嘎说道：“别担心，我们什么也没干，好好照顾孩子们，抚养他们长大！”

布赫在苏和的额头上亲了亲，嘱咐道：“好孩子，你要照顾好家里，妹妹们小，家里重担都压你肩上了！”

罗瑞不停地催促布赫。

布赫指着栗驼：“这是全家唯一的脚力，我骑走了家里没有可用的牲畜了。”

罗瑞：“骑上，路远！徒步什么时候才到？到了旗衙门我给他们把骆驼带回来。”

布赫和罗瑞二人，各自上马上骆驼消失在黄昏的戈壁中。

通乐嘎哭泣着送走了布赫。

“苦难深重！穷人的命呀！活着比死了还难受——唉，哥哥又入虎口了！”陶笛、陶格斯抱着母亲痛哭。

“你这哭哭啼啼的怎么了？布赫去哪儿了——”老人好奇地问。

通乐嘎擦了眼泪，心想，“瞒也瞒不住！”瞒着老人，反而让老人更难受。于是连比划带喊地告诉了老人。

老人明白了大概意思：“佛祖呀！如今的世道不让穷人过安稳日子，我儿子不知托生在哪个受苦的星宿，这样受苦受难?”轻声啜泣。

几天后，哈布奇可罗瑞骑马，带来骑骆驼的一个人，还牵着栗驼和一峰红驼。

罗瑞说道：“骆驼给你们送来了，这个人是旗衙门派来接苏和的人。衙门下令叫苏和去诺颜仓放马！”转身对跟他一起来的人说道，“我回去了，你要好好完成你的任务！”说完策马走远。跟罗瑞来的老人叫却如克，在诺颜仓放牧。却如克在通乐嘎家住了一宿，第二天早起，让苏和骑上骆驼奔诺颜仓而去。

通乐嘎沉浸在痛苦的海洋中。自己的儿子不让做主，瞪着眼睛让人领走了。“‘马善被人骑，人善被人欺！’世道黑暗。天呀，睁眼看看穷苦人吧！”通乐嘎整日以泪洗面。

第二章　灾祸横行　戈壁泣哭
奸佞当道　百姓苦楚

一、淖彦套路盖的冬营地

乙酉年的冬天，戈壁雪大寒冷难耐。草地、山丘、沟壑被大雪覆盖，草场的草被盖得严严实实，只有少许长高的灌木丛稍稍露出头，成了畜群的食物。

套路盖近几年连年干旱，罗布桑让通乐嘎一家向南迁到淖彦套路盖过冬。老人说，淖彦套路盖那片地区断了祭祀的香火，出现了各种异象，灾祸不断。从前，淖彦套路盖一直没断过祭祀。每到农历五月十三，附近的牧民聚集在淖彦套路盖举行祭祀活动，向家乡神灵祈祷。淖彦套路盖这地方风调雨顺，附近的牧民五畜兴旺。如今断了祭祀已经六七年的光景，不知是神灵降灾祸的缘故还是什么缘故。

任人摆布的通乐嘎一家没有自由，只得迁往淖彦套路盖。十五岁的陶格斯，每天在山沟丘陵地放牧。通乐嘎听别人说哥哥彬巴过世已有三年。“泥菩萨过河自身难保”！一个妇道人家能做什么，只能唉声叹气。连去看她嫂子的自由都没有。

一天，愁眉不展的通乐嘎正在家。大肚子罗布桑的佣人叫淖德斯的妇女推开她的蒙古包走进来，向通乐嘎弯腰问候道：“您好！真是个灾害大的冬天呀！”合掌祷告。

通乐嘎盛着奶茶说：“自然灾害再厉害也能咬牙坚持，可这世道——”叹气道。

淖德斯道：“听说虽然用酷刑折磨死了你哥，但是尸首没找到。佛祖保佑也许自己逃走了！”

通乐嘎叹道：“三年没信儿，要是在世，怎么也得给我捎信！我是什么也不清楚也不知道，只有老天爷知道。”

淖德斯大声道：“大肚子罗布桑、歪胯巴拉桑是人渣。自从日本鬼子撤退后，丢了魂儿似的，但对普通牧民像活阎王。现在脱了军服重又披上了喇嘛衣，天天在呼勒斯太寺念经拜佛，装假正经呢。”

“寺里的喇嘛回来了？”通乐嘎问。

淖德斯擤了鼻涕：“回来个屁喇嘛！还是保管员希日布、班迪喇嘛德楞在寺里。知道巴拉桑、罗布桑的恶行谁还回来？他们俩不仅恶贯满盈，还是世上少有的奇物。罗布桑刚从德吉德被窝里爬出来，巴拉桑便钻进去抱着德吉德睡，真是奇事。有一天，我在德吉德家过夜，罗布桑抱着德吉德满足了欲望挺着大肚子入睡了，歪胯巴拉桑绕过我的脚，爬向德吉德。呸！发情的野狗似的，下来一个爬上一个——好像德吉德屁股塞蜜糖似的——”两个人说着哈哈大笑。

淖德斯笑出了眼泪，继续说道：“别再提那两个恶心的东西了。歪胯巴拉桑好像知道些事情。我听见他对罗布桑说：‘抓捕彬巴是我出的主意，早就想除掉他了。在那年的那达慕摔跤比赛上，彬巴摔断了我胯骨，让我成了歪胯。我发誓过要报仇的，我和彬巴不共戴天——’我悄悄听见的，你不要太伤心，放宽些心，‘阳光总在风雨后出现’！”

聊了一会儿，淖德斯要回去放秃子巴拉丹的羊，告别通乐嘎离去。

第二次世界大战以苏联红军在西方战场彻底击溃德国、东方战场美军在日本扔下两颗原子弹而告终。日本侵略者宣布无条件投降后撤出了中国。但戈壁没有因日本的投降而得到属于自己的和平安宁。国民党的流匪钻入戈壁深处，他们大肆烧杀。大肚子罗布桑、歪胯巴拉桑继续欺压普通牧民过着耀武扬威的日子。他们霸占日本人留在呼勒斯太寺的财产，用枪威胁普通牧民。恃强凌弱的世道如此可怕。

大肚子罗布桑以前在五当召当喇嘛。日本人侵入戈壁前，呼勒斯太寺的棍楚克丹毕去乌力吉图寺当了活佛，于是把罗布桑从五当召叫来，主持呼勒斯太寺的寺务。罗布桑来的时候，不是只身一人，领了他的姘头德吉德来放寺里的羊群。

日本人侵入后，呼勒斯太寺成了日本的间谍机构基地。佛寺的殿堂坍塌，佛像倒地，喇嘛四散。罗布桑趁机把寺财产的一半留给德吉德放牧，一半让布赫一家放牧。大肚子罗布桑是窃取呼勒斯太寺财产的真正巨匪。丢弃佛教信仰的大肚子罗布桑让德吉德住在呼德勒乌日堂，二人偷偷在德吉德处约会，他们的私生子出生在星期一，叫额尔德尼达娃，附近的牧民叫罗布桑的“黄达娃”，达娃已经四五岁的样子了。

越过呼勒斯太寺前面的山头便是淖彦套路盖的北边，是从西往东连成一片的芨芨草盆地。它的北侧低矮的几个山头叫希布图呼和。在希布图呼和的石头院墙叫淖彦套路盖井。通乐嘎一家就在那儿过冬。虽说有一口井，但因为是风口的原因，放牧十分困难。通乐嘎一家人在这寒冷的冬季疲惫不堪。风雪肆虐，羊群不安稳吃草老是顺风跑散，羊变得越来越瘦弱。

石头院墙低矮又年久失修，屋檐塌落，院子里冰雪越积越厚。冰雪地上羊不能产羔，羔羊成活率低了。陶格斯出去放羊，通乐嘎打扫院墙，运出冰雪。陶笛帮母亲跑来跑去。乌云玛老人在家里拄着拐围炉灶转。为了生存，一家人不知疲倦地忙碌着。布赫被旗衙门叫去转眼已过去三年了。听别人说，布赫在放马，这么多年一直没回家也没有任何音信。

冬天的戈壁披上银装素装，北风狂吹寒冷难忍。风力减弱雪就变小，雪一停就起风暴，真是变着法儿折磨人。

通乐嘎一家处境越发困难了。陈旧破烂不堪的蒙古包留不住丝毫的热气，无论烧多少柴火感觉不到一丝暖意。

一天，大肚子罗布桑光临了通乐嘎破旧不堪的蒙古包。罗布桑冻得瑟瑟发抖，揉搓着手说道："家里这么冷？还不如山头避风处！"

通乐嘎可怜兮兮地央求道："蒙古包的围毡太单薄，蒙古包里都开冻了，老人也冻得厉害。活佛发发慈悲给我们想个法子吧！"

"畜群怎么样？"罗布桑问。

"羊瘦弱不堪，母牛也跟不上群。"通乐嘎往炉子里加了牛粪。

大肚子罗布桑嘴角发颤抖动，说道："你们从哈伦河拉几车竹子，加厚蒙古包的东西去寺里拿吧！"

通乐嘎忙道："明天就去，谁在寺里？"

罗布桑说道："明天我在寺里！"冻得哆哆嗦嗦走出去。

"趁热打铁"！通乐嘎第二天便赶到寺里。巴拉桑和罗布桑都不在。通乐嘎只得进入希日布的住处，暖和了身子，问道："罗布桑、巴拉桑喇嘛去哪里了？"

希日布使劲摇头叹气道："昨天就走了，说是今天回来。愿意回来就回来住几天，不愿意就在外边跟哪家的女人打情骂俏——"

"我们蒙古包外围毡子太薄，罗布桑让我来寺里拿一些能用的，加厚蒙古包！"

希日布想了想："就是些破烂布匹，日本兵留下不用了的帆布帐篷堆在那儿。罗布桑说的可能是那些。大肚子罗布桑是小气吝啬的人，从来不把自家的东西给人——唉，物主是敌人，物品又不是。你骆驼上能拉多少就拉多少！”

巴拉桑、罗布桑约好似的一同赶回来了，通乐嘎急忙上前问安。

歪胯巴拉桑咧着嘴笑道：“军人的帐篷有的是，拉上拿走！”领着通乐嘎进大殿，大殿里堆着日本人留下的物件。

希日布拽出几个帐篷：“足够你围蒙古包的了！”帮着通乐嘎把布驮上骆驼，加固绑牢。

通乐嘎牵骆驼准备出发，巴拉桑道：“不拿些鞋袜衣裤？”

通乐嘎装作没听见牵着骆驼向前走去。冰雪覆盖的道路十分难行，通乐嘎黄昏时才到家。通乐嘎喝完茶用帆布加固了蒙古包，蒙古包顶木架已经陈旧不堪，不能在蒙古包顶多加固，只得在蒙古包外圈多绕了几层布，家里顿时感觉暖和了。

冬营地，风暴频繁，有时连着几天刮白毛风。

一天，陶格斯背上背筐，正赶着羊群，突然起了风暴。陶格斯扔下背筐去回赶羊群。头羊已经跑远的羊群已经不好回赶了。天黑前不能掉转羊群，暴雪中连家也难回。下午，风暴更加肆虐狂吼。陶格斯在风雪中拼命来回奔跑，风雪使陶格斯睁不开眼睛，步履蹒跚。黄昏时，陶格斯终于让头羊掉转头，羊群不愿意逆风行走挤在一起，让陶格斯头疼不已。

天黑了，远处的地标已经无法看清。陶格斯赶着羊群走到了石头嶙峋的沙石地。“这片沙石地是不是东嘎顺的西边？”陶格斯把羊群一直赶向西。

天黑后通乐嘎万分着急。羊群和陶格斯不见人影。“在这大风雪中，女儿迷失方向了——”坐立难安的通乐嘎出去寻找陶格斯，朝着陶格斯放羊的方向边跑边喊。往东走了许久，找遍东嘎顺的前面、阿日和日齐格等地，羊群和人都无踪影。通乐嘎跑上山头："陶格斯，陶格斯你在哪里呀？妈妈在找你。"拼命呼喊。看家狗也跟着主人到处嗅味道，人和狗在黑暗中跑来跑去，狗突然像嗅到了什么，跑到一块黑乎乎的影子跟前"汪汪"狂叫。"这狗是怎么了？"通乐嘎跑过来，是陶格斯放羊背的背筐。"孩子可能就在附近，是不是我和她错开路了？还是迷路了？"通乐嘎边走边喊，走过那片草地仍无陶格斯的踪影。

黑夜。风雪变小，周围漆黑一片。陶格斯赶着羊群继续前行，无论多么黑，羊群也会认得回去的路。冻得瑟瑟发抖的陶格斯跟着羊群，羊群突然转向南方。陶格斯辨认周围地貌，到了自家冬营地的后面阿日和日齐格，高兴得陶格斯胆也壮了，赶着羊群到了家。

听见羊群的动静，陶笛跑出来问道："妈妈呢？"

陶格斯奇怪道："妈妈怎么了？我赶着羊群，绕很远才回来的，妈妈出去找我了吗？"

陶笛说道："姐姐先进蒙古包吧，快暖和身子再想办法！"推着陶格斯进蒙古包，帮着陶格斯脱下衣服掸去上面的冰雪。

乌云玛老人看到陶格斯平安回来，高兴地说道："佛祖保佑，没冻死平安回家了！你妈妈不放心，去寻你——哎，大黑夜的不知道在哪里？"叫苦连连。

陶格斯喝了几碗茶，稍稍暖和了身子，急着去找妈妈。"大黑夜不知道去哪里寻找？"正在不知所措的时候狗叫声传来。陶格斯、陶笛叫道："妈妈回来了！"一齐跑出蒙古包，通乐嘎也到了门口。

通乐嘎抱住陶格斯："孩子没冻死回到家，真是佛祖保佑！看见你扔下的背筐知道你在附近。循着你和羊群的印迹，看见两只掉群的母羊才知道你转向回家了，这才放心赶回来了！"

大家吃了晚饭。

第二天，通乐嘎早起牵上骆驼去要带回昨晚掉群的两只母羊，到阿日和日齐格，两只母羊早已冻僵了。通乐嘎心里一阵发慌。“‘富人钱多，穷人债多’哎呀！又要赔偿——”叫哭着把两只羊驮上骆驼赶回家。

冬季仲月末。

“二十的月出得晚！”太阳刚落山，戈壁黑漆一片，但银色的山川像传说般白茫茫一片。淖彦套路盖的敖包像心事重重的人一样静悄悄地矗立在漆黑的夜幕中。

通乐嘎一家人结束了一天的劳苦，大家进入了梦乡。“通乐嘎——我咳嗽得厉害——”乌云玛老人无力地说道。

听见咳嗽声通乐嘎起身点灯：“妈，身体不舒服吗？煮些肉末汤给你喝！”往炉子里加上干牛粪熬肉汤。通乐嘎端给老人喝汤后加盖了被子。

乌云玛老人叹道：“唉！身体不行了，不知能不能熬过这冬天。儿子不知怎么样了？孙子也没有音信——活着能不能见个面？”低语咳嗽着睡下。

在淖彦套路盖，没人敢过冬。这里不仅是风口而且沙石连成片，夏季雨水稀少草木稀疏，冬天风雪大寒冷难耐，大雪覆盖草场，畜群只啃一些长得高、从雪里露出头的草丛，勉强维持着生命。这地方远不如夕日套路盖。

歪胯巴拉桑执意要让他们在这里过冬，把寺里的畜群迁到了这里。淖彦套路盖的风雪刮个不停，畜群无草可吃，不安稳地跑来跑去。十五岁的陶格斯在这严酷的环境中吃尽了苦头。有时候，风雪中奔跑忙碌，寒冷浸到骨子里，手脚脸颊被冻坏，活受世间的苦难。

二、布赫回家了

灾祸连连，人心惊恐，戈壁形势重新严峻起来。

1945年，日本鬼子虽然投降撤出了戈壁，但是留下的余毒继续加害着戈壁。日本人霸占蹂躏戈壁多年并没有因此而满足。临撤退，撒下“鼠疫”病菌。冬天，鼠疫病菌肆虐，众多的牧民在蔓延迅猛的鼠疫病中痛苦地失去了生命，戈壁哀鸿遍野。到处流传谁家染疾病死的消息，更甚者全家死绝。戈壁杭盖人心骚动，有钱有势的富商权贵纷纷逃离这片祖祖辈辈生活了几代的故土，没钱没势的普通牧民无法搬迁，只能在戈壁上等待死亡，听天由命。

布赫到旗衙门后，背柴火、搭炉灶、运送饭食的沉重杂活儿全部压在他身上，身体越来越瘦弱佝偻。天生勤快老实的布赫干活不遗余力，皮鞭和叫骂声很少眷顾他，因此布赫默念佛祖保佑。三年的刑期虽然到了，但衙门没有下达任何指令。布赫日思夜想的是他的家。担心老母亲，为了全家辛苦劳累的妻子、孩子、小陶笛——谁都想，想得痛苦，唉声叹气束手无策，“人命在天”，回家的权利不能自己掌握，一切任人摆布。

在希布格居住的公爷亲戚一家染上鼠疫死了三个人。衙门下令让布赫把尸体背出掩埋。布赫接到命令到达那户人家，五口人家死了三个，活着的两个人也正在痛苦悲伤中等待死亡。布赫安葬三个人回来后开始咳嗽，身体状况每况愈下。“这东西已经染上鼠疫了，赶紧支走，要不衙门也全部传染鼠疫！”衙门下令让布赫回家。

布赫十分高兴。三年未回家，想着马上要见到母亲、孩子、妻子，布赫十分激动。收拾些东西往北出发。布赫佝偻着羸弱的身体，最近又染了疾，浑身冒冷汗行动迟缓。一天的时间才走了平时的半天路程，到了一户人家。布赫踉跄走到蒙古包前，是小时候的旧识巴日哈斯一家。多年未见，两个人都高兴地互相拥抱。巴日哈斯的妻子澈布格米德是个清瘦的人。盛了奶茶煮羊肉。布赫见着旧识，二人喝酒吃肉，打开话匣畅谈。布赫讲述自己的遭遇、彬巴的被害等悲惨的经历，泪流满面。

巴日哈斯说道："人活在世上经历百事。日本鬼子要让我去入伍。我装病没去，我们邻居家善勒德布的儿子哈布奇可罗瑞去当了兵，穿上日本绿军服，背上枪，像个什么似的。'本性难移'！那家伙像日本人的干儿子似的耀武扬威，欺负抽打普通牧民，忘乎所以。日本人撤走，现在像个漏气的气球似的没了神气，天天喝酒乱逛，呸！"

布赫说道："哦，哈布奇可罗瑞原来是善勒德布的儿子？洗掉皮心也黑的坏东西。抓捕大舅哥和我的时候还有他，而且编造很多谗言陷害我们。送我到诺颜仓的时候一路折磨我，到衙门后，我听见他还跟人说'跟境外有联系的嫌疑犯，不能让他往北走！'"

"是的，他就是那种人！嘿，你大舅哥是戈壁上的好汉，心又善。前几年，我寻找走丢的牲畜，到达查干淖尔时，连骑的马都丢了。正在徒步艰难跋涉的时候碰见他了，他给我骑他的马，帮了我的大忙。唉，好人命短是真的吗？"巴日哈斯叹道。

布赫沉思片刻："唉，怎么说呢？大舅哥让最严酷的刑罚折磨死了。我亲眼看着却也无法拯救。我懦弱，我不是人——"布赫大声痛哭。

巴日哈斯身不由己流下眼泪。

巴日哈斯虽不富裕，但也五畜兴旺。没有亲生的孩子，两口子便过继了个儿子，现在儿子特木日吉日嘎拉在放牧。

布赫在朋友的劝说下住了两天。两日后，巴日哈斯给两峰骆驼上搭上鞍屉，和布赫二人往淖彦套路盖出发。一路上二人说说笑笑，中午通过了桑哈西雅图望见了叶和花。

巴日哈斯下了骆驼："朋友，快到你家了，我回去了！"

布赫想让朋友住一夜再走，但想到巴日哈斯的妹妹染上鼠疫，也只得让巴日哈斯回去了。布赫咳嗽着，骑了大半天骆驼，身体更加疲惫。在灌木丛中，休息片刻后踏着积雪往家走去。刚到叶和花西边，从淖彦套路盖方向传来狗叫声。"是我家花狗的声音，终于到家了！"腿脚轻便了的布赫加快了脚步。

黄昏时走近蒙古包，花狗跑过来围着主人撒欢。听到狗叫声的通乐嘎看见背包袱的人走过来。

"你好？"布赫打招呼。通乐嘎这才认出是布赫。

"哎呀，布赫——你平安回来了？"跑过去接了包袱进了蒙古包。陶格斯、陶笛见到父亲高兴地蹦跳，兴奋得不知道说什么好。

通乐嘎扶起乌云玛老人，嘴贴住老人耳朵："妈，布赫回来了！"

"谁？谁？"老人问道。

"布赫回来了！"通乐嘎道。

布赫跪在母亲前："妈妈身体可好？儿子回来了——"布赫忍不住流下眼泪。

经历了痛苦、苦难，承受了人间太多侮辱、冤屈、折磨、无奈的布赫此刻虽有千言万语要对母亲诉说，但都化成了泪水，顺着脸颊默默流淌。

"儿子！妈妈闭眼前见到你了！"老人抓住布赫的双手大声哭泣。

通乐嘎扶着老人躺下："妈不要哭了！哭了身体会受不了。布赫回来了这不是喜事吗？"给她盖上了被子。

通乐嘎盛了热奶茶。

布赫喝茶的时候，小陶笛目不转睛地看着她父亲堆满褶子的黑脸，布赫抱起孩子亲额头。

“认识爸爸吗？三年没见了——”摸着陶笛的头发。陶格斯帮母亲煮羊肉。

布赫轮流看着两个女儿，问道：“苏和去哪儿了？”

通乐嘎道：“你走后，被诺颜仓叫去放马了，后来听说旗里叫去当壮丁了。一年的期限快满了。估计年底回来！”

布赫摇头叹道：“唉！不到二十岁就承受这么多。可怜！穷人家的孩子能怎么办？——当官的话当不成真，兵务结束了，还有其他——”

陶格斯用木盘装上肉：“爸爸吃吧！走一天的路，饿了吧？”深情地望着父亲。

布赫又饿又冷，往奶茶里加了肉。“臭肉也比没有强！”瘦死的羊肉中饱含着家的温馨和全家团聚的幸福。通乐嘎铺好了床，大家躺下享受劳累后的惬意。通乐嘎熄了灯，布赫疲劳至极，但他对妻子通乐嘎打开了积压多年的话匣，讲述大舅哥的被捕、狱中的审讯，被折磨致死的全过程，悲伤不已。通乐嘎倾诉着歪胯巴拉桑、大肚子罗布桑的欺压侮辱。离别多年的夫妻二人互诉衷肠至很晚才进入梦乡。

归来后布赫身体一直虚弱，白天忙着加厚蒙古包的哈那、清扫修缮圈舍。布赫的回家虽然使通乐嘎高兴万分，但布赫的咳嗽不止，让她暗暗揪心。还有儿子苏和的音信全无也让通乐嘎担心不已。

通乐嘎：“你的脸色难看，好像病情加重了——儿子也没消息，不知怎么样了？”

布赫：“别胡思乱想折磨自己了，‘候鸟回北，游子归家’，儿子会回来的！”

布赫身体每况愈下，通乐嘎想请医生也不知道请谁。呼勒斯太寺只有大肚子罗布桑会看病。听别人说，罗布桑看病看自己的心情，心情好，给病人拿好药，心情不好则一粒药也不给。找他行不通。无奈的通乐嘎把从棍楚克仁琴老人处求来的黄油、白油当救命仙丹给布赫喝。

冬月的二十几。北风吼叫，天地白茫茫一片。通乐嘎清扫圈舍，护理完瘦弱的牲畜，正在准备晚饭，花狗狂吠。

陶笛跑出去看了，跑进来："妈妈，从东边来了个骑骆驼的人。"

通乐嘎看见从淖彦套路盖北有个骑骆驼的人正赶来。骆驼瘦小又爱叫，不停地叫喊着走近蒙古包前，陶笛抱住花狗的脖子。

那汉子拴上骆驼，向通乐嘎大步走来。

那汉子扶着通乐嘎手请安时，通乐嘎才认出来，说道："儿子！你戴上帽子，妈妈没认出是你。"转身对陶笛说，"陶笛放下狗，你哥哥回来了！"陶笛跑过来抓住苏和的手进了蒙古包。

苏和进蒙古包一眼看见父亲："爸爸安好？儿子回来了。"

摘下帽子，掸了袍子上的雪，走到奶奶跟前："奶奶身体好？孙子回来了。"抓住老人的双手跪拜。"苏和，我的孙子！"乌云玛老人亲了又亲苏和额头，"佛祖保佑你们都平安回来了。奶奶现在安心了。佛祖——"嘴里嘟囔着祷告。

通乐嘎盛了茶，摆上肉。

苏和喝茶，问道："陶格斯没回来？"

"没呢，快回来了！"

大家正说话的时候陶格斯回来了。

陶格斯摘下帽子，问安道："哥哥回来了，哥哥安好？"

苏和忙站起身，给妹妹掸去身上的冰雪："好妹妹，这天寒地冻的把你脸都冻坏了！"抓着陶格斯的双手揉搓着给取暖。

陶格斯喝茶问道："哥哥什么时候到家的？"

"哥哥今天才回到家。"苏和解开包袱，拿出两件青色手绢、两张饼分给了两个妹妹。

陶笛打开手绢："哎呀，真漂亮！这么好的手绢我第一次见。"好奇地欣赏。

全家团聚使小小蒙古包又一次充满欢声笑语，迎来了淖彦套路盖难得安稳幸福的夜晚。

布赫兴奋得不知说什么好了，一旦打开话匣有几天几夜也说不完的话语——儿子长成男子汉使布赫十分高兴。没有吃不了的苦，只有享不了的福。经历了无数苦难后一家人能团聚，这就是世间最好的馈赠。

通乐嘎看着儿子清瘦的脸："妈妈听说你被叫去当兵了，吃了不少苦吧？"

苏和笑道："放了一年的军马。刚入冬，狼叼了一匹军马就把我退回了。我回家的路上到了宝日汗图的彭斯克家。他家骆驼多，驯不了烈性骆驼。央求我驯骆驼，我答应了。我要回家，彭斯克给了我一峰三岁公驼当脚力。虽说叫声大点，但老实。陶格斯放羊骑，比在雪暴中徒步跑可强多了。"

布赫神情忧郁地望着苏和："儿子长大了——"

通乐嘎说道："付出有回报，驯烈驼虽累，但有了自己骑的骆驼。戈壁坏人多，好人也不少。"

儿子长成了男子汉，但布赫和通乐嘎心里的阴霾一直未散去："穷人永远无安稳自在，不知谁又会叫走了儿子？"整日提心吊胆，"能有短暂团聚的幸福日子，佛祖已经保佑了我们一家人！"他们互慰。

苏和回来的十几天和妹妹轮流放羊，帮衬家里。

苏和深知父母的担心。苏和圈好羊群，护理瘦弱的羊，结束了一天的活儿。

晚饭时，苏和问道："爸爸身体不好吗？饭量减了不少。"

布赫安慰儿子："断了几条肋骨，经历无数灾难！放心吧，活着回来就已经很好了！"

苏和说道："父母心里有苦，总是唉声叹气。爸爸您不是常说'没有承受不了的苦难'吗？有什么事情告诉儿子，儿子已经长大了！"

通乐嘎说道："唉，红尘苦海中降生的人躲不过苦难。'穷人，吝惜孩子！'我们是担心你，害怕突降什么生离死别——"

苏和激动道："不要担心，遇到什么困难都能挺过去的——告诉你们个好消息吧！听说内地出了专门帮助穷苦人的共产党，他们剪除土豪恶霸，分田地给百姓让他们过上幸福自由的生活呢！共产党要招兵，我去参加，要消灭喝人血吃人肉的这群恶魔——"

望着激动不已的儿子，通乐嘎道："儿子！所有军队都那样喊口号做宣传。日本军队、国民党军队都说过吧？最后怎么样？我都不信这些了——但也说不准，真有那样的好人？苍天！"合掌祷告，又叹道，"苍天保佑穷人！苏和，你父亲的病很奇怪。要再加重就麻烦了！离这西南方向一百多里处有个好医生叫哈达仁琴，明天你去请，医生发善心也许能给看诊。"

苏和看着父亲，道："爸爸，明天我骑上黑公驼请哈达仁琴医生。您早些休息！"给布赫整理被褥扶着躺下。

冬月初。

天寒冷没有一丝风，傍晚天空阴沉飘开雪花。

苏和因明早要去请医生，大家便早早休息。刚入睡不久的一家人被看家花狗的狂吠声惊醒。通乐嘎侧耳听着外面的动静，雪地上人畜走动的沙沙声音清晰可辨。

"出什么事了？"惊恐万分的通乐嘎推醒了苏和，"外面来了骑马的人！"

苏和刚穿上衣服靴子，外面的人闯到蒙古包前大声吼道："点灯！"

苏和爬起，心想，"土匪"！四处摸索顺手的东西，通乐嘎使眼色告诉苏和"不能轻举妄动"！

通乐嘎开了门，苏和听从母亲的指示躺在奶奶里侧。

拿枪的几个人走进蒙古包，观察包里，喝问："你们是谁家？"

"布赫家！"通乐嘎回答道，"我家男人病重！"

满脸络腮胡子的人用枪抵住通乐嘎："还有其他什么人？"

"七十岁的老母亲和孩子——"

没等通乐嘎说完话，"络腮胡子"指着哈那那头："躺在那儿的是谁？"眼睛骨碌碌转。

通乐嘎低声回道："我儿子，也病了！"

"络腮胡子"厉声喝道："怎么都病了？"往前探身子掀开了苏和的被子，喊道，"起来！"

通乐嘎惊慌失措。"行行好吧，求你们了兄弟们！我儿子真有病，染上鼠疫了！放过我们一家吧！"

"你爷爷的！什么鼠疫？想骗我们？再胡说崩了你们。""斜眼"土匪吼叫着，拿枪指着苏和让他快起来。

苏和穿上衣服站起身，一动不动地站着。"斜眼"拿枪柄砸了几下苏和，命令手下人拉走苏和。

通乐嘎慌忙上前抱住儿子，哭求道："求求你们发发慈悲！"

"络腮胡子"一脚踢开通乐嘎，拉拽着苏和往外走去。几个土匪把蒙古包底儿朝天地翻了一遍，找到半袋子黄米。

通乐嘎抱住米袋，求道："这是全家仅剩的粮食，求你们给我们留下吧！"

"斜眼"说道："我们也快饿死了！"命令土匪们把搜刮到的东西带

出去了。

土匪找来水舀子、锅盆、锅盖，倒上黄米喂了他们的马匹。让苏和骑上一匹他们抢来的马跟他们走。苏和装出牵马的样子，靠近“斜眼”，照着裤裆猛地踢了一脚。“斜眼”鬼叫着倒地乱滚。“络腮胡子”命令土匪把苏和推上了马背。

“不知死活的东西，不听话的后果你应该清楚，我们杀人见血眼睛都红了。什么都不怕！”“斜眼”正威胁苏和，通乐嘎跑过来紧紧抱住苏和的腿。一个土匪揪住通乐嘎的肩膀，把她摔倒在旁边。通乐嘎失去知觉，一阵迷糊，她咬牙摇摇晃晃站起身。土匪带着苏和走远了。

“络腮胡子”叫胡子苏德巴、斜眼瘦子叫斜眼拉西，是西山上的土匪头子。他们经常下山抓住年轻力壮的人入伙当土匪，他们四处抢夺食物。用半袋黄米喂马，又抢走了通乐嘎预备过年吃的几片肉，还没满足，欲壑难填的土匪们抓住苏和迅速遁去。陶格斯放羊和骆驼在野外过夜，才逃过了土匪的抢劫。

陶格斯、陶笛扶起母亲进蒙古包躺下。连挨土匪的拳打脚踢，通乐嘎骨头酸痛，心里难受。“唉，怕什么来什么，正担心儿子出事，土匪来了！混乱年代，穷人的命如蝼蚁！”

晚秋，绰号坏义如的四十来岁干瘪汉子棍楚克领了衙门的命令征调军粮、征集过冬的粮食，这给通乐嘎一家带来了糟乱。从通乐嘎家一粒米也没征到的棍楚克打起通乐嘎的歪主意。“没有男人陪你，寂寞多年了吧？我给你解解渴！”棍楚克想扯掉通乐嘎裤子。刚烈的通乐嘎没能让淫魔称心如意，棍楚克骂骂咧咧、灰溜溜地走了。棍楚克因强行奸污妇女被戈壁人冠上了坏义如的恶名。他后来因怀疑妻子与人通奸，活活打死了妻子。

土匪带走了苏和。该来的灾难无法躲避。无权无势的百姓犹如在人间地狱。沉重的杂役、无休的辱骂、强暴、掠夺——通乐嘎一个女人承受了太多苦难，让人痛心不已。

断粮食的通乐嘎央求近邻放牧的丹巴，弄点肉和食物来。丹巴可怜通乐嘎被土匪抢掠一光，又被土匪打骂、失去儿子的遭遇，给了些黄米、肉，还把珍藏的药物也给了一些。通乐嘎从丹巴家回来后把药给布赫喝上了。她向佛祖、上苍祷告布赫早日康复。

三、寺仓畜群迁走了

临近新年，戈壁人们忙碌着迎接新年，寒冷冬天的戈壁开始生活红火忙碌。呼勒斯太寺也准备迎接新年。厨子希日布、班迪喇嘛德楞准备点心茶食，清理寺院。大肚子罗布桑、歪胯巴拉桑盘腿坐在暖烘烘的炕上，摆炕桌饮酒聊天。

“听说布赫染病倒下了！”大肚子罗布桑举杯望着巴拉桑说道。

“听说是，儿子回来没几天让胡子苏德巴那伙土匪抓走了。倒霉的一家——”巴拉桑眼睛翻翻着。

罗布桑说道：“自然灾害加剧，寺仓的畜群状况也严峻了。各种传言又满天飞。淖彦套路盖的草场，风水不好——”

巴拉桑说道：“寺仓的畜群肯定损失不少，他们天天吃着瘦死的畜肉。他们一家放牧，畜群从来没兴旺过！”

大肚子罗布桑打了个饱嗝：“趁损失不大，把畜群赶紧收回来！”

“指望通乐嘎？她就是个‘煮熟的鸭子’，除了嘴硬一无是处。不尽快迁回畜群就完了。”歪胯巴拉桑称了心，给罗布桑斟酒嘴角歪斜道，“‘趁热打铁’快收回来吧！”

“看明天的天气情况，先把畜群放到我家，再找个合适的人！”暗怀鬼胎的罗布桑看着巴拉桑，喉咙发出“吭”的怪叫声。

“好，按您的意思办。衙门里放马的黄吉格米德正在征集军用骆驼、马。这会儿估计在希日布家。让他去淖彦套路盖把畜群赶回到您这儿吧！我这就去商谈。”说完，善事不做，专做坏事的巴拉桑摇晃着屁股寻找黄吉格米德去了。

从前天晚上开始飘起的雪，黎明时停了。狂风怒吼，雪暴登场。被大雪覆盖的呼勒斯太寺格外宁静。寺中除了厨子希日布和他的小徒弟班迪喇嘛德楞常住外，罗布桑、巴拉桑偶尔回来，吃喝几天又不见踪影了。人们对呼勒斯太寺的信仰，因日本侵略者和其狗腿子们的亵渎神灵已经烟消云散。

早晨的太阳阴沉着脸懒洋洋地探出头。希日布熬好奶茶叫罗布桑、巴拉桑。俩人懒洋洋地起床坐到桌前。希日布摆上奶食品，盛了奶茶放到了桌子上。

俩人摆上主人的架子吃喝毕，眯眼问道：“骆驼套上鞍鞯了吗？”

歪胯巴拉桑从门缝里瞅了外边一眼：“德楞，给两峰骆驼套上驼鞍！”德楞跑出去，给骆驼套上了驼鞍。

罗布桑走出屋，看着天空：“看样子还要起风暴。老天爷不知怎么了？喇嘛二宝　　”

“不管天气怎么样，都要去收回羊群。等黄吉格米德来会误事的！”罗布桑说着，俩人进屋披上羊皮袍子、戴上狐皮帽子。他们让骆驼慢步颠着，往淖彦套路盖出发。走到碎石滩边上积雪中时，骆驼打滑罗布桑差点没滚落下去。

罗布桑举鞭子骂道：“这点雪还能打滑？畜生！”抽向骆驼的头。栗驼眼睛瞪得老大，积雪中横着蹦跳。

“给我驼缰绳，我牵一会儿。寒冷中的骆驼容易惊！”歪胯巴拉桑靠近罗布桑接过驼缰绳。牵着骆驼过了萨拉查干呼硕，把缰绳还给罗布桑，俩人在积雪厚的地方步行，雪薄处骑上骆驼，过了淖彦套路盖、阿日和日齐格，临近布赫的家。

陶格斯把逆风的羊群慢慢赶往草场。陶格斯刚走不久，看家花狗狂叫起来。

“出什么事了？”陶笛看见从后山方向过来了两个骑骆驼的。清理院舍，护理瘦弱牲畜的通乐嘎探出头看见罗布桑和巴拉桑正在下骆驼。

“来收回寺里的畜群了吗？”通乐嘎猜到了八九分，“有什么办法？还赖着不给？”通乐嘎迎过去请安。

大肚子罗布桑回礼问安。

歪胯巴拉桑红着脸用眼角瞅着通乐嘎道：“隆冬季节的大雪让你们受苦了！”冷笑着进蒙古包。

大肚子罗布桑向乌云玛老人问安：“老人家身体安康！”

老人探身问道：“谁来了？”

“呼勒斯太寺的沙卜隆罗布桑、管家喇嘛巴拉桑！”通乐嘎走近老人身边，回道。

“佛祖！”老人合掌祷告。

“寺庙的保佑下，你们蒙古包暖和舒适，受冻的人感到了温暖！”歪胯巴拉桑歪斜着嘴。

大肚子罗布桑看着躺在褥子上呻吟不止的布赫：“哎哟，这不是布赫吗？”故作惊讶道。

布赫侧躺着低声道：“起不来了，不知能不能熬过这冬天！”

大肚子罗布桑没有安慰布赫，转身对通乐嘎道：“今冬雪灾持续不断，你们照看不了畜群。我们今天来收回畜群，去暖和避风草场放牧。”

通乐嘎说道：“自然灾害严重，我和女儿拼命地护着畜群，现在布赫病重起不来。这时候你们收走畜群，让我们怎么办？”

巴拉桑打断通乐嘎的话：“‘自己摔倒的孩子不哭！’你们要是用心放牧，也不会到今天这地步。善有善报，你们不知好歹——”瞬间变了脸。

大肚子罗布桑哼了声说道：“是暂时收走，以后天气好了再让你们放！”假惺惺地安慰。

“羊刚放出去了！”通乐嘎话音未落地，巴拉桑站了起来：“可以赶回来，我去吧。”蹒跚着走出去了。

歪胯巴拉桑骑上骆驼，让骆驼小跑，到西边芨芨草场边上追回了陶格斯的羊群。羊群近营地的时候，大肚子罗布桑迎出去，群羊跑进了圈舍。歪胯巴拉桑观察着羊群，看到羊圈东墙上挂着几只瘦死的羊皮，问道：“死了几只？这冬天你们可是油水丰盛。”

“瘦弱的死了十八只，我们已经尽力了。你们也看见了，羊能吃的草都被大雪覆盖了。”

歪胯巴拉桑眼睛发绿，瞪眼吼叫道：“‘器皿不好食物寡味，心眼不好命运不济’！前世里，你们没积德，所以今世在偿还。你们罪孽深重，理应受罚。半群羊都给你们杀了，还说尽力了？哼！”

通乐嘎生气道：“你的欲望没满足，才来故意刁难我们。你们也太欺负穷苦人了！我们一家人跑断了腿，你比谁都清楚今年冬天的风雪有多大！”这话往歪胯巴拉桑的伤口撒了一把盐。

巴拉桑怒不可遏：“心眼不好，你们才倒霉呢。损失的羊，就拿你们的骆驼抵债！”巴拉桑反复数了几遍羊。

“刚入秋时，共有二百六十只羊，现在死了十八只。作为冬储肉，给了你们四只羊，寺里拿走了十只，加起来三十二只羊，现在应该有二百二十八只羊才对。怎么还少七只，为什么？”向通乐嘎翻着白眼吼道。

通乐嘎想了想：“没让狼吃掉，我们母女两个从没离开过羊群。你数错了吧？”

大肚子罗布桑说道：“行了，把剩下的羊赶回去！”

巴拉桑说道：“你饶了他们，我可不饶他们。轻饶了他们，佛祖会怪罪我们的。作为七只羊的赔偿，牵走他们家骆驼。”

陶格斯说道：“你太不讲理了。秋后，你来抓走了五只羊，后来又领来一个陌生人带走了两只。难道你全忘了吗？你们的羊群悉数在这里。”

歪胯巴拉桑指着陶格斯：“毛孩子你插什么嘴，嘴这么厉害？闭嘴！一定要让你们赔偿，这不是抢你们的。”厉声喝骂着，跑到南面芨芨草丛中把黑公驼牵了过来，跑进羊圈赶出了羊群。

巴拉桑对大肚子罗布桑说道：“风暴要来了！咱们走吧！”

陶格斯磕头跪求也没有让铁石心肠的活佛回心转意。歪胯巴拉桑牵着黑公驼，两个人赶走了羊群。

失去羊群的通乐嘎晕了过去。“瘦弱的畜生起不了身，受气的穷人抬不起头”。病魔和恶魔的双重欺凌下，这个家庭该何去何从？通乐嘎抱着陶格斯痛哭流涕。

小陶笛跑过来，握住母亲的手：“妈妈，我们回蒙古包吧！”

刚进蒙古包，花狗又叫起来。“都收回了，还来干什么？”通乐嘎擦干眼泪出门。看见穿蓝缎子羊皮袍子、戴狐皮帽子的一人正缓步走近蒙古包，通乐嘎认出是在衙门放军马的黄吉格米德。

黄吉格米德走进蒙古包，问安道：“大家安好？”

看到黄吉格米德，通乐嘎心里一阵紧张。她给来客盛奶茶。

黄吉格米德对通乐嘎说：“今年冬天的雪灾厉害！”喝着奶茶问道，“罗布桑、巴拉桑没来吗？”

“刚赶走了羊群，留给我们空空荡荡的圈舍。”

听完通乐嘎的话，黄吉格米德捋了捋鼠兔胡子似的稀疏几根胡子：“我正在征集军马、军驼。我昨天住寺里时，巴拉桑求我说：‘寺仓的羊群快死绝了，明天去把羊群收回来，合到罗布桑家的羊群里。你帮个忙！’我到别处去办点事，耽误时间了！”

“唉，羊群没了，布赫又染疾，儿子让胡子土匪苏德巴抓走了，这家怎么过日子？儿子得来的黑公驼也被他们牵走了。那几个喇嘛——”通乐嘎痛哭哽咽。

黄吉格米德装作没听见，急忙起身，道：“那我回去了，答应人家了，要不去回话该让人说坏话了。以后有事就找我！”说完，出门而去。

通乐嘎一家倾家荡产。怒不可遏的布赫踢了两脚哈那，晕死过去了。通乐嘎和孩子们急忙喂热汤，缓过一口气来。在这僧俗轮流欺凌压迫普通牧民的世态炎凉的年代，穷苦百姓犹如在十八层地狱。生长在穷苦人家的通乐嘎，从小便放牛羊过日子。和布赫成家后也是长年累月，给他人做佣人放牧。她和布赫生了一男俩女，但生活一如既往、没有改观。他们走到哪儿，饱受欺诈压榨、侮辱欺凌，成了戈壁杭盖上最苦命的人家。布赫的病愈加严重，只能进些流食。

通乐嘎无法承受多如牛毛的冤屈苦难，天天以泪洗面，活生生经历着十八层地狱。走投无路的她向淖彦套路盖敖包磕头祈祷诉苦：“长生天保佑！发发慈悲吧——”

四、“爸爸！醒醒！”

腊月二十几，大家沉浸在迎接新年的幸福中。苦难病痛的黑雾笼罩了布赫一家。布赫持续发烧说胡话，有时大喊大叫踢掉被子，模样狰狞恐怖。通乐嘎和陶格斯时刻不离身地照顾、洗漱、安慰。疲惫至极的通乐嘎身体瘦弱，头晕咳嗽。家里的三个病人，使陶格斯、陶笛姐妹俩像热锅上的蚂蚁，以眼泪洗面，束手无策。家徒四壁、孤零零的这家人，被深深地扔进了苦难痛苦的深渊。

走投无路的人会临时抱佛脚。

无奈的通乐嘎叫陶格斯：“去寺里求罗布桑请些药来吧！或是请他来诵经禳灾，不能这样等死，都死绝了吧？孩子你明天一早去寺里求求他！”哭泣着嘱咐。

“好的妈妈，放心吧！我明天去。”陶格斯安慰母亲。

第二天天刚亮，陶格斯骑上栗驼，往呼勒斯太寺急奔。

乌云玛老人身体状况更加不乐观，剧烈地咳嗽。“哎呀，看着孩子们的痛苦，还不如死了的好。不会是染上日本兵留下的鼠疫了吧？唉，真是祸不单行。让我死了吧，救救我的孩子们，佛祖菩萨——”老人合掌祷告。

陶格斯快驼加鞭，逆着寒风行进。临近中午，到了呼勒斯太寺。她拴上骆驼走进一间烟囱里正在冒烟的低矮的寺房，希日布正在准备午饭。

“大叔您好！”陶格斯请安道。

希日布久久地看着陶格斯：“谁家孩子？这大冷天——”

“是布赫家大女儿陶格斯！”

“啊，可怜的孩子，冷了吧？快暖和暖和！”给陶格斯盛了奶茶。

“大叔，罗布桑喇嘛在吗？奶奶和爸爸都病得厉害！妈妈让我来请罗布桑喇嘛！”陶格斯说道。

希日布放下茶碗：“孩子，罗布桑不在，去放羊还没回来。在呼德勒乌日堂，你知道那地方吗？”

“知道！”陶格斯站起身。

希日布说道：“孩子你吃些热乎的东西再去吧，过几道山谷就到了。”盛上手把肉、奶干、奶豆腐。

陶格斯往茶里泡些肉吃喝了要走，希日布送出来嘱咐道：“可怜的好孩子，路上注意安全！”

陶格斯顺着呼勒斯太河走了一阵，爬上山坡，看见一群羊正吃草。陶格斯知道这里是罗布桑的放牧点。她走近蒙古包，像牛犊般大的两只看家花狗猛冲过来，陶格斯没办法下了骆驼。她正在进退两难，从蒙古包里走出一个小女孩儿叫住了狗。陶格斯把骆驼拴上，疾步走进蒙古包，蒙古包中坐着几个人。

“大家好！”陶格斯问好。

“好！”罗布桑极不高兴地回话，又点了点头示意让陶格斯坐下。陶格斯在门口单腿盘坐。

德吉德晃晃悠悠站起身，对门口的小女孩儿吩咐道：“盛奶茶！”又看着陶格斯笑道，“布赫家大女儿都这么大了，现在都可以出嫁了。”上下打量着陶格斯。

陶格斯喘口气道：“喇嘛活佛！父亲的病严重了，想请喇嘛您给念经诵佛，驱邪禳灾。喇嘛发发慈悲吧！”说着站起身，跪倒在地。

罗布桑在喉咙里哼哼了几下，问德吉德：“今天是什么日子？”

“不是前天祭的火吗？今天腊月二十五。跳神驱邪的喇嘛还能记错日子？”德吉德不高兴地说道。

“二十五不能出门作法，因为是相克日。我们有从祭火的二十三到正月初三不能出门的忌讳！”罗布桑抖动着身子伸了懒腰。

陶格斯浑身冒冷汗，不停地叩头央求道：“喇嘛佛爷求您了。父亲快要不行了！救救他吧！”

“快过新年了，还念什么经、驱什么邪？人命在天，死期到了谁也躲不过。”德吉德眨巴眼睛，眼角瞥着罗布桑。德吉德不愿让偶尔来一回的活宝罗布桑离开。

罗布桑闲暇时间，四处瞎逛。喝着好酒、搂住美女，过得逍遥自在。他偶尔才来德吉德处。德吉德就像得了个活宝似的，怕被别人抢去。跟罗布桑好了大半辈子，生下的儿子刚过了四岁，也是个活宝，只知道天天蹦蹦跳跳、调皮玩耍。

大肚子罗布桑眯缝着眼睛说道："可爱的小淘气！我是活佛，是看破红尘的人。你呀疑心太重——"

"我不是为了儿子吗？儿子要是不认识父亲怎么办？儿子不认你，就是活佛，那有什么用？"德吉德尖声尖气淫笑着，头依偎在罗布桑的肩膀，抚摸着罗布桑的大肚子。

陶格斯越着急，他们二人越打情骂俏黏黏糊糊，让陶格斯无法直视。

"喇嘛活佛，求求您，救救我父亲！"陶格斯哭求道。

"那就去看看吧！但今天不能出门，明日一早去。腊月二十三后喇嘛忌讳在别人家过夜。你先回去，我明天去。"

喇嘛开口答应了。陶格斯跪在喇嘛前行礼退出来。

陶格斯从罗布桑处出来，已经黄昏时分了。她让骆驼小碎步慢跑着，到前面连片沙石地时，太阳开始落山。陶格斯怕速度太快，骆驼在积雪中打滑摔倒，一直让骆驼保持平稳地匀速前行，到家时天黑了。

陶笛听着狗叫声跑出来："姐姐，喇嘛没来吗？"着急问道。陶格斯拴上骆驼进了蒙古包。

通乐嘎望着陶格斯问道："佛祖，孩子回来了！罗布桑喇嘛没来吗？"

"要明天来，他说从祭火的二十三到正月初三有不能出门的忌讳。我求了半天才答应明天来。"

通乐嘎叹口气："唉，你父亲呼吸困难、急促。希望喇嘛早些到来吧！"低声自语。又饿又累的陶格斯吃了点东西，忙着收拾家里家外。

腊月二十六的早晨，天空格外晴朗。通乐嘎发烧浑身乏力，但是天生的秉性，陶格斯刚一起床，她也跟着起来煮了奶茶。陶格斯正在照顾奶奶和父亲，花狗狂叫。通乐嘎咬牙坚持着开门，看见罗布桑来了。

“喇嘛安康？”通乐嘎请安道。

罗布桑：“你男人还好吧？你女儿哭求我，我也就顾不得什么忌讳了！”说着进了蒙古包。陶格斯看见喇嘛十分高兴，盛了奶茶。

罗布桑接过茶碗，放下。说道：“先看看病人吧！”

他哼哼着扭动臃肿肥胖的身体，号完布赫的脉，叹口气。

通乐嘎惊慌地问道：“喇嘛活佛，怎么样？”

“布赫的身体十分虚弱。就按你们的要求念经吧！去准备东西！”

“准备些什么？”

“烙饼、熟肉、糖、葡萄、大枣、黄油！”

“葡萄和糖，家里没有！”通乐嘎叫苦道。

“那就准备有的吧！”大肚子罗布桑叹气。

通乐嘎和面烙饼，陶格斯准备了人家给的几块骨头，拿出珍藏的黄油和几块糖，放在破旧的木桌上。大肚子罗布桑捏了巴灵（用米、面等做的供品），剪了奇形怪状的东西，摇头晃脑闭眼作法。他拿出来铃铛、铃鼓、金刚杵、佛像，轮流转动敲打，又在布赫头顶摇晃，嘴里念念有词地走来走去，又拿起烙饼、黄油等食物扔向蒙古包的哈那。

罗布桑又把剪好的符纸递给通乐嘎，说道：“把这些拿出去，烧在东方、西北方、西南方！这三个方向有坟墓，给你们带来了灾祸！多年没轮回转生的厉鬼冤魂来牵走布赫的魂，那三个方向看见过坟墓吗？”

“真有那么三个大的石头敖包。不知道是什么，有的外围砌有砖瓦墙。”陶格斯说道。

罗布桑说道：“那就对了！所有的不幸都来自那里。要从你们家带走三个冤魂，阎王才让他们转生。放心吧，我可以压服它们！”

惊悚万分的通乐嘎和陶格斯按照喇嘛指示的三个方向烧了那些符纸。

“按我说的做了吗？”罗布桑问。

“按你说的烧了符纸，又连叫了三声‘滚！滚！滚！’”通乐嘎回道。

午后，冬天的太阳迅速向西落去。乌云玛老人剧烈咳嗽，想坐起来，浑身无力，瘫倒在炕上。

“佛祖！趁活佛喇嘛在家，想吃上几服药再死！”老人剧烈咳嗽。

罗布桑解开牛皮药袋，取出几服药：“一包现在吃上，另外两包，晚上和夜间煎着喝！会见好的。”重又拿起经书念诵。

“天黑后按照我说的三个方向再洒水，向每个方向再喊三次‘滚！滚！滚！’冤魂会离去。佛祖保佑，把学过的那点东西今天都用上了。过几天肯定会见好！”收拾东西装进袋子。

通乐嘎急道：“喇嘛活佛，给婆婆、我和布赫号个脉，再给上几天的药吧！发慈悲救救这家人吧！”

罗布桑没说不。先认真给通乐嘎号脉，说道：“没大碍！”又给老人号脉。

“严重了，不过吃上几服药会好！”

他又给布赫号脉。

罗布桑说道：“这个人气数快尽。三个厉鬼冤魂拿着长绳正向布赫母子二人，伸着长舌头呢！”又叫声，“佛祖！”罗布桑念经祷告。

“喇嘛，这可怎么办？”通乐嘎急忙问。

罗布桑转动眼睛：“有快刀吗？把祸根斩断！”

大肚子罗布桑拿起刀在布赫的头上乱挥一通，在布赫的胸口压上刀刃，闭上眼睛嘴里念念有词。罗布桑的作法就这样结束了。

他说道：“长绳断了，多年的厉鬼冤魂真厉害！现在被我压住了。

唉，为什么不早点请我？早些作法禳灾就好了，时间越久鬼魂会越厉害。不过，在我的法力下，它们再无抬头之日了——”

“作法禳灾的钱和二十一包药钱可不便宜。你们什么时候给？”罗布桑的眼睛深陷在眼窝里，骨碌碌转。

“喇嘛，您什么时候要？”通乐嘎问道。

大肚子罗布桑掰着指头算：“春天抓了三十包药，药费是下羔的两岁母羊一只。今天抓的药，你们就给一只山羊，禳灾念经的钱，给一只三岁母驼或者给母牛一头都可以。我看你们家也穷，就这些吧！”说完“咯”打了嗝。

“佛祖呀，我们现在连根羊毛都没有。从哪儿给您那么多？喇嘛您发慈悲！”通乐嘎哭泣央求。

“这已经是发慈悲了，不然得要三头大畜。现在没有，明年给人放羊，有了羊再给我吧！不给再说！”罗布桑摔门出去了。

大肚子罗布桑狮子大开口，大家愣在那里，谁也不知道说什么好。

天黑后，家里一片漆黑。陶格斯点了油灯，父亲安静地睡着。“喇嘛念经禳灾起作用了！”陶格斯心想着把熬好了的药给父亲端去，父亲依然平静地睡着。

“爸爸，喝了药再睡！”陶格斯轻轻推她父亲的手臂，一点动静也没有。“父亲从来没这么睡过！”满腹狐疑的陶格斯上前仔细听了听父亲的呼吸，父亲好像没有了呼吸。

陶格斯急忙向母亲说道：“爸爸好像没有呼吸了！”靠着哈那内侧躺的通乐嘎急忙起身，摸了摸布赫的鼻子，一点呼吸也没有了。通乐嘎推推布赫的身子，身子已经僵硬，布赫去世了。

母亲惊讶木讷的表情，告诉陶格斯父亲已经去世，她大声哭叫：“爸爸——快醒醒！”

孤独、窄小的蒙古包，安静了片刻，哭声响起。淖彦套路盖的夜晚，格外凄惨。

悲悲戚戚的眼泪中大家一夜未合眼。早晨，天空阴沉冷风飕飕。降落到人世红尘，经历了四十个春秋的布赫在疲惫、辱骂、皮鞭下饱受欺凌后走完了人生路。但这家人的苦难，却远远没有结束。儿子的去世使老人心跳加快、胸口剧痛，起不了身也说不了话。通乐嘎也是半死不活的样子，高烧无力。

“大肚子罗布桑和歪胯巴拉桑是披着羊皮的狼。他们冤枉、祸害布赫，和日本人勾结把布赫送到衙门，使他染上了鼠疫，现在更是把一家老小往绝路上逼。利欲熏心、没人情味的刽子手——”通乐嘎想着想着胸口越发疼痛。

那是去年盛夏的一晚。

大肚子罗布桑参加了乌力吉图寺法会，返回的途中到了通乐嘎家。到了晚上，央求通乐嘎，在他们家住一夜。“出门在外的人不易！”善良的通乐嘎答应了罗布桑。夜里通乐嘎被噩梦惊醒，她看见罗布桑趴在她身上正在扯她的裤子。通乐嘎大惊，用力地踢了两脚。骂道：“受戒的喇嘛，色欲熏心——肮脏的喇嘛。”

大肚子罗布桑被通乐嘎踢了两脚，赤裸着身子向门口滚去。罗布桑在地上躺了一会儿，喘着粗气：“不，喇嘛我——”又爬向通乐嘎。

通乐嘎更加气愤，喊道：“滚出去！快滚！”

大肚子罗布桑：“泼妇，大黑夜的，怎么走——”灰溜溜爬到自己的褥子上躺下。

第二天，失去佛教戒律、玷污寺庙的喇嘛罗布桑，骑上他的骆驼悻悻离去——

昨晚，罪恶深重的魔鬼喇嘛罗布桑不仅没有给布赫禳灾驱邪，而是下了恶咒，还索要了天价药钱。通乐嘎越想越恨，控制不住自己，大声痛哭。

早上，大家束手无策、无计可施。通乐嘎和老人都动弹不了，两个小女孩子，除了哭泣，更没有主意。沉浸在痛苦的一家人被狗叫声惊起，陶格斯推门看见骑野骆驼的岁数较大的人正在下驼。老人叫那顺达来，是个老实本分的人。经常给呼勒斯太寺、牧主富人当佣人，过日子。老实本分的他，像骆驼般只知道勤快地埋头苦干。

昨天，大肚子罗布桑看到布赫正在咽气，急忙跑了回去。回去后，叫来了那顺达来。吩咐道："布赫家染鼠疫了。你明日一早去看看！"

那顺达来进蒙古包时，通乐嘎正在哽咽哭泣。

那顺达来叫苦道："不要太伤心了！昨天罗布桑说了，他走的时候布赫已经不行了，他让我过来看看情况！"又道，"快安葬吧，把死人放在家里可不行！"

通乐嘎叫了陶格斯："陶格斯！去牵来你的栗驼，把你爸爸安葬了吧！"

陶格斯把在附近啃树丛的骆驼牵来了。

"你身体虚弱呀？"那顺达来问通乐嘎。

通乐嘎咳嗽了几声："胸口疼痛，发烧不退！"说完又剧烈地咳嗽。

"我出来的时候罗布桑说：'他们全家都倒下了，老人估计也快了！你帮助他们在那里过年，过年期间不要来回跑！'"那顺达来说完，开始准备。他把布赫的尸体背出来，放在骆驼上绑牢固定。

那顺达来叫起来骆驼，问通乐嘎："在哪儿安葬？"

通乐嘎无言地愣了会儿，流着眼泪："就安葬在西边盆地乌内格图洼地吧！"

那顺达来回头吩咐道："烧两堆火，火两边放上用黑白两个颜色器皿装的水。准备净化的东西！”说完，牵上骆驼朝叶和花西出发。

那顺达来走后，通乐嘎叫孩子们准备了净化的东西。

乌内格图洼地在不远处，那顺达来很快就到了。在乌内格图的西北角让骆驼跪下，抱下布赫进行安葬。他从附近捡来几块石头，在安葬布赫的灌木丛中堆下，作为标记。又给布赫的魂魄做了祷告，指了路。在戈壁，安葬死人时，按照习俗，应该两个人送丧，而且死者身上不能留下任何布条，必须赤身安葬。安葬男人时，把死者的头朝西方安放，枕上右手，屈左腿。安葬女人时，则把死者的头朝东方安放，枕上左手，屈左膝盖。

那顺达来安葬布赫回来，陶格斯准备点火。

“孩子，别着急，等爷爷走近了再点！”通乐嘎低声说道。

那顺达来离家有百步距离。陶格斯点了火，火燃烧起来。那顺达来老人离火稍远处把驼鞍向反方向推下，走过来在用黑色器皿装的水里洗手后，牵上两峰骆驼从两堆火间穿过，把缰绳交给陶格斯：“去拴上！”那顺达来老人再走过去，在白色器皿的水里净了手。通乐嘎用杜松煨桑，净化了那顺达来老人和骆驼。

蒙古包顿时变得空空荡荡。父亲虽在病痛中呻吟，但人活着，家才像家。此时父亲已经永远地离开了。佛经云：“人死了便脱离苦海！”疲惫痛苦的人离世后就得到解脱了。可活着的人又不知道还要承受多少苦难——

陶格斯、陶笛在蒙古包大声痛哭：“爸爸，回来吧！”让人揪心的哭叫声传出很远很久。伤心不已的通乐嘎抱着两个孩子痛哭。

哭了一阵，通乐嘎擦干了孩子们的眼泪：“孩子们不要哭了，听老人们说‘人死后，不能哭泣，不然眼泪会变成一望无际的大海，死者魂魄渡不过去会迷路的！’”通乐嘎哄着孩子。

第三章　无情的世界　撒播死亡的厄运
父女在殊途　种下孤苦的根源

一、死亡的厄运

风暴狂作，雪灾持续。戈壁在天灾人祸中痛苦挣扎。

通乐嘎一家更是深深陷进了苦难的泥潭。乌云玛老人说不了话，通乐嘎的咳嗽更加严重。那顺达来送葬布赫回来后开始发烧咳嗽，没几天连走路都困难了。家里的重担无情地压在可怜的陶格斯和陶笛姐妹稚嫩的肩膀上。别说给病重的人治病，一家人吃了上顿没有下顿，家里状况越来越严峻。

腊月二十九黎明，七十二岁高龄的乌云玛老人永远地安详地离开了这世界。老人来到茫茫大戈壁没有享过一天的福，从年轻时开始守寡，经历了世间太多的苦难，脱离红尘升向天国。

守护淖彦套路盖山头越来越空荡、死寂的这家人，迷失在世间最黑暗痛苦的雾霭中。

陶格斯、陶笛哭成泪人照顾着病患。

通乐嘎说道："明天是除夕，孩子你去把两峰骆驼找来。像咱们这样的人家哪儿有什么正月新年？你那顺达来爷爷已经说不了话了——"

对陶格斯说了几句，自己再也没力气说话。

陶格斯去找骆驼。在芨芨草丛中磕磕绊绊寻找着，天黑了。天越黑陶格斯越着急。她爬上爬下，寻遍山头沟壑也没发现骆驼的踪迹。周围彻底漆黑后陶格斯只得返回家。那顺达来老人身体越发虚弱，呼吸急促。老人就这样承受折磨，挣扎到黎明时，老人去世了。

陶格斯按照母亲的吩咐去中嘎顺给叔叔金巴送信，陶格斯没命地跑到中嘎顺、梢日布格冬营地时快到中午了。金巴听着狗叫声，看见从东边的山头下来一个孩子，正觉奇怪时陶格斯走近蒙古包了。

金巴认出是布赫的女儿陶格斯："孩子，急着跑来，出什么事了？"

陶格斯流着眼泪："过，过——"说不出话来，哽咽着。

金巴把陶格斯领进蒙古包。

"什么过？"金巴惊问。

"父亲前几天去世了。奶奶昨天、那顺达来爷爷今早也过世了——"痛哭说道。

"怎么了？是那鼠疫吗？苍天呀——"金巴惊慌失措道。

"孩子你怎么徒步来的？你家的两峰骆驼呢？"

陶格斯颤颤悠悠说道："栗驼和那顺达来爷爷的野骆驼找不到了！"

她把最近一个月家里出的事告诉了金巴。

金巴生气地拍打着膝盖，叫苦连天。"这是什么黑暗的时代？土匪抓走儿子，罗布桑、巴拉桑压榨迫害——穷人没法活了！"

陶格斯吃了点东西。两人合骑了金巴拴在马桩的紫色骆驼往淖彦套路盖而来。他们急速奔回家。通乐嘎已经用旧哈达盖上了两个过世老人的脸。

通乐嘎看见表哥，想起身问安，可是身不由己。

金巴挥手示意："弟妹你不要起来，都这样了能怎么办，我去安葬那顺达来老人，陶格斯你去安葬你奶奶！”

通乐嘎说道：“表哥，您回来驱邪净身吗？”

金巴说道：“没时间了，我安葬老人后直接回去。明天是年初一，今晚就得回去！”

金巴和陶格斯两个人把那顺达来老人的尸体抱上骆驼，去乌内格图安葬。

陶格斯在山沟、山头找骆驼，依然不见踪影。

陶格斯说道：“妈妈，找到骆驼不知到什么时候了。天黑前把奶奶安葬了吧！”

通乐嘎叹气道：“孩子你一个人行吗？不害怕吗？”

“不怕，我从小睡在奶奶怀里。奶奶过世我怕什么？”对妹妹说道，“陶笛，照看妈妈！”

两个人背出了奶奶的尸体，放在大背筐中。让陶笛帮忙，陶格斯背上了。陶格斯累了靠在树丛、锦鸡丛休息。她咬着牙前行，太阳落山前赶到了乌内格图洼地。乌内格图静悄悄，微风吹过，枯叶随风摇摆。这里躺着家里的两个人。安葬过无数人的乌内格图如今白雪皑皑，多年的老榆树在白雪中讲述着悲惨往事，为生命的短暂叫苦哀叹。

陶格斯把奶奶安葬在洼地北侧的几片大灌木丛林，把死者的衣服扔在远处。

她跪拜祷告：“奶奶安息吧！”

陶格斯再到安葬父亲和那顺达来爷爷的地方，又跪拜祷告后，离开乌内格图洼地往家跑去。

这么小的孩子能有什么本事，度过了疲惫不堪的几天几夜，还有惊悚、悲伤——责任和信念支撑她做完这些本不该是她这年龄孩子该做的事情。陶格斯奔跑着到达淖彦套路盖西边的时候，天色已经完全黑了。

疲惫不堪的她，根据雪中模糊的影子判断离家不远了。走近家门时，看家花狗摇摆着尾巴，嗅着味道，细声低叫，眼角挂着泪珠。陶格斯走进蒙古包家里，包里没有点灯黑乎乎，悄无声息。她摸索着从炉子边找到灯点上，看见陶笛靠着哈那北侧睡熟了。不见母亲的踪影，陶格斯跑出去，找遍蒙古包周围没见到母亲。

着急万分的陶格斯叫醒陶笛，问道：“妹妹，妈妈去哪儿了？”

陶笛诧异道：“妈妈在家有时咳嗽有时嘴里嘟囔着什么，我也不知道什么时候出去的。”

“妈妈发烧，迷糊了跑出去了吧！”姐妹二人出去又找，仍然不见通乐嘎的踪影。她们跑到东边丘陵上，大声叫喊：“妈妈，您在哪里？”

姐妹两个人边喊叫边寻找，但在漆黑的夜幕中，无奈返回家。

冬天的星宿三星偏西，已经夜半了。

“漆黑寒冷的夜晚，妈妈去了哪里？”疲惫不堪的陶格斯心里揣想着，抱着妹妹坐着睡着了。

陶格斯惊醒的时候，太阳刚出山。外面依然狂风吼叫，天空阴沉。从远处传来了鞭炮声和狗叫声，有钱有势的人家正在过新年。淖彦套路盖孤雁般的小蒙古包，却沉浸在悲伤痛苦中。多么不公平的人世！财主富人穿金戴银，欢欢乐乐度新年。可陶格斯、陶笛姐妹失去了父母，孤零零地守着低矮、狭小的陈旧不堪的蒙古包，悲痛担心。

天色阴暗，大风暴中的人睁不开眼睛。大风暴中到哪里去寻找母亲？风暴中找遍附近的丘陵沟壑，不见母亲踪影。断了人气的蒙古包，空荡荡冷飕飕。陶格斯点了炉火，烧暖和了蒙古包。陶格斯往锅里加了一把小米给妹妹吃了。陶笛的双手冻得红肿了。陶格斯握住妹妹的手，再也控制不住自己，大声叫着“妈妈！”悲声痛哭。陶笛跟着哭泣。母亲的失踪使姐妹两个人心中那座唯一可依靠的大山轰然坍塌，门外的看门狗也跟着哭泣。风暴狂作，蒙古包像沙海中的小舟，随风沉浮，随时被卷进无边无际的沙海里。

陶格斯和妹妹俩人的哭泣声此起彼伏。她们想念父亲、奶奶、母亲，过往的痛苦悲伤，历历在目；想念哥哥——多么无情残暴的人世间！苍天！为什么让我们来到人世间？

陶格斯五岁时，有一次出去找母亲迷了路。母亲放羊归来后匆忙给陶笛喂了奶跑出去寻找陶格斯。半夜，苦寻无果的母亲失魂落魄地回家。母亲第二天一大早出门继续寻找，她遇到了俊俏朝格吉勒告诉了陶格斯的消息。陶格斯在烈日炎炎下找不到妈妈，在灌木丛下哭泣的时候被俊俏朝格吉勒家的佣人发现领回了家。

父母亲在巴拉丹家当佣人时，有一次两岁的陶笛突然大哭，吃不进东西。晚上父亲放牧回家，心急如焚地找巴拉丹。

巴拉丹说道："孩子病了，我有什么办法，我不是医生！"转身躺下。

又气又急的布赫跑到哈西雅图巴拉丹棍布医生家，费了不少口舌请了过来。巴拉丹棍布看了病："着凉了，病情严重，再晚就麻烦了！"扎陶笛的手指头放血，又给吃了药。吃了几天药，陶笛病情好转，有力气吃母乳了。

为了她们两个，父母不知道吃了多少苦受了多少罪，但她们从不抱怨。在父母的悉心照料下，陶格斯、陶笛姐妹俩一天天地长大。

想起小时的事情，陶格斯更加难受。孩子们长大了。可是父亲刚去世，母亲病重又不见人影。"妈妈您在哪里？"陶格斯哽咽——

陶格斯领着妹妹，每天在附近的丘陵沟壑找寻。一天，风暴狂作，陶格斯依然没有找到母亲，回家正在点炉子取暖。一个陌生的老人，赶了十几头牛来到了她们的蒙古包前。天黑了，老人把牛收放在避风处进了蒙古包。陶格斯给老人端上热奶茶，打问母亲的消息。

老人想了片刻："哦，我丢了几头牛在俊俏朝格吉勒处找到的。听他们说，有个疯疯癫癫的女人在巴拉丹家治病呢。你母亲有疯癫病吗？病重的人在这大风暴中走不远！"

陶格斯沉思着："母亲发烧后说疯话。可也走不出那么远！"

老人是大肚子罗布桑的牛倌。听到通乐嘎的消息后怕罗布桑骂他，没敢说出实情，留下点线索离去了。

二、苦涩的新年

正月初三。戈壁银装素裹，寒冷依然。过新年的人们，心情舒畅欢欣惬意，来来往往地走亲访友。生离死别和悲伤苦难中挣扎的陶格斯家没有新年客人。陶格斯、陶笛向来来往往的过路人打问母亲的消息，没有谁停下匆忙的脚步告诉她们一点消息。"母亲要在这大雪中冻死被大雪覆盖就更找不到了！"陶格斯越发着急。找遍周围的丘陵沟壑依然没有母亲的音信。"真的不会被大雪覆盖了吧？"无奈，陶格斯领妹妹回到家。

以前，每到新年，家里洋溢着欢声笑语。奶奶把珍藏的糖块分给她们吃。陶格斯怕一下吃完了，小口小口地含着吃。父母亲用一年辛苦换来的几头牲畜，买来粗布裁制新衣。全家人一起玩儿羊拐游戏——"可今年的新年却变成了让人伤心的苦涩记忆。"陶格斯流泪不止。

陶格斯、陶笛姐妹正着急无措，看家花狗狂吠。"花狗好几天不叫了，静静地躺在门口——难道是来客了？"两个人跑出蒙古包，看见骑骆驼的两个人正在下驼。

陶格斯劝住狗，仔细一看，认出了其中一个人是歪胯巴拉桑。

陶格斯气愤道："毁了这家，抢走了栗驼，又来干什么？"拉着陶笛的手进了蒙古包。

歪胯巴拉桑晃着肩膀，笑道："嘿，这小丫头！'龙生龙凤生凤'，跟她母亲一样嘴硬！"进了蒙古包。

巴拉桑看看家徒四壁的蒙古包内，缩着脖子坏笑道："都去哪儿了？串门去了？"

陶格斯看着刽子手得意扬扬的嘴脸，痛恨道："满意了吗？满腹坏水的东西，你不得好死！"眼眶里转动着仇恨的泪水。

"把上辈人都弄死了还嘴硬，你的日子可早呢，慢慢受着！"巴拉桑眯缝的黄眼像刀锥般发光。

陶格斯转过脸去不理睬巴拉桑。

"你母亲跑哪儿了？"巴拉桑问。

陶格斯生气不作声。

"除夕夜妈妈不见了，姐姐我们俩天天在找，没有音信！"陶笛说完抱着姐姐哭开。

巴拉桑说道："你妈妈不会回来了！"指着一起来的年轻人，"认识他吗？"

陶格斯仔细看，似曾见过，但说不出是谁。

"不认识！"陶格斯摇头。

巴拉桑瞪了一眼，提高嗓音道："不是你的苏和哥哥吗？连哥哥都不认识了，臭孩子！"陶格斯、陶笛目不转睛地望着年轻人。年轻人对巴拉桑的言行十分厌恶。

他瞅了一眼巴拉桑，对陶格斯、陶笛道："我是阿都高勒朝格吉勒的儿子，叫道尔吉。小时候你迷路在我家住过一夜。"

陶格斯怎么也认不出道尔吉了，那时候陶格斯才五岁。

道尔吉怜悯地望着陶格斯、陶笛："你母亲在富人巴拉丹家呢。她病重，发烧发疯癫。初一早上冻坏双脚了，被巴拉丹家的佣人发现了。我寻找丢失的牲畜偶遇了巴拉桑，跟他一起来告诉你们这个消息。”

巴拉桑说道：“快去把你母亲接回来，死在人家那就麻烦了！”

陶格斯没办法，望着巴拉桑求道：“叔叔，您给想个办法把妈妈接过来吧。我们家的黑公驼和那顺达来爷爷的野骆驼走丢已有七天了。也有可能让土匪牵走了。我们徒步去不了那么远的地方。”

巴拉桑清嗓子道：“我没空，寺里忙。找你们的金巴叔叔！”

“您能给叔叔捎个信吗？”陶格斯央求道。

“我说过，寺里忙！自己想办法。我们走。”巴拉桑朝着炉火，唾了一口唾沫。

道尔吉坐立难安，道：“妹妹你自己想个法子吧！要是没别的事情，我会送你们去的。我家里的几匹马，顺风跑进木日楚克山了。要是不去寻回，不知又跑向哪里了。”

陶格斯满腔怨恨。“穷人的命不如狗！”奶奶的话余音在耳。哪里会有心疼照顾穷人的人，陶格斯叹气连连。无论如何，听到音信了，想办法把妈妈弄回来才行，姐妹二人急得团团转。

初五的早晨晴朗安静。太阳在东山上红着脸照耀了冰天雪地中的戈壁，发出刺眼的白光。陶格斯熬茶后简单吃了些东西，领妹妹去找叔叔金巴。积雪中陶笛深一脚浅一脚走不稳，陶格斯背一阵，牵一阵，临近中午到了金巴家。

听着狗叫声，金巴、吉布吉德忙跑出蒙古包，迎向陶格斯、陶笛：“哎呀，孩子们！怎么徒步过来了？为什么不骑骆驼？”

陶格斯大声哭泣，吉布吉德领孩子进了蒙古包。

“快暖和身子，冻坏了吧！”让孩子们靠近炉火。“急着过来有什么事情？你妈妈好些了吗？”吉布吉德急问。

“我妈妈——”陶格斯说不出话来。

金巴着急，心想，“不会又过世了吧？”大声问道：“孩子们，你妈妈怎么了？”

陶格斯擦泪道：“妈妈除夕夜不见了。我安葬奶奶回家时候不见的，我们找了很长时间都没有找到。昨天，道尔吉来告诉我们，说妈妈在巴拉丹家。疯疯癫癫的，又冻坏双脚了——”陶格斯悲悲戚戚地哭泣，陶笛也跟着大哭。

吉布吉德给孩子们摆上满桌子的糖块、点心、黄油、奶干、瓜果、熟肉，说道：“孩子们吃吧，可怜的两个孤儿——”抚摸梳理着姐妹俩黏在一起的蓬松、粗糙的头发，眼里噙满眼泪。

“孩子们就在这儿住着，在又冷又冰的蒙古包里你们也会冻死。叔叔引完羊群，明天去接你母亲。乌力吉图寺有急事叫我去，我顺路去趟巴拉丹家。趁你母亲还活着接回来！”

金巴匆匆忙忙处理了家里的活儿。

正月初八，乌力吉图寺有法会。金巴是乌力吉图寺的喇嘛，必须去参会。金巴初八一早起床，奔向乌力吉图寺。金巴在寺时，不诵经，只做一些杂活儿。四十岁从寺里还俗回家，和吉布吉德结婚生了个女儿。他二十多岁的女儿现已经出嫁了。吉布吉德是喜欢小孩子的善心人。她给陶格斯、陶笛洗头洗脚，清理身上的虱子虮子，拿出珍藏的好东西给孩子们吃，使她们的小肚子圆鼓鼓。多少天在痛苦和悲伤中度过，每天以稀饭果腹的姐妹二人，在婶婶的照顾下，放下心来帮着婶婶做家务活。

金巴当天到了寺里参会后，第二天到了女儿家。又处理些事情，耽误了几天。第五天一早，赶到了巴拉丹家。金巴进蒙古包时，巴拉丹正在喝早茶。

“过年好！”金巴问新年好。

巴拉丹回礼问安，摸着光头：“初一早上你弟妹在我家牧场爬来着，正好被我家佣人看见带回来了。鞋子又大又破，冻坏了脚走不动了。真是祸不单行！”

金巴打断他的话：“通乐嘎她们给你们也干了几年的活儿，冲着那几年你们也该好好照护。通乐嘎本来病重又让你们的狗咬了——”

巴拉丹妻子盛奶茶，道：“又不是我们让咬的，狗也是没见过那样子的人才惊的！”

秃子巴拉丹觉得脸上挂不住，语塞了片刻：“照顾呢，我已经嘱咐了我们家羊倌姑娘。哎呀！这些该死的日本兵逃跑前散播瘟疫。听说初冬开始就因传染病死了不少人。尤其，南边的巴彦查干、希布格一带最严重，有的全家都死绝了，尸体扔满了盆洼地。”说完低下头不作声。

金巴沉默了会儿，看着巴拉丹：“鼠疫到处蔓延，你们家没染上，通乐嘎可是染病的人。家里死了几个，她自己也染上了——”吓巴拉丹。

“通乐嘎染的鼠疫好像好了。只是冻坏了脚，没人照顾，没人帮着抬动。我们家的羊倌姑娘帮忙照顾呢。可是她又要忙放羊，也是顾不上。你们快接回去，抓些药给吃，不然会跟着那几个去了！”又挠了挠光头。

“现在接不走，病重的人这大冷天怎么走？天气暖和后，再找个仔细的人带上被褥来接。叫那姑娘好好照料些——”金巴说完，站起又问道，“通乐嘎在哪儿？我看看再走！”

巴拉丹领着金巴，打开了东边快要塌落的破旧蒙古包门。这蒙古包好像是接羔后羊羔过冬的棚圈。羊粪味儿浓烈刺鼻，通乐嘎在蒙古包西北角，呻吟着躺在地上。

金巴走近跟前：“我是你表哥金巴。你身体还好吗？”

通乐嘎听到了金巴声音，可无力抬头又侧身倒下。金巴扶起来让她躺好，把旁边放着的破烂羊皮羊毛给盖上了。

金巴说道："我过来看看你，天暖和些再来接你回去。"

通乐嘎低声说道："死不了，死了就安心了——除夕夜天黑了，孩子不回来。我记得'背出奶奶安葬的人不知道怎么了？'心想着，感觉孩子在害怕哭泣。我后来就什么都忘记了。现在最想孩子们，所以咬牙坚持活着呢！"眼睛里噙满泪水。

蒙古包中间的炉子正在烧火，但是破旧的蒙古包四面透风、阴冷难忍。

通乐嘎呻吟了片刻，对金巴说道："给我些吃的，胃里空，难受！"

"我不是吩咐让你给她吃喝的吗？不要少了她的吃喝，往炉子里加烧牛粪！"巴拉丹吩咐了一声放羊姑娘，挥手道，"快去拿吃的！"放羊姑娘跑了出去。

金巴掀开通乐嘎盖在两脚上的羊皮。通乐嘎双脚红肿化脓，臭味难闻。腿肚子上的肉让狗撕掉了。金巴心里难受。"瘦弱的牲畜也得照料呢，这些没有人性的人！"金巴心里骂，抬头看通乐嘎的脸，瘦得脸色蜡黄、皮包骨头，让人无法直视。

通乐嘎低声求道："哥你把我带走吧！"

"现在不行。在这寒冷的天，身体吃不消。等天气暖和了接你回去！"金巴安慰通乐嘎，和巴拉丹一起走出来。

金巴嘱咐央求着巴拉丹："好好照顾通乐嘎！唉，冻得太严重了。跟那姑娘吩咐好，蒙古包烧暖和。可怜的人！"

金巴太阳落山前出发，心乱如麻。又担心通乐嘎，很晚才回到家。第二天一早起来，告诉了陶格斯、陶笛她们母亲的情况。

陶格斯听到母亲还活着稍稍放了心，又听说病情严重，心痛道：

“叔叔，快接回妈妈可以吗？接回来了，我和妹妹会好好照顾她的。那样，病好得快些！”

金巴：“现在不行，脚冻坏了红肿化脓呢，另外狗咬的伤也严重。这么冷的天再折腾，病情更加严重，过个十天半月再说吧！”

金巴在家住了几天后，去参加乌力吉图寺正月十五的诵经法会。回家时，领来了诺颜仓的驼倌厚实丹巴。

喝完午茶，金巴叫陶格斯、陶笛，说道：“你们俩骑上这叔叔的骆驼，回家烧炉子烧暖和家！注意不能让冷风吹着！这叔叔会帮你们暖和家的。明天这叔叔去阿都高勒接你母亲回家。多备些被子褥子，冻脚必须包严实才行！”

吉布吉德从仓房取出冻肉、羊骨头、烙饼、点心、炒米、面粉、黄米，装好袋子：“给你母亲多喝些骨头汤，不能缺食物！吃完了，再过来拿吧！”嘱咐陶格斯。

陶格斯她们几个晚饭时回到了家。十几天没烧柴火的家里冰冷。几个人忙着点了炉子烧火取暖。准备破旧被子和破烂羊皮毛。丹巴是个热心人，从小吃苦长大的他了解穷人。从心底里可怜这两个孩子，安慰她们幼小的心灵，过了一夜。

第二天早起后，丹巴清扫蒙古包周围的积雪，把干牛粪从积雪里刨了出来。

丹巴喝着茶道：“你们在家安心等着！我明天去接你们母亲。你们家栗驼和那顺达来的野骆驼进后山和棍楚克桑布家的驼群合在一起了。回来时，我路过棍楚克桑布家让他们给好好照看骆驼。”丹巴准备些东西驮上，骑上骆驼往阿都高勒出发了。

三、“孩子们，妈妈走了——”

正月十八。天气日渐暖和，避风处的积雪开始融化。天气暖和，丹巴让骆驼慢跑着，黄昏时到了巴拉丹家。厚实丹巴进蒙古包跟秃子巴拉丹互相问安。德格德格盛奶茶，准备饭。

“我过来接通乐嘎，给你们添了不少麻烦吧？”丹巴道。

“是吗？双脚冻坏了化脓流脓呢，怎么接走？”巴拉丹道。

“用毛皮包上双脚会好一些。再扶上骆驼抱在前面慢慢走！”丹巴望着巴拉丹说道。

巴拉丹又对德格德格说道：“家里毛皮多的是，给拿些去！”

德格德格说道：“哪有那么多？去年冬天盖了瘦弱的驼羔母驼身上，现在都没有了。”

厚实丹巴望着德格德格的脸，心想，“真是个一毛不拔的吝啬鬼！”感到恶心：“我都准备了，羊皮袄、羊皮袍、皮大衣都有！”

大家吃了饭休息。第二天丹巴早起收拾东西，等到太阳升起天气变暖和后，丹巴走进通乐嘎的破旧蒙古包给她包好了手脚。丹巴让骆驼跪倒，和羊倌姑娘两个人扶着通乐嘎骑上了骆驼，自己也骑上奔向淖彦套路盖。

太阳越高变得越暖和，天气暖和丹巴让骆驼慢速行进。

通乐嘎的双腿胀麻，呻吟道：“哎呀，死不了的命，还让你受苦——”

丹巴说道：“人活着什么都要经历。孩子们等着你回家！金巴开口了，我不能回绝。穷人不帮穷人，谁还帮？穷苦人什么灾难都要经历。听我母亲说，我舅舅在放驼时让野公驼咬伤，在野外住了一宿。第二天找到的时候，手脚都冻坏了。接回来用冷水洗也没起作用，几个月后过世了。”

通乐嘎微弱地说道：“昨晚听说您来了，可高兴了！高兴，想见见我那两个可怜的孤儿——”嗓子发颤。

丹巴长叹：“可怜天下父母心！”死神近在咫尺却挂念孩子，丹巴的心沉重。丹巴让骆驼慢速前行，太阳落山前到了通乐嘎蒙古包。望眼欲穿的陶格斯、陶笛姐妹俩，看见骑骆驼的人，奔跑着迎上去。

“可怜的孩子们，等妈妈回来，可妈妈——”泪水顺着通乐嘎瘦弱的脸颊流淌。陶格斯、陶笛哭泣着迎接母亲。

丹巴让骆驼跪倒，说道：“孩子们，别哭了。去开好蒙古包门！我把你母亲抱进去。”

丹巴小心地抱起通乐嘎，进了蒙古包。

陶格斯、陶笛铺上又厚又热的褥子让通乐嘎躺下。陶格斯、陶笛给母亲脱衣服，解开母亲脚上缠绕的布，看到红肿化脓的脚，忍不住又啜泣。

丹巴吩咐道：“不要哭，和妈妈见面了。加盖被子，准备热汤给你母亲喝！”

陶格斯早上开始就已经把吉布吉德婶婶给的羊骨头熬汤，熬了肉粥，把现成的热粥给母亲盛了端来。

丹巴也吃喝了，吩咐陶格斯：“好好护理。病人靠护理，牲畜靠照料。给抓些药吃上吧！”又走到通乐嘎跟前，“不要担心，回家了一切都会好的。我现在回去了。已经出来几天了，该回去了。”

通乐嘎道：“您以后多过来照看些孩子们！”

丹巴说道：“安心养病，有空会来的！”

陶格斯盛上热盐水，用软布刷洗母亲的双脚，又拿干净布缠上伤口，让母亲睡觉。

第二天，陶格斯起了大早，点炉子烧暖和了家。擦干净母亲的脸和手，给母亲喝汤让她躺下。用热盐水洗刷过几次脓水后，通乐嘎脚伤的疼痛略有缓解。又因见到孩子高兴，身体也轻便多了，话也多了起来。正跟孩子们说话，外面花狗狂吠。

陶格斯看见从南面过来了两个骑骆驼的人。一个是金巴，一个是根敦医生。根敦医生是戈壁上远近闻名的医生，治疗人畜的病症医术高明。

金巴他们拴上骆驼，进了蒙古包。

趁着陶格斯盛奶茶，根敦医生解开通乐嘎脚伤的包裹："哎呀，这么严重的冻伤，骨头都冻坏了。"拿药水清洗伤口，又包了一个月的药，"用温药水一天洗三次，一包药分三次吃，早晚的药煎熬，中午的药温水送服！我现在回去，鼠疫蔓延，我没日没夜地奔跑。染病的都生命垂危，医生职责，不能不去。昨天，从额肯呼都格那边来人叫我过去，今天我要过去。你这儿不要断药，有空我再来！"

金巴叫上孩子们："你们要好好护理母亲，有事去找叔叔！"两个人没吃没喝就走了。

仲春，暖风吹来，戈壁脱去了银装素裹。除了避风、背阴盆地的积雪，戈壁的积雪都融化了。

陶格斯、陶笛姐妹俩悉心护理母亲，按时喂药喂饭。金巴和吉布吉德时常过来，送食物送药看望这家人。可是通乐嘎的冻伤已经彻底失去痊愈的可能。膝盖以下部位失去知觉，皮肉开始腐烂，一只脚从膝盖，一只脚从脚踝处断掉，残存的部位疼痛难忍，得不到片刻的安宁。刚回家时，还能吃些东西，后来食量越来越少。人干瘦、皮包骨头。让人看得触目惊心、无法直视。陶格斯、陶笛握着母亲的手哭泣。母亲哭干了眼泪，眼睛深陷在眼窝里，用失去光泽的目光望着孩子们。大千世界容不下穷苦人，生命在痛苦中苟延残喘最终化成尘埃，不见踪影。

晚春二十六晚。通乐嘎身体虚脱乏力，心跳微弱。她握住孩子们的手：“妈妈坚持了几个月已经很不易了。现在母亲坚持不住了，要随你爸爸去了。生老病死都有定数。只是没能把孩子们好好抚养长大，连一次饱饭都没给吃上，没让你们享过福，孤零零地抛下你们，母亲悔恨不已。好孩子们，不要悲伤哭泣，人命天定。陶格斯十七岁了，好好照顾你妹妹，你们没有其他靠山。我走后去找金巴叔叔。你亲舅妈在东戈壁，以后有机会去找她！你哥哥要没被害或许还活着，设法找到你哥，若能找到你哥那是你们的福分——大肚子罗布桑、歪胯巴拉桑会欺负你们，他们是满腹坏水的恶魔，小心他们——不要跟人结仇！把我头上的簪子给你叔叔，转交给根敦医生吧，吃了人家几个月的药。孩子们，妈妈走了——孩子——”通乐嘎的话断断续续，两眼直盯着两个孩子，永远地离去了——

“妈妈！妈妈——”陶格斯、陶笛抓住母亲的手，大声痛哭——

通乐嘎从懂事开始，没离开过戈壁。在戈壁的前滩后沼、丘陵沟壑留下了足迹，留下了音容笑貌，平静地从苦难尘世离去。

四、苦难深重的孤儿

丹巴和棍楚克桑布来安葬了通乐嘎，把栗驼留给陶格斯做脚力。失去母亲的这家空空荡荡。陶格斯、陶笛白天上营地后边的丘陵望远处。花狗作伴，在身前身后跑来跑去，累了躺在她们身边。春天，草木发绿，丘陵沟壑披上新装。远处的羊群像白色珍珠般撒落在戈壁草原。放寺里羊群时，陶格斯每天捡些野葱回来让母亲高兴。放羊的孩子跟羊亲，看见羊群就想跑去看看，现在她们没有可放的羊群，只剩一峰骆驼。

这样在悲伤、寂寞中度过了三天。姐妹两个坐在丘陵上望着充满生机、宽广无边的戈壁，抚慰痛苦孤寂的心灵。

坐在丘陵上的姐妹二人，谁都不说话。临近中午，看见骑骆驼的人过来。“是谁来了？”二人正猜想，那人已经走近。是金巴过来看她们。陶格斯、陶笛抱着金巴哭泣。

“孩子们别哭，坚强地面对生活，哭泣会使人精神萎靡不振——”安慰孩子们卸下拉来的东西进蒙古包。

进蒙古包后金巴心中难受，想抱住孩子痛哭一番。金巴忍住了眼泪。打开包裹，拿出炒米、干肉、小米、点心、烙饼、奶食品、大枣、葡萄等食物。又摸索着袋子底部，拿出两大块冰糖给孩子们：“孩子们去捡野葱，叔叔绞干肉，咱们吃包子。”

陶格斯、陶笛出去不一会儿捡了一大捆野葱，金巴绞肉和面。陶格斯清洗野葱，切好开始包包子。陶格斯、陶笛见到叔叔高兴异常，金巴叔叔是她们世上唯一的靠山了。从正月开始，叔叔、婶婶轮流来看望她们，送来食物。“能报答叔叔的恩情吗？”陶格斯时刻想着。

包子蒸熟了。陶格斯擦净桌子，盛上包子给金巴夹上包子。

金巴怜悯地看着说道：“孩子们吃吧！最近过度伤心悲痛，肯定没吃好。坚强些孩子们！人要不吃不喝会得病的。”

陶格斯给妹妹夹上包子望着金巴说道：“叔叔你带我们走吧。我们想婶婶，跟你们在一起放心。”

“唉，叔叔也想，可是不能如愿呀！听说大肚子罗布桑、歪胯巴拉桑合谋着让苏木章京点头，要你们去放寺里的羊群。当年你父母损失寺财产的仇要让你们偿还。他们两个满肚子坏水的东西和德吉德那个没有人情味的荡妇的手下，你们可怎么挨得住？叔叔担心呢，可是咱们穷人不能做自己的主。你们正在长大，他们要是无理取闹，你们也跟他们讲理。不要怕，人善被人欺，马善被人骑！你们要给自己做主。但是做好分内的事，不要出错，这样才能越来越成熟——”

金巴吩咐孩子后，告别离去。

初夏的戈壁，暑热难挨。

陶格斯、陶笛放骆驼，上了北边的丘陵。带着脚绊的栗驼在东边盆地吃草慢慢走远和在淖彦套路盖后头的驼群合上了。

“妹妹，那几峰骆驼是丹巴叔叔家的，还是棍楚克桑布叔叔家的？两岁驼羔和母驼居多。咱们好好盯着，走远了赶回来。咱们不能忘记人家的恩情。奶奶不是常说‘有恩报恩’吗！”陶格斯边说边注意驼群。

太阳快要下山了，二人跑过去。带着驼缰笼头的母驼、驼羔有五六峰，虽然剪掉了鬃毛和膝盖毛，腿根和肚子处的毛还没掉干净。陶格斯骑上栗驼，太阳落山后赶回了驼群。二人拴上老实的母驼，驼羔不愿离开母驼。虽说是别人家的牲畜，但是圈舍里有了畜群，陶格斯、陶笛心里感到十分满足。

吃饱的骆驼挤满圈舍过了一夜。早晨驼羔牵着缰绳欢跳。陶格斯收起驼羔缰绳，放开拴上的母驼，往草场赶。回来正熬茶时，花狗叫。没等陶格斯出门，棍楚克桑布走了进来。

“懂事的孩子们，找到骆驼了！什么时候来这里的？”看着孩子微笑。

“昨天中午从西边过来的。晚上怕走远，我们圈在家里，刚放到草场吃草！”陶格斯回道。

“前天没时间照看带驼羔的母驼。昨天在额肯哈西雅图、哈日套路盖、巴彦希布格前后不见了踪影。晚上回去后看见，蹄印从套布格日哈日朝鲁图往这边来。我今天一早从家里出来，以为走不出东嘎顺、图古力格狭长地、敖包图梁。没想到驼群已经来到你们这里了。有福气的孩子，孩子们会顺利兴旺的！”

棍楚克桑布又安慰了一番陶格斯姐妹俩，赶着骆驼回去了。几天后，老人给陶格斯送来了酸奶、奶皮、点心、肉油、米面各一袋。穷人深知穷人的不易。陶格斯、陶笛在邻居叔叔、伯伯的照顾下，也算吃喝不愁。

第四章 淖彦套路盖 吹寒风 贪婪的富人 欺善良

一、家乡变废墟

日本侵略者在戈壁的暴行随着他们无条件投降而结束。但失去人性的刽子手留下的可怕的瘟疫继续肆虐戈壁，夺走了无数平民百姓的生命。疫情到1946年才有所缓解。陶格斯一家是受鼠疫灾害最为严重悲惨的家庭。孤苦伶仃的陶格斯、陶笛姐妹在寂寞痛苦中度日。因去年的积雪深，春天雨水充足，戈壁掀起绿色波浪处处青烟袅袅。

失去父母的两个孩子孤独寂寞地守着家，叔叔金巴成了唯一的靠山。金巴家是中等生活，有二十几峰骆驼、二百多只羊、七头牛、四匹马，生活吃喝不愁。夫妻二人岁数大了，照料这几头牲畜也是力不从心。他们把陶格斯、陶笛当成自己的亲生骨肉，时常来看望，供给吃穿，尽力不让她们感到孤独。想接回家一起过温馨幸福的日子，但是贪欲泛滥的年代无法做主，穷人的命运不掌握在自己手中。

通乐嘎去世的第二十天，金巴准备了祭祀三七用的祭品，带着孩子们吃喝的食物来到陶格斯家。两个孤儿看到叔叔格外高兴。

“叔叔，我每天都想您呢！”陶笛抓住金巴的手撒娇。

陶格斯也乖巧地望着叔叔，高兴道："这二十天，我们俩太孤单了。我们四周不见人烟。把栗驼放在草地上，我们就坐在草地上看外边的景色。在外边心情会好一些，我们的寂寞能稍稍缓解。"

金巴沉思片刻，叹道："有时，生活对人太苛刻。你们必须咬牙坚持。唉，这世道——要是有好医生，你父母亲也许还在世上。那时候鼠疫蔓延，有权有势的人家把好医生都留在家里。奥兰呼都格的老医生被诺颜仓叫去了，鼠疫期间不让他回家，以防不测。普通牧民的命连狗都不如。那些权贵们掌握着戈壁的命运。我们有什么办法！"

陶格斯突然想起母亲的遗言，找出母亲留下的几件银头饰："叔叔，妈妈去世前留下遗言，把这几件东西交给您，让您转交给根敦医生。吃了人家几个月的药，心里不忍——"说着话，陶格斯眼里噙满泪水。

"行，叔叔转交给他。不能耽误死人的遗嘱！"放进蒙古袍里。

金巴帮助修缮破旧的蒙古包，烙好了饼，准备好一切，又反复吩咐，返回家去了。金巴骑上骆驼一步三回头地离开。金巴听到了大肚子罗布桑带陶格斯姐妹去放寺里畜群的消息。"唉，可怜的孤儿们，过不了多久又要看别人脸色了！佛祖保佑孩子们！"金巴祷告。

陶格斯、陶笛和金巴叔叔待了一上午心情愉快。叔叔刚一走家里顿觉又空空荡荡。

陶格斯第二天一早起来准备了母亲三七祭祀的祭品。昨天金巴叔叔备好了所用的祭品，告诉她们三七祭祀的仪式和禁忌。陶格斯、陶笛正按照叔叔吩咐的准备祭品时，花狗吠叫。陶格斯、陶笛看见从西边的丘陵前有骑马牵骆驼的两个人正朝蒙古包过来，陶格斯认出牵骆驼的是丹巴，骑马的是大肚子罗布桑。

陶格斯大惊。"叔叔说的是真的，他们来接我们了。我们又要进狼窝了。"陶格斯脸色大变，"寺里的恶魔咒死了父亲，歪胯巴拉桑又抢走了骆驼，又跟土匪合谋抓走哥哥——”仇恨的火焰在陶格斯胸中燃烧，她咬紧了牙关。

大肚子罗布桑正准备下马，马突然惊跳发出嘶鸣声。罗布桑差点从马上摔下来，他拼命抱住马鞍才稳住身子。丹巴急忙牵住缰绳，扶罗布桑下了马。

大肚子罗布桑拴上马，举起马鞭狠命向马抽过去：“吃饱了青草，你这畜生挺神气呀！”大口喘粗气。

陶格斯走近丹巴，请安道：“叔叔好！”

“孩子们没有害怕吧？可怜！”丹巴看着陶格斯、陶笛。

大家进蒙古包后，大肚子罗布桑斜眼瞅着陶格斯：“为什么不给我请安？诺颜仓的驼倌是人，呼勒斯太寺的沙卜隆喇嘛像鬼吗？”嘴唇抖动着像要扑上去抽打人似的。

“丹巴叔叔经常照顾救济我们——”陶格斯道。

“我是灾祸的根源？”大肚子罗布桑大声吼道。

陶格斯变脸说道：“你给我们家带来了无穷尽的灾难，把家害得变成了废墟，你咒死了我爸爸——”噙满泪水。

大肚子罗布桑虽然大怒，但控制住自己了。“这些屁孩儿！”心想着，仔细观察蒙古包，说道：“家成废墟，人快死绝了还嘴硬！”

“成废墟、死绝，都是拜你所赐——”陶格斯毫不留情面地反驳。

“你别乱喷！不知好歹的人。现在赶紧念完三七的经，好搬迁！”大肚子罗布桑翻白眼看了看丹巴。

“烧火，还得煨桑。给来客准备茶水！”罗布桑对陶格斯下令道。

陶格斯无奈，点火熬茶，往桌子上摆金巴拿来的点心、烙饼。

大肚子罗布桑冷笑道：“这两个孩子，烙饼、奶食、肉油什么都不缺，生活过得丰盛安逸！”

大肚子罗布桑吃喝毕。他打着饱嗝，打开黄色褡裢往外拿东西。罗布桑点上香，四处乱挥一通，嘴里念念叨叨。

他叫陶格斯："碗里放一些肉、黄油、饼干、点心、瓜果、蔬菜等食物！给死人赐丧宴，要不然死者灵魂逗留在家里，要吃要喝的不肯离去。"

陶格斯按照吩咐准备好了。

"在西南方烧堆火！"罗布桑吩咐。

陶格斯、陶笛点了干柴。大肚子罗布桑拿起碗，蹒跚走过来往火里扔进去。火苗上蹿，烧了罗布桑的眉毛睫毛，连绸缎衣襟也着了火。大肚子罗布桑忙扑灭，拿手擦脸："给个丧宴还烧一大堆火，遭瘟的孩子，这些孩子！"眼睛像被烟熏的狐狸眼般乱转，嘴里念念叨叨，拍打着长襟，走进蒙古包。

"我今天来接你们俩。苏木章京已经下令，让你们去投靠我们。你母亲放寺里羊群的时候损失了不少羊。佛门寺庙的财产是不能随便损失的，那样会折寿。陶格斯放寺里羊群，陶笛帮忙家里的杂活儿！这家里也没有什么值钱的东西，把破烂衣物全部烧掉！这地方坐落在恶魔的嘴上。三面都被多年的厉鬼冤魂包围了。是它们每日每夜在骚扰你们，要带走你们家上辈几个人的灵魂到阴曹地府重新投胎。你们两个必须赶紧离开此地，不然厉鬼冤魂也会要你们的命。我往三个方向念经镇压鬼魂了！不然它们会跟你们一辈子。"罗布桑走出蒙古包摇晃铃铛念咒语，嘴里嘟囔"滚！滚！滚！"。

丹巴把旧衣物扔进火堆烧掉了。火正旺，突然从西北方刮起卷风，从火堆上呼呼吹过。大肚子罗布桑蹒跚走过来："呸！呸！呸！"使劲往火堆吐唾沫。

"刚说完就过来了？好厉害的鬼魂！"罗布桑赶紧又念经，嘴里不停地嘟囔“呸！呸！呸！”“滚！滚！滚！”。

陶格斯叫上陶笛跪在火堆旁：“奶奶、爸爸、妈妈——你们安息吧！我们已经长大了，不要为我们担忧——我们走了——”哽咽着磕头。跪拜后二人站起来，相互拥抱着痛哭。

“不要哭，父母亲的灵魂会追随你们。活着的时候是你们父母，死后就变成了冤魂。‘快则对己，慢则对后’他们活着的时候的孽债，你们替他们偿还。知道吗？不然阎罗殿也不会轻易让他们转世投胎，得先让他们偿还生前的债。你们听过金刚地狱吗？坠入金刚地狱！”

小陶笛恨恨地道：“我父母没作孽，你才恶贯满盈。你才坠入金刚地狱！”

大肚子罗布桑怒不可遏，想扑过去扇几个耳光。

罗布桑说道：“反了你了？不知好歹。冲活佛高僧乱吼——再瞎说，往你嘴里塞满驼粪蛋。”

就在这时传来马蹄声，歪胯巴拉桑横跨在马鞍上从西边疾驰而来。罗布桑、巴拉桑两个人约好在此地会合。二人先后来到了这里。他们俩狼狈为奸，欺凌孤苦伶仃的孩子们。罗布桑吩咐丹巴卸下旧蒙古包，包装哈那木架椽子，把破旧苫布和掉了漆的柜子捆在一起，驮在栗驼和专门牵来搬家的骆驼上。叫陶格斯、陶笛骑上，大家出发了。陶格斯、陶笛回头看着营地泪流满面，家已不复存在。家变成废墟，已无家可归。陶格斯的哭声越来越大——连花狗也不愿离开营地，嗅着营地上的东西跑来跑去。陶格斯不愿丢弃花狗，便叫了狗，花狗不舍地跑过来。狗都恋家，更何况是两个孩子。但她们俩已经身不由己，不得不迁。要不遂了罗布桑他们意愿，两个没人性的畜生会折磨死两个孩子。

搬迁队伍走出了很远路程。进入宝日呼硕地区呼仍山的东边盆地时，罗布桑、巴拉桑骑马先离去。丹巴照看着骆驼上的东西，安慰着孩子们。

“孩子们，小心别掉下来。骆驼老实，不会有事——”

陶笛央求道：“叔叔，我们不愿去罗布桑那里，送我们去金巴叔叔家吧！”

丹巴叹道：“孩子们听话！金巴叔叔家明天迁往桑哈西雅图了。金巴叔叔也保护不了你们。那两个畜生和苏木章京串通好了把你们接去给他们家当佣人。当年就因为死了几只羊，他们要让你们来赔偿。唉，无处可申冤的世道，穷人连牲畜都不如！他们想让你们当佣人，你们跑到天涯海角也逃不出他们的魔爪。你们要是不听他们的话，他们会变换花样折磨你们。他们是一群祸害人，眼睛都不眨的畜生。你们还年轻，还有很长的路要走，会有云开日出的一天——”尽力安慰、开导孩子们。

孩子们可怜可爱的模样使老人心中苦涩难受。罗布桑和德吉德的狠毒、残暴会让孩子们更加痛苦。“烂木让人烧，孤儿让人欺”，可怜！唉，苍天保佑！心里默默祈愿祷告。丹巴为了让孩子们高兴，用他那沙哑嗓音，唱起了流传在戈壁的古老民歌：

美丽广袤的杭盖
无比醉人的杭盖
云雾缭绕的丘陵
凉爽惬意的杭盖

一首《广袤的杭盖》的旋律回荡在戈壁。几个人就这样有说有唱地前行，巴彦希布格山、巴嘎巴彦的高山映入了眼帘。

“孩子们，目的地在眼前。越过前面这座山就到了苏海棍呼都格，现在那里成了夏营地。营地有个女孩子叫纳布其，我回去时领她走，诺颜仓下令让她去诺颜仓放羊。”

丹巴几个人越过了山岭。

让陶格斯姐妹放羊群，是巴拉桑为了讨好大肚子罗布桑使的坏心眼。狼狈为奸的两个喇嘛，数着日子等通乐嘎的三七祭日到来。他们俩前天晚上喝了个通宵。

早上起来后歪胯巴拉桑起了色心，对罗布桑和丹巴说道：“你们先去。我昨晚酒喝多了，身体有些不适，稍后赶上你们。”

巴拉桑的小算盘没瞒过大肚子罗布桑。“灵魂被德吉德缠住了！去他的吧，让他满足满足！”看透巴拉桑心眼的罗布桑先走了出去。戈壁上的人都心知肚明，两个喇嘛狼狈为奸还和德吉德搞得乌烟瘴气。他们是玷污了佛教圣地的色鬼。

大肚子罗布桑走后巴拉桑淌着涎水，嘴角抖动。他抱住德吉德：“喇嘛我晚上梦见和你享乐了，结果尿在被子上。唉，一宿没合眼——”

德吉德用手使劲推开巴拉桑的光头，说道：“哎呀！人们都说你们两个是‘群里罕见的牤牛，寺里难寻的喇嘛’！”

歪胯巴拉桑嘿嘿笑道：“喇嘛也是男人，有寂寞空虚的时候。谁还能真得道成佛呀？”说着话，一把抓住了德吉德肥大的乳房。巴拉桑呼吸急促加快。身体干瘦的德吉德却有跟身体不成比例的像母牛奶子般低垂的大乳房。

“听说你在乌力吉图寺瞎混，没被后戈壁那帮发情的母牛踢坏吧？”德吉德咧开大嘴狠命亲了一口巴拉桑的光头。

巴拉桑已经顾不上说话了。他抱起德吉德放在褥子上像耕牛一样喘开粗气，折腾两下，哼哼呻吟着像漏气的皮球般瘫软下去了。德吉德抽了一下巴拉桑的光头，又狠命踢了一脚歪胯巴拉桑。巴拉桑滚落下去了。

“没那么大能力，性子倒是猴急——喝足了盲肠装的黄油再过来吧。你别妄想占人家孤儿的便宜，小心摔断你的歪胯！那样你别想再碰我！”德吉德梳理着凌乱的头发，骂巴拉桑。

歪胯巴拉桑未能满足欲望，让德吉德奚落一通。虽然生气，但想着下次还来，只好忍气吞声。

这才是歪胯巴拉桑迟到淖彦套路盖的原因。

丹巴沿着崎岖的山路，太阳落山前走近了大肚子罗布桑驻地棍呼都格西侧。罗布桑家正在收圈羊群。绵羊山羊来回欢跳，叫声此起彼伏，炫耀牧主家的富足。德吉德为了这几只羊才愿意跟大肚子罗布桑。罗布桑没有祖产。他的父亲章德格尔把独生子罗布桑送到五当召当了班迪喇嘛，后来他到呼勒斯太寺才陆续当了仓库保管喇嘛、执法喇嘛、领诵喇嘛。再后来当了沙卜隆，把寺里的财产挥霍一空。日本侵略者入侵戈壁后他抱住日本人的大腿，出卖寺庙得到了些财产。现在独掌了寺里的羊群，他自家的圈舍爆满。正因为这些牲畜，德吉德才跟着老喇嘛，哄着老喇嘛。

丹巴牵骆驼到营地了。

德吉德站着未动，问道：“你驮来的破烂要卸在哪里？”

大肚子罗布桑说道：“离咱们蒙古包远点，在营地后面灌木丛那边卸下吧。染过病的破烂不要靠近蒙古包！”

德吉德晃晃悠悠走过去，尖声尖气下令道：“嘿，丹巴！卸在后面灌木丛那儿吧！”

丹巴在灌木丛卸下东西。罗布桑家牛犊般大的两只狗，咆哮着冲过来像要活吞了花狗似的狂吠。

陶格斯怕花狗被撕咬，叫了狗。

德吉德歪斜着脑袋，喝道：“没见过狗咬狗？快帮助卸下东西！”

罗布桑提前回来准备好松柏叶和煨桑的东西，叫了佣人："他们进蒙古包前做好煨桑，从死人处来的人必须净化干净！"

佣人小姑娘按照罗布桑的吩咐煨桑。

净化后，丹巴领陶格斯、陶笛要走进蒙古包。他们被罗布桑叫住了。

罗布桑对德吉德说道："拿水来，还有作法的器皿。"

不一会儿，德吉德端了盆水，还有一件在鞭子手把上拴了像马鬃毛似的东西。罗布桑让大家都洗脸洗手，拿起刚才的怪东西，嘴里念叨着："消失！消失！消失！滚！滚！滚！"从众人的头顶到脚，摔打一遍。

蒙古包里煨桑的烟呛得人们呼吸困难。

德吉德扭动着腰肢走进来，瞪眼怒视放羊姑娘纳布其。喝问："羊群都回来了吗？没有落下尾巴吧？"

"羊群全回来了。"纳布其盛茶。

纳布其比陶格斯大两岁。话少又勤快，她给罗布桑家当佣人放羊。德吉德经常打骂她，但她从不反抗只是埋头干活。近来，诺颜仓来命令让她去放羊。罗布桑家放羊的活儿由陶格斯、陶笛姐妹替代。

大肚子罗布桑和德吉德姘居后，德吉德放寺里羊群。但是寺里牲畜的数目每年减少，反而德吉德自家的牲畜数目日渐增多。他们家有了四百多头大畜、四十几峰骆驼、两匹公马的马群。寺里羊群现在只剩两百多只羊。羊群被披着佛爷喇嘛外衣的罗布桑、巴拉桑两个恶魔分吃殆尽。他们就这样享用寺里的财产，养肥了自己，过着耀武扬威惬意舒适的日子。现在没有人知道寺里的牛群和两匹公马的马群在哪里。

太阳落山。大家吃了晚饭。

丹巴吃过后站起，说道："我现在要走。送纳布其去诺颜仓，回来还要忙明天的事！"

德吉德摇手："违了诺颜仓羊群负责人长舌苏米亚的命令，女扎萨克会发狂的。快带走吧！我们有羊倌了——"骂骂咧咧。

丹巴把纳布其的包裹驮在骆驼上，两人奔向巴彦希布格，很快消失在黑漆的夜幕中。陶格斯、陶笛回到新住处，住在丹巴拼凑着搭起的蒙古包。

第二天德吉德一早起来，跑到陶格斯蒙古包前吼叫道："嘿，你们睡死过去了吗？太阳晒屁股了还不起床？请你们来是当我们的祖宗吗？"

陶格斯、陶笛昨天赶路搬家累了一天，又忌惮德吉德的残暴，睡时已经很晚了。正在酣睡时，门口响起猫头鹰般的叫声。姐妹俩被惊醒，看见德吉德正在门口撒泼骂街。

"没有牲畜、没有财产的懒惰人家的孩子原来是这样。快起来，吃喝了还不去放羊？"尖声喊叫。

二人忙起来洗刷后走进罗布桑蒙古包。

德吉德交代道："没有口福的人！到放羊的时间了，赶紧吃喝快去放羊！陶笛留在家里收拾干净！吃喝的时候来我蒙古包，住的时候回自己包里！"

德吉德往外走了几步，又回头吩咐道："陶格斯你中午赶回羊群！到梳山羊绒的时节了，山羊开始掉绒了，羊绒得赶紧梳。陶笛今天收拾家后，从明天开始拾柴背牛粪，记住了吗？"

德吉德下达任务后陶格斯赶着羊群往草场走去。

二、长疥疮的干瘦女人

盛夏的戈壁野花怒放，大地披上了绿衣。大自然真的很神奇。寒冷温暖交替，冻的时候冻得结实，花开的季节开得又格外鲜艳。牧民的眼中，戈壁是最美丽最富足的地方。牧民也因戈壁而骄傲。可穷人的生活永远是寒冬，他们没有温暖如春的季节，他们的苦难永无止境。

在美丽的戈壁放羊，陶格斯却心事连连。“我们的命不如孤独的羊羔！我们为什么来到人世间？是为了没完没了的压迫欺凌吗？人为什么盛气凌人？人的生活就这个样子吗？德吉德，一个干瘦如母狗般的女人——又满肚子坏水，是吸吮穷人血液骨髓的疯女人。纳布其姐姐临走前跟她们说过‘你们要小心德吉德，她是没有人情味儿的人。她打过我很多次，我没日没夜地忙碌，她还不停地喝骂。她是戈壁上的恶魔。唉，我们穷人的生活永远这样。走到哪里都命运多舛！每个富人都榨干了穷人过日子。我现在要去的苏米亚家也是如此。妹妹，咱们都是同类人——’。”陶格斯想起纳布其的话，躺在戈壁深处大声痛哭。

德吉德每天早起叫醒佣人干活，再回去摸着罗布桑的大肚子睡懒觉。罗布桑和德吉德像妖魔鬼怪似的彻夜狂欢后，像躲避催命的阳光似的白天倒头大睡——

陶格斯在午后的炎热前赶回了羊群。她中午要挤山羊奶，还要梳剪羊毛、羊绒，动作迟缓就挨骂。

陶格斯圈完羊，走进蒙古包拿挤奶桶。德吉德才睡醒过来，打着哈欠伸着懒腰。德吉德头发蓬松，大奶子低垂，模样吓人。

陶格斯看了一眼不敢再看，正想躲开。大肚子罗布桑挺着大肥肚子，咬牙切齿大声吼喊道：“水，拿凉水！”

陶格斯站在门外，德吉德披上衣服走出来：“叫水呢，快拿过去！”

陶格斯端着盛了凉水的碗进蒙古包，歪胯巴拉桑也在赤裸身子睡觉。陶格斯交给凉水急忙反身走出来。

“昨晚喝了多少酒？胃里像着火一样难受。”罗布桑呼哧带喘地说道。

陶格斯拿起挤奶桶快速离去，陶笛也赶着山羊羔跑向羊群。陶格斯挤完山羊跟妹妹抬着奶桶进蒙古包。

歪胯巴拉桑上身赤条条，打哈欠对陶格斯姐妹说道："这不是陶格斯和陶笛嘛！不好好教育你们不行，守着空家学会偷懒了。'教训坏人得用棍棒'！"说完又冲德吉德喊叫："德吉德，我的德吉德——"

德吉德端水进来，淫笑道："怎么了？像失去母羊的羔子，乱叫唤——"把碗里的水泼在巴拉桑脸上。

"酒后吐酸水会舒服些！"德吉德扭动屁股走出去了。

歪胯巴拉桑像落水狗一样从头到脚湿透了。他用手擦脸："哎，小可爱，永远这样撒娇——泼在哪里了？应该泼在最需要浇水的地方——"巴拉桑的话音未落，德吉德把水泼在巴拉桑的裆部。

"现在满意了吧？心有余力不足，不知满足的东西。嘴上硬下身软！"德吉德淫笑。

陶格斯、陶笛姐妹头回见这场面害羞得脸通红。想着赶紧吃完德吉德准备的食物离开，正低头吃饭，歪胯巴拉桑深吸口气，咽了口唾沫，说道："你们生长在没有家教的家庭，都嘴硬。不好好教育你们，会骑在我们的脖子上拉屎！"给德吉德使眼色。

"是，缺少父亲教育的男孩子头大，缺少母亲教育的女孩子奶大。她们俩野性难驯，严格教育才对，让她们知道点规矩。驯烈马在马驹时，驯烈女在幼小时。严驯才成才！"大肚子罗布桑插话道。

罗布桑几个人的胡言乱语使陶格斯怒气上蹿，她想把饭碗扣在他们头上。但她想起母亲和金巴叔叔的教诲，控制住了自己。"恶人嘴臭——"，躲开了不堪入耳的言语领妹妹出去了。

到了放羊的时间，陶格斯没回自己的蒙古包，直接把羊群赶往草场。不一会儿马蹄声传来，大肚子罗布桑和歪胯巴拉桑骑马往东奔着呼勒斯太寺疾驰而去。

陶格斯望着马蹄溅起的尘土，“残暴的恶魔占据佛门圣地，佛祖呀，他们是——世道如此，万众信徒失去信仰，众生在苦海中翻腾！”

陶格斯想着想着冲罗布桑疾驰而去的方向：“呸！玷污寺庙的魔鬼们！”唾了一口骂了一句。

陶格斯放羊时，按照德吉德命令捡野葱拾牛粪。即使这样，德吉德也不会给好脸色。天天让她们啃干硬的饼子。陶笛上午放羊羔，下午拾牛粪收拾圈舍。晚上才能回到自己的蒙古包休息。

一天，姐妹俩正吃饭。

大肚子罗布桑走进她们的蒙古包，吩咐道：“明天中午挤完奶剪羊毛。不剪羊毛，羊毛掉得厉害了！”

德吉德接住话茬，喝道：“剪羊毛要仔细！不要剪破羊皮让羊受伤！一只两岁母羊走路摇尾巴呢，估计是皮破生虫子了。羊要是生虫子，我剥你们皮！”

陶格斯十四岁时跟母亲学会了剪羊毛。使剪刀又快又仔细，母亲常常夸赞她。“这懒婆娘自己剪破羊皮想讹我。”陶格斯没有吱声。

第二天，陶笛放羊。陶格斯、德吉德留下了三十只羊剪羊毛。德吉德架子摆得厉害，但是干活不行。吃惯闲饭的德吉德连剪刀都不会拿，嘴角跟着刀尖上下抖动。德吉德好不容易剪完一只，陶格斯早已经剪了好几只羊。剪完三十只，陶格斯忙赶去草场帮助妹妹收回羊群。

陶格斯忙活了十几天，剪羊毛的活儿终于临近尾声了。瘦弱的羊毛脱得慢，就剩了几只瘦弱的羊。

陶格斯、德吉德开始剪剩下的几只羊。陶格斯剪好了几只羊，德吉德照样还没剪完一只。

德吉德突然喊道：“妈呀，完了！”

陶格斯回头看见德吉德剪的母羊腿根被剪刀刺破皮流着血跑跳了几

步，倒地不起了。

蒙古包门口背手站立观望的大肚子罗布桑听到羊叫声，挺着大肚子走过来："羊怎么了？剪破肚子了吗？"喊叫着想扶起羊。"羊流血呢，谁剪的？"罗布桑喝问。

陶格斯、德吉德谁也没有说话。

大肚子罗布桑眼珠子凸凸着："牲畜让你开膛了？"揔住陶格斯的肩膀。

"不是我，是婶婶——"陶格斯实话实说。

德吉德拿着剪刀，斜眼瞅着陶格斯，吼叫道："那羊不是你刚放走的吗，往我身上扣屎盆子？"大肚子罗布桑暴跳如雷一脚踢倒陶格斯。

陶格斯爬起来，哭道："是刚才德吉德剪的羊，你踢我干什么？我剪了这么多天的羊，没伤过一只羊。"

"哎呀，这孩子伶牙俐齿的，你看见了？我自己都不知道，你说我剪的——"德吉德叉开腿，嘴上发开连珠炮。

罗布桑冲向蒙古包大喊："陶格斯剪破了羊肚子！"

歪胯巴拉桑连衣服也没披，赤裸跑出门："有仇报仇，剪了她的手指头！"

陶格斯害怕，大声哭道："你们不要讹我！我连一只羊都没伤过。自己弄伤了还赖我？"

大肚子罗布桑似乎看出了什么，说道："行了行了！一只三岁公羊，伤处还没生虫子前杀了吧。巴拉桑！喝肉汤！"交代一句，转身回了蒙古包。

德吉德无从抵赖。手脚乱挥道："你也好，我也罢。别再争论了。以后要注意！"又看着巴拉桑，"嘿，歪胯哥哥，喇嘛刚才说啥了？你不是爱喝汤吗？"

歪胯巴拉桑拿刀让陶格斯按住羊，杀了羊。羊肚子被德吉德的剪刀刺破，屎尿流出来臭味难闻。巴拉桑掏出羊肚子扔给了狗。煮肉熬汤，大家吃了肉。大肚子罗布桑用刀剃下肩胛骨上的肉，分给德吉德和儿子达娃。

他直盯着门口喝汤的陶格斯，生气道："你明天剪羊毛要注意。这样天天吃一只羊，羊群能维持多长时间？"

羊的风波这样过去了。

六月过去后戈壁的牲畜卸下了厚重的绒毛。入夏后，雨水减少草场干旱。剪完羊毛、梳完羊绒后，早上放出的羊群晚上收回。陶格斯整日在野外闷热天气中放牧。虽然带些水，但很快便喝完，整日在饥渴中度过。闷热难耐时脱掉外衣挂在灌木上，在灌木阴凉处避暑。灌木的阴凉地只有巴掌大的面积，不是理想的避暑地方。陶格斯无奈，但没有谁可怜佣人。她只能忍受着。羊群也在刺目的阳光下不爱吃草，相互拥挤，头插在尾巴里来回跑动。人和羊就这样度过一天中最热的时刻。傍晚回去时，为了不让德吉德骂，还要背上柴火或干牛粪。

大肚子罗布桑刚骂完陶格斯，德吉德开始发飙。陶格斯姐妹每日以稀粥、硬烙饼充饥。德吉德他们却每天吃香喝辣。世道如此不公平！

有一天，闷热异常。陶格斯饥渴难耐，只得回家喝水。她刚回到营地，看见德吉德把陶笛绑在马桩上折磨。陶笛哭得嗓子干哑了，话也说不出了。陶格斯无法忍受。这么大热天，连牲畜都不去折磨，何况每天不知死活地为他们干活儿的孩子？陶格斯忙跑过去，给妹妹松绑。

德吉德从蒙古包里跑出来："吃饱撑坏了你们？不知道好赖的乞丐！"咒骂着，直奔陶格斯过来。

陶格斯愤恨地骂道："为什么折磨我妹妹？每天给你们干活儿，还要这样折磨。你们这些没人味的、残暴的畜生！"

“你妹妹从仓房偷吃牛肉干，这样不得把整个牛群都偷跑了。这样肥养你们还偷吃?”德吉德大声骂道。

陶笛微弱地说道：“我从自己的柜子拿的，是金巴叔叔给的牛肉。我吃自己的，他们家的肉放在哪儿我都不知道。”说着哭开。

德吉德指着陶笛，疯狗般叫喊：“你奶奶的叔叔！你们还能有多余的食物？从仓房偷出来放你们柜子的吧?”

陶格斯忍无可忍，叉腰大声说道：“吃自己的是真！金巴叔叔和棍楚克桑布叔叔给拿的牛肉干、羊肉、米面。我妹妹从来不偷吃，不信你去问他们!”

德吉德晃着肩膀跑过去，从地上捡起一根木条：“你们嘴还硬?越发没规矩了。要骑我头上拉屎吗？不让你们尝尝苦头，还反了你们了——”德吉德往陶格斯头上狠命抽打。

陶格斯被冤枉遭挨打，猛地跑上前一把推开德吉德，德吉德仰面摔倒。

德吉德挣扎着站起：“你们别想吃饭了！偷走的肉够你们吃几天的。”晃晃悠悠往蒙古包走去了。

陶格斯解开陶笛的绳子，回到蒙古包姐妹俩抱头痛哭。“孤苦伶仃的孩子的命运为何如此多舛？妈妈！你为什么早早离我们而去?”诉苦痛哭。

陶格斯熬了茶，和妹妹吃了干烙饼。

第二天陶格斯按习惯早起吃喝后要出去放羊。

德吉德跑出来，喊道：“你们不吃不喝了？肚子攒了不少脂肪呀!”

陶格斯不愿搭理德吉德。跟不懂道理的人讲道理反而会吃亏，装作没听见领着妹妹走去。

“来，吃喝了再去！就算冤枉你们了，我也是一家之主。冤枉小孩子能怎么样？掉肉呀？”德吉德喊叫着。

陶格斯没回头。“冤枉人了，还嘴硬。你凭什么折磨殴打佣人？忍气吞声下去会被你折磨死。要是实在待不下去，就去别人家——”陶格斯心里盘算着赶着羊群走远了。

德吉德望着陶格斯的背影：“这丫头真倔！你这是给自己找麻烦！给脸不要脸——”嘟囔着回蒙古包了。

中午，罗布桑、巴拉桑回来了。德吉德像多日不见父亲的小女孩子般撒娇，把昨天发生的事情告诉了他们。

大肚子罗布桑听后眯着眼，说道：“我们去接她们俩，那孩子从柜子里拿过肉干。说是她们的金巴叔叔给拿的——兴许是她自己的！”

罗布桑向德吉德说道：“那天从柜子里拿出的肉干，可能是她自己的！紧绷的绳子容易折断，不要太过分了！哄着使唤，你要学会摸脑袋吸脑髓。这么勤快的孩子要是走了，谁知道再碰上什么样的佣人？”

“哼，没人管的孤儿能上天？不给颜色看，会乖乖给你干活？怕佣人还用他们干什么？还当佛祖，烧香跪拜不成——”

正在这时，陶格斯跑回营地捂着脸哭泣。

“怎么了？狼进羊群了？”德吉德跑出去迎接，罗布桑、巴拉桑也跟着出来。

“怎么了？你妹妹怎么了？”德吉德好奇地问道。

陶格斯哽咽哭泣道：“妹妹浑身无力，没走多远就晕倒在西边盆地中了。她在那边呻吟着痛苦地躺着呢！”

大肚子罗布桑惊得眼珠子要凸出，冲德吉德喊道：“大热天捆绑那么小的孩子——出人命就麻烦了！”

巴拉桑也惊吓道：“快去看看吧！”解下拴马桩的马，带上陶格斯奔向盆地，不一会儿到达地方了。巴拉桑看见陶笛无力地歪躺在地上。歪胯巴拉桑抱上陶笛，策马疾驰回来。

几个人把陶笛扶进蒙古包，给陶笛灌上酸奶黄油，过了一会儿陶笛慢慢睁开了眼。

德吉德沉默地看了一会儿罗布桑，说道："我错了吗？那我走吧。我又不是无亲无故的人。为了你，我才守着荒凉的戈壁，我又不是为了这几只牲畜？我走——"哭喊着跑出去了。

"没人说你错了，也没人指责你。但佣人也需要帮助，我们要用脑子去管理佣人。今天要是出事就麻烦了——"罗布桑抱起德吉德，哄道，"哎呀，我的小可爱老是撒娇！你走了罗布桑还当什么沙卜隆？名不副实了——"在德吉德翻白眼的黄眼上亲了亲。

像孩子般被哄的德吉德安静了。拍打了一下大肚子罗布桑的光头，歪斜着眼睛："你呀，永远不理解我的好心！"

陶笛在炎日下被绑了大半天，又因哭泣过度心中难受，一夜又没进食，小身体承受不了才倒下。德吉德煮羊肉喂饱了孩子，但陶笛继续发烧无力。

后戈壁的人叫德吉德是"长满疥疮的干瘦女人"。德吉德折磨佣人，把他们当成自己的奴隶。先前，那顺达来在给他们家当佣人时，德吉德有时不让老人吃饭。那顺达来人老实勤快，只干活不作声。放牛放驼、剪羊毛羊绒、收拾牛犊、拾柴拾牛粪、挤奶、做奶食等活儿都是他的。纳布其姑娘也是吃尽苦头，天天挨骂。现在给罗布桑家放马的胡子巴布也如此，累死累活也看不到主家的好脸。德吉德抚养的孩子，没教养、活足的小阎王。天天爬上陶格斯的蒙古包，戳烂蒙古包哈那毡子——是出了名的活土匪。德吉德从不拦阻孩子，反而称赞孩子"有能力"。

风雨无阻地放羊使陶格斯身体透支严重，晚上回来后喝些稀的便早早回自己的小蒙古包休息。自己的苦难跟谁诉说？多么劳累也从不抱怨，抱怨多了反而痛苦，陶格斯姐妹两个人咬牙坚持。

又是炎热的一天。阳光像火盆，滚烫的沙地上人们无从下脚。世间的爬虫猛兽无处遮阳，草木枯黄。戈壁的天气热的时候热死人，冷的时候也能冻死人。羊群忍受不住暑热，乱跑乱走，陶格斯跟着羊群跑来跑去。陶格斯就这样忍受了一天。太阳偏西，暑热稍减凉风吹来。趁着凉风，陶格斯在草木茂密的地方收住了羊群后回到自己蒙古包想休息一会儿。可留在营地的羊羔在蒙古包四周奔跑欢叫，不让陶格斯安静地休息。筋疲力尽的陶格斯为了能安静地躺一会儿，她跑出蒙古包赶走了那些羊羔。

第二天早上陶格斯刚起床，从外边传来德吉德的叫喊声。陶格斯闻声急忙跑出去。

德吉德说道："陶格斯，你快去找羊群，羊群走远了。昨天没好好吃草，快去找回来！"

陶格斯说道："昨晚羊羔绕着蒙古包叫唤，我赶走了，可能跟羊群会合后羊群受惊跑远了。"

"羊羔不欢叫还干什么？你就把它们赶跑了——快去！"德吉德下通命令，自己回了蒙古包。

陶格斯循着羊蹄印找，羊群没走远，在不远处的草场边吃草——

每天无尽的忙碌奔跑使陶格斯双脚肿胀行走缓慢。她按德吉德指令，放羊回来时还要背回柴火牛粪。

陶格斯摇摇晃晃背柴火回到了营地。妹妹迎上去帮助背上柴火，哭道："姐姐，今天他们家两条狗把咱们的花狗追着咬，皮都被咬破了！"

陶格斯生气道："主人欺负我们，连狗也欺负——富家狗跟它的主人一样凶残。唉，花狗也跟着它的主人受欺负！"叫苦连连。

陶格斯回到蒙古包，看见花狗的腿上皮被撕破，淌着血。陶格斯抱住狗哭泣。主人没能力你也受欺负！花狗安静地摇尾舔着陶格斯的手。

陶格斯腿肿得支撑不住身体，无奈，她找罗布桑诊看。

大肚子罗布桑看了看陶格斯的脚："脚肿得厉害，不早治会落下残疾——"给了七服消肿药，说道，"不要耽误。这药，早晚吃一服！吃完消肿了。"

因缺少人手，大肚子罗布桑这才给的好药。

德吉德也说道："明天开始休息几天，吃药养伤！陶笛去放羊！"

第二天开始陶笛放羊，陶格斯在家养伤。年轻人的伤病吃药休息几天便见好了，陶格斯腿脚利索了。吃完七服药彻底消肿，陶格斯继续放羊。

一天，大肚子罗布桑早上去了乌力吉图寺当晚没有回家。德吉德站在西边丘陵上望着远处："一出门就几天几夜不见人影，大概又跟哪个媳妇鬼混呢！"

德吉德回来，叫陶格斯："明早开始自己熬茶喝吧，吃喝了去放羊！最近我身体也不好！"

陶格斯又多了做饭的任务。"不怕累死，就怕被骂死！要是不打不骂，多做点活儿也不怕！"陶格斯每天早起熬茶。

有一天，雷雨刚停。伊西格图古日斑毛都的达木丁、拉布哈父子二人来到了大肚子罗布桑营地。他们那儿今夏滴雨未下，干旱严重。他和罗布桑商量后，迁到罗布桑营地的附近放牧。

第二天，达木丁父子二人驮上所需的生活物品，赶了少数的牲畜搬迁过来了。按德吉德指示，父子俩住在陶格斯蒙古包。把东西卸在陶格斯蒙古包前。陶格斯也没说什么，热情地迎接父子二人进了蒙古包。陶格斯的蒙古包多了两口人，感觉像个完整的家庭了。陶格斯姐妹改口叫叔叔哥哥。拉布哈加固了蒙古包哈那的外围毡子，修缮蒙古包顶，填补窟窿，破旧蒙古包改了模样。

陶格斯点火熬茶后，正去往德吉德蒙古包吃晚饭。

达木丁叫住陶格斯，说道：“孩子，就在这儿吃吧！别去那儿吃饭了。”

陶格斯心想，“人家刚迁过来，就吃人家饭不好，又怕德吉德说三道四。”还是决定去德吉德蒙古包吃饭。

达木丁老人六十出头，眼神不好。儿子拉布哈照顾日常生活。老人的老伴儿去年过世，父子二人相依为命。拉布哈人老实勤快，二十六岁还没有成家。小时候被父亲送到寺里当了班迪喇嘛。但因不愿意学习枯燥的经文，被大喇嘛辞退回家了。他们家以前游牧在伊西格图古日斑毛都附近的草场。家里生活得不富裕，有二十几峰骆驼。因祖祖辈辈放骆驼，又一直生活在伊西格图一带，所以人们叫达木丁父子二人为老住户达木丁、驼倌拉布哈。

达木丁迁到罗布桑近邻放牧后，他家的骆驼长了肥肉膘。结束一天的忙碌后，老人和陶格斯、陶笛两个孩子说话聊天。达木丁老人不仅认识陶格斯父母亲，还是很要好的旧相识。听说陶格斯一家的遭遇后达木丁父子俩悲痛万分。“独木易被折，孤儿易被欺”！听了罗布桑、巴拉桑、德吉德欺凌孩子的事，老人唉声叹气。

达木丁迁来十几天过去了。德吉德性格怪戾，与人不好相处。接触的人无法忍受她的脾气。罗布桑虽然准许达木丁一家在他的营地附近短期放牧。但才过十几天，德吉德便本性毕露。她把达木丁父子当成眼中钉肉中刺，进出摔摔打打骂骂咧咧。“破骆驼扰得羊群也不安稳，烂东西——”德吉德指桑骂槐骂声不绝于耳。达木丁父子也实在无法再继续住下去了。

达木丁走进德吉德的蒙古包，说道：“我们要回去了，来你们这儿骆驼也长不少膘了。据说，前天下雨，塔拉宝力高、哈业胡同、伊西格图、古日斑毛一带的雨水很大。老天也奇怪，不下就不下，一下就下个够。那边暴发洪水了。听说塔拉宝力高的日格吉德玛老人家的两峰骆驼被洪水冲走了，毛都浩日的那楚克道尔吉的半圈羊也被冲走了。我们明天就回去了——”说完走出了德吉德的蒙古包。

第二天达木丁要回去。他给陶格斯、陶笛留下了半袋子的骆驼奶干、一袋子驼酸奶、牛肉干、黄米等食物。

达木丁在陶格斯、陶笛的额头上亲了亲：“孩子们，你们要好好地生活。以后要有机会到我们那里去——”老人便辞行离去。

此次离别后，陶格斯、陶笛再没见过老人和他的儿子。老人一家走后，蒙古包又变得空荡冷清。陶格斯思念和达木丁父子在一起的短暂的日子。

初秋刚过，山羊奶慢慢减少了。陶格斯选择水草丰美的草场放羊，尽力让羊群长肉膘。

一天，陶格斯捡回一大捆野葱。德吉德把野葱往羊油锅里一炸，便盛了给陶格斯、陶笛吃。刚从油锅炸出来的野葱太烫，陶笛嘴被烫，吐出了野葱。

德吉德大怒，喝骂道：“哎呀，还会挑食了。长了不少脂肪了吧！咽进嘴里的东西往外吐——你们还想天天吃羊肉？在人家屋檐下，还不知道自己有多能耐，填饱肚子就不错了！”

“野葱炸的时间不够，味道苦涩，没法下咽。”陶格斯护着妹妹。

德吉德怒气更盛，道：“牲畜也认识草场，你们两个不知道深浅。人要量力而行，你们有那福分，还放我的羊做什么？吃饱肚子了没事找事。”

陶格斯忍气吞声默不作声。心想，“跟这种人没什么可说的，佣人的命就该如此，有理无处申诉——”

三、苏和入了土匪窝

苏和被络腮胡子苏德巴赶着在积雪中行走了一夜。黎明时，土匪们到了奥兰呼都格北麓。太阳出山时一群土匪从哲里木湖南偏向西北疾行。苏和想逃跑，无奈没有机会。“从荷枪实弹的土匪眼前怎么逃跑？那就成了活靶子！土匪不把人当人，只得跟着走，等有机会再说！”苏和默默跟着土匪。

中午时，土匪们过了额肯前面的草地，进入了贝尔和湖。湖北岸哈达都峰下面有户人家。土匪头子下令在这家吃午饭。络腮胡子苏德巴，策鞭扬鞭奔到了那户人家蒙古包前。从蒙古包里出来一个二十来岁的漂亮女孩子劝狗让进。土匪留下三个人戒备值守，其余的进了蒙古包。众人进蒙古包，家里五十多岁的老人惊恐害怕浑身颤抖。

女孩子让土匪进入蒙古包后反身出门。

络腮胡子苏德巴起疑：“等等！孩子你要去哪里？我们赶了一天的路，都饿了，吃个饭再走。拿出肉快些煮！”喝道。

女孩子看着络腮胡子虽有些惊怕，但装作没事，说道：“我要去放羊，我们这儿最近闹狼。骆驼也得往回赶，要不走远了。”

女孩子没走出几步，斜眼拉西猛地跑去拽住了女孩子。说道：“再忙也得先煮肉！我们有急事，吃饱就走！”拉西的斜眼，歪斜得更厉害了。

女孩子无奈，道：“那先给你们煮肉。你们是好人，行了一天路肯定饿坏了吧？”进入仓房，抱了一盆肉出来。

斜眼拉西耀武扬威地说道：“这点肉太少，整个羊都煮上！”

女孩子转身进去又拿出一盆子肉，往锅里放。

女孩子的母亲嘴角抖动着说道：“孩子你还不快去，骆驼走远了！”母亲想法子支开女儿。

“你想让你女儿逃跑吗？吃完了我们一起走，让你女儿给我们指路！”说着话，斜眼拉西环顾蒙古包里的情况。

不一会儿肉煮熟，上了桌。土匪抓起大骨头像蟒古斯般撕咬。

女孩子看到苏和，心想，“这小伙子不是春天寻找走失的马群，来过我们家的苏和吗？”她认出了苏和。心想，“这黑小子也成土匪了？还是被土匪抓住了？看着不像是作孽的人！”

斜眼拉西向苏和喝道：“有肉还不吃？”

“我不饿！”苏和不悦道。

“饿了看你吃不吃？你叫什么名字？”斜眼拉西问道。

苏和：“呼和！英勇蒙古人的后代，父亲起的名字叫呼和——”苏和骗土匪们。

女孩子心里发愁，“唉，造孽的土匪抓了人家的儿子，不知道他能不能脱身？”

女孩子正着急。“现在吃饱了！”土匪们大声喊叫着把剩下的肉都打包装好了。

斜眼拉西斜着眼：“出发吧！劳烦姑娘你给我们指路，我们是居无定所、风餐露宿的人，对这里地形不熟。”指了指女孩子，“走吧！”

两个老人害怕发抖。“该死的土匪要对女儿下黑手，女儿要被土匪糟蹋，但从荷枪实弹的众土匪手里怎么抢回孩子？”

老人站起：“你们走到北边梁，就能看见西北方向的群山，那是塔拉宝力高敖包，朝着敖包走很快会到的。我们家畜群在东边草场，跟你们不一路！”

斜眼拉西说道："你不愿意让你女儿跟我们走？我们说话算话。快出去！"土匪从蒙古包赶出了女孩子。

"我对此地的路况熟悉。领这么个女孩子，反倒成累赘。这不是浪费时间吗？"苏和说道。

斜眼拉西用枪指着苏和："谁问你了？你喜欢这女孩子？——走！"赶出浑身发抖的女孩子。母亲哭喊着伫立在蒙古包前，束手无策地看着土匪带女儿离去了。

土匪叫女孩子骑在苏和的马上，众土匪往北边丘陵绝尘而去。

苏和想找准时机，带女孩子逃跑。他正犹豫不决。

拉西拿枪瞄准他们两个人，喊道："快下马！你们想逃跑？你比子弹还快吗？"做出马上要开枪的样子。

络腮胡子苏德巴捋了捋公马鬃毛般凌乱的胡子："虽然赶路疲惫，但也要享受享受。好久没尝过处女的味道了。老天的恩赐不要浪费，否则老天会惩罚我们的。咱们两个让这女孩子知道什么才是男人。"坏笑着，和斜眼拉西两个人拖着女孩子，进入了灌木丛。

女孩子哭喊，苦苦哀求。

"哥哥们，放了我吧，求你们——"斜眼拉西压倒了女孩子正要扯裤子。女孩子突然狠命挠拉西的脸。

斜眼拉西"哎哟！"叫了一声。络腮胡子苏德巴扑过来扯断了女孩子的腰带，要脱掉女孩子的裤子。

女孩子说道："哥，我自己脱吧！"说着女孩子猛地抽出靴子里的小刀捅向了苏德巴的大腿。络腮胡子苏德巴大腿流着血，从女孩子身上滚落下去："哎哟！哎哟！"呻吟喊叫。

斜眼拉西拿枪瞄准："把她打死，拉出脏腑喂狗！"对着女孩子的头要开枪。

苏和跑过来，求道："大哥不要生气，发发慈悲！放了那个女孩子吧！这是我堂妹。我们现在是一路人，看在弟弟的面子上放了我堂妹吧！"

苏和苦苦哀求。

络腮胡子苏德巴擦着大腿上的血，喝问："你不要撒谎！在她蒙古包时，为什么不说？"

"叔叔、婶子都在家，我没敢说出来。真的是我堂妹。要不能给你们煮肉吃吗？大哥你是好汉，要是强暴我堂妹了，对你们名声不好。我们还怎么同甘共苦？"继续央求。

络腮胡子苏德巴给斜眼拉西使眼色："说谎的人会受到什么惩罚你明白——真是你堂妹就放了她，要不然活剥了她。"说完摸着伤口提裤子。

斜眼拉西跨上枪，喝道："快滚！"

女孩子扯上裤子连滚带爬地跑向家。

这户人家主人叫旺吉勒苏荣。游牧在都勒河、贝尔河一带，是中等生活家庭。老人有一儿两女。大女儿已经出嫁了。小女儿虽然十八了，但没有合适人家尚未婚配，在家里帮助父母做活。

旺吉勒苏荣老两口因女儿被土匪抢走，悲恸欲绝。老两口正站在北边丘陵上望远处，看见小女儿从西北方向拼命跑回来。"虎狼般的土匪不知怎么折磨孩子的？能活着回来就好。"老人心里祷告。

土匪领苏和在陌生的山峦中间行走，几天后进入了十分险峻的一座山。此山名叫贝尔山。四周险峰峭壁林立，山势险峻骇人。山坡上原始丛林密布，凶禽猛兽，野鹿、虎豹豺狼成群结队，是人迹罕至的险峻荒芜处。土匪们沿着山麓向里行进，再顺着峭壁往南行走，最后进入了树木参天的细长山沟。山沟后边排列着几座房子，这里是土匪窝。四周矗立着石头砌的碉堡，高大的炮台上站着几个荷枪实弹的守卫。

到土匪窝后，苏和负责收拾圈舍、准备饭菜、喂饮马匹等活儿。拿枪的土匪站在炮楼上，轮流守卫，想逃跑比登天还难。“苍天保佑的话会有机会的！”苏和暗想，尽力不违背土匪的指令。有时土匪还教苏和拿枪射击。苏和认真学，尽力避免引起土匪的怀疑。

苏和来土匪窝转眼过了三个多月。按照土匪的指示让干什么干什么。苏和腿脚轻快，深得络腮胡子苏德巴和斜眼拉西信任，夸赞苏和是“山地好汉”。

苏和白天为了不让土匪引起怀疑，装作兴高采烈的样子。到了晚上，思念病重的奶奶和父亲、被土匪拳打脚踢哭号绝望的母亲，苏和想着往事彻夜难眠。在土匪的老窝中听不到任何来自家乡的消息，他只得等待时机。土匪们分次分批下山，有时在山下多待几日，抢夺普通牧民的牲畜财物。谁抢得多，奖赏就多。土匪有时牵回来几匹马，赶回来整群羊。但是土匪头子从不让苏和下山，时刻检验是否决心当土匪。他们还暗暗监视苏和，故意把他派出离土匪窝较远的地方放马群，有时让他放抢来的羊群。土匪还专门摆了几次宴席，让苏和喝得酩酊大醉。

苏和通过了种种考验，土匪开始信任他。土匪给苏和发了一把长枪，让他在近处站岗戒备。

土匪中有不少汉人，他们用汉语交流。土匪头子们偶尔开秘密会议，有时开会用汉语。苏和听不懂汉语，不知道土匪开的是什么会。

有一天，他对一起站岗的和他岁数相仿的土匪试探着问道：“我们的头子用汉语说什么呢？不是在批评我们吧？”

年轻土匪好不防备：“唉，说是外面闹革命闹得厉害。有个叫什么共产党的乱党秘密活动在戈壁，鼓动贫苦人民扩大势力呢！他们还和国民党军队打仗。等时机成熟了他们绝对不会放过咱们这山里——”说完，年轻土匪突然警觉起来目不转睛盯着苏和，“哎呀，我说了乱七八糟的事。你不能对任何人说。要是传出去的话，会让人砍了我们的脑袋！”警惕地环顾四周。

苏和装作没听明白的样子：“什么革命？我不懂。跟我无关的事说它干什么？不是对牛弹琴？我们好好地干活，对大哥忠诚就行。”

一天晚上土匪们喝得大醉。苏和也装作喝醉的样子，呕吐后倒头大睡，不久鼾声震耳。众土匪推杯换盏，喝得淌口水流鼻涕眼睛通红。

斜眼拉西咬着舌头，说道：“不消灭共产党，国民党就消亡。他们蛊惑穷苦人，做工作。他们准备要向我们开枪，要打烂我们的脑袋。”

苏德巴说道：“要加强暗哨，必须跟大部队联系上。留守在大山的部队有被歼灭的危险。被共产党抓住的话，把我们吊在大树上，烧死我们——”

苏和的鼾声越来越大，喝醉的土匪谁都没注意。“共产党的军队快来把这群土匪彻底消灭！”苏和想着。苏和这时才明白这群土匪原来是国民党的军队，被打散后成了无头苍蝇，占山为匪，抓戈壁的年轻人当壮丁扩大势力等待时机。

山上暑热难耐，土匪在山里待不住，经常换班换次地下山掠夺，探听时局状况。

一天土匪抓来一个有共产党嫌疑的年轻人。年轻人意志坚定宁死不屈，土匪用尽酷刑，没从他口中得到有价值的情报。

土匪小头目命令苏和：“烧烙铁！这共党分子要是不说实话就烧他皮肉。”

土匪们把人吊在树上，用马鞭打得皮开肉绽鲜血直流。

“你们的末日到了，你们这群刽子手。你们和日本侵略者一样，是压迫掠夺穷苦戈壁人民的豺狼——”年轻人骂声不断。

土匪停止了鞭打，拿烧红的烙铁烙在他的身上，年轻人身上的皮发出嗞嗞响声，流出恶臭的脓血，年轻人挣扎着昏死过去了。土匪们泼凉水，醒来了继续用刑。持续几天的刑罚仍然无法撬开年轻人的嘴，土匪们一无所获。

这时，从外边来了几个陌生人，像出了大事，仓皇失措的样子。

土匪们闭门商量许久。

络腮胡子苏德巴走出来叫苏和，目光严厉地看着苏和说道："你立功得赏的时机到了，这是你的福分！"

苏和："什么福分？我不是升官发财的人！"

"今天打活靶！我们的军官承诺，你要是一枪射穿活靶的心脏让你当排长。一颗子弹决定你后半生的命运！"络腮胡子笑道。

苏和浑身冒冷汗。

"我不会杀人，至今连牛羊都没杀过。我就是个放牲畜的蠢笨的老实人，我不敢拿枪。拿枪就手脚发抖。"苏和做出害怕的样子。

"不行，我们看不起关键时刻掉链子的人。必须执行命令！如果不执行——"络腮胡子苏德巴的语气突变。

这时，年轻人的嘴里塞了布，双手被反绑，被几个土匪推搡着出来。土匪把他绑在马桩上。

络腮胡子苏德巴枪里压上子弹，递给苏和："执行命令！"

苏德巴立正，大喊："开枪！"

枪响！

"再开枪！"苏德巴严厉地命令道。

苏和闭眼扣动扳机，打出了全部子弹。

"饭桶，你看看我们的神枪手天龙是怎么开枪的——"苏德巴一把抢走了苏和的枪，重新压上子弹递给天龙。

那个叫天龙的土匪以前没在山里，前几日才回来。像猴子般丑态毕露的天龙拿起土匪头子苏德巴递过来的枪，叉着腿站立打了一枪。

年轻人头耷拉下来，从胸口流出鲜血。

苏和的胸口作痛，心想抢过天龙的枪一把打爆他脑袋。苏和气得浑身发抖。

络腮胡子苏德巴奸笑道：“怎么样？军人就该这样才对。这次就饶了你！再这样软弱，小心脑袋搬家！”

这件事后，土匪让苏和代替叫杨福松的马倌放军马。苏和心里格外高兴。“老天帮忙，要是幸运的话，我趁机赶着土匪的全部军马逃走！”有机会逃跑的苏和腿脚轻松，更加小心翼翼，他为了得到土匪信任继续装作勤快老实的模样。

一天。络腮胡子苏德巴和斜眼拉西领土匪们下山，留下的土匪继续操练军务。苏和无法弄清山上土匪的人数。土匪有时增加到一百多人，有时锐减成十几人，人数不停增减变换。苏和猜测附近的山头也有几拨土匪。

下山的土匪三日后回来了。他们回来便开始大吃大喝。众土匪吃喝毕，络腮胡子苏德巴、斜眼拉西相继走出来。

斜眼拉西对络腮胡子说道：“呼和那个蠢货放马还是把好手！”

苏德巴说道：“哼，蠢货不会赶了马群逃跑了吧？多留心，多派人盯住！”

斜眼拉西转头说道：“山路的必经处都有暗哨，他往哪里跑？但也小心警戒才好！”

拉西吩咐哨兵。

有一天，苏德巴、拉西领了几个人下山几日。几日后晚上回来时，抓回来一个年轻女子。苏德巴下令带到自己的屋子。那夜恐怖的氛围笼罩了西山。杀山羊般的叫声持续一阵后传来了女孩子呻吟、痛苦、哭泣、喊叫的声音，后戈壁的荒山群峦为之愤怒悲痛。第二天土匪吹集结号，全体土匪站队排列。年轻女人被两个土匪推出来。女孩子的头发蓬乱、脸颊肿胀、眼里噙满泪水。她昨晚被众土匪轮流强奸，被折磨了一整夜。

络腮胡子苏德巴笑道："抱着美女睡觉是天大的乐事，不享受你们会后悔一辈子。军人作战时勇敢，休闲时也得及时行乐。是不是？"

下令道："摆玻璃瓶打靶，全部打中的有美女享受！"

群匪骚动，"大哥万岁！享天福！"乱喊乱叫。

土匪们乱叫了一通后，苏德巴指着苏和下令道："呼和，你先打！打歪了就可惜了。"

苏和不情愿地拿枪，瞄准十个玻璃瓶扣动扳机，只打中一个瓶子。

群匪乱哄哄，叫喊："没有福气抱美女的东西！"

"黄巴图、纳琴、敖思尔射击！"络腮胡子下令。

三个人连续开枪，没有人能全部击中靶子。副班长麻脸桑布拿枪瞄准，他打中了所有的瓶子。

苏德巴竖起拇指："好汉，带走美女吧！尽情享受！"

四十出头的麻脸汉子上前拽住不停哭喊的年轻女子，像老牛吃嫩草拽进自己屋去了。

不一会儿，从桑布屋子里传出女孩子的哭声喊叫声，年轻女子又一次经历了活生生的人间地狱。过了一个钟头，"砰！砰！"枪声响起后一切又回归安静。

枪声传出后土匪们都列队站立，麻脸桑布迟迟没有走出屋子。

络腮胡子苏德巴的胡子根根竖起："呼和！打开桑布的门！"

苏和跑过去踢开屋门进去，他闻到一股血腥味。麻脸桑布赤裸地躺在炕上，女子躺在地上，额头正往外冒血。

苏和看到了惨状。

“这些畜生是拿穷人的命当儿戏，把穷苦人当成牲畜的刽子手！这群天杀的，会遭报应的——”苏和心想着，恨恨地退出来，对苏德巴说道：“报告！屋子里两具尸体，鲜血满地。”

络腮胡子沉默片刻下令道：“天龙！吩咐下去，把尸体扔进山沟喂鸟！”

土匪下山返回时抢回来膘肥体壮的良马，有的马性子烈，有的甚至是从来没人骑过的公马。土匪命令苏和驯马。苏和在诺颜仓时，驯过马，是驯烈马的好手。苏和能够驯服烈性难驯的公马，土匪头子夸赞苏和：“我们呼和是驯马好手！”

苏和在残暴、血腥、悲痛、苦难中迎来了盛夏。

一天，络腮胡子、斜眼、天龙、王福松等几个头目领了一拨土匪匆忙下山。听土匪说，乌拉山、东山一带山匪被“邪党”包围，被彻底击垮丢失山寨了。革命的火焰燃烧得迅猛，苏和暗暗高兴。“不知这个山头何时才能被消灭！”苏和盼望着那一日，但是苏和装作一无所知的样子，越发谨慎认真地完成土匪头子交代的照管军马、驯服烈马的任务。

一天，络腮胡子和天龙用汉语交流一阵，叫来苏和：“呼和，你的表现很好。根据你照管军马、驯服烈马的突出表现，已经上报上级提拔你为班长！你要立功，军人只有立功才会飞黄腾达！放马时看见有可疑的人及时上报，来不及的情况下可以打死！”吩咐完掏出一把手枪递给苏和。

“祝你早日立功！”络腮胡子笑着拍拍苏和的肩膀。

苏和回敬道：“大哥，我会报答你的大恩，我没有其他出路。我一定效犬马之劳——”苏和尽力让络腮胡子对他放松警惕。

络腮胡子苏德巴平时嫌自己的白马性子太过暴烈，因而骑着快速枣骝马。苏和用心驯服白马，训练白马让它尽快习惯自己的骑行。现在有了手枪，再有快马，就如虎添翼，苏和暗暗做准备。土匪各山头的情况越来越急迫的样子。苏德巴昨天刚回到山，一早又领十几个土匪下山而去，时局变化对他们不利。

苏和高兴。“今晚不趁机逃跑情况会变，络腮胡子苏德巴有可能还在试探我。最近对我特别的好，真要怀疑我，不知最后会变成什么状况，今晚必须采取冒险行动了！”苏和准备晚上行动。

晚上，土匪们喝酒聊美女很晚才休息。头目都下山后，剩下的土匪都成了大王，他们肆意尽情享乐。山寨回归安静后，苏和躺在自己屋子，外面传来忽高忽低、阴阳怪气的歌声：

东边村落的美女哟哥哥梦见你
骑上我那白骏马去看心爱的你

伴着尖粗嗓音的歌声，放哨的小土匪走进屋来。

苏和坐起来，问道：“你不好好放哨，去哪里了？想姑娘了？”

放哨的土匪笑道：“不想才怪？男人嘛！在这荒凉无人烟的地方快憋疯了。我们东村的姑娘，白白胖胖真漂亮。要是抱上一宿，死了都无憾，那漂亮的脸蛋——”抱住苏和的脖子颤抖着要亲脸。从他的嘴里，发出阵阵酒肉的臭味，鼻涕涎水直往下流，真像抱上漂亮的胖姑娘一样，身体发抖。

苏和推开他，说道：“你不好好站岗，喝酒吃肉。要是敌人来了，我们全都完蛋！”

“哪个胆大的敌人能过来？这山里，敌人进不来，喝点酒想家了！”嘴里冒出淫秽不堪的话。

苏和想趁土匪在熟睡时逃跑，可哨兵土匪胡说八道不离去。苏和几次用计想支开他，都失败了。“抱漂亮姑娘，摸了奶子亲，我给了银簪子。睡了几次——”土匪哨兵，语无伦次地胡说。

苏和无奈，心想：“你要不走我要放马去。明天，大哥们回来会剥了他的皮。这是想女人想疯了。”苏和走出屋，那哨兵继续跟着苏和不停地讲述他和美女的美妙生活。苏和警觉起来，“这东西是不是受了苏德巴的命令监视我，必须先处理掉他！”

这时哨兵土匪屁声连天，跑进木栅栏那边脱了裤子，发出山崩地裂般的响声，上起了厕所。苏和佯装小解，靠近哨兵。他搬起墙根下的大石头狠命砸向哨兵土匪的脑袋，哨兵滚倒在自己的屎尿上。苏和又举起石头砸了几下。“这回肯定死了！”苏和心想。他迅速卸下了哨兵的子弹袋，系在自己身上。他走回宿舍，没有发出半点声响。拿起手枪，出来解开了白马的缰绳，苏和牵马在沙石地上慢慢缓步前行。他按照早已计划的路线，先走小路。走了一阵后，苏和骑上马，快马加鞭奔到只容一匹马通过的险峻山路。苏和重新下马，小心翼翼地牵马过了险境，骑上马快速离去。

漆黑夜晚的荒山格外安静，除了偶尔传来夜间活动的猛兽的叫声，山地沉浸在睡梦中。山石林立树木茂密，行走十分困难。但这对已经熟记地形地貌的苏和来说没有多大的阻碍，他让白马拼尽全力奔跑，到了黎明时，白马跑出了一天的路程。已经到了离土匪的老窝很远的地方。苏和在隐蔽处，脱掉军服和长枪，把它们一起埋在地下。他解开包裹穿上了自己的旧蒙古袍，把手枪揣进蒙古袍里后再出发。因为背长枪容易被人怀疑，苏和才把长枪埋下。苏和佯装成寻找丢失牲畜的牧民，奔向东南方。因为做足了准备，喂好了白马，白马的脚力不减，跑了这么远的路，速度依旧迅猛。苏和离土匪的山越远，心里越放心身体越放松。

这样奔走半天后，他进入一个荒芜的盆地。苏和下马，用缰绳绊住白马的前蹄，让白马吃草，自己解开包裹拿出几个干饼吃了休息。逃跑的人不能耽搁太长时间，白马吃些草后，苏和又骑上马上路急奔。

这样躲躲藏藏跑出很远，看地形不知到了何处。太阳缓缓下山，已经是黄昏了。跑了一天一夜，人马俱疲，行路速度缓慢了。趁昏黄的余光，看见前面丘陵处有户人家。苏和警觉地环顾四周，慢慢靠近那户人家。“可能的话，住一夜，不行就填饱肚子再走。”苏和心想着到了蒙古包前下马，在马桩上拴了白马进蒙古包。一个老妈妈独自一人在家。

“您好！”苏和问安。

老人费力起身，盛茶给苏和：“好好，你好？从哪里来呀？”

“我寻找丢失的马匹。走了几天，没有任何音信——”苏和喝茶说道。

“可怜的，黑小子！家在哪里？”老太太拿出肉、烙饼、奶食品。

一整天没吃没喝的苏和，喝了几碗热奶茶：“中公旗赛乌苏人。今年雨水少，草场贫瘠。牲畜寻好草场，走散的多。我出来寻马来了。一匹栗红色母马、一匹三岁口的黄公马、一匹绛紫色马驹、一匹黑色母马等七匹马，走散十几天了。是不走到你们这儿了？跟你们的马群合在一起了吗？我过来问问。”

“我们这儿没有你说的那样毛色的马。我们这儿马少，西边那户人家倒是马多。哎！说来奇怪。乌拉特三公旗分了人口，但是没分清地界。我们是西公旗的，大家就这样转场游牧。东南方的那座山是西山咀，翻过西山咀就进入你们中公旗地界了！”老人指着前面的大山说道。

“茶里放肉吃，放些奶食、饼子更好吃，赶远路的人肯定饿坏了！”老人给苏和添上奶茶，递过奶食。苏和也饿坏了，不客气地往茶中放满奶食，大吃大喝。

吃毕，问道：“你们这儿很太平，没有土匪下山扰乱的事吗？”

“我们这儿太平些，没有听说有土匪。听别人说，西边较远处山上有土匪，说土匪时常下山抢劫，西公旗后边的山上据说也有土匪！”老人不停地给苏和添茶。

吃好后苏和解了乏，身体也轻松舒服了。

他稍歇了片刻站起，说道：“我要继续赶路，如果可以的话，今晚到邻近的中公旗地界过夜。老妈妈您保重身体！”

苏和饮完马后，往东奔去。离开土匪窝已经赶了几天的路程，邻近西山咀，他彻底放心了。“得让马吃草休息，跑了几天的路，再好的马也该乏了！”心想寻个人迹罕至、僻静隐蔽处放马吃草。他牵马走进了一片灌木密布的盆地，下马解下马鞍，绊上马的前腿。又累又饿的马，贪婪地吃开了草。苏和枕着包袱酣然入睡。

黎明时，苏和醒来。他吃了干粮，收拾物件，牵来白马套上马鞍出发。苏和没走多远看见盆地那边有水，上前饮好了马。

清晨的太阳在东边山头露出头。巍峨阴山后边的夏营地上的人家炊烟袅袅牛羊欢叫，牧民正迎接美好的一天。苏和抖动缰绳迎着朝阳奔驰。“土匪已经找不到我了！”苏和心情愉快，就像回到了久别的故乡。他兴高采烈。

苏和向东南方向行进时，从山后跑出来个骑马人。苏和大惊，看样子不像土匪，稍稍放下心，拽住缰绳缓步慢行，骑马人直奔他而来。

“您好！”骑马人问安。

“您好！水草可好？”苏和回敬问安。

“找几匹走失的马——”苏和说了马匹的毛色特征。

那人摇头道：“没听说过，这么久了，可能被土匪抢走了。你去前面看看吧！阴山后边这一带马少！”

苏和迟疑，问道："你们这儿没有匪患吧？"

"近两年还好，前几年经常遭受匪患。听说在那边有叫共产党解放军的部队，但没见过，也没来过这里！"那人又摇头。

"哦，那我去前面打问！"苏和跟那人告别，沿山后的路，往东疾驰。

太阳偏西了。苏和看见山麓上的几只山羊，他知道已经临近人家营地了。苏和环顾四周，看见那边平地上有座稍显陈旧的蒙古包。"就在这儿休息片刻，让马吃点草再走！"苏和想着，轻拉着缰绳走近蒙古包，靠近蒙古包时，一只大黄狗要活吞了苏和一样吠叫冲过来。从家里跑出来一个带绿缎子头巾的女孩子，叫住了狗。苏和下马拴上，跟女孩子互相问好，走进了蒙古包，蒙古包里坐着老夫妻二人。

女孩子盛茶，好奇地问道："客人去哪里？"

"我是中公旗诺颜仓的放马人，几匹马走丢了。你们见过吗？"苏和说了马匹毛色。

女孩子摇头："没看见，大概没来这边！"

老人叹气道："这乱世，不是被土匪强盗抢跑了吧？要是跑到河那边，肯定找不到！"边说边安慰苏和，"赶路人肯定累坏了，喝茶！"

苏和喝了几口茶："从这儿往东，是不是东公旗的地界？"问老人。

"哎呀，这里就是东公旗境内！往东走就是达尔罕茂明安的地界了！孩子，夏天的马不会走这么远，冬天大风雪中马匹有可能顺风跑出这么远！"

"老阿爸，我到了东公旗边界了。今天天色已晚了，在你们家住一夜再走！"苏和央求。

"当然可以！天色晚了，明天返回去才行！"老人吩咐女孩子做饭。

苏和出来解下马鞍，问好饮马井。饮好马后，他绊上马的前腿放在草地。回蒙古包时，女孩子正在煮肉。一天一夜没正经吃饭的苏和，肚子咕噜噜乱叫。肉煮熟盛上了桌子。

两个老人陪坐吃饭，说道：“孩子，把酒壶拿来！来客人了，舅舅喝上几盅！”不停地劝着苏和吃喝。苏和禁不住劝，喝了几盅酒，满脸通红，再也喝不进了。从不喝酒的他，喉咙里感到了酒的辛辣，实在难以下咽。老人独自喝酒。

老人叫扎木苏，妻子叫斯布吉德。女孩子是老人的外甥女，叫刚嘎其其格，最近才过来帮舅舅。扎木苏老人爱喝酒，抿着抿着有些喝高了话也多起来。老人经历得多，生活阅历丰富。老人年轻的时候，当过旗兵。老人给苏和讲述伪满、日本、塔王时期的许多故事，又讲东公旗的齐俊峰司令、中公旗的巴云英司令、仁钦僧格公爷等人抗日的事迹，讲反对国民党开矿——老人又把从别处听说的有关共产党解放军建立大青山根据地开展游击战，为穷苦百姓争取自由、和平、幸福，清除国民党反动派和地方恶霸的事——老人给苏和讲了许多许多。

跟老人聊一夜，苏和知道许多新奇的事情，心里无比高兴。

第二天，苏和早起找来马套上马鞍，感谢老人后骑上白马往东出发。刚嘎其其格站在身后挥手送别，久久不愿离去——

四、姐妹泪别

丁戌年，秋天大旱。云层被秋风吹散，戈壁草木过早枯黄。到了养秋膘的时机，戈壁人们望草哀叹。特别是巴彦希布格、巴嘎巴彦、苏海棍呼都格旱灾严重草木稀疏。持续的大旱被一场大雨浇灭，反成了洪灾。雨水滋润大地，戈壁焕发生机，长出羊羔能啃的草了。戈壁牧民，迁往雨水丰沛处露营。哈南黑日、淖根敖日布格、毛虎尔额尔格、伊西格图古日斑毛都、卫图山、骆驼哈布奇勒等地新迁来人家的蒙古包星罗棋布，营地上的畜群数量骤增。

大肚子罗布桑也迁徙游牧，养好秋膘好返回。多数人家牲畜夏天无草可吃畜群膘弱体虚。大肚子罗布桑的畜群，因养好了秋膘，罗布桑比别人安心狂妄。

陶格斯不到二十岁的年龄，经历了人间太多痛苦，深谙世事艰难。近几年，经过种种历练的陶格斯，放羊护理牲畜成了一把好手。陶格斯虽天天被德吉德骂，但她从不偷懒耍滑，就像照看自己的畜群一样，用心勤快，使得羊群膘肥体壮，陶格斯心里也高兴。即使这样风吹雨淋，疲惫不堪，也从没有好脸色相迎。陶格斯倒也习惯了别人的冷漠。俗话说“羞死人不如杀死人”，欺凌羞辱是让人无法忍受的。

在陶格斯的努力下，大肚子罗布桑羊群肉肥体壮。罗布桑更加不把别人放在眼里。罗布桑对他人说，这不是陶格斯的功劳，而是他自己天天念佛诵经的功德。知道真相的戈壁人哭笑不得，暗暗骂他“造了一辈子孽的沙卜隆，强占寺产，吸吮孤儿的鲜血。有了几只羊，天天吃香喝辣的。哪一天他会遭受报应”！

大肚子罗布桑，吝啬又饿狼般贪婪。走家串户念经诵佛，作为看病抓药的诊费，牵人家的骆驼牛羊。身处绝境的人们无奈。虽然嘴上骂罗布桑是“披着佛衣的饿狼”，但一有病灾还得请罗布桑，还得送牛羊。罗布桑尝到甜头，疯狂压榨穷人。

大肚子罗布桑一出门，十天半月不回家，斜跨他的红骏马到处祈福禳灾。秋初，罗布桑出门后二十几天未回。“禳灾治病”的罗布桑喇嘛在后戈壁，没放过入眼的妇女。吹嘘欺骗，糊弄妇女，占了便宜满足了欲望，临走还牵走人家的牛羊。

二十几天后，酒色过度、筋疲力尽的罗布桑喇嘛踏上了归家路。他像吐白沫子的疯牛般扯开了他那破锣嗓子：

西北微风吹　望见美丽的巴彦哈日
心中意绵绵　想见我心爱的德吉德

到了营地，唱着歌下了马。

德吉德跑出包门，骂道：“哎呀！太阳从哪儿出的？没吃饱吧？发情的公狗般的乱吼乱叫！有本事别回来呀！”

大肚子罗布桑挺着大肚子：“怎么样？永远不回家你安心了？我想你才回来的，你却——”说着进了蒙古包。

“你把心丢在外面了，走了就不知道回来。天天晚上我一个人——你才不知道人家想你！”德吉德抱住大光头狠命亲了一口。

“哦，我得安心地好好地吃喝，去哪儿也没有我黄脸婆的好吃！”给德吉德戴了高帽子。

“知道就好！”德吉德点火煮肉。

太阳快下山时，陶格斯赶羊群回来了。为了让羊群长秋膘，选择灌木、锦鸡草茂盛的草地放牧，跟着羊群，陶格斯疲惫不堪。

陶格斯满脸灰尘进蒙古包，大肚子罗布桑说道：“嘿，陶格斯越长越漂亮了。饿了吃饭吧！”赏脸说了句好话。

陶格斯盛了早就准备好放在炉子上的黄米，叫了妹妹，二人迅速吃完。

陶格斯收拾好碗筷刚要回去，大肚子罗布桑指了指门口的毡子：“坐吧！干完活儿了？哎呀，没爹没娘的孤儿真可怜。你们姐妹不会孤独的。我像自己亲生女儿一样爱护你们，你们吃饱喝足了，那是喇嘛我的福气。”

罗布桑解开包裹，拿出大小两双生皮靴子、蓝绿两色大布袍子各一件、两件短褂、两件灰色粗布裤子给了陶格斯、陶笛。

罗布桑说道："你们拿去穿吧！开始秋凉了，很快就冬天了。等天冷了，再给你们买厚衣服！"点头让陶格斯、陶笛拿上。

陶格斯接上衣服走出来。回到自己的蒙古包，看看那些衣服，虽然旧但没有破。

陶笛试穿一件小衣服："姐姐，正合我身，好漂亮。"高兴地说道。

陶格斯没说话。"不知给谁念经得来的，也可能染疾死的人的衣物。衣服也不会染病，没有破烂就行了。"想到这儿陶格斯心中一惊，"来这儿快大半年了，罗布桑从没给过这么好脸色，不知道又要出什么坏主意？说不准答应了别人，让我去别处干活，那我妹妹一个人不知道怎么受苦了！"

沉默片刻后，陶格斯问道："陶笛，你离开姐姐会哭吗？"

陶笛正试穿那些衣服，好奇地问道："姐姐，你去哪里？"

"姐姐哪儿也不去，就是说说而已。你也大了，也该懂事了。如果有一天姐姐给别人放羊去了，这才问的你。"

"姐姐去哪儿，我去哪儿！"陶笛抱住姐姐。

"姐姐不走。咱们睡吧！"二人躺下睡觉。

大肚子罗布桑和德吉德盘腿坐在桌前饮酒。茶碗里加满肉，银杯斟酒，推杯换盏。两个人有些喝醉了。吃喝毕，两个人没有收拾碗筷，便爬进被窝躺下了。

"吃饱思淫欲！"德吉德欲火烧身，一条腿在大肚子罗布桑的大肚子上来回逗弄："不知道人家死活，一走就十天半个月。快想死了！"用她干瘦的腿逗弄罗布桑。

罗布桑刚吃完肉喝完酒，肚子更像充满气的气球，嘴里直哼哼着。德吉德看出罗布桑不愿意动，她伸进去手来回逗弄罗布桑。罗布桑喇嘛对德吉德的挑逗拨弄毫无感觉，酒色过度的喇嘛罗布桑的命根子更加丑陋难看。德吉德生气地狠掐了一下。

“呸！天天跟别的女人快活，把骨髓都让人抽净了，跟死狗一样软塌塌。你要经常这样，我可怎么办？”德吉德突然放声大哭。

“祖奶奶，喇嘛我这几天念经驱邪累了。明天，明天吧。今晚休息够了，从明天开始你怎么样，都如你意。解了你馋，保证几天都不会再想我。”

德吉德咧嘴拧住罗布桑的耳朵：“我才不那样，每天晚上都要——”像传说故事中的多头蟒古斯一样怪声怪气地“嘿嘿嘿”笑。

罗布桑推了一把德吉德：“现在睡觉吧，别太兴奋了！”

“谁叫你找像我这样年轻的媳妇？年轻人该兴奋时就得兴奋。”

罗布桑不高兴道：“怎么？你也想找年轻的？”

“当然，你能找，我为什么不能？呸！全身都是野女人的尿臊味！老种驴！”德吉德喊叫着说道。

罗布桑抽出缠在德吉德脖子上的手，转过脸睡去。德吉德伸进腿往罗布桑的裆部狠命踢了一脚，也转过脸睡下了。

太阳升起，新一天开始。陶格斯放出羊，正赶往草场。罗布桑家的两条看家狗并排冲出来。陶格斯顺着狗的方向，看见歪胯巴拉桑骑着枣骝马回来。

“这东西大早晨来这儿干什么？”陶格斯正好奇，巴拉桑下马拴上，走进了德吉德蒙古包。

陶格斯正要赶羊群走。

德吉德喊住陶格斯，说道：“陶格斯，把羊群赶回来！一会儿再放！”

陶格斯头发立起。“俗话说‘猫头鹰叫没好事！’歪胯巴拉桑这么早过来，肯定没好事。”心想着赶回了羊群。陶笛听到德吉德的声音也觉奇怪，迎接姐姐，二人走进德吉德的蒙古包。

罗布桑喝着茶，看着陶格斯姐妹进蒙古包，向德吉德点了点头。

“可怜的！给孩子们弄些奶油、炒米！”德吉德反身进去拿出奶油、炒米、白糖摆在桌子上说道：“孩子们，吃吧！”

陶格斯摇手：“我们吃过了，不饿。”把碗推放在桌上。“从夏天起，每天挤奶做奶食。连一把奶干子、一勺奶油也没给吃过。今天怎么这么大方了？”陶格斯心跳加速，站立不安。

德吉德满脸不高兴地走来：“陶格斯，你享福的日子到了，我不愿意让你离去。受苦受累的苦命孩子！”眨巴着眼睛说道。

“真受够了，没父母的孩子不如狗，天天担惊受怕，可像我们这样的孤儿跟谁诉说？我没有享福的命，你们不要戏耍我！”陶格斯直截了当地说道。

大肚子罗布桑打了饱嗝，摸着光脑袋，看了一眼德吉德：“行了，不要说了！我先说几句，唠叨个没完！”

德吉德大声喝骂道：“我过分吗？‘以德报怨’，你抖什么威风？我又不是你寺里的尼姑，不让人说话。”

歪胯巴拉桑哼哼着：“你们两个别吵了。这么多年在一起了，还吵什么？罗布桑哥哥你先说！”冲德吉德眨巴一只眼示意。

“上面来命令，让陶格斯去别人家当佣人了。‘君命难违’！我们不能违抗，出去数数羊吧。”大肚子罗布桑白眼瞪着陶格斯。

“让我放半年羊了。从来也没数过，现在数什么？我领妹妹走！”陶格斯说道。

“那能行吗？什么都你说了算，不反了你？你不把上头的命令当回事，什么孩子？”巴拉桑站起来，要伸手扇陶格斯一样张牙舞爪。

“行了，出去数羊！”大肚子罗布桑摇晃着站起，陶笛抱住姐姐哭泣。

巴拉桑瞪着陶笛："哭什么？"

大家走出蒙古包。

大肚子罗布桑、歪胯巴拉桑把羊群的羊数了一遍。

德吉德问道："常走在羊群边上的换角白山羊不见了，压群尾的白额老母绵羊和羊羔也不见了。你昨晚丢下羊了吗？"

"你满嘴胡说，不害羞吗？羊一只不少，你们想讹我？"陶格斯生气地说道。

"就那几只——"德吉德吞吐不清地说道。

"你太欺负人！一开始放羊时，没给我准数，也没告诉羊的颜色。我没丢你们家一只羊羔！"陶格斯眼睛噙满泪水。

大肚子罗布桑在羊群中转了几圈。

他走出来，对陶笛说道："陶笛，你去看住羊群！你姐姐有事，一会儿去找你！"

陶格斯抱住妹妹哭泣。说道："我去吧，妹妹一个人放不了羊！"

羊群慢跑着上了西面的山坡，从众人的视野中消失。

"进蒙古包吧！"大肚子罗布桑往家摇摇晃晃走去，巴拉桑、德吉德紧跟着。

陶格斯、陶笛站在原地未动。

大肚子罗布桑在蒙古包门口回头，说道："陶格斯、陶笛你们过来，说点事！"

陶格斯领妹妹进蒙古包。

大肚子罗布桑坐在黑幕日，轮流看着陶格斯、陶笛："高勒苏木章京来命令了。家有家规国有国法，我们不听从上面的命令，他们会惩罚我们。跟诺颜衙门作对，没好果子吃。上头命令，让你到川井宝义通盆地的大富人、旗都统德力格尔家当佣人。陶笛留在我们这儿！你妹妹我们会照顾的，做我儿子的玩伴，过冬后送到你们叔叔家。别担心！你妹妹会过得很好！”哄骗陶格斯、陶笛。

陶格斯理直气壮地说道：“去哪里都可以，但是不能留下我妹妹。忘了怎么冤枉我妹妹，惩罚她的吗？像你们这种满肚子坏水的人不会同情别人。不知又要怎么冤枉我妹妹，折磨她！”

歪胯巴拉桑站起身，扭动他那歪胯向前走了几步，喝道：“你走你的，十六七岁的孩子还不明白事理。过冬后你也回来了。要是想你妹妹，你可以经常回来看看！”

陶格斯生气委屈，抱住妹妹痛哭。“有什么办法？孤苦伶仃的孩子！哥哥你快些回来吧，妹妹们饱受欺凌！”越想越难受，哽咽哭泣。

大家在蒙古包谈论事情至临近中午。德吉德准备饭菜，不一会儿摆出烙饼、羊肉汤。罗布桑、巴拉桑二人银杯里倒满酒，推杯换盏喝起酒来。

巴拉桑把嘴贴近罗布桑耳朵：“嘿，那夜你在图力嘎尔家可舒服了吧？”

德吉德早听到了。她拽住歪胯巴拉桑耳朵：“人老心不老，人死心不死。呼勒斯太寺两头无角牤牛！屁股长在嘴上，恶臭难闻。”德吉德正喝骂时，外面看家狗吠叫。

德吉德看见一个人徒步走来，德吉德劝狗让进。这人是来代替陶格斯放羊的叫萨尼其日的姑娘。萨尼其日的父母去年因染鼠疫去世，孤苦无靠的她给人放羊为生。刚开始在额肯查干的仁钦家当佣人。前几日，大肚子罗布桑和仁钦说好了，让萨尼其日给自己放羊。

德吉德让进蒙古包说道：“从川井那边接陶格斯的人还没来，来了让他等等。我去赶回羊群！”骑上罗布桑的马，扬尘而去。

德吉德去放羊。罗布桑、巴拉桑二人喝酒吹嘘各自在戈壁上的荒唐无耻的故事，三句话不离本性。二人喝酒高兴，陶格斯领萨尼其日回了自己的蒙古包。身份低微的佣人姐妹很快互相认识了。命运多舛的三个孤儿，互诉各自的苦难经历。萨尼其日比陶格斯大两岁，陶格斯、陶笛叫萨尼其日姐姐。

陶格斯对萨尼其日说道："他们要分开我们姐妹俩，我走后希望姐姐您像自己亲妹妹一样照顾我妹妹陶笛。这家主人像活阎王，你要小心点！冤枉讹诈你，克扣你工钱的黑心残暴的人——"给萨尼其日介绍大肚子罗布桑和德吉德。

萨尼其日宽慰陶格斯道："放心吧，我尽力照看！我听到他们谈论，说是以损失寺财产的因由留下你妹妹当佣人，把你们破旧蒙古包也算作赔偿的物品。我们穷人到哪里去说理？衙门和富人沆瀣一气，没人给我们做主。我们是连牲畜都不如的可怜人——"萨尼其日流下眼泪，陶格斯、陶笛更是止不住流泪，三人抱头痛哭。

德吉德赶回羊群拴马时看见从巴彦希布格东边盆地那边过来了一个牵骆驼的人。

陶格斯认出正在拴骆驼那人是丹巴："丹巴叔叔！"陶格斯几个人迎了上去。

"叔叔安好！"陶格斯请安。

丹巴笑道："可怜的孩子们都晒黑了！"额头上亲了亲。

这时太阳开始落山了。丹巴住在罗布桑家，萨尼其日住在陶格斯的蒙古包。

第二天，天刚发亮，丹巴起床套上驼鞍了。德吉德也起来熬好奶茶，大家吃喝后各自准备出发。陶格斯进蒙古包收拾衣物，包裹好东西，妹妹抱住陶格斯大腿哭喊，不肯离开陶格斯。大肚子罗布桑等人劝说也不听。为姐妹俩声嘶力竭的哭泣，茫茫戈壁也悲伤哀叹。

生离了唯一的亲人，陶笛无法接受这残酷的离别，她拼命拽住姐姐。

丹巴的心里流泪。他走过去，擦干陶笛眼泪："好孩子，你姐姐几个月后就过来看你一次，别哭——"哄着陶笛分开了两个人。

陶格斯骑上丹巴牵来的栗驼跟着丹巴离去了。

姐姐的身影消失在远处。陶笛哭喊着"姐姐！"向陶格斯离去的方向跑去。德吉德鬼哭狼嚎般边叫喊边追赶陶笛，巴拉桑骑上马把陶笛抱了回来。巴拉桑把陶笛推进蒙古包，又怕她逃跑，用驼缰绳捆绑了陶笛的手脚。小陶笛想念姐姐，哭泣着晕死过去——

悲惨生活继续着到了中秋。北风吹来，草木枯黄。传说般的戈壁即将迎来又一个肃杀隆冬的季节。

巴彦希布格一带因秋天严重干旱，德吉德一家准备迁往淖根敖力布格。他们叫来了被称为"无峰驼"的丹巴，拆卸了三个蒙古包，装好迁徙的车马、骆驼。

陶笛的蒙古包孤独地立在原处，无人问津。

陶笛问德吉德："不搬我的蒙古包吗？"

德吉德摇手喝道："要那堆破烂干什么？就扔在这里！"

陶笛生气道："不搬我蒙古包我不去！"往自己蒙古包走去。

自姐姐走后，看着德吉德的脸色，天天挨骂，习惯成自然，陶笛已经不惧怕德吉德了。

前几日，德吉德家两只看家狗把花狗按倒，撕破了肚子。可怜的花狗，在蒙古包附近痛苦地躺了几日后，跟着故去的主人也走了。陶笛失去了最后的依靠。"人要是不明不白地死掉会成冤魂！"陶笛心想，她把自己改变得坚强胆壮。

搬迁队伍要出发，陶笛在自家蒙古包不出来。

歪胯巴拉桑深一脚浅一脚走进陶笛蒙古包："要出发了，你快出来骑上骆驼！”

“我说过，不搬走我的蒙古包我不走！”陶笛没动弹。

巴拉桑脸色难看，严厉地说道：“破烂还要？能让你露宿？”

陶笛站起身喊道：“留在这儿牲畜会弄坏蒙古包的。这是父母留给我们的唯一财产。我生长在这蒙古包里，我不会把它丢在这里！”

巴拉桑抓起一根柳条往陶笛的背上狠狠抽了几下，喝骂道：“初生牛犊不怕虎？不教训你不知道厉害——”

陶笛倒在地上，大声哭喊。

“这么大脾气？”歪胯巴拉桑抓起陶笛，恶狠狠地扇了几个耳光。

陶笛软塌塌地倒在门板上，嘴角淌着鲜血。心肠歹毒的巴拉桑嘴角抖动，抓住陶笛衣襟拖住前行。

看着陶笛被巴拉桑殴打拖拽出来，身上流出鲜血，丹巴心想，“没有人味的恶魔，残暴地虐待孩子——”痛恨这没有一丝怜悯的世道，默默地收拾着驼架。

大肚子罗布桑，挺着大肚子，走近丹巴：“丹巴，你晚上回来把这破蒙古包搬走！”

丹巴看着日头：“现在已经中午了，到那儿都晚上了。今天来不及了，明天再过来，或者我晚上回来住一夜，明天一早搬走吧！”

大肚子罗布桑推推德吉德，说道：“不迁走这蒙古包，陶笛、萨尼其日住哪里？明天一早过来迁吧！”

“‘子不嫌母丑，狗不嫌家贫’。住自己的蒙古包感觉像在母亲怀抱一样舒服！不搬走蒙古包，孩子们也不安心。”德吉德脸色难看地说道。

德吉德给陶笛洗脸，孩子娇嫩的皮肤红肿渗着血。丹巴让陶笛坐在驼架上的物件中出发了。陶笛一路哭泣。

秋天的太阳落得快。天黑前，赶到了营地。大家趁夜幕没降临，搭起了德吉德的大蒙古包。决定次日再搭别的蒙古包。搭了简陋的帐篷让陶笛、萨尼其日住下。

萨尼其日摸着陶笛的脸，心痛地说道："妹妹别哭！坚强些！受多大的委屈，我们也只能忍受，没有它法。'恶人会自食其果'，恶贯满盈的坏人肯定会受到惩罚——"安慰陶笛。

第二天，丹巴牵上骆驼，巴拉桑骑马，他们把陶笛的蒙古包搬过来，搭在德吉德蒙古包的东北丘陵下。

德吉德指着陶笛："你那破烂蒙古包给你拿来了！这下满意了吧？不要天天哭丧个脸，对营地风水不好。明天开始你每天拾干柴！这地方柴火少，不得做饭烧火吗？"交代了任务。

陶笛天天背来干柴干牛粪堆在一起。因为不论刮风下雨，风吹日晒从不间断地背柴火，陶笛的背弯驼了。新营地可烧的柴火稀少，走很远才能拾到干柴。陶笛每天往返背几次柴火。

一天，陶笛背上一大捆干柴踉踉跄跄行走。她被绊倒在地上爬不起来，赶羊群的萨尼其日看见替陶笛背回了干柴。

德吉德看见后眼睛斜歪着说道："哎呀，你比我还厉害，会使唤别人了！"

"陶笛妹妹背的柴太大了，她几次被压倒。我看她可怜才背回来的。"

萨尼其日边解释边嘱咐陶笛："妹妹你明天能背多少就背多少，太多了会摔伤的！"

一天，陶笛背柴回家时，达娃正拿着奶油，撒满了衣襟，贪婪地吃奶油。陶笛看见没有作声，赶忙去拾柴。她走了很远的路，拾捡了一大捆干柴。她逆着风踉踉跄跄背回家了。陶笛正在把干柴堆放在柴堆，德吉德手中的柳条无情地抽打在陶笛的腿上，陶笛忍不住疼痛，倒在地上。

"坏毛病的孩子！你敢偷吃奶油，是不是想偷走整群羊？"德吉德喝骂。

陶笛揉着腿伤，哭泣道："我没吃，我回来时看见你的达娃正吃奶油。"

德吉德凶神恶煞般吼道："你把偷吃的责任推在不懂事的孩子身上？我们家达娃从不偷吃。他天天吃奶油、奶干，还偷吃？"喝骂着，又抽了几下陶笛后摁倒在地，反绑双手拴在马桩上。

陶笛哭号着诉说冤屈。可又有谁能替她说话？被她绑到太阳落山，哭泣得身体虚脱。

萨尼其日赶回羊群，看到陶笛晕倒在马桩边。她急忙跑过去，正解绳子，德吉德跑出来大喊："不要解开小偷！"

萨尼其日问道："她偷什么了？"

德吉德瞪着眼睛，说道："我去打水的时候，她偷吃了锅里的奶油。她还给我儿子扣屎盆子。不让她尝尝滋味，以后还少不了偷吃。"

"你这样对待一个小孩子要干什么？"萨尼其日把陶笛扶进了蒙古包。她反身出来走进德吉德蒙古包。她看到达娃衣襟上沾满的奶油，萨尼其日无比痛恨德吉德。

萨尼其日正要叫陶笛吃饭，德吉德喝道："她吃了奶油肯定不饿，不要叫！"

萨尼其日无心吃饭，匆匆咽了几口饭，急忙回到蒙古包。陶笛还在哭泣。被绳子勒得手腕肿胀，后背渗着血。

萨尼其日透湿手巾，擦了陶笛的脸。问道："你真偷吃了吗？"

陶笛擦着眼泪告诉了事情的经过，嘶哑着嗓子哭泣。

萨尼其日听了后默默流泪。"她们为什么冤枉孩子、折磨孩子？为什么总是让孤苦伶仃的孩子受苦？"自语嘟囔着。

萨尼其日生气地跑到德吉德蒙古包，说道："你们太过分了！看看你儿子衣服上的油渍。你为什么要冤枉陶笛？你不愿意用她，就让她回她姐姐身边，要不让她去她叔叔家。她被你打得全身红肿流着脓血。你这样折磨孩子，要是弄出人命——"

话音未落，德吉德猛站起："你也来教训我？你一个佣人？不知道身份高低。衙门公爷犯事也得受罚。你要是犯错，我一样惩罚你。敢跟我这样说话？"德吉德要扑上去扇萨尼其日耳光似的，撸起袖子喝骂不止。

第二天，陶笛想去背柴，可浑身乏力，只得返回蒙古包休息。临近中午，陶笛才踉踉跄跄走到东边丘陵。她望向远处，在雾霭中，依稀看到一座白色的蒙古包。陶笛朝着蒙古包走，从蒙古包出来了几个人正望着她。陶笛边走边休息，快走到蒙古包时，从背后传来了急促的马蹄声。她回头看见德吉德拿着长杆鞭子追赶过来了。

德吉德到陶笛跟前翻身下马。她狠狠地抽了几下陶笛，喝骂道："你不背柴火，到处瞎跑什么？快回去！"蒙古包那边的一群人，好奇地看着这一切。

陶笛什么也没说，步履蹒跚地继续往那蒙古包走去。德吉德无论怎么喊叫，陶笛没有停住前行的脚步，"要是让别人知道了，我在戈壁的名声不好了！"德吉德心想着，准备抱起陶笛，跨上马回去。但是她的马受惊，牵着缰绳，奔着远处的缓坡跑去。

德吉德无奈，和颜悦色道："孩子，我可能一时生气，有些过火了。我以后再也不打骂你——"她花言巧语地哄骗陶笛。

这时，从蒙古包那边有两个骑马的人朝着她们赶来。一个是巴拉丹敖思尔医生的妻子朴力杰，另一个是他儿子官布扎布。

"德吉德，跟孩子撕扯什么呢？孤苦伶仃的孩子，你别太过分！"朴力杰生气地说道。

德吉德呼吸急促，嘴角抖动："你怎么知道我折磨她呢？这孩子身体不好，我怕她走丢了，才过来接她。"

"孩子要是病了，就让医生看了再回去吧。走吧孩子！"朴力杰下马，扶起陶笛。官布扎布和陶笛合骑一匹马，往蒙古包奔去。

巴拉丹敖思尔给陶笛号脉，检查了身体。

他摇了摇头，问陶笛："哎呀！孤苦伶仃的可怜孩子。遍体鳞伤，手脚都红肿了。怎么了孩子？"

"昨天，她儿子偷吃奶油。德吉德冤枉我说是我偷吃了。她还用柳条抽打我，后来把我在马桩上绑了半天。她还拳打脚踢，我忍受不住晕过去了。昨晚又没让我吃饭。我今早起来浑身酸痛乏力，无法去背柴火。又害怕德吉德说我不背干柴，怕她来打骂我。我逃出来了——"陶笛哽咽诉说。

巴拉丹敖思尔生气地说道："这个臭名昭著的干瘦女人，实在太过分了！她仗着罗布桑、巴拉桑的气焰，真是丧尽天良。大肚子罗布桑、歪胯巴拉桑抱了日本人的大腿，这几年迫害了无数普通牧民，把呼勒斯太寺当成土匪窝养肥了自己。过不了多久，呼勒斯太寺归乌力吉图寺管辖，到时候寺产也得迁走，恶贯满盈的东西！"骂了一阵德吉德几人，他可怜小陶笛。

德吉德的马跑出很远了。官布扎布骑马赶去，牵回来交给德吉德。两个人一起走进蒙古包。

德吉德一进蒙古包，问安道："医生好！"

正在气头上的巴拉丹敖思尔脸色难看。

他沉默了片刻，清清嗓子，说道："你是靠寺产越发富足了。你不是这戈壁上有名的富人吗？为什么要这么痛打一个孩子？你再这样折磨几天，她就死掉了。多么可怜、孤苦伶仃的孩子！你也是做了母亲的人，心怎么这么歹毒？”

德吉德的三角眼乱转，解释道：“昨天她偷吃奶油，还冤枉我儿子。我气头上说了几句，她就跟我拌嘴耍脾气，我就抽了几下。”

“你打几下就收手了吗？还绑孩子的手脚！她才十几岁的孩子，就算是狗也不能这样折磨。‘狐假虎威’！你是仰仗罗布桑沙卜隆的淫威，在这戈壁上横行霸道呀。你喝茶吧！喝茶再说！”

医生给妻子点头示意。朴力杰拿出奶食品放在桌上，给德吉德盛了奶茶。

巴拉丹敖思尔医生五十出头，心地善良，说话耿直医术高明。他经常奔走在后戈壁，救苦救难，受到戈壁人民的爱戴。是个有威望的人，衙门也给他三分面子。他有两个儿子，大儿子去外蒙古后再没有了音信。日本人在戈壁猖獗时，歪胯巴拉桑曾经进谗言，说巴拉丹敖思尔和外蒙古有联系，因此他还被人监视了好多年。

陶笛又饿又渴。但又看到德吉德，像老鼠见猫般惊怕得吃不进喝不了。

巴拉丹敖思尔沉默片刻，生气地问德吉德：“你现在带走这孩子？”

“带走吧，给你们添麻烦不好！”德吉德说道。

“你自己决定吧！现在就带走吧。这孩子病情严重，外伤导致内伤了，现在她的心跳缓慢，呼吸急促，病情加重了！过几天，会有生命危险。你把她留在我这儿，对我也是麻烦。虽说是孤儿，但衙门知道了肯定会追究责任的！”巴拉丹敖思尔长叹道。

德吉德听了，吓得目瞪口呆：“医生你决定吧，她伤情要是严重——”

巴拉丹敖思尔瞪着德吉德：“你们的人！跟我没关系吧？你决定！”

“那我接走吧，您给些药！”德吉德看着巴拉丹敖思尔说道。

“罗布桑不是神医吗？让他看！但是孩子病得严重，今晚就住在我家！明天我给送回去！”巴拉丹敖思尔让德吉德回去了。

德吉德走远后，朴力杰拌了奶油白糖炒米，让陶笛吃。

朴力杰是热心肠的人。她给陶笛熬了汤：“孩子，小口小口喝，饥饿的人吃撑了，会落下病！”她透湿毛巾擦净了陶笛的脸和手，梳理了脏兮兮的头发。

巴拉丹敖思尔医生也叹着气，打开药袋，拿出药清洗陶笛的伤口，又给伤处敷上药，煮了稀面给陶笛吃了。

第二天，陶笛的身体好了些。

巴拉丹敖思尔又包了几天的药给陶笛：“孩子，婶婶把你送回去吧。药要煎着喝！过几天，我们再去看你！”转身对妻子说道，“你送孩子回去！好好安顿一下。德吉德满肚子坏水，有可能还讹赖咱们呢！”

朴力杰领陶笛到德吉德家时，马桩上拴着几匹马。快到德吉德蒙古包了，陶笛害怕，不敢往前走。她大哭了起来。

“孩子，别哭！我们常来看你！”朴力杰安慰陶笛。

她们刚走到蒙古包门口，德吉德跑出来，装腔作势，说道：“您大驾光临？快进！”

朴力杰领陶笛走进蒙古包。大肚子罗布桑、歪胯巴拉桑二人在蒙古包里坐着。

朴力杰看着罗布桑问道：“喇嘛什么时候回来的？”

罗布桑坐立不安，稍稍探起身子，说道：“昨晚才回来。唉，我们家那个脾气不好。吓唬孩子，给你们添麻烦了！”说完，大喊，“盛茶！”

“不止吓唬，打骂这么小的孩子！你没看见？孤儿也是人，出事了谁也担不起责任。昨天，这孩子跑到我们家跟前，德吉德追到那儿正撕扯殴打孩子，我们可怜孩子才留在家的。你们家的佣人给你们送来了。您是出了名的曼巴医生（喇嘛医生），给孩子好好治伤。你看到了吧？孩子遍体鳞伤——”朴力杰冷冷地看着罗布桑，说完话走出蒙古包了。

陶笛吃了几天药，伤病好转。但她没有在家养病，咬牙坚持干家里的活儿。

晚秋天气开始变凉了。早晨，陶笛挤完山羊奶，拎着奶桶走到门口。歪胯巴拉桑摇摇晃晃冲出来，用歪腿绊倒了陶笛后若无其事地走开了。陶笛的奶桶掉地，洒了一地羊奶，陶笛摔倒在正在门口啃骨头的看门狗身上，受惊的看门狗跳起来咬了陶笛的手，咬住陶笛被撕掉的衣袖跑远了。歪胯巴拉桑，跨立尿尿，像三九天的公驼一样眼睛红肿，来回摇晃着，没事人似的进蒙古包去了。

陶笛手上流血，疼痛难忍，大声哭喊。出来赶羊的萨尼其日，看到哭泣的陶笛跑过来。陶笛的手鲜红一片，衣袖被狗撕咬掉了。

“妹妹，你怎么了？”萨尼其日惊讶地问道。

“巴拉桑叔叔出来把我撞倒了，奶桶里的奶洒了满地。我倒在狗身上，让狗咬了。”

正这时，德吉德跑过来：“完了，一桶羊奶全洒了。你得躲开些喝醉的人呀！”喝骂训斥陶笛。疼痛难忍的陶笛大声哭喊。萨尼其日扶起陶笛，回了蒙古包。她给陶笛擦净血迹，包扎伤口。

陶笛原先的伤还没好利索。本来就身体虚弱，今天又被狗咬伤，伤情越发严重。她的手肿胀酸麻，呻吟不止。德吉德、罗布桑几个人，没人过来探望。

晚上，萨尼其日放羊归来。陶笛还在呻吟哭泣。一只胳膊肿胀，伤势严重。生气的萨尼其日跑进德吉德蒙古包。大肚子罗布桑和歪胯巴拉桑还在推杯换盏，喝得满脸通红，模样吓人。

萨尼其日对罗布桑说道：“陶笛的伤势严重了。她哭了一整天，眼睛红肿了，手上还在流血。您能不能去给涂点药物？”

罗布桑眼睛像被阉的牛犊般通红：“狗咬的伤没什么，过两天就好了！”

罗布桑色眯眯地看着德吉德。

德吉德推开罗布桑的光头，眼睛翻白，说道：“你是一匹永远喂不饱的色狼，快去看看吧！”

大肚子罗布桑嘴角流口水，说话不利索。

歪胯巴拉桑翻着白眼：“那像狗一样才对吗？”颤抖着双手想抓德吉德手，德吉德一把甩开巴拉桑的手，退坐一旁。

萨尼其日看到这几个畜牲的举动，恶心到极点，跑出去请巴拉丹敖思尔医生去了。

德吉德蒙古包里，淫乱不堪的声音此起彼伏。三个人的酒宴，依然在有悖佛教、人伦和无情麻木中持续。而陶笛饥肠辘辘地呻吟哭泣。活在这黑暗的世道真不易，无人可依的孤儿的苦难永无休止。

陶笛抱着受伤的手，悲凉地叫喊：“姐姐——”

德吉德家的看门狗狂吠起来。德吉德醉眼惺忪出门，她看到几个骑马的人正在下马。德吉德劝住狗，走近一看，萨尼其日领了巴拉丹敖思尔医生和朴力杰来了。

“那孩子又让狗咬了？你们怎么这么无知没人性？”医生说着话，走进蒙古包。他看见大肚子罗布桑和歪胯巴拉桑，露出像煺毛的猪一样的大肚皮，发出山崩地裂的打鼾声，正在睡觉。

“喇嘛们这几日每天醉醺醺的。陶笛是摔倒在狗身上，让狗咬的。唉，这陶笛也是，不知道躲开啃骨头的狗。我们家那狗厉害，有时冲我还吼叫——”德吉德说些无关痛痒的话。

巴拉丹敖思尔医生看了看这一家人。生气道：“人快死了，你们还有心喝酒取乐，真是一群没有人味的畜生！你们再不能这样折磨孩子了。你们要是不管，我带走她！”出来到了陶笛蒙古包。

朴力杰、萨尼其日两个人给陶笛穿上了衣服。巴拉丹敖思尔医生抱上马，在夜幕中疾奔回去。

第五章 世态炎凉 穷富天壤的世道 永无宁日 苦难深重的生活

一、查干朝鲁图的严冬

陶格斯来到德力格尔都统家，负责拾柴拾干牛粪，帮助做家里的活儿。

陶格斯早上喝完茶，按照吩咐到宝义通盆地拾干牛粪。天生勤快的陶格斯每天背上背筐到指定地方拾干牛粪。刚来的时候干牛粪非常多，但经不起天天捡拾，眼看着少了。陶格斯也只能走到更远的地方才能拾到牛粪。

德力格尔都统一家在后戈壁因水草丰美而出名的查干朝鲁图过冬。川井盆地住户中，都统家的冬营地草场最肥美。川井北边连绵的传奇般的盆地，叫宝义通盆地。盆地东边的宽广山梁西北侧的井，叫宝义通井。此井像炉子的三脚，由三口井形成。历经多少年，从未断流断水，给戈壁留下了无数的美好故事传说。附近的畜群都到这里饮水，没有谁独霸它，是戈壁牧民共同的财富。牧民视它为福井，珍惜爱护、崇拜祭祀，靠它过日子。井西边往北绵延铺开的芨芨草盆地西边是查干朝鲁图。这里白色的石头林立，营地蒙古包星罗棋布，故而得白色石头——

查干朝鲁图的美名。在这片美丽的土地上代代生活的智者们，创造了无数的有关大自然的传奇故事、民间传说、歌曲，并世世代代流传下来。

德力格尔都统一家迁到此地时间不长。他们每年在满都呼敖包北过夏天。满都呼敖包那片草地也是戈壁上出名的肥美草场，常年雨水充足。满都呼敖包，更是接受了戈壁牧民几个世代的祭祀的神圣敖包。每年五月十三，德力格尔都统带领附近的牧民，祭拜敖包，祭祀风水，祈祷这一年的风调雨顺。

德力格尔都统游牧在满都呼敖包和查干朝鲁图。他们家的畜群数目众多，生活富足。他在戈壁牧民中很有威望。五畜兴旺的德力格尔都统家牛倌、驼倌、羊倌、马倌、挤奶的、做饭的——各类佣人齐全。

德力格尔都统在乌拉特中公旗，地位高，平时公事繁忙。有时，一走就是十天半个月不回家。家里的一切由夫人茹乐吉德玛管理。茹乐吉德玛脾气暴躁，做事雷厉风行，被称为“陶格新腾格里”。德力格尔、茹乐吉德玛的儿子叫古日扎布，已经十一岁了。德力格尔都统两口子对儿子溺爱过度，怕含在嘴里化了，怕放在手中掉了。茹乐吉德玛作为权贵人家的夫人，傲慢奢侈，身披绫罗绸缎，穿金戴银。她的珍珠翡翠首饰无数。

做这家的佣人不易。一旦出错，如同天塌下来一般。陶格斯天天拾干牛粪。过了几天后，老佣人塔木扎布用驼车拉回来。大户人家的蒙古包多，炉子也多。一车牛粪不够一天的用度。陶格斯拾干牛粪外，还承担了帮厨房、清圈舍、做奶食、缝补衣服等杂活。

陶格斯吃晚饭后回到了自己的蒙古包。她和老佣人塔木扎布同住一个蒙古包。今天风大，拾干牛粪让陶格斯精疲力竭。她躺在塔木扎布里侧，辗转反侧难以入眠。

德力格尔都统想找一个老实勤快的女孩子家里使唤的消息被歪胯巴

拉桑听去了。为了从都统老爷那儿得到奖赏，他就把陶格斯介绍给了德力格尔并上报高勒苏木章京，把陶格斯送到了查干朝鲁图。陶格斯刚来的时候，都统跟她提起过这件事。

歪胯巴拉桑是披着佛衣的最残暴、最歹毒、最淫乱的恶狼。初秋的一天，陶格斯放羊走到一个缓坡后，脱了外衣正清理虱子的时候，歪胯巴拉桑骑马赶来。他在查干洪浩尔拴上马，直奔陶格斯而来。陶格斯赶紧穿上外衣，站起来，心想："这坏东西怎么在野外闲逛？"

歪胯巴拉桑走到陶格斯跟前："我们陶格斯越发漂亮了。喇嘛我老想帮你，你要听我的话，有享不尽的福，如果不听我的话，没你好处——"他软硬兼施地说道。

陶格斯瞪着他："你也会做好事？"说完，站起要离开。

巴拉桑抓住陶格斯的手："今天，喇嘛我特意来找你的，给你尝尝一个新鲜东西！"抱住陶格斯的脖子，恶狼般把陶格斯压倒，乱撕扯。

"你要做什么？放开我！"陶格斯拼命喊叫。

巴拉桑喘着粗气："老实点——"一只手从陶格斯衣襟里伸进去，另一只手想脱掉陶格斯的裤子。情急下，陶格斯掏出裤兜儿里的短刀，狠命刺向巴拉桑的大腿。歪胯巴拉桑大叫一声倒下，浑身抽搐。陶格斯爬起身往高坡处逃跑。

歪胯巴拉桑摸着大腿，指着陶格斯，喊道："你这臭丫头，等着瞧！我会让你坠落十八层地狱，永远不让你翻身，折磨你——"

巴拉桑未能如愿。此次后两个人结下仇恨了。巴拉桑使了坏心眼，把陶格斯姐妹分开。她的命运被罗布桑、巴拉桑掌控，任他们摆布。陶格斯想着自己的命运多舛，想起了年幼的妹妹。"可怜的妹妹，不知被那残暴无人味的德吉德怎么折磨呢，还有那瘸腿恶狼不会把妹妹也——"想起这些，陶格斯忍不住流下眼泪。"活着，自己做不了自己的主。这世道多么黑暗。”陶格斯无助地哭泣。

塔木扎布看到陶格斯在哭泣，惊奇地问道：“孩子，怎么哭了？”

“想我妹妹了。我妹妹肯定受凶恶残暴的德吉德的折磨，正想念姐姐呢！她唯一的依靠，姐姐被发配到远处了。她小小年纪就看人脸色过日子。妈妈，人为什么欺压人，人为什么这么冷酷无情？”陶格斯忍不住，捂脸大哭。

“唉，孩子别哭，在床上哭泣，苦难更加重。两棵树虽近，但永远走不到一起。人虽然分离得远，但总有相见的时刻。狗也有三天的好食，穷人总会有一天翻身看见光明的——佛祖保佑！”塔木扎布祷告着安慰陶格斯。

陶格斯颤抖，说道：“罗布桑、德吉德是恶魔，他们没有慈悲心。吃人不吐骨头的蟒古斯。他们多次冤枉我妹妹，还惩罚过她——”跟塔木扎布诉说在德吉德家的经历。

初冬，戈壁天气转冷了。戈壁冬天的灰白太阳刚升起便躲进了云层后面。人们各自忙活着，陶格斯也背上背筐往西走去。

今天，走了半个月的德力格尔都统回来了。都统忙完衙门里的事，回来也不问家务事和牲畜。夫人指示他做什么他就做什么，做完后又去忙公事。

德力格尔这次回来后叫来了马倌孙布尔。叫他宰了两只牛犊般大的成年羊。宰杀吃几只羊对都统家来说，犹如九牛一毛。他家一年的接羔数就多达几百只。德力格尔虽然对佣人严厉，但吃喝上总是尽量满足，经常杀羊让佣人吃肉。孙布尔按照吩咐清理好内脏，把肉送到厨房了。给人当佣人，能吃饱喝足是件惬意的事情，佣人们兴高采烈。

冬天的太阳很快偏西了。陶格斯已经堆好了几大堆牛粪，又装满背筐背回来。蒙古包里，人们用大盘盛肉，把血肠肉肠盛上，摆在桌上。

肉香飘来，勾起忙活疲劳了一天的佣人们的馋虫。

德力格尔和夫人坐在上面，给每人斟满酒，说道：“仰仗你们的辛劳付出，我们家畜群兴旺。你们不要害怕干活，不要偷懒，更别躲着吃饭。今天，大家吃好喝好，吃肉吃肉！”都统给佣人们赏了好脸色。

风吹日晒忙碌在外的佣人们，看惯了主人的各样脸色。主人赏脸，佣人就心满意足。主人要是脸色不好，祸事会降临在头上。今天都统老爷赏脸，佣人们也高兴，喝酒的喝酒，不爱喝酒的吃肉。酒壮人胆，人们嘴角也活泛了起来。

“都统老爷得了个好佣人。陶格斯人老实又勤快，干活就像贴杆马一样。营地前面又堆起蒙古包般大小的几堆牛粪了。宝义通盆地堆满干牛粪了！”人们夸赞陶格斯，德力格尔都统也点了点头表示认可。

旁边的茹乐吉德玛夫人却变脸了。她清了清嗓子，说道：“人是经不起夸赞的，不要夸她。汉人说‘压力大才好出成绩’，不受苦，人会变得懒惰。这女孩儿，最近有些变懒！”

都统老爷没把夫人的话当回事。他心里比谁都清楚自己夫人的为人。德力格尔都统举起酒杯和驼倌宝日夫碰杯聊天。

宝日夫给都统斟满酒：“今年冬天可能雪大。秋天柳絮乱飞，听老人说，柳絮乱飞冬天雪大！”说完看都统脸色，等着都统的指示。

“你们从现在开始做好准备！天气变化快！谁也说不好，做好准备了万事大吉！”德力格尔摆着谱儿说道。

德力格尔都统回来给佣人吃了顿肉，佣人肩上的担子加重了。

第二天，太阳刚出山。按照夫人的吩咐，陶格斯和挤奶人塔木扎布二人，用栗驼拉的车到宝义通盆地拉牛粪。忙活十几天后营地前又多了几堆牛粪。

天气变化快，冷风吹来飘起了雪花。过冬最主要是准备好烧柴。茹乐吉德玛下令，让陶格斯清理驼圈的驼粪和湿牛粪。这活儿还不如在野外拾牛粪。在主人眼皮底下不停地忙碌，还没有好脸色。从懂事那天开始习惯了看人脸色过日子的陶格斯忙碌着自己的活儿。忙活了七天，陶格斯把圈舍和蒙古包周围的驼粪、牛粪都清理干净，晾晒在外面。忙完这些后照旧去野外拾牛粪。大雪覆盖牛粪后，让陶格斯上山捡干柴。路远柴少，即使跑得筋疲力尽一天也只能背回两捆干柴，也少不了挨骂。

穷人怕冷。塔木扎布趁着空闲给陶格斯缝补旧衣服，弹好驼绒，裁剪旧布做袜子让陶格斯穿上了。天气变化越发频繁，寒冷彻骨。到了仲冬，后戈壁下了场大雪。野外的牛粪柴火让大雪覆盖后陶格斯重新又开始清理圈舍、蒙古包周围的驼粪牛粪的工作。天气冷，在冰天雪地中，每日清理冻牛粪驼粪。陶格斯的手掌冻裂，握不住东西了。命运如此，陶格斯也是无奈。塔木扎布每天烤上几次羊尾油给她涂抹。但在寒冷中做活，冻疮反复裂开口子，快要露出白骨和手筋了。塔木扎布着急，央求茹乐吉德玛给陶格斯安排别的活儿。

茹乐吉德玛瞪着眼睛，脸色难看，喝道："干什么都累，替我当夫人可以吗？让她先做着，做着才能入门！"

冬至一到，寒冷更加难忍。德力格尔都统，头九第一天回来下令准备储存过冬的冻肉。佣人忙碌几天，杀了几头牛、十几只羊、一峰骆驼，储存好冻肉了。

大雪持续纷纷落下，寒冷依旧。都统家给佣人分了布匹厚衣，分给陶格斯一件旧羊皮袄、一块绿色柞丝绸。塔木扎布趁空闲给陶格斯缝好，用破毡子加厚了她的靴子。塔木扎布寡居多年，像自己孩子一样可怜心疼陶格斯。她指点陶格斯、教导陶格斯，陶格斯像敬重母亲一样敬重塔木扎布。

二、狼入羊群

陶笛被狗咬伤后，巴拉丹敖思尔医生和妻子把她接到了自己家里。医生每天用药水清洗陶笛的伤口，涂上药包扎好。狗牙有毒，伤口腐烂红肿，肩膀疼痛无力，但陶笛无论如何也得咬牙挺着。陶笛尽力不让巴拉丹敖思尔医生一家人为自己伤心痛苦。

巴拉丹敖思尔医生每天给陶笛洗一次伤口，清理脓水和腐烂的肉，每天熬消肿愈合的药吃，想尽一切办法让可怜的陶笛快些好起来。

医生没有清闲时，天天有人过来看病或者请他过去治病。病人及家属的快马快驼不分昼夜、络绎不绝地朝向巴拉丹医生的蒙古包。偏僻的戈壁上医生缺乏，医术高明的医生更如珍宝。巴拉丹敖思尔是在前后戈壁出了名的名医，找他看病的人踏破了他家的门槛。他也不分穷富，四处奔波治疗病人，希望能够让病患们早日脱离病魔的折磨。要是遇上穷苦人家，他不收诊费药费。因为他总是行善积德，戈壁上的人们叫他“佛心医生”。

心地善良的巴拉丹敖思尔医生可怜孤苦伶仃的陶笛，把她接到家中悉心照料。在医生叔叔和慈悲心肠的婶婶的护理下，陶笛的伤情日渐痊愈，过了十几天彻底愈合了。但是因睡眠和营养不足，她体力消耗殆尽走路艰难。

半个月后，大肚子罗布桑和德吉德过来接陶笛。巴拉丹敖思尔医生反复嘱咐好，让陶笛跟着德吉德、罗布桑回去了。

陶笛重新回到魔窟了。她看见大肚子罗布桑和德吉德、歪胯巴拉桑就像看见疯狗一样惧怕，夜里做噩梦。孤苦的孩子能去哪里？陶笛身体好了又开始忙里忙外地干活。

一天，萨尼其日领陶笛去放羊群。

大肚子罗布桑望着孩子们的背影："这臭丫头越发学坏了，稍有不适就跑到巴拉丹敖思尔那里！说不定今晚上又要逃跑，嘱咐萨尼其日好好看管！"

德吉德歪着脑袋叹气说道："巴拉丹敖思尔这老东西来咱们附近住下，倒成了咱们的对头——"

第二天开始让陶笛和萨尼其日一起放羊。这是害怕陶笛再次逃跑，德吉德出的主意。德吉德的阴谋对陶笛来说是件好事。她像出笼子的小鸟，获得了些许自由。两个人在宽广的草原放羊，互诉衷肠。晚上收羊群时，每人背上一捆柴火。陶笛因伤后背还有些疼痛，背不了柴火。萨尼其日帮助陶笛背上柴火或是让陶笛赶羊群，自己轮流背着两捆柴火往回走。陶格斯临走时把陶笛嘱托给萨尼其日。她尽量照顾着陶笛，让她感受到姐姐的爱护。

一天放羊的时候，陶笛抓住萨尼其日的手，瞪着大眼睛，问道："姐姐，你永远跟我在一起吗？"

"姐姐想永远和你在一起，但是权贵富人让我去别处，姐姐不能领你去。妹妹你日渐长大了，会照顾好自己的。姐姐现在不走，咱们在一起。"

陶笛沉默片刻，低声啜泣。

"我想我姐姐了，是不是姐姐也跟我一样受折磨呢？"陶笛大声哭泣。

萨尼其日用袖子擦干陶笛眼泪："你姐姐比你大几岁，她会照顾好自己。妹妹你别哭，姐姐给你唱歌听吧！"

萨尼其日望着远处：

宝鲁克汗的柳条虽矮　阳春三月会长高

绿油油的翡翠石虽沉　洪水激流会冲走

悠扬的乌拉特民歌《宝鲁克汗的柳条》的旋律传出很远。

陶笛跳起来："姐姐唱得真好，您教我唱歌吧！"央求萨尼其日。

无依无靠的姐妹二人就这样度过每个悲痛苦难的日子。

心眼坏的人，永远谋算着害人。大肚子罗布桑和德吉德就是这样的人。

德吉德转动着她那猫头鹰似的黄眼："这些破烂小孩子！对她严厉点就逃跑给我们丢脸。也不会干活，简直是个饭桶，白养她还不如往别处打发了，也除去了眼中钉。"

大肚子罗布桑摸着光脑袋说道："不用赔偿寺产就让她走了？你比我还有菩萨心肠！我和苏木章京商量时，章京下令说'作为寺产的赔偿，给你家当佣人'！现在陶笛一天天地长大，从明年开始可以独自放羊了。巴拉丹敖思尔也不会一辈子住在附近，会迁到别处过冬的！"又摸了摸肚子。

天气转冷后，夏营地的牧户开始迁往冬营地。大肚子罗布桑说对了。巴拉丹敖思尔一家也迁往阿拉格宝日麦汗过冬。大肚子罗布桑也迁往自己的冬营地。他们迁到呼德勒乌日堂冬营地后，让陶笛去捡拾羊粪。陶笛每天清理堆积羊粪，自上次受伤后不能举重物。

德吉德看见，骂道："饭桶！那点活儿也干不了，净是瞎忙活。你要用大块的先垒外圈，把零碎的堆放在中间！"用脚画了圈。

陶笛按照德吉德画的圈，在线上堆放大块的羊粪，中间堆放小块。她垒的羊粪总是坍塌，不能如愿。忙活一整天也没能垒砌多高。第二天吃过早饭又开始接着忙昨天的活儿，还是找不到窍门。越往高垒，变得尖尖的，中间放不进多少羊粪。

德吉德背着手，摇摇晃晃走过来，喝骂道："这是做什么呢？造庙宇吗？什么也不会。而且这事那事总是有事。明天开始萨尼其日堆羊粪，你去放羊，不能丢羊，不然要你的命。跟着放了半个月的羊，认识草场，学会放羊了吧？"

陶笛害怕地看着德吉德，说道："会放羊！"

第二天萨尼其日把羊群往草场赶，吩咐陶笛："从什么地方经过，到什么时候收回。你要仔细盯住羊群，一定不要丢下羊，要全部赶回来。"

萨尼其日岁数大，干活有耐力，娴熟。半天就堆出很高的羊粪堆。她回蒙古包洗手洗脸，清理衣服上的灰尘稍做休息。太阳偏西时，包上头巾走出去。

德吉德看着背影，喊叫："你要去哪里？"

"我去接羊群，那么多羊，怕陶笛一个人收不回。天色也阴暗变冷了。"

德吉德加大嗓门："那么大了还收不回羊群？每天去接她，该学坏了。你去打水，家里没水了！"

萨尼其日无奈，回来打水去了。

太阳落山后，陶笛跟着羊尾回来了。

德吉德迎过去："羊都赶回来了吗？没有丢吧？"大声喝问。

"都在，没有丢。"

德吉德叫来萨尼其日："你看看羊群，有没有丢失的羊？"尖声细气地乱吼叫。

萨尼其日跑来，在羊群中走了一圈。说道："经常走在群外围的棕毛白脸羊和羊羔、总是落在后面的黑脖子母羊和羊羔不见了。天黑了看不出来了，明早再辨认！"

“一天丢了好几只羊，什么也不会！”德吉德喝骂着回蒙古包去了。

陶笛看见德吉德脸色不好匆忙吃点东西，就回自己的小蒙古包了。“落下几只羊了？我也认真看了，落在哪里？夜里不要让狼给叼去了！”陶笛心里忐忑不安地入睡。

第二天天刚亮，萨尼其日起床穿好衣服领上陶笛循着羊蹄印寻羊。二人着急往前跑，在敖包后边的山沟里看见十几只羊被狼撕咬，有的被吃得干干净净。再到西山山沟，又有五六只羊受伤躺在那里咩咩叫。

萨尼其日看见惨状，魂不守舍，脑袋嗡嗡作响："完了，你怎么这么倒霉？不得让德吉德折磨死。"抱着陶笛哭泣。两个人的哭声震得山沟连绵回响。

陶笛惊得无语。心脏跳动得飞快，两腿颤抖。

陶笛愣了一会儿，哭开声音："姐姐，他们会打死我吗？"

萨尼其日擦干眼泪，抱住陶笛安慰："妹妹不要怕！你不是故意落下的。他们不会打死你！"

萨尼其日害怕。但事已出，只得领了陶笛回来，把十一只羊被狼撕掉、六只羊受伤的真实情况告诉了德吉德。

德吉德双脚跺地，疯狂地吼喊道："完了，这是要毁掉羊群吗？你这个死丫头！"狠命扇了几下陶笛的脸，又一脚踢倒在地，拼命踩踏在陶笛的身上。

萨尼其日抓住德吉德肩膀，使劲把她推开。

"这么小的孩子，你狠心下得去手？不是陶笛的错，是你的错。你让才十二岁的孩子放几百只羊，能不出事吗？"萨尼其日喊叫道。

德吉德被推在石头上，摔倒又挣扎起来："你还敢打我？你这臭乞丐，把你厉害的？"指着萨尼其日破口大骂。她拿起放在地上的柳条抽向萨尼其日的头，萨尼其日抓住柳条，使劲一拉德吉德身子又往前冲去，萨尼其日盛怒下又从身后推了一把，德吉德滚倒在地。

“不讲理的泼妇！你还有为人母的心肝吗？你是凶残至极的魔鬼。你这样迫害压榨佣人，我领陶笛走！”说着扶起陶笛。陶笛捂住肋骨起不了身，连哭泣的力气也没有，只张着嘴。萨尼其日扶起来背回蒙古包。

德吉德摔得四仰八叉，慢慢爬起。她头发凌乱、嘴角流涎水，大喊：“臭丫头们！别着急——”往自己蒙古包走去。

德吉德让狼叼去十几只羊，又被摔了几下，气得胸口隐隐作痛，躺在床上生闷气。这时门被打开，走进来一个人，问安道：“您好！”

德吉德起身，是棍楚克桑布。

“让狼撕掉半群羊，正难受呢！”德吉德沮丧地说道。

棍楚克桑布奇怪道：“羊圈进狼了？”

“不是羊圈。害死父母的狼崽子陶笛去放羊，丢下了半群羊，让狼撕掉了。‘喂饱的狼反吃人’，我是可怜她孤苦伶仃，领养她，她还祸害我——”不住嘴地咒骂。

“唉，这季节的狼厉害。狼领狼崽教怎样猎物，教怎样吃羊，所以牧民特别小心谨慎。萨尼其日背上哭叫的陶笛回蒙古包了。怎么了？陶笛没让狼咬吧？”棍楚克桑布瞪着德吉德问。

“我气头上扇了一下，她还想讹我。让狼撕了十几只羊，她还哭什么？上报衙门领赏？不要脸——”德吉德继续骂。

棍楚克桑布问德吉德：“我是受人之托来的。金巴叫我来接陶笛！听说陶笛身上狗咬的伤还没痊愈，不碍事吧？”

德吉德挥舞手脚：“狼吃了十几只羊，不能没事似的走了吧？让金巴先赔偿羊，再接回陶笛！要是不赔偿，陶笛这一辈子给我们当佣人！”呸地往地上吐了一口。

“让陶笛回不回？我是受人之托才来的！”棍楚克桑布生气地说道。

德吉德眼睛亮起来，厉声道：“你回去告诉金巴，先前损耗寺产和这次的，加起来总共五十只羊！赔偿五十只羊后接走陶笛！”

棍楚克桑布想了想：“那我回去了。可你不能再打骂人家孩子了。要是出事，让衙门知道就不会轻易放过你！”说完走出德吉德的蒙古包。

棍楚克桑布走进陶笛蒙古包时，陶笛还在哽咽。

棍楚克桑布安慰道：“孩子，忍耐些！你金巴叔叔会来接你的！”说完，跨上骆驼往少日布格乌日堂而去。

萨尼其日安顿好陶笛，出去寻找羊群。萨尼其日找到受伤的羊时，三只已经死了，三只还活着。肉禽正在欢快地享用死羊肉，萨尼其日把三只羊赶回来合到群里。

德吉德生气得快要爆炸时，罗布桑和巴拉桑骑马回来了。

他们刚进蒙古包，德吉德跳起来：“臭乞丐陶笛把半群羊丢给狼吃了！”她撇着嘴像受委屈的狗崽子看见母狗一样大哭。

“谁？萨尼其日？”大肚子罗布桑大声问道。

“陶笛、陶笛——昨天放一天羊就把半群羊扔给狼了。”

“萨尼其日怎么没去放羊？”

“那饭桶不会堆羊粪堆，总是坍塌。我让萨尼其日堆羊粪，让陶笛去放羊了。”

“几只羊？”

“二十来只！”

“那还说半群羊？我以为吃掉了几百只，吓得我魂飞魄散！”大肚子罗布桑擦着光脑袋上的汗。

“金巴派人来接陶笛了。我让他赶来五十只羊，再接走人！”

大肚子罗布桑晃了晃光头：“你做买卖是好手。金巴会赶着羊群过来的——”

三人正说话，外面狗狂吠。德吉德推门出去，看见骑骆驼的两个人正在下驼。

“听说狼把你们羊群都撕掉了？”金巴、吉布吉德两个人走进蒙古包，说道，“我们来看看孩子，喇嘛不去吗？”

大肚子罗布桑呻吟着站起来。

金巴、吉布吉德夫妻领着大肚子罗布桑、歪胯巴拉桑、德吉德到陶笛的蒙古包，陶笛正在躺着呻吟哭泣。陶笛看见叔叔一家人，想坐起来，但肋骨疼痛，不能坐起，哀哀地看着大家哭泣。金巴、吉布吉德想扶起陶笛。陶笛按着肋骨，大叫：“哎哟——”

吉布吉德摸了摸肋骨，断了几根肋骨，浑身肿胀青紫，让人无法直视。

吉布吉德盛怒，问道：“把我侄女打得肋骨都断了，谁打的？罗布桑还是巴拉桑？”

巴拉桑歪斜着身子，摇手说道：“我们刚从寺里回来，我们不知道！”

陶笛道：“她！”指着德吉德。

“什么？你不拿羊群喂狼，能打你？”德吉德眼睛像疯狗眼睛一样通红。

几个人正吵闹，萨尼其日放羊归来了。她把事情的全部经过告诉了大家。又把德吉德如何踢倒陶笛、如何踢断肋骨的事告诉了他们。

金巴生气得浑身颤抖。

“你不是说要我赶来五十只羊吗？我现在告诉你，你打我孩子，打断肋骨的赔偿给一百只羊！她的伤要是不痊愈，我到衙门告你！”手指着德吉德眼睛，大声说道。

大肚子罗布桑蹒跚走过来：“别生气，好好商量！我这媳妇脾气太急，气头上才做出的事。我给治伤，治几天就会好的！”

金巴生气骂道：“你什么时候治愈过伤？咒死了布赫和他母亲，折磨死了通乐嘎。把一家人像狼一样撕掉了还不满足，又狠心欺压他们孤苦的孩子。你残暴虐待一个十二岁的孩子，把肋骨都打断了。你想吃这家人的肉吗？呼勒斯太寺给你祸害了，寺产被你据为己有了，你这钻女人裤裆的淫荡、肮脏的喇嘛！”

金巴骂完罗布桑，转身对吉布吉德说道：“吉布吉德你看着孩子，我去请巴拉丹敖思尔医生！”跑出去跨上骆驼，疾驰而去。

大肚子罗布桑听了金巴的话，生气难忍，但话到嘴边又咽了回去。罗布桑的光脑袋红到脖子，沉默了一会儿，对巴拉桑说道：“哎呀，忘了，咱们俩得快回寺里。明天乌力吉图寺的活佛罗布桑丹比来寺里！”二人灰溜溜地走掉了。

半夜时，金巴领巴拉丹敖思尔回来了。

巴拉丹敖思尔检查陶笛的身体叹气道：“断了三根肋骨，左脚踝脱臼，胸口受伤了！不早治愈会落下一辈子的病根！”

吉布吉德慌忙问道：“现在怎么办？”

巴拉丹敖思尔医生：“把孩子接回去吧！在家静养治疗。这么小的孩子要是落下病根太可怜了。唉！这家人真心黑，比戈壁上的豺狼还凶残！上次我送回来，好好嘱托过他们。可他们，反而打得更加狠了。恶贯满盈的东西们，会受到惩罚的！你看那泼妇仗着喇嘛的丑样！”

吉布吉德包裹好陶笛的衣物，把自己的羊皮袄给陶笛披上，说道：“萨尼其日，你不送送妹妹吗？”

萨尼其日帮忙收拾了陶笛的衣物：“我去送妹妹。我去牵回来放羊骑的骆驼，我和妹妹骑上！”

德吉德喝道：“你明天不放羊了？不能去！”

巴拉丹敖思尔生气地喊道："你买下了这孩子吗？就算买下了，也不能这样折磨她。你不要总是暴戾！人本应对牲畜都怀有慈悲之心。你把人家孩子的肋骨打断了，还有什么不满意的？你到底想干什么？"

"你管得太多了吧？'夫妻俩中间毛驴走！'"德吉德拍拍打打地回自己的蒙古包了。

夜漆黑。进入了梦乡的戈壁静悄悄，但是偶尔吹来的冷风会让戈壁的风雪要加剧了。

金巴几个人骑上骆驼，朝着中嘎顺消失在漆黑的夜色中。

三、"女管家"茹乐吉德玛

戈壁最难熬的季节是严冬。

德力格尔都统家早做好了过冬准备，储存好牲畜的饲草了。冬天过得还算顺利，除了几头瘦弱的牲畜需要细心照料才能度过严冬外，其余的都太平无事。陶格斯在寒冷的冬天不知疲倦地忙碌，还要看夫人茹乐吉德玛的脸色，战战兢兢地过了一冬。她的手脚冻裂钻心地疼痛，真是度日如年。随着天气转暖，陶格斯的冻裂伤慢慢愈合了。

"人心难测"。茹乐吉德玛的本性，对人残暴吝啬、锱铢必较。到了春天，茹乐吉德玛减少了佣人的吃喝用度，每天检查好几次厨房，还下令叫佣人节约！佣人无论有多么累、有多么苦，茹乐吉德玛毫无可怜之心，整日黑着脸。陶格斯想起萨尼其日说过"富人都一样，只知道无限压榨，从不可怜体谅下人！"的话。"这世界由他们主宰，穷苦人连牲畜都不如！"陶格斯痛恨不公的世道。

入春后，查干朝鲁图的"女管家"茹乐吉德玛对佣人的工作进行了调整。她给左撇子塔木扎布安排了照料瘦弱牲畜的活儿。陶格斯除了帮助塔木扎布外，还放羊、来回接送刚下的羔子、晚上看护圈舍、预防刚下的羊羔被母羊压死。她还规定了严厉条框，谁出事谁负责。佣人虽然对茹乐吉德玛的苛刻怨声载道，但无奈，只得小心翼翼。富人都一样，都是吮吸佣人的骨髓鲜血过日子的寄生虫。为了无偿使唤佣人，制造莫须有的罪名，抹掉他们应得的报酬，甚至让他们陷入永远还不完的债务中，让他们无法离开。茹乐吉德玛和德吉德、罗布桑一样，他们是一丘之貉。

陶格斯除了干茹乐吉德玛安排的活儿，还要负责喂狗，一日喂三次。德力格尔家养了三只大狗，每顿都要准备肉汤里煮好的稠饭。他们家的狗食比佣人的饭高档讲究。

一天，陶格斯忙来忙去，又饿又累。她喂狗的时候，吃了几口狗食。

这时，身后响起了旱季的响雷："你这偷吃狗食的乞丐。我让你喂狗，让你偷吃了吗？"茹乐吉德玛手中的柳条，无情地抽在陶格斯的头上。陶格斯夺下柳条，使劲一推，茹乐吉德玛仰倒在狗食槽上，正进食的馋狗差点没咬她。

茹乐吉德玛的华丽衣服溅上狗食，满脸污泥。愤怒的陶格斯跑进自己蒙古包，躺在褥上，心跳加快，被柳条抽打的脸开始红肿。

"佣人不如狗！我没黑没白地忙碌干活，还吃不饱穿不暖。每天吃得清汤寡水，饿着肚子。入春后，饭菜更是没有油水了，人变得浑身无力。饥饿难耐，吃了一口狗食，犯了滔天大罪——"陶格斯想起这些，无比痛恨"女管家"茹乐吉德玛。

没过多久茹乐吉德玛踢开陶格斯的蒙古包闯进来。

"你这个野蛮的女孩子，还敢动手打官人家夫人？你多胆大？让你知道奶奶有多厉害。你等着！"茹乐吉德玛对塔木扎布说道："从明天开始，给这奴隶一天一碗饭！谁偷着给吃的，一样惩罚他，记住了吗？"

斜着眼睛说完，摇摆着手走出去了。

减少了饭量后，陶格斯更加没有体力，走路困难。一天在外边接羔时，两眼发黑晕倒在地。放羊的其其格看到后扶起陶格斯，陶格斯两腿无力站立不住。其其格想让陶格斯骑在自己放羊的骆驼上带回去，又怕茹乐吉德玛骂，决定先回去送信。

其其格让陶格斯躺在避风处，说道："妹妹你坚持一下，我去告诉茹乐吉德玛，再过来接你！"她把陶格斯背的皮袋子里的羊羔驮在骆驼上，赶羊群急忙回去了。

其其格把陶格斯的情况如实地告诉茹乐吉德玛。

茹乐吉德玛清嗓子喝骂道："哼！吃饱肚子后脾气长了不少，肚子里没食就老实了。就让她在外边待着！"

塔木扎布听了生气道："哎呀，你也是当母亲的人，嘴上应该积德！陶格斯要是在外边饿死了，有损都统大人的脸。再说，佣人们也会心灰意懒，不愿意替你做活。她是佣人，又不是你的犯人，只不过是饿极了吃了几口狗食，不能为了这个，杀了一个人吧！"

茹乐吉德玛眼睛翻白："那乞丐在哪儿呢？牵上骆驼去接回来！"给其其格下了令。

其其格骑上放羊骑的骆驼，把在避风处的陶格斯扶上骆驼接回来了。塔木扎布急着给喂热汤，陶格斯一口也没喝进去。陶格斯头晕嗡嗡作响，双眼发黑，浑身无力冒着冷汗。

茹乐吉德玛背手走进来，看到陶格斯的情况，有些后怕。对塔木扎布说道："你去我的蒙古包，拿些黄油来给灌她！"

塔木扎布到茹乐吉德玛蒙古包，拿了些黄油给陶格斯灌了进去后兑碎干肉弄些热汤给喝了。

第二天，陶格斯身体好些了，但走路双腿无力。陶格斯咬牙坚持干活。她没去野外接羔，照料在圈舍中的瘦弱的羔子。

晚上，收羊群后孙布日和其其格忙着接羔。陶格斯又昏过去了。孙布日、其其格急忙扶着陶格斯回蒙古包，给她灌了黄油、牛奶，陶格斯慢慢苏醒。

早春三月，绵羊接羔工作接近尾声，山羊开始下羔了。

陶格斯继续接羔、喂绵羊羔、喂山羊羔，每天忙忙碌碌。减少陶格斯的饭量，她晕倒几次后，夫人茹乐吉德玛下令作废了给陶格斯限量供饭的规定。虽然饭菜还是清汤寡水，但能吃饱，比以前增加了不少体力。山羊开始下羔的头几天每天接羔三四十只羊羔，要不赶紧接回营地，在野外让狐狸、豺狼、肉禽叼走了。陶格斯拼命地跑来跑去，接羔送羔。要是不给山羊羔做标记，母山羊就不要羊羔。即使做了标记，三岁的母山羊丢弃羊羔的不少。有的山羊下完羔，受惊直接跑进羊群，把羊羔遗弃掉，这种山羊每天加倍努力才能让它接受羊羔肯喂奶。陶格斯哼唱着《母羊接羔曲》（托格英都），经常让母羊舔舐羊羔。接羔季节是牧民一年最忙碌的时节。

一天，陶格斯把十二只羊羔装进袋子里，掌握好平衡放在骆驼上带回营地。途中，两只羊羔被挤死了。茹乐吉德玛看见又恶骂了半日。即使挨骂也得继续接羔，陶格斯忍气吞声。过了几天，陶格斯把十来只羊羔驮回来时又挤死一只羊羔。害怕挨骂的陶格斯悄悄把死羊羔埋在灌木丛下。晚上羊群收圈后，陶格斯把实情告诉了其其格。

其其格听后眼睛瞪得老大，劝陶格斯，说道："这是暂时欺骗自己。他们家狗会嗅出味道刨出叼过来的。即使狗嗅不出味道，茹乐吉德玛也不会弄错下羔母羊的数目。你这不是掩耳盗铃吗？让她知道挨骂也比这强，要不她会怀疑你故意弄死活羊羔埋掉的，那就更麻烦了！以后千万不能那样做！"

“姐！真是那样吗？她真要赖我埋死活羊羔该怎么办？”陶格斯惊怕地问道。

不出其其格所料。都统家的狗嗅出了死羔的肉味。几只狗疯抢着叼出了死羊羔。

茹乐吉德玛看见了。她乱喊乱叫：“这些臭乞丐在杀羊羔吗？怎么狗叼着死羊羔跑来跑去——”

“我怕先下的羊羔冻死就背了几只羊羔先回来了。可能是落在后面的母羊下羔遗弃了！”其其格说道。

“快去找到母羊，现在肯定叫唤着找羊羔呢！”茹乐吉德玛喝道。

陶格斯、其其格两个人跑进羊群中，来回找，指了一只白色三岁母山羊。

茹乐吉德玛歪着脑袋，眨巴眼，吩咐道：“从下双胎的母山羊中找一只过来给喂奶！”

一晚，茹乐吉德玛下命令，让陶格斯守着羊羔过夜！忙碌了一白天虽然十分疲劳，但也没有办法，只得彻夜守护羊羔。到了晚上，陶格斯到羔圈，守着羊羔。山羊羔天生好动，互相顶着玩耍，有时会压死下面的羊羔。陶格斯目不转睛地盯着，稍有情况赶紧跑去把羊羔分开。困乏至极的陶格斯忙忙碌碌中靠着羊圈的墙打了个盹。她惊醒，发现两只羊羔被压死了。陶格斯害怕，浑身冒冷汗。虽然害怕茹乐吉德玛喝骂，但到了早上，还是硬着头皮把实情告诉了茹乐吉德玛。

茹乐吉德玛怒喝：“接羔时候睡着了吧？没有羊羔值钱还经常出事。我把你杀了！”抓住陶格斯的衣襟往外拖拉。

孙布日、其其格跑过来，说道：“夫人息怒！这么大的孩子，揪头发不太好看吧？”

茹乐吉德玛眼睛通红，大声吼喊：“臭乞丐又弄死了两只羊羔。这样下去羊群都让她毁掉了！”

“这么多羊羔，死几只也正常。今年春天接了三百多只羊羔，绝大多数成活了，满营地乱跑呢吗？这都是陶格斯的功劳。不能因为偶尔出点错就打骂，那样的话，谁还给你看护羊群？”其其格生气地说道。

“越怕越出事，越忙碌越挨骂！这样被人压榨欺负，还不如死了算了！”陶格斯想从山上一跃而下结束苦难的人生。“看我孤苦伶仃的妹妹还等着我。我死了，妹妹会生活在无尽的悲痛中——”为了妹妹陶格斯咬牙坚持。唉，上苍是为了富人，才让我们来到这人世的！陶格斯越发痛恨这个不公的世道。

一天，从驼馆宝日夫家里传来消息，叫他速速回去处理舅舅的后事。人死了，茹乐吉德玛无奈，给了假，让宝日夫速去速回。

季春，锦鸡草开始发芽。骆驼嗅着锦鸡草味，到处乱跑，放驼人片刻不能离开驼群。茹乐吉德玛下令让陶格斯替宝日夫放骆驼。从小放过栗驼和哥哥的黑驼，放驼对陶格斯来说没什么难处。

陶格斯早起让驼群在长满锦鸡的草场吃草，晚上赶回来。这样放了三天骆驼。放春天的骆驼真难，骆驼三五成群地走散，怎么叫唤收拢也徒劳，但无论如何也不能丢失骆驼。要是丢失一峰骆驼，那麻烦就大了，茹乐吉德玛会打死她。陶格斯骑了一峰老实的骆驼拼命地来回奔跑在草场，看护骆驼。

第四天，陶格斯正要骑她那峰老实的骆驼去放驼。

茹乐吉德玛喊叫着跑过来：“放骆驼的人应该每天换骑骆驼。这老实的骆驼，你都骑了好几日了，得放开让它吃草，今天骑那峰骆驼！”她指了指宝日夫平时骑的黑公驼。

陶格斯不怕骑骆驼。她骑上黑公驼，赶着骆驼放牧去了。牲畜认生，黑色公驼看见陶格斯，鼻孔发出响声，眼睛瞪大，虽然不大乱跳乱蹦，但也不怎么老实。陶格斯小心骑行，突然从骆驼脚底下惊起一只兔子，黑公驼受惊，跳起来拽掉缰绳，把陶格斯从右侧摔下去跑远了。陶格斯被甩出很远，头晕眼花，动弹不得。

其其格的羊群中午时，靠近了陶格斯的驼群。她看见驼群四散，不见陶格斯的身影。其其格感到奇怪。她跑上丘陵四处远眺，依然没看见陶格斯身影。她大声喊叫，无人应答。“是睡着了还是被骆驼摔下了？”其其格心想着，赶着羊群回营地时，宝日夫也正赶回来了。

其其格跑向宝日夫慌张地说道：“陶格斯可能摔下骆驼了。驼群都走散了，不见她人影——”

宝日夫说道：“陶格斯骑哪峰骆驼了？”

茹乐吉德玛歪着脑袋哼哼着：“你平时骑的黑公驼！陶格斯经常骑骆驼，又不是骑什么怪兽了？连骆驼都不会骑！”

“黑公驼脾气不好。见生人就会受惊乱跳——完了，要是被骆驼摔下就危险了！”说着和其其格骑上各自的骆驼赶往草场。两个人找寻了半天也没见陶格斯的人影。天色开始变暗。他们俩边寻边喊：“陶格斯！”嗅着骆驼蹄印来回跑的狗突然吠叫。宝日夫、其其格循着狗叫声跑到大灌木丛，陶格斯躺在地上正痛苦地呻吟。两个人扶起陶格斯时，陶格斯发出撕心裂肺的喊叫声。其其格摸陶格斯脚踝，脚踝处肿胀严重。

其其格说道：“完了，一条腿断了！”

陶格斯无力地指了指右肩。宝日夫摸摸右肩，右肩也脱臼了。

“妹妹，你让骆驼摔下了？伤得这么厉害？”陶格斯点点头——

宝日夫叹气，让骆驼跪倒，和其其格合力把陶格斯抱上骆驼，让其其格扶住，宝日夫牵缰绳，在前面领路，慢慢回营地。陶格斯断了几根肋骨，骑在骆驼上疼痛难忍，一路呻吟。

回营地后，其其格、宝日夫把陶格斯扶进蒙古包，铺了厚褥子让她躺下。

宝日夫愤愤不平地走进茹乐吉德玛蒙古包。

“陶格斯被骆驼摔下来了。右腿和右肩受伤了，正在家里痛苦地呻吟呢。现在怎么办？”

茹乐吉德玛歪着头，瞅了一眼流着涎水、喘粗气的宝日夫：“大黑夜能做什么？明日一早收了驼群再去请接骨人！二十岁的大人了，连个骆驼也骑不好。什么也做不好，驼群又跑哪里去了？”

宝日夫生气，问道：“黑色公驼脾气怪，我也被摔下过，那小姑娘能骑吗？今夜不请接骨人接骨，要是治不好就是一辈子的事。驼群能去哪儿——请谁来接骨？”

“谁在附近就去请谁！”茹乐吉德玛侧过脸躺下。

宝日夫回到陶格斯的蒙古包。陶格斯脸色蜡黄，疼痛呻吟。

“妹妹你坚持一下！我去接接骨的人！”

宝日夫骑上骆驼往乌兰呼都格疾奔，他去请接骨人塔彬夫。宝日夫是个直爽心善的人。自陶格斯来到后，听了陶格斯的悲惨往事，心里十分悲痛，同情陶格斯，平时尽力照顾陶格斯。宝日夫认为穷人就该互相帮忙，权贵富人才不会照顾他们，他们是群吃人肉喝人血的魔鬼，只知道压榨，不知道关心。

“陶格斯真是命运多舛，但所到之处总会有热心肠的人们帮助她。人生在世就要经历种种苦难，生活的苦难无穷无尽。只能硬着头皮往前走——”宝日夫感叹人生的不易，加快骆驼速度，黎明前赶到了塔彬夫家。接骨人塔彬夫不在家，从东苏木来信，叫走了他，不知何时回来。宝日夫央求塔彬夫的大女儿朝鲁去诊治接骨。朝鲁自幼跟父亲学接骨医术，现在技术不熟练。骨折的人不能耽误太长时间，宝日夫无奈之下才请朝鲁前去诊治。

他们回到都统家时，太阳升起了。

朝鲁仔细检查了伤处："肩膀和右脚脚踝脱臼了，看情况是脑震荡了。我试试看看吧，佛祖护佑蒙古人！就看这女孩子的造化了，拿白酒来！"

佣人哪有白酒？宝日夫去央求茹乐吉德玛，从酒坛中倒了一碗酒拿来。朝鲁咽了一口酒，往伤处喷了一口，揉了揉，一只手摁住伤处，另只手使劲拉拽，脱臼的手复位了。又往脚踝上喷酒，抓住脚踝揉揉推推，脚踝也复位了。朝鲁稍放了心，深呼吸，用白布缠住陶格斯的头。她让人抓住布的两端，用一根像捣药杵的手柄似的短木在布子上狠狠敲了几下，又抓住陶格斯的头小心地摇晃了几下。

朝鲁吩咐道："陶格斯不能剧烈活动。头上脚上的包裹布等三七二十一天后再拆！你们好好看护，如果疼痛得厉害，再去家里找父亲吧，父亲过几天就回来了。"

七天后，陶格斯受伤的骨头和头部的疼痛缓解，十几天后好了很多。骨关节不怎么疼痛，不头晕呕吐了。

四、生活——苦涩的折磨

忙碌的春季结束，戈壁的夏天姗姗而来。

陶格斯背干牛粪、背干柴，清理圈舍，继续忙碌着。

一天，都统家病死了一只羊羔。

茹乐吉德玛叫来陶格斯，吩咐道："你剥了皮送到厨房，这么大的羊羔丢了不可惜？晚上吃肉！"

陶格斯剥好皮，按照夫人的吩咐送到厨房了。

这世间充斥着各色人。有的人越富足，越吝啬。人本是赤裸裸来到这世界，最后赤裸裸回去，可总有人自认为不死不灭，因而欲壑难填，用他那可怜短暂的生命，争权夺利，做尽坏事。

晚上收工，忙碌一天的佣人们陆陆续续回来吃饭，看到已经盛好的羔肉，惊奇地瞪大了眼睛。

塔木扎布叹气道："用病死的羔肉喂我们？佛祖呀，这是做的什么孽？"

这时，都统的儿子古日扎布跑进来。

塔木扎布卸下一块肉，递给孩子："嫩肉，孩子你吃吃看！"

古日扎布嗅了嗅："呸，有味儿，不好！"扔在地上。

茹乐吉德玛拿着烧火棍跑进来："给我儿子吃病死羔肉？那是给你们吃的。肉不好也比没有强！现在食物短缺，能吃上肉不错了！你们是不饿，饿极了身上的肉也舍得吃了。还挑三拣四？"骨碌碌转动眼睛。

宝日夫说道："你把我们当狗吗？给我们吃病死的羔肉，太过分了！"

茹乐吉德玛说道："不知道天高地厚，还想怎么样？每天给你们杀一只成年肥羊，用整羊宴招待？不吃就别吃！"甩着袖子走开。

第二天，都统回来了。

茹乐吉德玛见到德力格尔都统，撒娇嘟嘴，说道："走了就不知道回来。这家的活儿都成我的了。那些奴才们越发没规矩，快骑到我脖子拉屎了。他们嫌我给吃了病死羔肉，跟我耍脾气呢！不知死活的奴才——"

"病死了就扔给狗吃。他们虽然是佣人，但也是人。你太过分了！用人得动脑子，刀子磨多了会变钝，狗急了会跳墙。你要学会安抚！听说内地的穷人造反闹革命呢，他们打死富人，分了富人的财产。穷人要当家，吵闹得厉害。据说戈壁上的部分穷人也纷纷投奔红党了。不知哪一天会把咱们也革掉——”都统叹气道。

茹乐吉德玛听了瞪大眼睛，嘟囔着：“穷人变得那么厉害了？派军队镇压了吗？佛祖呀！这儿千万别那样！”

“哼！军队镇压？能镇压早就镇压了。穷人都成了兵，正炮打国民党政府呢！还吼喊着要解放全世界的穷人。现在，苏联和外蒙古都成了红党的天下，戈壁上闹的动静也是挺大。乌兰察布盟盟长仁钦僧格也一筹莫展呢——”

都统接着说道：“好了，不说这个了。以后对佣人不要太苛刻，他们都跑了，就咱们俩受苦！”拿出烟袋点上，抽烟吐雾。

入夏后，剪羊毛梳驼绒羊绒的活儿接踵而至。都统家刚迁到满都呼敖包的夏营地。拉绳、清除往年的垃圾，陶格斯毫无喘息的时间。摔伤后的身体刚康复，干重活儿，受过伤的手脚还是酸痛。为了不让茹乐吉德玛骂，陶格斯忍受着疼痛，无论多么重的活儿也咬牙坚持着。

茹乐吉德玛听了都统说的红党的革命、穷人造反的事情后，克制了脾气，改善了佣人的饮食，打骂也骤减。但“狗改不了吃屎”，消停过了一阵，又开始打骂佣人。

“牛顶瘦的，人欺善的”！孙布日、其其格、宝日大、塔木扎布、朱拉等佣人嘴上厉害，不理会茹乐吉德玛的无理取闹，干自己的活儿。茹乐吉德玛无论怎么生气，也不敢太过分地对待他们几个。陶格斯天生的老实性子，又孤苦伶仃一人，茹乐吉德玛所有的脾气都撒在陶格斯身上。

入春后，天气变暖。到了改穿薄衣服的季节。茹乐吉德玛给佣人们分单布、大布让他们做衣服。陶格斯没分到布，陶格斯还穿着厚厚的冬衣。茹乐吉德玛哄骗陶格斯说，等有布了再给她。陶格斯旧冬衣补满补丁，长满虱子虮子。天气暖和后，做重活儿汗多了以后，虱子虮子更是繁殖得又快又多，无法再穿了。其其格把自己珍藏的蓝色大布袍子给了陶格斯，又拆了自己黑色的裤子，缝补了几日几夜，改成新裤子给陶格斯穿上了。陶格斯这才脱离了虱子的折磨，把其其格当成自己亲姐姐，敬重她。

有一夜，陶格斯翻来覆去睡不着，妹妹萦绕在脑海。想起妹妹在残暴无人情味的德吉德那里受到的折磨，陶格斯捂着脸哽咽："父母辛苦一辈子，丢下孤苦伶仃的孩子们走了。如果父母健在，那该多好？富人看孤苦伶仃的孩子没有父母这座靠山，就像牛马一样抽打欺负。可对谁诉说这苦难？我一天天地长大成熟，无论多么大的痛苦也能忍受，这边的叔叔阿姨、哥哥姐姐对我关心至极。萨尼其日姐姐是不是照顾保护我妹妹呢？罗布桑、巴拉桑发配我到这里，不知怎么折磨妹妹呢。几次央求茹乐吉德玛，想回去看看妹妹，但始终不能如愿，连有关妹妹的消息也听不到。妹妹呀——"陶格斯抱头啜泣，为了不惊醒别人，只得把眼泪往肚里咽。

陶格斯想着妹妹心肝寸断，一宿未合眼。

都统家加上今年的羊羔，羊群数目多达一千只左右，放出去连绵几里地，收回来都困难重重。

最近没人放骆驼，茹乐吉德玛让其其格放驼让陶格斯放羊。徒步放羊太累，陶格斯受伤后，茹乐吉德玛不让她骑骆驼，每天只能徒步放羊。漫山遍野的羊群，光靠双脚，忙得人精疲力竭。晚上收回羊群回来，还要挤山羊做酸奶，忙碌家里的杂活。

刮大风的一天。陶格斯来回赶羊，筋疲力尽。羊群顺风跑散，陶格斯为了稳住头羊，拼命追赶。她突然感到头晕目眩，晕倒在地。放骆驼的其其格看见羊群顺风走散，骑着骆驼过去赶回头羊，往家方向赶回。其其格不见陶格斯的人，叫喊着寻找，终于看见晕倒躺在地上、正痛苦呻吟的陶格斯。其其格把病重的陶格斯扶起来，让骆驼跪倒，抱上陶格斯往营地疾驰而来。

其其格把陶格斯扶进蒙古包，大家慌忙得不知所措。陶格斯浑身发抖，咬紧牙关说不出话来。

茹乐吉德玛也慌道：“孙布日你快去请医生，不知道得了什么病症？很严重！”

孙布日换骑了马匹，又牵上一匹马，奔川井东麓的拉布杰医生家出发。

陶格斯身体虚弱，浑身发冷，躺着哆嗦。塔木扎布、朱拉等人，护理在她的身前，透湿毛巾放在额头上，揉搓身体手脚，让陶格斯安静下来。“祸从天降”，陶格斯灾祸不断，天灾人祸轮流折磨这小女孩儿。

深夜，孙布日请来了拉布杰医生。

拉布杰诊脉，说道：“这孩子患上了羊毛疔。中暑后，太过疲劳又被冷风吹的人，容易得羊毛疔。冷热不均匀，才会得病，看她哆嗦的样子！”解开药箱包了药。

“药按时吃，不能在野外走动了，也不能干重活儿！这样养上七天会见好。吃药期间，不能吃太油腻的东西，每天给喝上一次瘦肉汤，体力恢复得快些！”吩咐好后，拉布杰医生回去了。

不让陶格斯快点好起来的话，这么多活儿谁去干？茹乐吉德玛按照医生的吩咐，拿出一块肥肉少的干肉给了塔木扎布说道：“碓碎了泡上，每天给煮上一次肉汤喝。告诉陶格斯别再着凉！”

塔木扎布拿来干肉碓碎后用开水泡上，再熬好肉汤给陶格斯喝，又熬好汤药按时给吃，没过几天陶格斯的身体开始好转了。

陶格斯身体慢慢恢复，大家惊讶医生的医术高明。“父母的病要是让拉布杰医生诊治的话，可能治愈了，请大肚子罗布桑那坏东西，反而丢了性命。唉，连个像样的药都没吃上就离开了我们——”陶格斯心里难受。

七天后，陶格斯身体康复了。身体一好，闲不住，想着干活。

茹乐吉德玛走进蒙古包吩咐陶格斯：“身体好了就从明天开始，帮助朱拉饮牛挤奶，注意护理牛犊，让它们学老实！”

晚上，孙布日气呼呼走进茹乐吉德玛蒙古包，茹乐吉德玛正在吃饭。

“夫人要让陶格斯护理牛？”

“是，怎么了？不是已经七天了吗？身体好了闲待着干什么？”不高兴地回道。

“过了七天也没恢复精气神。陶格斯身体还虚弱，饮牛拉水桶，掉井里不更麻烦了吗？”孙布日更加生气。

茹乐吉德玛扫了一眼孙布日：“那就先干些轻活儿。行了，过几天再说吧！”

孙布日口齿伶俐，绝不允许主家对他无理打骂。他干活儿娴熟，又勤快，总是努力干活。茹乐吉德玛也不太敢打骂折磨孙布日、其其格夫妻俩。

一天，德力格尔都统回来，叫了孙布日和其其格。佣人们谁都不清楚因为什么，大家猜测了一会儿，都入睡了。

第二天，陶格斯、其其格一起放牛。其其格抚摸陶格斯的头发：“妹妹，明天孙布日和我要去诺颜仓了。都统的命令谁敢违抗！你一天天地长大成熟，要好好照顾自己！不要太过劳累，平时照顾好自己，找些轻活儿做！太累会得病。也不要太违逆了茹乐吉德玛！她要是欺负得过头了，你据理力争，不用害怕。我们走了，这儿还有塔木扎布、宝日夫、朱拉他们，他们都是好人，会照顾你——”即将离别的二人互诉衷肠。

晚上放牛回家，其其格打开包裹把几件自己收藏多年的衣服给了陶格斯。

陶格斯高兴地掉下眼泪："姐姐，我会报答你们的恩情的，你们是我的骄傲。不要为我担心，我不会让你们失望！"

第二天早晨，陶格斯早起，走进其其格、孙布日的蒙古包。他们不在，包里坐着五十来岁的老夫妻二人。

陶格斯不认识，退出来找到塔木扎布，说道："孙布日哥哥、其其格姐姐不在蒙古包，有两个不认识的人！"

塔木扎布说道："昨儿夜里，诺颜仓送来黄宁布、图拉玛老夫妻俩。接走了孙布日和其其格。黄宁布替孙布日放马，图拉玛替其其格干活！"

"唉，临走也没能亲自送送——"陶格斯叹气道。

陶格斯天天饮牛或者跟朱拉一起拴牛犊挤奶、剪驼绒、弹羊毛，哪里忙不过来，就去哪里帮忙。德力格尔都统的儿子古日扎布十二岁了，也是活宝一个。从小不知礼数，没有教养，不是骑牛羊，就是惊跑牛犊羊羔，给佣人添乱。有时往佣人身上撒沙石、喷水，爬上佣人的蒙古包顶玩耍。玩法千奇百怪，扰乱佣人的生活。

一天，陶格斯把破烂衣服整理裁剪正缝补，古日扎布跑进来想飞踢陶格斯手，结果让剪刀划开小腿出了点血。古日扎布夸张得大声哭喊。

茹乐吉德玛跑进来："你敢弄伤我儿子？是要拿剪刀捅死他吗？"咬牙切齿冲过来，想抓陶格斯的头发，陶格斯挣脱开，跑了出去。

这被在牛圈旁的朱拉看到，说道："你儿子踢人家陶格斯的手，没踢上，自己反让剪刀划伤的。我看得清楚！"把真实情况告诉了茹乐吉德玛。

茹乐吉德玛瞪大眼睛，乱喊乱叫："你眼神那么好？你们互相包庇！你们想造反？"

塔木扎布嘟囔着："茹乐吉德玛太过分了！陶格斯那样辛苦地干活，还把什么事情都赖在陶格斯身上。你这样过分，谁还给你当佣人？佛祖！真是个疯婆子——"

仲夏接近尾声了。戈壁雨水充足，草木茏葱。牛羊欢快地来回奔跑。夏营地飘满奶香，戈壁的花香奶香扑鼻而来。

但，牧民常说，"戈壁的天气一天三变"！上午晴空万里，远处的景色清晰地映入眼帘，到了中午，天边彤云密布冷风阵阵，就下起倾盆大雨了。

放羊的图拉玛、去饮牛的朱拉、陶格斯都没能在下雨前，赶回营地，被倾盆大雨浇透。雨后，她们几个人回营地。几个人正晾晒湿透的衣服时，从西边满都呼敖包的北边盆地，有一人骑马疾驰而来，在营地马桩前下了马。那汉子身着蓝色绸缎袍子，外面系了红腰带，头上戴顶白礼帽，脚上穿着翘靴尖的靴子，威武地大步走来。

陶格斯好像在什么地方见过这人，但是想不起来。

黄宁布看见，说道："是，是那个坏东西！不知来这里要干什么？"

"谁？"宝日夫问道。

黄宁布拽住他们几个进入蒙古包，说道："诺颜仓衙门的传令官坏棍楚克。做尽坏事的坏蛋毒物。不知又要来祸害谁？佛祖——"老人祈祷着。

"坏义如"棍楚克进门："大家夏天好？"九十度弯腰问安，脑袋差点点到地。

德力格尔都统侧躺的样子，未动，说道："好好！"再没吱声。

茹乐吉德玛盛茶："有什么奇闻异事？"

"坏义如"棍楚克点头哈腰，薄嘴唇抖动："最近有些干旱，今天下了场及时雨！"

茹乐吉德玛“嘿！嘿！”笑道：“传令官大人带来雨水了？传令官的后衣襟湿的，现在还在滴水呢！”

棍楚克坐立不住：“这是都统的庇佑！‘哪里旱满都呼敖包也不会旱’，戈壁上都传颂这片水草丰美的地方呢！”说了句好话，想让都统赏脸，直盯着德力格尔都统。

德力格尔依旧没正眼看他。

棍楚克转过头对茹乐吉德玛说道：“人忙马出汗。传令人嘛，得完成公务！”

茹乐吉德玛揭了棍楚克的疤：“什么公务？衙门的公务？还是趁男人不在家，钻人家妻子被窝的坏公务？”

棍楚克伤口被人撒了把盐，虽生气，但不敢发作。

“衙门的公务！”边说边把桌上摆的奶食奶油、黄油，盛满了一碗，嘴角上沾满奶星子，美美地吃了一顿。德力格尔都统看着棍楚克饿鬼般的吃相，心里发笑，但没露在脸上。

“哎呀！咱们的传令官有什么公务？”德力格尔都统问道。

棍楚克用手掌擦脸，问道：“您这里有没有一个从巴彦希布格来的女孩子？”

“有！怎么了？”

“歪胯巴拉桑说过，这女孩子以前放呼勒斯太寺的羊群。您是不是跟旗衙门说过，要让她去东苏木郎图章京家？郎图章京想要岁数小的女佣人，衙门下令让我快通知都统。那女孩子要去其他苏木了，给她穿上件像样的衣服吧！”

旗衙门下令，都统不敢违抗。

“估计明天来人接她！”棍楚克说完，轮流看着都统和夫人的脸色。

茹乐吉德玛指着外面，说道：“就那个女孩子。在牛圈那儿拾牛粪，穿白色袍子个子不高的女孩子。”

棍楚克看到了陶格斯背影：“好像见过似的，叫过来吧！”

“陶格斯，过来！”茹乐吉德玛挥手，召唤陶格斯。

陶格斯放下背筐，“又不知把我发配到哪里？”心想着，惴惴不安地走进蒙古包。

德力格尔都统怜悯陶格斯：“旗衙门来命令，让你去东苏木郎图章京家。你在我们家当佣人受苦受累了。你干活又勤快，我们也不愿意让你走！但是衙门的命令没有办法。明天从衙门来人接你！今天没有别的活儿，你回去休息吧！好好准备准备，收拾东西吧！”

陶格斯半跪在都统前回话：“是！”退了出来。

棍楚克把礼帽放在脑勺上：“我说多了，我也该走了。”说完走出去了。

棍楚克骑上自己的铁青马，斜跨在马鞍上，往西边盆地信马由缰地前进，边走边用他那粗嗓门唱起了《戈壁高地》：

河边高大的树枝上　蝉叫声声
远方的爱人在心中　思念绵绵

陶格斯回蒙古包躺下，想东想西，辗转反侧。

茹乐吉德玛虽然不像德吉德那样残暴地打骂她，但也是凶残、心胸狭窄的人。她舍不得离开饱受茹乐吉德玛欺凌的长辈阿姨、哥哥、姐姐们。“天下乌鸦一般黑！”母亲的话萦绕在脑海。“不知道郎图章京和他的夫人会怎样欺压我——”陶格斯眼睛噙满泪水。“无依无靠、孤苦伶仃的孩子，谁会可怜？我让人呼来喝去，成了流放的乞丐。远隔几个苏木，发配来发配去！这颠沛流离的生活，何时能结束——”

陶格斯想起小时候奶奶讲的故事。

奶奶摸着陶格斯的头发："孩子！人要有一颗善良的心。善良的人，会得到上天的保佑，虽然受苦，终究会得到幸福！"接着奶奶给陶格斯讲了一个"好心助人，坏心害己"的故事。

"很久很久以前。有一个心眼好的人和一个心眼坏的人一起赶路。他们走呀走，他们对到底是心眼好的人命好，还是心眼坏的人命好的问题争论不休。于是，他们打赌，找一个人裁定，谁对谁错，错的一方要剜掉一只眼。正激烈争论时，他们看见前面坡上有户人家。心眼坏的人说道：'你在这儿等着，我去问清楚后，你再去问！'心眼好的人同意了。坏心眼的人到那户人家，家里有一个老人正在捻珠打坐。坏心眼的人给老人问安后，问道：'老爷爷！我为了弄清一件事来的。你说到底是心眼好的人命好还是心眼坏的人命好？'老人捻着珠子：'当然是心眼好的人命好！'心眼坏的人听后从怀里掏出一锭元宝：'老爷爷，这元宝给您。我走后，有人问您同样的问题。您对他说，心眼坏的人命好！'心眼坏的人问完后，心眼好的人走进来，给老人问安后，问了同样的问题。老人答道：'心眼坏的人命好！'心眼好的人问完话返回。心眼坏的人掏出刀子，说道：'老人对我说心眼坏的人命好。对你说什么了？'心眼好的人说道：'你说得对。'于是心眼坏的人赢了赌注，剜掉了心眼好的人的眼睛。坏心眼的人，牵着心眼好的人走到一座峭壁上，推下心眼好的人逃跑了。心眼好的人往下坠落，他掉进了一个山沟中。从沟中传来'啾啾'的鸟叫声。心眼好的人伸手一摸，原来是几只雏狗头雕。心眼好的人闻见泥土的湿润气味，顺着往下一挖，不一会儿挖出水来，捧起水拍打自己的双眼，很快能看见东西了。心眼好的人高兴至极，看准大雕回来喂雏鸟的时机，一把抓住大雕的腿。大雕惊飞，飞了很远把他扔在一处沙石地上。心眼好的人朝着太阳升起的方向，走呀走，走到一座破庙了。因天黑了，他躲进庙里的一口旧箱子里躺下。这时候，喜鹊、狼、狐狸三个相继走了进来。狐狸问道：‘喜鹊今天吃到什么了？’‘我趁东南方向那户人家女儿病了，饱吃了一顿他们家晾晒的奶干子。’喜鹊说完，问狼：‘狼今天吃到什么了？’狼打着饱嗝，说道：‘西南方向那户人家的井离家太远，饱吃了一顿他们家饮完水回家的一头牛’。喜鹊又问：‘狐狸您吃到什么了？嘴角还沾满油渍了？’狐狸说道：‘吃饱了狼吃剩的。’喜鹊清清嗓子：‘那户人家牛粪堆里有蟒蛇。烧了牛粪堆，女孩子的病就好了，那样我就吃不上奶干子了。’狐狸叫苦道：‘西南方那户人家前面有大石头，把石头挪开，会涌出喷泉。那样主人有时间看护牲畜，我也吃不上肉了。’记住了食肉动物们的话，心眼好的人第二天等动物们离开后，从箱子里爬出来，装扮成喇嘛的模样来到了庙东南方的那户人家。那户人家，看到喇嘛非常高兴，请喇嘛给女儿看病。心眼好的人指了指外面：‘你们家东南方向有牛粪堆。那里有蟒蛇作祟，烧了牛粪堆，孩子的病就好了！’孩子的父母十分高兴，发誓道：‘要是孩子的病好了，就让她嫁给你。’他们出来烧了牛粪堆，女孩子的病果然好了。心眼好的人跟女孩子结婚，过上了幸福的生活。西南方的人家，听说东南方人家的女儿病好又和人结婚的消息，因他们家里的牛常被狼吃，找到心眼好的人希望在自己家附近打口井。心眼好的人听了说道：‘你们家前面有大石头，挪开就能涌出喷泉，那石头压上了龙头。’西南方的人家，按照心眼好的人的指示，挪开了石头，涌出了泉水。于是大家管心眼好的人叫‘神算子’。于是，心眼好的人的名声，传扬在后戈壁。心眼好的人有一天上西北方的山上打猎，碰到了心眼坏的人。看到心眼好的人双眼恢复如初，穿金戴银，心眼坏的人惊讶地问道：‘你怎么过得这么幸福？’心眼好的人把事情的经过都告诉了心眼坏的人。于是，心眼坏的人为了过上富足的生活，跑到破庙钻进箱子里躺下了。天黑后，喜鹊、狐狸、狼回来，说起各自白天的经历。喜鹊兴味索然说道：‘哎，东南方人家女儿的病好了，没吃上奶干子！’狐狸和狼一起说道：‘西南方人家涌出泉水了，牲畜在门口饮水，没机会吃肉，饿着肚子回来了。’三个动物正说话，狐狸突然嗅到了异味：‘兄弟们，破箱子里有生人的血味。’三个动物跳过去撕咬箱子，把躲在里边的心眼坏的人掏出来吃掉了！”奶奶讲完故事，教育陶格斯，“孩子，你一定要有善心，才会有善报的。”奶奶笑了笑。

“真会有善报吗？”陶格斯正胡思迷茫，大家结束了一天的活儿回来了。

陶格斯边洗脸洗手边叫苦道：“唉，我要和你们告别了。都统说，把我送去东苏木郎图章京那里。旗衙门已经下令了，德力格尔都统也做不了主，我也身不由己。如果那户人家也像茹乐吉德玛一样残暴，该怎么办？”

黄宁布叹道：“听说郎图去年升官当上章京了。我给德格苏荣扎布放马时，跟他们做近邻，对他很了解。那家伙是酒鬼，醉酒后打骂佣人，是个出名的残暴之徒。据说，在旗保安部队中挂了小官位，挎个手枪，到处祸害人，他是狂妄自大的人！妻子叫苏布德，也是凶残至极的女魔鬼。他们家五畜兴旺，总是吹嘘自家是上等、有钱人家。”

陶格斯说道：“唉，刚出虎口又入狼窝，又要受魔鬼的欺凌了！”

宁布说道：“孩子你要小心些，那家伙也是出了名的淫荡色鬼。孤苦伶仃的孩子怎么老是多灾多难呢！”长叹一口气。

陶格斯低头捂住脸哭泣。

第六章　盛夏的戈壁　美如画
坎坷的生活　奇如书

一、东戈壁的富人郎图

满都呼敖包烟雾缭绕，远处的景色依稀可辨。草上露珠滚动，蝉声像交响乐般悦耳，让人沉醉的早晨，静悄悄地来到戈壁。

陶格斯骑上一匹老马，跟着黄吉格米德往纳林赫尔出发。棍楚克走后第三天，黄吉格米德牵上一匹老马来都统家住了一宿。第二天，他带上陶格斯往东苏木出发。陶格斯一眼就认出了黄吉格米德。那年大肚子罗布桑和歪胯巴拉桑强行赶走羊群时，黄吉格米德来过她们家。他黄鼠般的尖嘴，嘴唇上的几撮小胡子像刺沙蓬、黄蒿一样来回乱颤，看着让人恶心。“和罗布桑、巴拉桑沆瀣一气的人，肯定不是好人！”陶格斯心想。

陶格斯骑的老马和她母亲一起放羊时候骑的栗马一样老实，无论什么情况下也不会受惊乱跳，是一匹老实可靠的马。

早上出发时，德力格尔都统吩咐：“这孩子会骑马吗？小心点骑，不是从骆驼上摔下来肩膀、手脚受伤了吗？路上别再出麻烦！”

这马和那峰黑公驼截然不同，让人骑来骑去，兽性抹去得干干净净。

黄吉格米德的马在雾霭中，扬起黄土疾奔，陶格斯骑的马跟不上他的马。黄吉格米德疾奔一段路程，勒住缰绳等陶格斯。从都统家到纳林赫尔，整一天的路程。郎图章京在纳林赫尔西边地势较高的草场过夏天，到他的夏营地要经过巴彦宝日广袤的戈壁，越过都日班花山梁，再向前行进就到了。

他们两个有时疾奔、有时慢走、有时中跑，上了都日班花山梁。雾霭散尽，太阳热辣辣地晒过来，从云层露出的阳光格外刺眼。进入盆地，太阳晒得像火烤一般。奔上山梁的高处，微风吹来，凉爽一些了。陶格斯环顾四周，夏营地上的白色蒙古包像白色的大雁般散落，牛羊骆驼成群结队，犹如珍珠般撒落在戈壁上。夏天的戈壁，如画般美丽怡人。大自然的美丽和畜群的众多，让陶格斯惊奇无比。自然界的美丽景色让人暂时忘记心中的苦恼。

陶格斯想一展歌喉，纵情歌唱。陶格斯母亲的歌声悠扬动人，小时候，母亲领陶格斯去放羊，走上戈壁的山上，尽情唱歌。母亲的歌声使周围的一切，更加美丽出彩，山峦重岭、戈壁草场为之欢悦。陶格斯也跟着母亲学唱歌，每每她唱歌，母亲高兴得亲吻她的小脸蛋："长大后我女儿会成为歌手，美丽的戈壁盛产歌手！"慈祥地看着女儿。

陶格斯还记得母亲经常唱的《后戈壁的夏营地》：

后戈壁的夏营地　万马奔腾
白色的蒙古包　　奶香飘飘
后戈壁的夏营地　珍珠撒落
花开的绿草地　　雾霭缭绕

陶格斯哼着旋律，不觉眼睛湿润。她擦干眼泪，"妈妈，您知道孩子现在所受的苦难吗？妈妈去世前留下遗嘱‘找到你舅妈，你舅妈在东戈壁’，可我能找到吗？唉！我唯一的舅舅。父亲告诉我，歪胯巴拉桑冤枉并折磨死了舅舅。可怜的舅妈不知怎么受苦受累——”陶格斯心事重重。两个人走入哈布塔盖梁了。

仲夏的太阳，火焰般曝晒大地。草和灌木，无精打采地低下头。在哈布塔盖梁，看不到畜群和夏营地、蒙古包。野鹿成群结队，奔过哈布塔盖梁。老人说，夏天徒步跋涉哈布塔盖梁的人除了渴死别无出路。陶格斯骑的老马精疲力竭，酷热难耐的哈布塔盖梁快要了它的老命。上面，像火一样的太阳晒，从下面热气上蹿，人就像是在蒸笼中。

黄吉格米德也忍受不了，回头说道：“孩子，渴吗？累吗？暑热天过哈布塔盖梁可是不容易！”擦着脸上的汗水。

“口渴得厉害！”陶格斯无力地说道。

“坚持坚持吧！再走一阵就过哈布塔盖梁了。再往前走走就能看见人家了，到那儿吃中午饭再走！”黄吉格米德嗓子已经嘶哑了。

黄吉格米德四十来岁，陶格斯叫他叔叔。黄吉格米德也是和蔼地叫陶格斯为孩子！黄吉格米德和大肚子罗布桑、歪胯巴拉桑不同，人老实、性格好。如果是像歪胯巴拉桑那样的色鬼，在这荒无人烟的地方要欺负陶格斯了。但他没有。歪胯巴拉桑几次想欺负陶格斯，未能如愿的巴拉桑怀恨在心，跟富贵人家串通好，到处发配陶格斯、折磨她。心肠歹毒的巴拉桑，就这样看着别人的痛苦，自己快乐、感到心满意足。

马是蒙古人的宝贝，再瘦弱的马也是生活中的好帮手。黄吉格米德和陶格斯走走歇歇，通过了哈布塔盖梁。一过哈布塔盖梁，炎热退去，吹来了凉爽的风。两个人慢慢走近宝特日嘎纳套力木，在路北高坡处有一户人家。马桩上拴着几匹马。看见蒙古包的马匹，脚步变轻了，鼻孔发出响声，加快了速度。

黄吉格米德说道："孩子，去那户人家吃午饭吧。再这么走下去会渴死！"

他们在蒙古包前下马拴马，正往蒙古包走去，蒙古包里出来一人劝住狗。黄吉格米德一眼认出，此人是以前住在小高勒的宝鲁德的儿子马格苏日。以前在旗保安部队服役，现在卸甲归来后在家放牧。

吉格米德和马格苏日旧识，两个人互相问安进了蒙古包。女主人盛茶，桌上摆满奶油、奶干、奶豆腐、黄油。又累又饿的黄吉格米德和陶格斯，一点没客气，吃得满头大汗，享受着美味的奶食品。

黄吉格米德和马格苏日，好几年没见面。俩人打开话匣畅谈。

"送这孩子去东苏木郎图章京家！"黄吉格米德说道。

马格苏日看了一眼陶格斯，问道："这孩子是哪里的？"

"她们家以前在淖彦套路盖放呼勒斯太寺羊群。是老实布赫的女儿陶格斯！"黄吉格米德介绍陶格斯。

马格苏日沉思片刻："是，听说过布赫。人们说，他染上鼠疫了。"

黄吉格米德点头："一家几口都是染鼠疫死的，这孩子的哥哥让西山土匪抓走了，妹妹在大肚子罗布桑处做佣人，陶格斯之前在德力格尔都统家干活儿。"

"可怜的！孤苦伶仃的孩子，真是苦难太深重。"马格苏日看着陶格斯说道。陶格斯被泪水模糊了眼睛。

黄吉格米德和马格苏日聊了很久，但为了赶路，只得告别出来继续往东出发。

人和马得到休息，体力恢复，速度也加快了。远处乌兰呼都格方方正正的山梁，在雾霭中忽隐忽现。

"虽然能看见山，但离这儿还很远呢！"黄吉格米德提起缰绳，抬头看着远处。两个人已经快走到被称为戈壁传奇的巴彦宝日。戈壁上的每座山每条河，都有一段美丽神奇的传说故事。

古时，蒙古族普通牧民无法学习知识，掌握知识的是上层贵族、寺庙中的活佛喇嘛们，因此蒙古人把自己的历史文化和自己生活息息相关的山水联系在一起，留下了数不胜数的传说故事，并代代相传。有关山水的传说，大多是真实的历史故事，因而蒙古故乡被称为“蒙古历史的活字典”。巴彦宝日戈壁上灌木、万年蒿、芨芨草茂密地生长，湖泊星罗棋布。雨水充足，草木茂盛。

前几日，这里又下了场大雨。盆地里，积满雨水，泥潭连片，骑马通过费了很长时间。天气凉爽怡人。黄吉格米德领陶格斯看着地形，慢慢通过了巴彦宝日。从巴彦宝日寺庙的遗址前，往东策马疾驰。

巴彦宝日寺以前在戈壁上享有盛誉。日本人侵入后霸占了巴彦宝日寺，将寺中的财务掠夺一空。不仅如此，侵略者们战败逃跑时，放了一把火，烧得巴彦宝日寺只剩下残垣断壁了。

他们到达乌兰呼都格山梁时，太阳开始下山了。山梁的碧绿草地上，珍珠般的牛羊，成群结队地享受大自然的恩赐，趁着凉爽怡人的天气，惬意舒适地啃吃嫩草。羊群的东边，几座白色蒙古包排列整齐。郎图章京家选择这片水草丰美的地方过夏天，他家五畜兴旺、生活富足惬意。

营地外面，欢快跳跃的羊羔、牛犊，忙碌的人群，吠叫的狗，无不显示这户人家的富贵和气派。陶格斯看到郎图章京的营地，惊讶万分。这些富贵人家吮吸穷人的鲜血，穿金戴银，富足安逸地过着日子。“还不是压榨欺凌佣人得来的财产？跟大肚子罗布桑、德吉德、茹乐吉德玛都是一丘之貉——”陶格斯长叹了一口气。

“孩子，累了吧？”黄吉格米德回头说道。

陶格斯：“还行，这匹老马倒是累得不行了！”

“现在到了！”黄吉格米德提起缰绳加快了速度。

赶了这么远的路，陶格斯其实比老马更累。从黎明走到太阳落山，一整天在马背上晃来晃去，其中辛酸只有在马背上长大的牧民才深有体会。陶格斯心想，“又到了新的活阎王殿！”眼睛不由得噙满泪水。

黄吉格米德回头问道：“孩子，是不是太累了？为什么哭？”

陶格斯用袖子擦干泪水：“没有，想我妹妹了——来到了这么远的地方，不知何时才能见到妹妹。”

“离别就有相见。嫁出去的姑娘泼出去的水，以后你也要出嫁。成了人家媳妇不去能行吗？现在已经十七了，也快了。不要想得太多，坚强点——”黄吉格米德安慰着陶格斯。

马加快速度，在狗吠叫声中，到了郎图章京蒙古包前，他们下了马。正在照料马匹的高个子、黑方脸、精神抖擞的汉子迎过来问安。这汉子是郎图章京的马倌赛音吉雅。他把陶格斯的马拴在马桩上，领他们走进郎图章京的大蒙古包。

郎图章京的夫人苏布德侧躺着，看见人，哼哼唧唧地坐起：“路远吧？”礼节性地问安后，吩咐下人：“盛茶！”

黄吉格米德问夫人的安：“怎么这么热？通过哈布塔盖梁，人马差点没有渴死！”用袖子擦汗。

苏布德夫人翻白眼，瞅了半天陶格斯：“这女孩子是？”

黄吉格米德：“这女孩子是郎图章京跟衙门说好的，来这儿放羊的人。衙门指示我，到满都呼敖包德力格尔都统家接过来的。章京大人去哪里了？”

苏布德看外面：“说是苏木有公务，闲不住。出去已经两天了。估计今天回来。”

黄吉格米德：“今年风调雨顺。这一路，到处水草丰美。”

苏布德点头："真好，这边的纳林赫尔、乌力吉图赫尔、乌兰呼都格，一夏天雨水充足，时常下雨，真是丰美！"

苏布德接着说道："这孩子叫什么？都大姑娘了！"

"陶格斯！今年十七！"陶格斯答道。

苏布德从上到下仔细观察陶格斯，心想："好岁数、好身材，不知道干活儿怎么样？"

郎图章京是在东苏木地位较高的富贵人家，依仗着数目众多的牲畜，去年被封为章京，并且挂上中公旗监察队的军官头衔了。不过，这章京老爷酗酒成性，醉酒耍酒疯的名声，戈壁人皆知。郎图是一醉酒就祸害人的凶残、暴脾气的人。

几个人正在聊天。这时，靠哈那睡觉，长得白白胖胖的女孩子，伸着懒腰坐起来了。这女孩子是郎图章京的唯一孩子，叫布恩布格的可爱的名字。二十岁的人了，就知道撒娇耍赖，什么活儿也不会干。她仰仗父亲的名望财富，吃香喝辣，娇惯无比。

布恩布格一起床，揉着眼睛坐了一会儿，爬向母亲，抱住脖子，头压在母亲的肩膀上撒娇："妈妈，我饿！"

郎图章京狠心压榨佣人积累了厚实的财产，在东戈壁被称为"富人郎图"。虽然家财万贯，但是留不住佣人，谁也忍受不了郎图章京的脾气。章京常年醉酒，耍酒疯，打骂佣人，残暴地对待他们。苏布德也是仰仗章京的淫威，脾气暴躁，是严厉苛刻地对佣人的母夜叉。东戈壁人又称郎图为"黑阎罗"。

现如今，在他们家有赛音吉雅、德力格尔其其格两口子，乌力吉图、嘎日玛、乌德巴拉等几个佣人。赛音吉雅夫妻二人，去年才来到这里，之前他们在嘎拉丹山的北麓赛尔呼都格放牧。郎图章京脾气暴躁而且能说会道。他花言巧语，哄骗他们两口子过来的。赛音吉雅放马，妻子德力格尔其其格放羊。赛音吉雅虽说刚到四十岁，但从年轻时开始放马、驯烈马，在东戈壁有“老练赛音吉雅”的美名。无论什么样的烈马，到了赛音吉雅手中过不了几天，变得老老实实。德力格尔其其格也是做活能手，做奶食品更是把好手。郎图家的奶食品都出自德力格尔其其格手，人们称她为“萨利（奶食）德力格尔其其格”。

苏布德让陶格斯和乌力吉图、嘎日玛一起，住在东边的小蒙古包。乌力吉图是章京家的驼倌，年近六十岁的人。嘎日玛才三十岁。几年前，嘎日玛的丈夫在放马时，被烈马摔下马背去世了，嘎日玛因害怕搬迁到此地，在郎图家放牛过日子。

第二天，德力格尔其其格早起，领上陶格斯去放羊，在戈壁草地上两个人打开话匣畅聊。

“妹妹你今年十几？”

“十七！”

“多好的年龄！像盛开的花朵般的年龄！”

“好的年龄又怎么样？还不是从小受尽苦难，成了人家的佣人，唉，活着真不易。姐姐！”

“父母不在了？”

“父母、奶奶，染鼠疫去世了。哥哥，前年冬天被土匪抓走了，至今没有音信。只有妹妹在。”

“那你妹妹在哪儿？”

“呼勒斯太寺的大肚子罗布桑作为损失寺产的赔偿扣下当佣人呢，今年才十三岁。不知道怎么忍受着那些僧俗恶魔们的欺凌？”陶格斯双眼噙满泪水。

德力格尔其其格长叹道：“孤儿的苦难谁能知道？只能咬牙活下去。苍天护佑，会有好日子的！不要太悲观了，悲观是懦弱的表现。乐观点，会见到你哥哥和妹妹的！以后就给嘎日玛当女儿吧，她是个好人，善良又和蔼。看人家脸色过日子的我们互相不帮忙可不行，富人权贵不会把咱们当人看！”给陶格斯讲了许多做人的道理。

人的能力和等级，决定人的社会交际的空间。富人权贵按照级别，门当户对地来往。他们，吸佣人的血，仰仗他们的劳动，发富发财。他们认为穷苦人就应该为他们服务，更甚者认为是他们在养活着穷人。因此他们只知道无限榨取穷人的劳力，不知善待穷人。富人们没日没夜地为自己谋利益，积累的财富越多，对穷人更加残暴。

陶格斯轮流了几处当佣人后，慢慢明白了这个道理。天下的富人、权贵都一样。大肚子罗布桑、德吉德、茹乐吉德玛——都一样的凶残恶毒。也深知同命相怜的穷苦人才会互相体谅，彼此知道所受的痛苦，互相真心帮忙。所以不管到哪里，给什么人当佣人，不要把改变命运的希望寄托在富人权贵的身上。只有命运相同的穷人互相帮助，同甘共苦才能改变命运。陶格斯和赛音吉雅、德力格尔其其格、嘎日玛以及乌力吉图叔叔等人互相信任，互相依靠。

习惯了忙碌的人，一刻也闲不住。主人未分配任务给陶格斯，陶格斯便开始做着拾柴火、帮忙护理牲畜的活儿。天生勤快、直爽的陶格斯，就像在自己的家里一样，忙忙碌碌。

到了晚上，马蹄声传来，一个汉子吼叫着骑马而来。

嘎日玛推门往外看了一眼：“郎图章京回来了！”

陶格斯走近门口看见，那汉子费了九牛二虎之力才把马拴在马桩上，踉踉跄跄走进大蒙古包了。嘎日玛和陶格斯跟着他走进大蒙古包。郎图章京一进蒙古包，像吐沫子的公驼般流着涎水，要掀掉蒙古包顶似的，发出吼叫声。他的脸像滴血般通红，双眼骨碌碌乱转。早已经习以为常的苏布德夫人对这一切熟视无睹，靠着哈那，纹丝未动。

郎图章京公驼般吼叫了半天，看见陶格斯，吼叫道："这是什么人？"

"不是你叫来的女佣人吗？昨天，诺颜仓的牧马人黄吉格米德从德力格尔都统家送过来的。"苏布德夫人解释道。

郎图章京瞪着眼睛："你过来！看看你是个什么样的女孩子。"双手抖动着伸过来，托起陶格斯的下巴像欣赏赛马一样看了半天，打了个酒肉臭味相混的饱嗝。陶格斯虽然咬牙坚持着，但章京嘴里的臭味着实让她无法忍受，不由得往后退了一步。

郎图章京的眼珠子急转："嫌我喝醉了吗？不懂规矩的野东西！"骂骂咧咧，使劲捶砸着炉火堆旁的红木桌子："滚出去！"尖叫喊道。

陶格斯正要退出去。

"过来！"郎图吼叫着问道，"叫什么名字？"

陶格斯浑身发抖，感觉随时要倒下去。看了一眼嘎日玛，怯怯地答道："陶格斯！"

"叫陶格斯？你像孔雀一样漂亮吗？不是说'心大命薄'吗？不知深浅，还取了这么好的名字？连我都叫郎图，你却成了孔雀。"郎图暴跳喝道。

郎图章京朝嘎日玛伸出两个手指头，粗细嗓音相混，吼叫道："拿酒来！"

嘎日玛迅速跑出去，在银碗里倒上半碗酒放桌上了。

苏布德脸色难看，唠叨道："多大的肚子？吃了几天，还没满足？"

"什么？胆敢——有能灌进去的肚子你怕什么？有东戈壁盛不下财富的富人郎图，吃喝点东西还要定量？"舌头乱颤喊叫，拿起银碗连酒带灌地倒了下去。

躺着无声无息的布恩布格突然跳起来："爸爸嗜酒如命。想把胃烧坏吗？"喊叫着夺过银碗扔向门口。

二十岁的布恩布格娇生惯养，她的脾气上来，见佛灭佛见鬼灭鬼。郎图章京瞅了一眼银碗，又看了一眼女儿，像漏气的皮球一样老实了。他沉默了片刻，又开始骂骂咧咧。“家里受气的狗，出门咬羊羔”，郎图章京把佣人们挨个儿骂了一遍，倒向哈那，像洪水般发出声响睡下了。

酒气熏天的章京大人发出山崩地裂的鼾声，睡了一个钟头，坐起来：“陶格斯？陶格斯在哪里？”叫喊声吓人。

苏布德脸都没转过来，说道：“不在！”

“什么？又跑了吧？”郎图章京声嘶力竭地喊叫着，临近的蒙古包的人，听得清清楚楚。但谁也没吱声。大家心跳加剧，躺下没动。

郎图章京着了魔一样身手抖动，咬紧牙关：“陶格斯在哪里？”喊叫几声，拿起立在佛像后面的长刀，踉踉跄跄走出来，骂骂咧咧地踢开了佣人住的蒙古包门。

“陶格斯在吗？”他举刀喊叫。

惊怕过度的陶格斯，不敢发出任何声响，躺着未动。

郎图章京怪叫一声：“快起来！没听到我说的话？没有教养的孩子！”

郎图伸手抓住了陶格斯的头发，把她拽起来，挥舞着刀子：“你要学会干这家的所有的活儿。不听话就惩罚你。要是逃跑的话，打断你的腿，用钢绳捆你，知道吗？”

陶格斯浑身发抖：“我没有那意思。”

“今年几岁？”喊叫道。

“我十七岁！”

“大姑娘了？这么大了没教养——从明天开始，不能违背我的命令！要是违背了，没有你的好处！让你知道郎图章京是什么样的人。”把刀子架在陶格斯的咽喉上，使劲往哈那处推开陶格斯。

郎图章京是东戈壁头名的醉汉。他喝酒后扰乱近邻，使得左邻右舍的人们无法安宁。回家打骂佣人，佣人看见他就担心害怕。

去年，这家出了一件惨事。

叫其木格的女孩子，放这家的羊群。一天，她正饮羊的时候，渴极了的羊群往井口拥挤，把一只山羊羔挤掉井中了。其木格想把羊羔捞出来，费了半天劲也没能捞上来。郎图章京听说后十分生气，给其木格扣上把羊羔推进井里的帽子，骑马追着鞭打其木格。其木格跑不动晕倒后郎图章京又从其木格身上骑马踩踏过去了。这还没满足，他下马又往其木格脑袋上狠踹了几脚。

其木格昏死过去了。她醒来，天地一片漆黑。被殴打的身上沾满鲜血，红肿酸痛，无法动身。其木格忍着疼痛咬牙站起来，黎明时分，才回到营地。

第二天，郎图章京一睁开眼睛，找到其木格吓道："你今天去饮羊，再让羊羔掉进井里，要你的命！"

其木格按照章京的命令赶羊群到井口，被殴打后全身伤痛，无法拉水桶。嘎日玛看见后可怜其木格，替她饮了羊。

其木格晚上赶羊回来后，饭也没吃。她浑身骨头疼痛，靠着哈那哭泣。疼痛仇恨交加，其木格控制不住自己，深夜偷偷跑出来，往住在布格日赤格的舅舅家走去。全身的筋骨伤痛，受伤的腿酸痛得行走困难。但她咬着牙，一整夜没走出多远的路，到了太阳升起的时候才走了两三里。正在靠灌木丛仰躺着休息，刚站起要继续往前走，被骑马赶来的郎图章京抓住，撵在马前回来，拴在马桩上。

佣人们可怜其木格，但谁也没有解开绑绳的胆魄。第二天才放开了其木格。她不吃不喝地躺着呻吟。其木格的父母早已离异，不见踪影。她是在布格日赤格舅舅家长大成人的，后来被郎图章京接过来当佣人了。

其木格在疼痛呻吟中躺了几天后，十分仇恨郎图章京的她，又一次决定逃跑。到了夜里，她悄悄地起来，给郎图章京比赛时骑的枣骝马，套上马鞍，向北像离弦的箭一样逃去。她骑马跑了一夜，从索伦山的西边，往北跨过了蒙古国的边境。

郎图章京听到其木格逃跑的消息，便骑马追赶。他赶出很远，连其木格马蹄扬起的尘土都没见到。丢失宝贝快马的郎图，十分懊恼生气，对佣人变得越发凶残、严厉，时刻提防着他们——

陶格斯受到郎图章京的疯狂辱骂、欺凌，一宿没合眼。没有任何理由打骂佣人的魔鬼，人称他是“活阎罗”，真是恰如其分。陶格斯也心想，哪天要逃离这地方。满世界乞讨也比在这里受这活阎罗的辱骂、欺凌强百倍。

东方鱼肚大白，佣人忙起来了。陶格斯也早起等着，不知道来什么命令？苏布德夫人叫她过去了。陶格斯跑出去，走进大蒙古包。

郎图章京的酒劲退去，喝着热茶。脸色蜡黄，眼睛布满血丝。

郎图看见陶格斯：“明天你去我表姐家放羊。我表姐七十岁的人，不能照料畜群。你要好好听老人的话！出错不会轻易放过你，让你知道郎图章京的厉害！”说完，挥手，“你去准备东西！现在就送你去乌力吉图！”

倔米德格是东戈壁出名的怪脾气。她男人早些年掉井里去世后，一直守寡。生育了两个女儿、一个儿子。大女儿因病去世，小女儿远嫁达尔罕茂明安旗，没几年也因难产死去了。唯一传宗接代的儿子，去参加剪马鬃活动，喝醉酒被马摔下被马镫拖死了。因此，东戈壁人说，倔米德格是“克死全家人的硬命倔米德格”。

倔米德格家，有几百只羊。她仰仗表弟郎图章京的威望，不论春夏秋冬，都紧邻郎图章京扎营地。郎图章京经常派佣人、羊倌，照顾这个姐姐。从不与人为善的她，留不住佣人。仰仗弟弟的名义，狐假虎威，对佣人傲慢无理，常压迫佣人的本事跟她弟弟不相上下。最近，她又给叫淖日布的十六岁羊倌，扣上懒惰的帽子撵走后，再没人给她放羊。无奈的倔米德格，央求弟弟郎图章京，把陶格斯从德力格尔都统家接过来了。

陶格斯到倔米德格家后放羊、拾干柴干牛粪、挤几只山羊。早晚，拴上山羊挤奶，白天放羊群，拾柴。与倔米德格共处一地，脾气再好的佣人也承受不了。陶格斯每天不停地忙碌，倔米德格不仅不可怜她，还每天唠叨嫌她饭吃得太多。

“女孩子不能吃太多，吃多了肚子长肉会影响生育。婆婆会骂你是大肚子。有吞进整个山都吃不饱的大肚子，少吃多做，别人才会喜欢你——”

倔米德格是个唠唠叨叨的吝啬鬼。陶格斯干活时，她天天监督催促，不让人片刻安静。

大千世界无奇不有。陶格斯越来越碰上厉害的角色了。那也无法！世道如此，到哪里也摆脱不了苦难的命运。陶格斯祷告着千万别出错。

过了一阵，郎图章京又给表姐送来一个三十多岁的寡妇，让陶格斯重新回到郎图家干活。放牛挤奶的嘎日玛离开去给别人家当了佣人，陶格斯接了嘎日玛的活儿。

陶格斯早起，挤完奶赶牛群到草场放牧。放牛虽然好一些，但饮牛的活儿需要体力。陶格斯从不怕重活儿，只怕冤屈她、折磨她。她轮流当了几家的佣人，受尽残暴主家的欺凌压迫。陶格斯担惊受怕，心快要碎了。但是世道如此，她能碰上什么好人？

“干重活不出错，不引来麻烦就好！”陶格斯心想着，干起能干的所有的活儿。晚上，牛群收圈后挤奶，挤完牛奶，帮忙挤山羊奶。苏布德夫人从不好眼瞅她。大概只有苍天才知道，富贵人家的夫人们为何总是那么冷冰冰，坏心眼。

郎图章京的夫人苏布德也是个唠唠叨叨的人。她把几个佣人骂一白天后，到晚上时嘴角能滴出白绿色的沫子。她的眼，看谁都不顺眼。她见谁骂谁，谁越忙活谁挨骂越多。天天唠唠叨叨的口干舌燥，但她从不干活儿，身上长膘，挺着孕妇般的肥胖大肚子。每天换穿各种颜色的衣袍，戴上玛瑙珍珠，和少女一般打扮。她背着手，像母大象一样慢慢踱着步子，阴阳怪气地唱着歌，还唱淫秽的歌曲，虽然唱得多，但没有一首完整的。唱上头尾两句，换唱别的歌。这样唱着唱着又开始唠叨。富人家的妻子都是这般精神空虚。即使她们吃香喝辣穿金戴银，男人经常不见人影。少则半月，多则一月后，郎图喝得醉醺醺回家来，呕吐撒气。身边缺少男人的她，慢慢变得跟见不到公马的母马一样性情大变。寂寞的她，把所有的委屈都撒在佣人的身上、脾气极坏、人极残暴。佣人暗暗讽刺，苏布德是“风中的骆驼”。寂寞难耐的苏布德，一看见男人，变得跟狗皮膏药一样黏糊。她吃肉喝酒，撩拨男人，说着不堪入耳的话，像叫春的母狗一样发出声响，喝酒取乐到大半夜。她就这样排泄她心中的欲望。

二十岁的布恩布格，每天骑上好马，出去玩耍。富贵人家的妻女的生活，大抵都是如此这般。

二、德力格尔其其格被绑在马桩上

一天，德力格尔其其格放羊群赶到草场躺在沙石上休息时，狼进羊群中叼了三只羊。晚上回来，她把事情的经过告诉苏布德了。

苏布德跳起来：“臭母狗！谁叫你让狼叼了羊！”拿起柳条抽在德力

格尔其其格的脸上。让德力格尔其其格跪在地上，继续喝骂。

晚上，佣人都回到自己的蒙古包。谈论着“这里的天又开始打雷了”。都长叹一口气，睡觉了。

第二天，陶格斯早起出门看见德力格尔其其格被绑在马桩上，满脸的伤痕，出着微弱的气。陶格斯忙向前，正要解开绳子。

这时，苏布德从蒙古包里跑出来：“你要干什么？不能解开绳子。章京昨晚回来听说羊被狼叼的事，把她绑在马桩上，惩罚她呢。拿我们的羊喂了狼，那我就在马桩上晒干她！‘养人掉头、养羊油嘴’是真理呀！”抓起柳条，朝着陶格斯走过来。

陶格斯不能还手，只得逃跑。苏布德骂了陶格斯一会儿，往德力格尔其其格的头抽打了几下，回身进蒙古包去了。前几日，因马群中走散了几匹母马和马驹，赛音吉雅出去寻找至今未归。就在这时，德力格尔其其格出事，受到了惩罚。

唉，祸从天降，谁也无法预料天灾人祸。几百只羊放出去，绵延几里地，无论怎么小心谨慎，也会出点事。德力格尔其其格又不是故意让狼叼羊的。

中午，找到马匹的赛音吉雅，把马合到马群后回来。他走到门口，看到妻子被绑在马桩上呻吟。“怎么了这是？”他喊叫着跑过去，抽出腰刀，剪断毛绒绳，解开了妻子。

郎图章京昨晚醉酒回家后，把德力格尔其其格绑在马桩上。他进进出出地喝着酒，酒越喝越多，脾气变得越来越暴躁，摇摇晃晃地、狠命踹踢德力格尔其其格。累了又进去喝口酒，这样喝得灌满了胃，喝满足了，倒下入睡打鼾了。

苏布德听见狗叫声，看到赛音吉雅回来解下妻子了。反身进蒙古包，喊叫道：“起来！赛音吉雅回来了，正解开德力格尔其其格呢！”

郎图章京揉着眼，摇摇晃晃、骂骂咧咧走到马桩旁，要扇赛音吉雅脸，赛音吉雅躲开使劲推了一把郎图章京，郎图章京滚倒在地。

郎图章京费劲地乱挥着手站起来：“臭奴隶，敢动手殴打章京大人？”流着涎水，走过来抓住赛音吉雅的衣领，赛音吉雅甩开了章京的手。郎图章京用力过猛，又往前扑倒，脸上嘴上都沾满马粪和尘土。

赛音吉雅抱起妻子走回蒙古包了。

郎图章京用袖子擦脸，“呸！”他吐掉嘴里的土，骂骂咧咧道，“这奴隶要造反？野东西！动手到我身上了，你的天塌下来了，我会掏出你的内脏喂狼——”

赛音吉雅力气大，是在敖包那达慕上，拿过摔跤比赛头名的搏克手。郎图章京也不敢欺负他。“养这野蛮的东西，哪天他会卸掉我的一条腿，还不如赶走他算了。”郎图曾经想过。只是因为赛音吉雅放马好，驯烈马更是好手，舍不得放走。“赛音吉雅这个人哄着使唤像贴杆马一样老实，但欺压他，他会拼命反抗。顺着他的性子使唤才行！”的想法，让郎图违心地夸赞着赛音吉雅。赛音吉雅勤快、干练，郎图也奈何不了他。

郎图章京摇摇晃晃回到蒙古包，嘴里还骂骂咧咧：“臭奴隶，臭奴隶要造反！”

章京夫人苏布德怒不可遏，挥手闯入了赛音吉雅的小蒙古包。

“佣人敢动手打主人？怎么这么没有教养？把你送到衙门扔进监狱！”苏布德指着赛音吉雅的鼻子喝骂。

赛音吉雅也没让步，他叉着腰，说道：“奴隶佣人也不能折磨死吧？给你们当佣人，又不是卖给你们了！就算是买来的，也不能这样无故打骂佣人。衙门要是讲理，就应该把你们关进监狱。有这样黑暗残暴的章京吗？简直就是‘臭不可耐’的东西——”

面对暴怒的赛音吉雅，苏布德心里有些发怵。“赛音吉雅像一匹见血的狼一样，我要是太过分了，他会咬断我的脖子。”苏布德虽然害怕，但嘴上仍厉害：“你等着，我剥你皮！”往自己的蒙古包疾步逃回。

休养了几天身体，德力格尔其其格的伤口愈合，恢复了些体力，又开始忙碌放羊挤奶。但这次的遭遇，使得她更加心灰意冷，对郎图章京心怀深深的仇恨了。

入秋后，戈壁的草、植物抽穗，畜群开始长肉膘。奶牛的牛奶油汪，戈壁惬意舒适地过秋天。

德力格尔其其格、乌德巴拉几个人更加繁忙。打酸奶、做奶食品、酿奶酒的活儿，使人喘不过气来。郎图章京的仓房里，堆满了奶干子，酒坛里装满了醇香的奶酒。苏布德夫人每当佣人挤奶的时候，背手站在牛圈，防备牛犊、羊羔抢吃母乳。

一早，陶格斯正挤山羊奶。一只山羊踢到奶桶，洒了半桶奶。

苏布德大骂：“没口福的东西。让一桶奶都洒在沙子上了！”举起放羊用的木棍，往陶格斯头上打来，陶格斯躲过去，抓住棍子使劲一拉，苏布德摔倒在羊身上。受惊的羊踩到了苏布德的脸。

苏布德挣扎着站起来，指着陶格斯：“你也要造反？臭奴隶们，不知天高地厚！”喝骂着回蒙古包，对郎图章京诉苦告状道：“还在灌你那酸水？佣人们都吃饱了发狂呢。陶格斯把我推倒在羊身上。”

郎图章京眼睛通红：“陶格斯？学赛音吉雅呢吧？‘喂饱的狼，反咬主人’！让她知道我的厉害！”他抓起长刀，往外跑出去。郎图跑到陶格斯前，把长刀使劲扔向陶格斯的脸。陶格斯眼疾手快，躲开了刀子，刀子扎在羊身上，来回晃动。被刀子扎疼的羊，怪叫着挣扎，乱踢蹬。挤山羊的乌德巴拉看见，慌忙放下奶桶，跑过来拔掉羊身上的刀子了。羊被扎到动脉，流血倒下挣扎。

郎图章京像严冬数九天喷沫子的骆驼，留着涎水，血口大张：“陶格斯，你这是杀我的山羊吗？我把你也捅死！”抓起刀子扑过来。陶格斯急忙躲开。郎图章京举刀从后面摇摇晃晃追来，绊倒在灌木上，嘴被扎破了，他哼哼着站起。

晚上，赛音吉雅放马回来，苏布德吩咐他剥山羊皮。

赛音吉雅剥着羊皮，心想，“这对夫妻搬起石头砸自己的脚！”不觉发笑。

中秋，微风吹来。入秋后，雨水骤减，草木过早枯黄了。

郎图章京家的一头黑色白斑犏牛离群跑到了别家牛群，几天不回。郎图章京派牛倌去牵回了那头牛。郎图章京把牛拴在粗木桩上，下令叫佣人打死那头牛。哪个人敢打死？大家想着，“真要打死了，还要扣上帽子定罪，又要受惩罚。”谁也没动手。

郎图章京更加怒不可遏，抓起粗木棍：“离群的笨牛，人家的母牛屁股，发出香味了吗？”木棍狠命往牛身上砸落。

黑犏牛眼睛布满血丝，猛撞木桩，半只角被撞掉了，半只角冒着鲜血。见血的郎图章京，越发疯狂，往牛的肋骨、后腿处，持续狠命打砸，不一会儿，木棍被打断。重击下，牛腰好像被打掉了，牛趴在地上不起来。耍完酒疯的汉子，手发麻，心满意足地摇摇晃晃走回蒙古包了。

第二天早上，黑犏牛，像昨天倒下的样子纹丝未动，僵死在地上，牛的腹肚胀满了气。

郎图章京也出来，看了一眼死牛：“看吧！离群的牛是什么下场！你们要逃跑，也是这命运！”白眼瞅了陶格斯。

他又叫赛音吉雅来，吩咐道：“陶格斯你们几个帮衬着赛音吉雅，剥了牛皮吧！”

“我没空，不得去饮马群吗？”赛音吉雅说完，往马桩走去了。

郎图章京叉着腰，喝道：“马群可以晚些收回饮水，在外过夜的马群没事！”

赛音吉雅解下马缰绳，飞身上马：“谁杀的谁剥！”扬起尘土而去。

郎图章京“啪”地拍打大腿：“哎哟哎哟！不知好歹，这赛音吉雅给脸还上脸了。”对德力格尔其其格、陶格斯几个说道，“你们剥皮！”

“放羊要迟了。羊群在外让狼叼了，我还得受皮肉之苦。”德力格尔其其格说道。

郎图章京沉默了片刻：“行了，今天我放羊。你们剥皮，切好肉晾干，冬天不得吃肉吗！”

郎图章京回蒙古包，过一会儿后出来，骑上马放羊去了。德力格尔其其格弄了大半天，卸掉牛的四个腿，剥掉脖子上的皮。牛的肚子鼓鼓的，棍子打过的地方变青紫，积淤血，皮肉无法剥离。老牛的牛粪、牛尿，发出阵阵臭味，让人恶心。

中午，赛音吉雅饮完马回来，剥掉牛皮了。粗木棍打得牛肋、牛背青紫一片，布满淤血。赛音吉雅卸掉两腿，未动其他部位的肉。

中午，放羊的郎图章京骑马归来。

赛音吉雅叫住郎图章京：“您看，全身都积淤血了，肉也臭了，怎么吃肉？想吃，您现在就煮了吃吧，您要能吃，我们也吃。”

郎图章京观看了一会儿：“行了，能吃的要，不能吃的扔掉！”

郎图章京回蒙古包后陷入了沉思。“这些佣人不怕我，反而还吓唬我！养这些人干什么？不听话胆子变大了！”想着想着头疼。“要是赶赛音吉雅走了，再找不到这么好的马倌，现在还不能赶走。对付着使唤，快要拉我头上了！最近从衙门传来奇奇怪怪的消息。据说，内地的穷人造反，抢夺富人的财物。这些东西听到了，有可能跟着造反，把我捆在马桩上，赶走畜群逃跑。怎么办才好？得把赛音吉雅处理掉！”郎图章京在家苦思冥想着对策。

苏布德没有猜知郎图的想法，继续挥手耀武扬威：“得让这些东西们尝尝苦头，蹬鼻子上脸了。这样下去我们俩要变成佣人了——”唠唠叨叨个没完没了。

思谋了几天的郎图章京，一早喝完茶，套上马鞍骑上马，疾奔而去。碰到熟人，他便嘱托：“给我找个好马倌！”到了苏木衙门，也提起找马倌的事。

众人都知，郎图章京残暴地对待佣人。纷纷摇头：“嘿，章京大人的马倌赛音吉雅不行吗？使唤着东戈壁有名的好马倌，还想要别的马倌？”

郎图章京说道：“行是行，赛音吉雅最近想换地方。他要走了不得找一个吗？”

郎图章京的一个朋友，最近也和章京一样犯头痛的毛病。长叹道：“现在想找好佣人、勤快人难了。这些东西长了反毛，不知好歹了，稍不留意就逃跑。有的跑到外蒙，有的跑去寻找红党。这样下去，是不是要变天了？”叹了又叹。

郎图章京摇头：“国民党有那么多士兵，怎么也能对付几个穷鬼了吧？这些穷人脖子都痒痒了。”

谁都再没说话。为了稳住现在的地位，心里打着各自的算盘。

三、疯“狼”

秋天的戈壁，一片金黄色，草尖被微风吹动。中秋季节充满阳光，牧羊姑娘展开喉咙，悠扬的长调回荡在戈壁的山峦。

戈壁的秋天格外忙碌。郎图章京家更加繁忙，开始剪秋天的羊毛了。按说应在中秋时节就该剪羊毛，但郎图章京拖延到现在。

郎图章京趁着没喝酒的清醒，又找来五六个人。加上德力格尔其其格、乌德巴拉、赛音吉雅等人，总共十几个人，没日没夜地忙碌。四百多只羊不是一两天能剪完。秋天的羊膘肥体壮，剪起来十分费劲。苏布德和布恩布格母女也在做拾捡剪掉的羊毛的轻活。郎图章京喝着酒，跑来跑去监视干活的人。不忘吩咐几句“撣掉尘土，小心别伤着羊，肥羊要绑得松点！”的唠叨话。

忙碌几天，进入收尾阶段，留下了四五岁、大个儿、体壮的羊。妇女们摁不住更绑不了。像牛犊一样大的一只羊，始终无法抓住。

郎图章京指着陶格斯唾沫星子乱飞说道：“你去绑住那羊！二十岁的大姑娘了，像老太太一样动作迟缓笨拙——”

陶格斯拦住羊，抓住了羊的后腿。肥羊使劲踢蹬，甩开陶格斯的手了。陶格斯重新抓住腿使劲拉。乱踢蹬的羊，突然倒下去，挣扎了一会儿，再也没起来。

郎图章京眼睛瞪大，喝道：“快拉起来，是不是髋骨脱臼了？”

陶格斯扶了半天，没能扶起。她仔细摸了摸，右侧后腿脱臼了。

陶格斯慌道：“髋骨脱臼了！”话音刚落，她脑袋“嗵！”一声，陶格斯顿时失去知觉，晕死过去了。

剪羊毛的人们围拢过来，惊讶道：“这孩子怎么了？”

郎图章京手里握着榆树棍子，呼吸加粗，浑身散发着酒臭气：“肥羊的髋骨脱臼了，成年羯羊疼痛难忍，踢倒了她。人们不常说‘搬起石头砸自己的脚’吗？该！”

赛音吉雅跑过来了，知道是郎图章京打的。他想扶起陶格斯，陶格斯指着头。陶格斯头上流着鲜血，头巾被鲜血染红。赛音吉雅解下头巾一看，打掉了一层头皮。

赛音吉雅慌张喊叫道："快烧黄纸摁在伤口，要不然血止不住！"

德力格尔其其格跑进去，拿来黄纸烧了，按在伤口上止住了血。她扶起陶格斯，陶格斯头疼恶心，难受得站立不稳。"是不是脑震荡了？"大家合力把陶格斯扶进蒙古包。

剪羊毛的活儿结束了。郎图章京吩咐一个叫力格登的年轻人，把脱臼的肥羊杀了，给剪羊毛的人们吃肉喝汤。

陶格斯脑袋嗡嗡作响，疼痛难忍，吃不进喝不了，躺不下坐不住，痛苦地呻吟。赛音吉雅、德力格尔其其格急着想办法请医生。赛音吉雅去找郎图章京时，郎图章京正在喝酒，满脸通红地胡说八道。

"陶格斯的头，伤得厉害，情况不妙。怎么办？"赛音吉雅说道。

郎图章京留着涎水："享不了福的东西，让她死去！"

赛音吉雅生气道："陶格斯要是死在你棍下，你会被撤去章京官职，还要偿命！为了伤一只羊腿不能杀人。杀人的人受到什么惩罚，你应该比我清楚吧！"

郎图章京转动通红的眼睛，心想，"真要死了还真是麻烦！"对赛音吉雅说道："明天你去请医生！"

赛音吉雅："明天？要是受伤的人等不到明天，明天，你也会离开这家的！"

"那现在就去，去乌力吉图赫尔请朝格顿医生！不能说是我打的，就说抓羊时摔倒在树上！"郎图章京生气道。

"事情的经过这里的人都看见了，明天这消息就传遍东戈壁。也许会传说'郎图章京一棍打死佣人了'！"

郎图章京猛地坐起，在褥子上呕吐。

赛音吉雅从郎图章京家出来，套上两匹马，往乌力吉图赫尔疾奔。

朝格顿喇嘛，以前在恩格日寺当领诵喇嘛，后跟随喇嘛医生学医。

“良师出高徒！”成了诊病的好手，用药神奇，被后戈壁牧民称为“神医”朝格顿。恩格日寺因天灾坍塌后，喇嘛四散。朝格顿也回家当了医生，用精湛的医术帮助人们脱离病痛折磨的苦海。

赛音吉雅半夜把朝格顿医生请来了。朝格顿医生解开陶格斯头巾，血水血块粘在一起解不开，朝格顿医生用药水慢慢浸湿，解开头巾了。陶格斯半边头部的皮被打掉，头骨露出来了。医生用药水仔细清洗，涂上药，重新包好。因脑震荡了，朝格顿医生小心翼翼才包上。

朝格顿医生：“唉，再使点劲就把头全打烂了，太残忍了！佛祖！孩子你记住，七日不能解下头巾，注意别着风！不要做猛烈运动！”吩咐陶格斯，包了几天的药留下了。

治疗完毕后，朝格顿医生走进郎图章京的大蒙古包。

天亮了。人们起来开始了一天的活儿。疲惫不堪的朝格顿医生，打了个盹儿起来。

苏布德夫人熬茶，叫醒丈夫：“快起来吧，朝格顿喇嘛来了！”

郎图呻吟着，抬起身子。眼屎粘连眼睫毛，让他无法睁眼。

郎图半天才睁开眼：“唉！我昨天有点喝高了。”眯眼看着朝格顿喇嘛。

“您什么时候来的？”郎图问道。

“您正在梦乡时来的。你们家马倌到我家，请我来看你们佣人的伤。”

郎图章京说道：“佣人的伤怎么样？不碍事吧？”

“头皮被打烂，头骨露出来了。又加上脑震荡，情况严重。得好好静养，再犯病不要找我了！”朝格顿生气地说道。

郎图章京半张嘴愣住了。

苏布德夫人翻白眼，道：“昨天剪羊毛，抓肥羊撞树上了。真是虚弱的女孩子！”

朝格顿医生使劲清嗓："撞树应该不会伤得那么厉害，被大棍子打了吧？章京大人失手了吧？"敲了敲郎图章京的伤口。

郎图章京抠着眼屎："没！昨天喝高了。我都不知道！喇嘛，有能解酒后吐酸水的秘方吗？稍微喝点酒，身体难受得厉害。"他把话题岔开了。

朝格顿医生说道："喝上上好的酸奶三碗，或者喝凉水和面！那样会缓解。"

郎图章京不服气地道："试过，不怎么样。还有别的快速解决的方法吗？"郎图继续盘问。

"有一个良方！"朝格顿说道。

郎图章京眼睛瞪得老大，问道："什么良方？"

"戒酒！那就什么酸水也没有了。继续喝下去，会变成胃病。得了胃病，神仙也救不了你。还能避免酒后做错事。这样醉醺醺的哪天会杀人的！"朝格顿医生祷告着。

郎图章京脸色难看："醉是醉过，但我不做冒失的事。"

"东戈壁疯传，章京大人醉酒后打骂佣人！"

"听来的都是谎话！"

"我这是劝诫章京大人！"朝格顿医生整理东西，准备回去。

郎图章京叫来赛音吉雅，送回了朝格顿医生。

七日后，陶格斯的病情稍有缓解，又开始忙碌了。穷苦的人就如此。想逃跑，能去哪里？这世间没人能保护她，只能这样过日子。

一天早晨。干活儿的人早起，都去忙各自的活儿。

陶格斯整理好蒙古包，正要出去拾干牛粪，郎图章京和苏布德二人相继进来了。

郎图章京咬牙切齿："你很会讹赖。那么小的事情，装病呻吟，辱没我的名声!”

喝骂着陶格斯，抓住陶格斯手臂，苏布德也跑过来，抓住了另一只手往后反拧。二人合力用皮绳把陶格斯绑得结结实实，推出去绑在马桩上。陶格斯身体刚刚恢复，加上失血过多，体力没有恢复，无法反抗。因绑得太紧，绳子陷进肉里，疼得动弹不得。

郎图章京用手指粗细的柳条使劲抽打。忍受不了醉酒男人的抽打，陶格斯乱喊乱叫地哭泣。越哭喊，柳条抽打得越狠。陶格斯晕过去不吱声了。

郎图章京又抽打了几下：“臭乞丐晕过去了。跟我作对？还讹赖不？丢我脸面不？”粗喘着气，吩咐苏布德拿凉水来。

苏布德跑进去，端来一铜盆的水，泼在陶格斯头上。

陶格斯醒过来了。

“你们快点杀了我吧！死了安心！”

“杀羊一样杀了你，就便宜你了！想死不让你死，想活不让你活，这样折磨你，我才解气！”郎图举起柳条继续抽打，打累了的二人相继走回蒙古包。

陶格斯全身疼痛难忍。双手手臂被绳子勒麻，头晕目眩，衣服被撕烂，浑身鲜红一片。乌德巴拉跑过去要解开绳子。

郎图章京推开门出来，喝骂道：“你要干什么？她辱骂章京大人，才惩罚她！夹尾巴，快走开！”

这时，马蹄声传来，出去寻找走散牲畜的赛音吉雅骑马赶回来了。他看见马桩上被绑的陶格斯，飞身下马，抽出刀子，剪断绳子。

陶格斯筋疲力尽，呼吸微弱。

“妹妹怎么了？”赛音吉雅问道。

“早上我整理蒙古包时，郎图和苏布德闯进来，他们合力把我绑在马桩子上抽打！”陶格斯虚弱地诉说着，呻吟着。

赛音吉雅抱起陶格斯进蒙古包，让她躺下了。吩咐乌德巴拉，给陶格斯擦洗。

赛音吉雅怒不可遏：“这群没人味的刽子手，要吃老实、穷苦人的肉吗？”嘟囔着跑出来，使劲推开郎图章京的蒙古包门闯进去，冲郎图夫妻二人吼叫道，“章京大人，你想打死佣人吗？不是绑这个就是捆那个。你疯了吧？！”

郎图章京叉腰站起，也大声喝道：“你要教训我吗？给脸上鼻子！”

“我真后悔上次救了你的命。那次你醉酒摔下马，正在死活间挣扎时，我看见了，可怜你，把你背回来的，不然你早就去见阎王爷了！”

郎图章京冷笑道：“哼，不是说生死由命吗？哪有那么容易就死了？还没到死的时候，阎王能把我怎么样？”

“救你是我这辈子最大的罪孽。你是吃人肉、没皮毛的疯狼，东戈壁最凶残的人！”赛音吉雅骂道。

郎图章京狠命拍桌子：“不知深浅！你这样侮辱章京？你们这些畜生太过分！敢对我乱喷。不教训你们这些没教养的奴隶能行吗？以后会有你受的日子。”

赛音吉雅压不住怒火，猛地上前，抓住了郎图章京的手，往外拖拽。

“折磨抽打有伤的人，你去看看！”赛音吉雅训斥着郎图章京，拖拽前行。

苏布德跑过来：“你想杀死章京吗？”从地上捡起棍子打过来，赛音吉雅躲开后一脚踢过去，苏布德乱叫着滚倒在地。

“凶残的奴隶！”郎图章京刚举拳头，赛音吉雅一拳打在郎图的左脸上，郎图章京噔噔退了几步，仰倒在地。

赛音吉雅眼睛疯牛一样通红，雷鸣般大喊：“你们敢再动手，就打烂你们脑袋!"

郎图章京什么也没说。捂住左脸跟进蒙古包,苏布德也跟进来了。

陶格斯皮无完肤,条条柳条印,红肿化脓,让人无法直视。陶格斯痛苦难受,一宿没有合眼,呻吟哭泣了一夜。第二天想起来,但体力不支,脸色蜡黄毫无血色,遍体鳞伤,左肩被绑脱臼了。

赛音吉雅跑进郎图章京蒙古包:"把受伤的人抬来,让她在你们蒙古包里死去!陶格斯遍体鳞伤,左肩也脱臼了!"

靠哈那躺的苏布德拉长声音,装模作样地叫苦道:"我胯骨也脱臼了,起不来!"

赛音吉雅猛地上前,撸起袖子:"哪个胯骨?我给你复位!"

苏布德鬼叫着:"赛音吉雅要杀人了!"

郎图章京看见赛音吉雅恐怖的脸和怒火燃烧的双眼:"嘿呀弟弟,我们没事!陶格斯她要是伤情严重,你去找接骨医生!"

赛音吉雅跑出来,给马套上马鞍,去请乌兰额日格的接骨人苏和。中午到了苏和家,不凑巧苏和不在家。

苏和的妻子西鲁:"昨天被川井的云登接走了。说是孩子伤了骨头。估计明天才能回来,你去塔彬夫家看看!远点也没办法,要在家,今夜能赶回去了。"

赛音吉雅无法,只得往塔彬夫家奔去。

陶格斯从前一天开始,不吃不喝地呻吟,浑身骨头疼痛,嘴唇干裂。"百日的苦难,不会少一天结束,为什么我的苦难接连不断?这样受辱地活着,还不如死了算了,但不是想死就能死。我该怎么办——"陶格斯胡思乱想,熬过了一天。

晚上,德力格尔其其格、乌德巴拉回来后,熬了稀饭。陶格斯勉强吃了几口,再也咽不进去了。哭叫吼喊使得陶格斯喉咙发炎了。不吃不喝，人的身体会越发虚弱，抽打过的伤口开始发炎了。大家劝说着灌了些温水。几个人扶着，安慰着。天亮时，狗叫声马蹄声传来。

德力格尔其其格、乌德巴拉忙迎出去，赛音吉雅和接骨人塔彬夫正在下马拴马。

“佛祖保佑！终于来了。”德力格尔其其格祷告着迎进塔彬夫。乌德巴拉点火熬茶。

塔彬夫喝了几口茶：“看看伤者吧！”

大家扶起陶格斯，解开衣服。

塔彬夫生气地说道：“哎呀，这么严重？日本人的监狱也不过如此。章京大人家里私设刑房衙门了吗？这么残暴的东西，老天为什么不劈死他？”摸陶格斯肩膀，仔细检查。

“肩胛骨伤了，拿酒来！”

塔彬夫喝口酒，往陶格斯的肩胛喷，揉了揉接好包上了。

又吩咐赛音吉雅几个人：“包好了肩胛骨。二十一天内，不能动肩膀，不然愈合不了。身上的伤，我治不了，早点请别的医生来治。不快点治疗的话，她会因发炎死掉！”

这时天亮了。塔彬夫没见郎图章京，就骑马离去了。

塔彬夫走后，大家束手无策，去哪里请医生？谈论后，决定还得去请乌力吉图赫尔的朝格顿医生。

赛音吉雅喝上几碗茶，准备动身。骑了一日一夜的马必须要换，赛音吉雅骑马奔向马群，从马群中，套上一匹叫黑骏马的老实马，把马群赶向草场，往乌力吉图赫尔出发了。

换马后，行路速度加快了。中午，到了乌力吉图赫尔朝格顿医生家时，医生正在包药。互相问安后，朝格顿问道：“怎么了？那姑娘的头还疼吗？”

“唉，灾祸连连。郎图章京真成活阎王了！”赛音吉雅把陶格斯的被绑和受伤的经过，告诉了朝格顿。

朝格顿听后长叹，思考了片刻：“我现在去不了。从索伦山下的西德日斯那里，昨天来人请我了。说是病情严重！我答应人家了。我们医生就这样，不能让哪个病人有遗憾。我先给你包药，包上涂抹的、清洗的、吃的药。要是没受内伤，慢慢就会好的。但必须好好静养！注意再不能打骂了。若打在要害处，人比虫子还脆弱。药费我去和郎图章京算。大家都注意点！佛祖！佛祖保佑！”医生不停地祷告。

朝格顿喇嘛抱了一大包药，赛音吉雅装好，离开喇嘛返回了。

德力格尔其其格、乌德巴拉按照医生的吩咐，每天两次给陶格斯清洗伤口，按时涂抹药物，煎熬药，精心护理，陶格斯的疼痛缓解了。

晚上，郎图章京走进佣人的蒙古包，问道：“请了哪个接骨人和医生？”

乌德巴拉说道：“塔彬夫来接骨，接好了肩胛骨。赛音吉雅去找朝格顿医生了。朝格顿喇嘛因为章京大人又殴打佣人，生气没来看病！给了些药物。”

“佣人不出错能打骂吗？不自量力的喇嘛！塔彬夫为什么也不见我？”

“说是忙。”

“哼，这些人，能耐大了！”

“有本事的人，不进你的蒙古包吗？”乌德巴拉反问。

“虽说川井乌兰呼都格盆地的塔彬夫家产万贯，但东戈壁的郎图章京我不比他差！塔彬夫仗着有钱，狂妄不知到哪里！摆什么谱儿？犯错了，照样受惩罚。这是王道天理！”郎图章京气呼呼地踹开包门走出去了。

四、醉酒章京终于见了阎王

秋日的天空越发阴沉。浮云飘来飘去，就是一滴雨不下。时常刮起大风。

赛音吉雅出门已经几天了。

一早，苏布德夫人早早起床熬上奶茶，叫醒了佣人。“都来这儿喝茶，泡上新肉，好好吃上一顿！”

“不知太阳从哪里出来的，苏布德夫人给了好脸色！”大家心里暗暗揣想。

进蒙古包时，郎图章京拿着一把手枪来回瞄准，脸通红肿胀。

“以后谁要不听我的话，就用这东西打穿谁的心脏。明白吗？”郎图章京轮流瞪着佣人。桌子上摆放了一把子弹。

郎图章京把手枪从头上往后扔掉，说道：“喝茶吧！”

郎图章京瞪着陶格斯。陶格斯拿起炉子上开着的锅茶，放在炉子旁，锅子歪斜，茶溢出了。

郎图章京暴怒道：“‘富人的锅子右边缺口，乞丐的锅子左边缺口。’你也欺负我们？我杀了你！”抓起桌子上的子弹，扔进炉子里。佣人惊怕，拥挤着跑出去了。苏布德也跟着大伙儿跑了出去。郎图章京也慌慌张张，没穿鞋光着脚跑出门，绊倒在狗身上，拼命往前爬行。蒙古包里，像战场一样，传来“砰！砰！嗵！嗵！”的声音。人们抱头逃窜。响了片刻，声音停止了。大家等了一会儿，再没响声，大家才进入蒙古包。蒙古包里烟雾笼罩，让人呛得接不上气。锅茶里满是灰，柜子上摆放的章京的帽子被子弹打穿了，佛龛角也缺了一块。郎图章京拿起帽子看了看，顿生疑窦。“怎么了？我脑袋要掉吗？是不好的征兆！”嘟囔着，下令让佣人清理屋子了。

郎图章京先后娶了三个妻子。苏布德是第三个，比郎图小九岁。布恩布格是苏布德婚前怀孕带来的女儿。第一任妻子，结婚一年因病去世了。第二任妻子没有孩子，没过几年也死了。跟苏布德结婚二十一年了，但始终没能要上自己的孩子。不知是不是这个原因？郎图章京岁数越大，脾气也跟着长，经常打骂佣人。有时，他喝高了，吼喊着："郎图我要断子绝孙了！"他放声大哭的事被下人当成笑话谈论。

佣人们没喝上新肉茶，害怕得心都跳出来了。他们清理了郎图章京蒙古包后，去干各自的活儿。德力格尔其其格领陶格斯去饮羊。她们心跳还没平复。

德力格尔其其格合掌祷告："佛祖！佛祖——这东西常年醉酒后，已经着魔了，现在疯了。酒迟早会要了他的命的。他在辱没这片美丽的戈壁。小时候，爷爷常教导我们：酒让人失去聪慧和骄傲，是破坏生活、分离家庭的根源。你们要记住！祖先早已深知酒的危害，禁止喝酒，创造了无数个有关酒害的箴言训词，告诫后人晚辈。圣祖成吉思汗早在七百多年前，批评酒害：'豪饮乃病根，少饮则福源，嗜酒则愚笨，酩醉则疯狂。常喝乃丑陋，戒掉则智慧，美饮乃福根，醉倒者蠢笨。四十始喝，五十适量，六十享饮。'这是什么意思？四十岁前不能饮酒。四十岁了，可以少喝。五十岁加点量，六十岁根据酒量喝。过分饮酒，不是享福而是受罪。祖先的教训要代代相传，注意戒酒！所以，父亲在世时从未醉过酒，时常教育我们，一定记住祖先留下的劝诫箴言。郎图章京，现在成了名副其实的酒郎图。他违背了祖先的训诫，毁坏了父母恩赐的身体。他迟早会被酒害命，佛祖！呸，呸！"反复祷告着。

陶格斯尽力平复心跳："这个糊涂、残暴的东西，早点消失才好。要不然，哪一天把我们都杀掉了！"

子弹爆炸后，太平无事了一阵子。半月后的一日，郎图章京叫来乌德巴拉，补了帽子的窟窿，恢复了原样。

他为了解闷，给烙有月牙印记的铁青马套上了马鞍，到布格日澈格、浩布特勒河、花呼都格、达布斯太、乌力吉图赫尔等地，找熟识的亲朋好友，喝酒找乐子。

秋末，戈壁忙着准备过冬的东西。郎图章京走了十几天，音信全无。

苏布德着急，整日胡思乱想："他不准备过冬了吗？一走就不见人影了。醉汉子又不知和哪个女人造孩子取乐呢？总是和平时不一样，肯定又找到了一个。真是有福之人，享着天大的福。我为了生活提心吊胆，天天跟佣人干嘴仗。家里，近一千头牲畜，全靠我一个人管理。布恩布格去她舅舅家，也有一个月了。只有我一个人，天天冷冷清清，真是成了活寡妇。这么长时间，没有男人，真是可怜。跟这种人过日子，还不如找一个身强力壮的享乐，那个醉鬼会要了我的命。短暂又美好的年轻时光，就这样在饥渴难耐中逝去了——"

秋天的天空，眨眼能变换几次。早晨还晴空万里的天突然变脸，乌云密布下起了雨。

喝了十几天酒的郎图章京，斜挎短枪，在雨中往乌力吉图赫尔方向疾奔。雨越下越大，快到营地时，马蹄声惊了躺在灌木丛下的灰斑牛犊，牛犊翘着尾巴惊起逃跑。月牙铁青马大惊，猛烈跳跃踢蹬后腿。醉酒的郎图，失去重心，脑袋冲下，摔下马来，左腿还被马镫卡住了。月牙铁青马为了甩掉郎图，来回蹦跳，在沙石地上，迅速奔出百余米后，马镫绳自断，郎图章京滚出了很远。月牙铁青马，奔着马群飞奔而去。正在收马群的赛音吉雅，看见月牙马拖着右边马镫，嘶叫着奔回马群中。

赛音吉雅猜到已经出事了。他骑马赶到，套住月牙铁青马牵回来了。

雨，时小时大。

苏布德几个人在郎图章京倒地的地方乱成一团了。赛音吉雅拴上马，正要去郎图倒地的地方，雨又大起来了。雨一大，马群会顺风走散跑远。赛音吉雅勒转马头，又奔向马群。郎图章京醉酒后，经常摔下马来，赛音吉雅也背回来过几次，摔得多了，大家习以为常了。

“榆木脑袋该回来了！”坐立不安、进进出出望着远处的苏布德看见郎图章京摔下马背滚落下去。苏布德吼喊着跑了过去。郎图章京嘴角流血，头部可能让石头划破了，掉了几块皮，脸被灌木划伤，鲜血直流，短枪依旧挎在胸前。

苏布德看到这恐怖的一幕，头发根根竖起，拼命喊叫：“陶格斯，乌德巴拉！”

苏布德的叫喊声使陶格斯、乌德巴拉吃惊不小，大家跑出来，朝着苏布德身边走去。郎图章京血肉模糊，躺在地上，一点动静也没有，脖子上依然挎着短枪，一只脚还蹬着马镫。陶格斯看见，惊怕得心跳加速，全身冒冷汗。

她们扶起郎图。郎图翻白眼，微弱地呼吸着，肋骨断了几根，肩膀脱臼，胸口被马踢得严重肿胀了。

大家扶起郎图坐下。

“郎图，认识我吗？我是你的妻子苏布德！”苏布德喊了几次，郎图嘴角抖动，脑袋耷拉下来，胸口急促地起伏。

她们几个想扶起郎图进蒙古包，但是几个人合力也抬不动郎图。在瓢泼大雨中，几个人束手无策。只好跟蚂蚁搬家似的搬，一点点向前挪动时，乌力吉图跑过来了。乌力吉图也是大惊，帮助扶郎图，但是几个人还是扶不起来失去知觉的郎图。苏布德什么能力也没有，陶格斯、乌德巴拉两个女人力气不大，使不上劲。郎图章京的肋骨断了好几根，不能像拖拽正常人那样使劲拉拽，几个人努力了半天才挪动百余米。要是太使劲，郎图腿脚挣扎得厉害，只得等赛音吉雅回来。

太阳下山后，雨势减缓。远处出现了赛音吉雅赶马群的身影。赛音吉雅收回马群，放在离营地不远处，赶回营地，在马桩前下马拴上了。

苏布德挥手号叫："赛音吉雅，快来！这儿不行了——"

"到现在还没扶进蒙古包？看来摔得很重。"赛音吉雅心想着，快速跑过来，郎图章京软塌塌地躺着，毫无知觉。

"他不是经常摔下马吗？难道喝多睡着了吗？一会儿就醒过来了吧？"赛音吉雅说道。

苏布德急道："没那么容易醒来的样子，呼吸越来越微弱。快扶进蒙古包吧！"

赛音吉雅想抱起来，脑满肠肥的郎图，跟石头一样沉重。赛音吉雅力气大，把郎图的双手放在肩膀上背起来了。其他几个人，扶着郎图的双腿，费了九牛二虎之力，背进蒙古包让郎图躺下。

郎图章京的呼吸，时而急促时而缓慢，脸被划烂，鲜血直流。

"这是报应！把陶格斯、德力格尔其其格、其木格折磨得跟现在的自己一样。天不佑你——"赛音吉雅心想，他盯着郎图。

苏布德、乌德巴拉合力脱了郎图章京潮湿的衣服，换了干衣服。郎图的胸口一大片青紫，内脏受伤严重，呼吸间断，肩膀骨头碎裂。

赛音吉雅叹道："章京大人的伤严重了！"

苏布德眼睛快跳出来一样放光，嗓子发颤道："弟弟！你看怎么办？要不要请医生？"

赛音吉雅摇头："神仙来了也无济于事。看他呼吸急促的样子，无论如何等等看情况吧！"

赛音吉雅说完，佣人们各自回蒙古包去了。只留下苏布德守在郎图身旁大声痛哭。

为人太过残暴、杀人不眨眼的狂妄暴虐的章京，佣人们虽然痛恨他，但看他在生死边缘挣扎，大家也不由得心情沉重。唉！人不能造孽，最后会受到报应。佛经云：“前因后果，报应不爽。”这真是报应！

佣人们回蒙古包，点火吃了点稀饭。下了一整天的雨，破烂毡房漏雨，被褥全被打湿。大家把被褥烤在炉火前，烤干了，正准备睡觉。

正这时，传来苏布德大哭的声音：“章京大人去世了！”

佣人们急忙起来跑出去，此时已经是半夜了。

乌力吉图走近章京大人身边，推了推：“早就去世了。身体已经僵硬了，拿来哈达！”苏布德从柜子中拿出白色哈达，递了过去。赛音吉雅、乌力吉图，用哈达恭敬地盖住了章京的脸。就这样不可一世的章京大人奔向地狱了。苏布德除了哭泣，什么主见也没有。赛音吉雅等天一亮，派人通知了章京的亲戚、朋友，并上报了衙门。

秋末的天气，白天很热。大家怕郎图尸体发臭，蒙古包西边搭起了小棚子，点了长明灯煨桑。怕身上的皮肉坏掉，擦拭着强酸奶。

中午，郎图章京的表姐倔米德格赶来了。

她仔细检查了弟弟的尸身：“世上唯一的弟弟走了。他死还不如我这七十岁的死了好。我的靠山，唯一的弟弟——天呀，为什么让弟弟走了呀？喝那黄汤不到五十就走了。让你少喝酒，姐姐不是劝过多次吗？你不听话，成现在这样了。短枪在我家收藏来着，要打什么猎，出来被马拖——”双手拍打着地面哭泣。苏布德跪坐在表姐身旁，大声痛哭。

郎图章京去世两日了。远近的亲戚、朋友、官——来了很多人。在舅舅家的布恩布格，哭泣着回来了。

旗衙门派来了叫花扎木苏的人，他带领几个兵丁。在苏布德夫人处，仔细询问了郎图章京最近情况和过世前的一些状况，又掀开尸体上的覆盖物，检查伤口做了记录。把佣人一一叫来，了解了情况，后又叫上赛音吉雅、乌力吉图，查看了郎图章京摔下马的地方和被马拖拽的地方。

掌握全部情况后，花扎木苏让兵丁叫来苏布德夫人，说道："章京大人摔下马，被马拖拽致死，原因很清楚了。你不要过度悲伤，注意身体！丧葬的事情，你们亲戚间商量，我把调查情况上报衙门。"他收回了郎图章京的短枪，领兵丁回去了。

花扎木苏是旗衙门里掌管法律、审讯刑罚的官员。他为人认真、公正、勇敢，在旗里威望很高。前些年，突破日本人的包围，射杀过十几个鬼子，事情震惊了日本间谍机构总指挥部，因而，他英雄的美誉传遍了戈壁。

三日后，呼勒宝特的僧格道尔吉和赛音吉雅要把郎图章京的尸体送到野外安葬。

太阳还没升起。郎图营地上人声鼎沸，人们把郎图章京的尸体搬上骆驼，僧格道尔吉、赛音吉雅、乌力吉图等几个人，把章京的尸体送到郎图祖先的陵寝所在地查干哲格日盆地安葬了。全部仪式结束后，做了羊肉粥，请大家吃了。决定二十一天后，做场法事。前来送葬的人渐渐散去。

旗衙门下令，东苏木的百姓要戴孝二十一天，重新又派了新的章京官。新章京名叫巴雅尔。巴雅尔接受命令后来到郎图家。巴雅尔，朝气蓬勃，做事干练，人们称他为"迅猛巴雅尔"，在东戈壁深得人心，威望较高，和郎图章京有着天壤之别。以前，他在旗里担任军职，负责十人长，后又到旗法律衙门当值，他家住在乌力吉图赫尔的东北梁，中等生活家庭。

郎图章京的三七，请来巴彦宝日寺的诵经大师色日吉高朝喇嘛了。

新章京巴雅尔及郎图的亲朋好友聚集了四十几个人。色日吉高朝喇嘛念经诵佛，指明郎图章京魂魄前往的地方。苏布德杀羊招待了参加法事的来客。这次法会是有关郎图章京的最后一件盛事。来客们吃饱喝足后，按照习俗，羊骨头全部拿到郎图章京坟前烧掉了。赛音吉雅、僧格道尔吉几人领着喇嘛到郎图坟前，喇嘛念经，给郎图魂魄指了路。据老人说，死者的魂魄指过路才不会徘徊在生前的地方，到别处重新投胎轮回。

二十一天后，僧格道尔吉要返回了。

苏布德夫人流着眼泪，央求道："我怕独自一人在这里。半个月二十天的你再陪陪我！"

女儿布恩布格也叹气哭泣说道："唉，我失去了父亲，妈妈的命怎么这么苦？"

僧格道尔吉听出苏布德夫人的弦外之音："好好！但是家里还有几峰骆驼，蒙古包。要是没人看管，骆驼顺风走散了，蒙古包也成野耗子窝了！"

苏布德有意和僧格道尔吉搭伙过日子，心里暗自高兴，但脸上没露出来。

僧格道尔吉，瘦高个子、大眼睛、四十来岁的汉子。家里有为数不多的牲畜。去年，他出门办事，怀孕的妻子参加邻居家剪马鬃仪式，在回家的路上，被马摔下来，和肚子里的孩子一起遭遇了不幸。僧格道尔吉痛失妻子孩子，变成孤苦伶仃的人。

旦夕祸福，谁也无法预知。僧格道尔吉失去妻儿，正在痛苦中的人，看到刚失去丈夫的苏布德，从心里可怜她。于是，僧格道尔吉回去住上几日，再回来在苏布德那里过上几天，慢慢就把家迁过来一起过起了日子。诺颜仓叫走赛音吉雅去当马倌后，僧格道尔吉替赛音吉雅放马了。

女人的性情与男人有直接关系。古时，女人“嫁鸡随鸡、嫁狗随狗”真是有道理。苏布德和郎图章京在一起时，吃香喝辣的，打骂欺凌佣人。可现在却知道收敛了，在僧格道尔吉的劝说下，干起了家务活儿，甚至有时跟着僧格道尔吉骑马出去放马。

郎图章京死后，佣人们安心了。苏布德受僧格道尔吉的影响，对佣人的态度转变了。陶格斯虽然摆脱了皮肉之苦，却对妹妹思念更盛。“可怜的陶笛不知道怎么样了？”

丁亥年秋天的最后一个月。戈壁牧民迁往冬营地。郎图章京家，在布格日澈山梁后面峡谷里长有几棵树的盆地过冬。章京死后，迁冬营地的时间拖延了很久。

苏布德急着说道：“该着手迁冬营地了，天气开始变冷了！”

僧格道尔吉说道：“不要着急，晚些迁去，牲畜会更加耐寒。”

有一日，衙门来人传达命令，让陶格斯去给人当儿媳妇。苏布德不高兴，指着章京刚过世没多久的理由，不想让陶格斯走。但胳膊拧不过大腿，无奈，衙门的命令不能违抗。苏布德无计可施，束手无策。

高勒苏木莫日根章京定好把陶格斯给他儿子当童养媳后的第三天，派人过来接陶格斯了。莫日根章京又安排盛大的宴席迎亲，选好了婚礼的司礼官，领新媳妇的嫂子等各色人员。

陶格斯刚放羊回来，苏布德挥手叫去了。陶格斯希望能请上几天假，想回去看看妹妹，急忙走进大蒙古包。蒙古包里坐着陌生人。“又出什么事了？”陶格斯冒冷汗了。苏布德叫陶格斯坐下，告诉她嫁人的事情。

陌生人说道：“愿意嫁人吗？”

陶格斯惊讶道：“我还小，不到结婚年龄！”

“不是到没到的问题，诺颜仓衙门已经下令了，叫你必须嫁！今天是八月十九，定在二十三送亲。送亲的事情，你们商量定夺！”陌生人说完，急忙回去了。

陶格斯无精打采地走出来。走进自己的小蒙古包，流着眼泪告诉乌力吉图、乌德巴拉嫁人的事。

第七章　乌鸦为谁筑巢窝？
姑娘为谁做嫁衣？

一、陶格斯的婚礼

高勒苏木莫日根章京给儿子娶媳妇，场面盛大，热闹非凡。

臭味莫日根是高勒苏木的富户。在古日斑哈西雅图过了一夏天，刚迁到阿拉格布格特日的冬营地。位于套海湖南面的阿拉格布格特日到查干哈马日广袤的草原，东临大片黑色梭梭林，沿着套海湖，水草丰美，是后戈壁的风水宝地。

臭味莫日根戴上章京帽子时间不长，但威望在后戈壁很高。他有一儿一女，四口人家。臭味莫日根今年五十岁。因身上有狐臭味，人们称他为臭味莫日根。妻子斯博乐，破锣般的嗓音，人们称为破锣斯博乐。女儿查干花日今年十八岁了，儿子都石才九岁。

他们家的佣人众多。除了傻子散皮勒外，其他佣人，干得最长的也就两年时间。不知是不是这个原因？臭味莫日根以给自己九岁的儿子娶媳妇为名，其实是想找个长期使唤的佣人。莫日根从别处听说了陶格斯，认为她最合适，于是决定娶过来。

那是秋末的一天，莫日根章京到旗衙门碰到了德力格尔都统。

旧识的二人推杯换盏间，莫日根章京说道："我们家缺少劳力，好点的都让诺颜仓叫走了，用不长。我想找一个能常用的佣人！您给我介绍一个二十岁以下，勤快能干的人！我不会亏待您！"

德力格尔都统听出弦外之音，直接问道："您是给您儿子娶媳妇吗？"

莫日根章京呷了一口酒："不瞒您！娶来当儿媳妇，就成家里人了，使唤方便，是不是？"龇着大黄牙笑。

"你是神机妙算，不给一分钱就有佣人了。嘿，有一个合适的人！有个叫陶格斯的孤儿，今年刚十七岁。去年在我那儿干了一年多，今年夏天被郎图章京接走了。干活利索，人又勤快，就让她在你家用到你儿子长大成人为止。郎图章京已经去世了，谁都做不了她的主！"

捡到宝贝似的莫日根章京回家后就着手准备迎娶的事。他在冬营地新搭了几座蒙古包，主蒙古包的外围哈那换成新的毡子，从远处看风光无限，坐落在戈壁美丽的套海湖畔，像洁白的鸿雁。

上层权贵互相勾结，织成利益网络是多少年沿袭下来一成不变的定律。临近婚期了，东苏木的巴雅尔章京，领了几个人来到了苏布德家，准备亲手把陶格斯体面地嫁出去。这不是尊重陶格斯，巴雅尔章京为的是巴结莫日根章京，提升自己的影响力。八月二十二下午，莫日根章京家迎亲的人悉数到场了，他们无论男女宾客，都穿着崭新的蒙古袍，风风光光地来到了苏布德家。

巴雅尔章京迎上去，献哈达，换鼻烟壶；"秋天安康？"跟迎亲的人们互相问安。

迎亲队里岁数稍大的男人，清清嗓子，说道："好！今秋，五畜兴旺，水草丰美，家庭安康。您这儿秋天过得安康？"

苏布德不悦道："就那样！男人刚去世，我们很难！"说着说着，嗓子颤抖，"我们多亏僧格道尔吉和巴雅尔章京了。家里最近又走了几个佣人。陶格斯成了主要帮手，现在嫁出去了，我更加缺少人手了——”

迎亲队伍中，有宝鲁德的儿子敖思尔、达木丁等人，迎亲的嫂子是德喜家的孟根其其格。双方亲戚聚集在大蒙古包中，谈天说地。小蒙古包中的陶格斯抱头痛哭，思绪混乱，越想越害怕，越害怕就想学其木格逃跑。“说着容易，做着难。真要是逃跑了，骑快马的人要是追过去，往脖子上一扔套马索，会把我拖死的。可嫁给乳臭未干的小孩子，明摆着是让我当一辈子的奴隶。一辈子受这羞辱苦难，真真谈何容易。奶奶在世时说过‘活着比成佛还难！’成佛的人谁也没亲眼见到过。嫁给小孩子过痛苦的日子才是苦中之苦——”

乌德巴拉等人好言安慰：“别哭了！明天就成新娘了。人命天定，没有你想得可怕。成了富贵人家的儿媳，住八个哈那的大蒙古包，说不定还享尽荣华富贵呢！”

大蒙古包的送亲晚宴，热闹异常。巴雅尔章京代表女方，安排好了座次。佛龛那边，家主打头坐了一排人，西边，敖思尔等人坐了一排。乌力吉图明日要送亲，坐在最上边的位子和敖思尔对坐。接亲的敖思尔、齐木德等人摆出全羊等礼品，敬酒献哈达。苏布德的脸色不停地变化着。陶格斯不是她的女儿，是她的佣人，这有辱她的脸面，她十分生气。但是苏木章京带头，要把婚礼办得有声有色，她也只得照办，也得装出高兴的样子。

僧格道尔吉看出苏布德的不悦，他说道：“丰收的秋天，双方结成亲家，举办婚宴，是无比高兴的喜事。老人不是说‘拉近距离的是骏马，亲近关系是女儿’吗？现在我们成亲家了。可我是帮助苏布德的人，苏布德才是主人，你们有什么说的话，就和苏布德说吧！”

敖思尔敬酒道：“今天，我们成一家人了。婚宴是男大当婚、女大当嫁。婚宴越长，寿命越长！”

婚宴继续着各种仪式，越发热闹了。苏布德喝了几杯酒后，脸变红了。她慢慢起身，打开柜子，拿出来一个红包袱，递给孟根其其格：“嘛！这不是吝啬人的脾气，是按照蒙古人的习俗；不是商人的性子，是遵循戈壁人的美德。这是我送给陶格斯的礼物！”

苏布德又从柜子拿出一把哈达，给迎亲的人每人一条哈达，献上了礼。

苏布德道：“我们这边送亲的人是乌力吉图、巴雅尔，嫂子是赞丹！”介绍了送亲方的人。赞丹是巴雅尔章京的夫人。

这时，乌拉特婚宴优美的歌声从蒙古包传出。送亲方的歌手开始唱道：

积福积德故
身心皆安康
贵重人心性
须弥般美壮

诸事皆和谐
诸州更和美
合诸事规则
宽广如大海

探究事理故
如日月明媚
欢聚皆幸福
花果般丰美

坐享那福泽

如雨水丰沛

斩断恶业法

公正如天理（引自奇·恩和翻译）

《造福》《缘福》《洪福》是乌拉特人婚宴开场的三首歌。歌手们，这样三个三个轮流唱完歌曲后，婚宴负责人拿出哈达、砖茶，赏了歌手。

婚宴推向高潮时，推进羊背，羊背宴开始了。把羊头有鼻子的一面冲向主座，摆放在桌子上。剥羊背的人，把银刀的刀把冲向婚宴主持人，跪倒在地。敖思尔接了刀，在羊背上划了一刀后再送还。这时，祝赞人敬酒，捧起手中的哈达，抬高左手，念诵《羊背祝词》：

祝愿美好平安

祝愿幸福安康

在那高山放牧的

洁白的肥羊

鼠年下的羔

牛年长大的

虎年成羯的

拴羊绳没拴过的

淘气儿没骑过的

从众羊中

选出的肥羊

在那优质草场上

喂吃鲜嫩草
长成体壮的
养成膘肥的
请那威望高的人
炖在铜制大锅里
盛在沉重大盘的
这羊有着
天窗般的尾巴
坚硬的双角
短粗的脖子
十二条脊骨
形美的腰肢
二十四根肋
宽美的肩甲
整齐的肱股
细长的腿脚
树叶般角质
绵绸的羊绒
把洁白的肥羊
摆放在旃檀桌上
有口福的
永享福的
辞藻优美的
传承下来的
把这祝词

祝赞到这里
赶着远路来的
骑着骏马到的
长辈贵客们
献给你们享用！

颂唱后，祝赞人给婚宴司仪敬上了杯中酒。敖思尔双手接住酒杯，从羊背上切下块儿肉，放在杯中，敬献了火神。接着剃羊背者，完成了羊背习俗，把肉盛在盘中摆放好了。宴席在欢乐的气氛中进行，完成了问女方岁数等多个环节的习俗。巴雅尔、僧格道尔吉、乌力吉图等人，银碗里斟满美酒，给男方迎亲的每个人敬上了三碗酒。酒歌重新响起，婚宴掀起了高潮。婚宴一直持续到天亮，到送亲的时候了。巴雅尔吩咐赞丹、孟根其其格等人搀扶陶格斯走进小蒙古包。男方带来了丝布里子的粉色缎袍一件、白色里子的丝布裤子一对、黑缎子布面鞋一双、绿色缎子腰带、青色头巾等衣物。新娘陶格斯穿戴整齐被带进了大蒙古包。让她跪拜佛像，并给参加婚宴的亲朋行礼。

苏布德多喝了几杯，有些头晕眼花，心想又少了一个好的佣人，感到心中遗憾，身体不由自主地摇晃。

敖思尔开玩笑道："是不是舍不得女儿离开？女孩子大了都要出嫁，不要太伤心！"

苏布德叹道："可怜的陶格斯要走了。虽然不是亲生的，我当亲生女儿一样爱护过！孩子你要好好的！"用手中的绿绸缎手巾，捂着脸哭泣。

这时，巴雅尔章京大声宣布："到了送亲时间！"大家喧闹着走出蒙古包。歌手唱起了送亲歌。

泉水般清澈　柳条般细长　贤淑人家女　出嫁时悲唱

圣水般清澈　柳条般细长　贤淑人家女　出嫁时悲唱

送亲歌那悲戚柔婉的歌声，穿透蒙古包，回荡在戈壁大地上。

此时，在马桩旁已经摆好了酒桌。银碗里斟满美酒，给男方的每个迎亲人敬上三碗酒。敖思尔把一碗酒敬天，一碗酒敬地，第三碗抿了一口，还了酒碗。

巴雅尔看着酒碗："出发前的上马酒，碗里的是你的，碗是我的！"劝敖思尔酒。敖思尔把剩下的酒一饮而尽。赞丹、孟根其其格等人都喝了酒，还回银碗。

迎亲队伍出发了。赞丹、孟根其其格扶着陶格斯上了马。送亲的人，给敖思尔递上羊头。敖思尔上马后，把羊头扔向左边。大家按顺时针方向，绕蒙古包三圈，迎着朝阳上路了。

临近中午，送亲的人到了套海湖。臭味莫日根营地的蒙古包外面驼马成群，穿着新衣服的人、戴官帽子的权贵富人、穿金戴银的格格、夫人们聚在一起，热闹异常。

送亲的人到了莫日根章京的家，绕营地三圈。妇女们扶下陶格斯，踏着铺了黑白相间毡子的地面，进入了大蒙古包。迎亲的其他人下马，喝了礼节性的准备好的酒。从蒙古包里窥视一切的破锣斯博乐，看见领来的儿媳妇是个成人大姑娘，斯博乐心里暗暗高兴，因为家里有常年使唤的佣人了。

大家结束了蒙古包外的迎亲礼仪后，进入了大蒙古包。大家互换鼻烟壶，坐到各自的座位上。佣人们盛了奶茶，摆上茶食，忙碌着。迎亲方的人，敬上酒进行见面的习俗和仪程。

臭味莫日根摆着威风："嘛！你们一路辛苦了！送亲迎亲的人都马不停蹄地赶路，大家现在稍作休息，现在客人还络绎不绝前来参加婚宴。中午摆酒席，结婚仪式正式开始。我们这边婚礼的司仪是巴图孟和台吉，有什么事情，跟巴图孟和台吉商量！"

巴图孟和台吉高个子、身体肥硕、黑红脸、眼睛眯缝、嗓音厚重的五十岁左右的汉子，台吉出身，住在米勒苏木。巴图孟和台吉能说会道，深明道理。他是个急性子，但做事严谨，经常出任婚礼的司仪。

来客们喝茶休息。耀武扬威的官家权贵们，从四面八方陆陆续续赶来，婚宴场面更加热闹了。德力格尔都统、长舌索米亚、棍布梅林——旗衙门有威望的官家权贵也都赶过来捧场。臭味莫日根大脑袋上戴着官帽，威风凛凛。和送亲方的人互相问安。送亲方的人在蒙古包中，摆上器皿、茶食、羊背，给客人敬酒。巴雅尔章京整理衣帽，银碗斟满鲜奶，给新娘和德力格尔都统等参加婚宴的贵客，每人敬了三碗。

德力格尔都统用手肘推了推棍布梅林："没办法啊，不是说'给的人站着，拿的人弯着吗？'"

棍布梅林转动眼睛："能站多长时间？就这一夜！明天该轮到他们弯腰了！"说着"嘿嘿嘿——"笑。

婚礼主持人安排好婚礼事宜，宣布道："好，现在到新郎新娘跪拜火神的时辰了！"

赞丹、乌德巴拉等人给陶格斯头上盖布，领了进来。小都石像跟着母亲的孩子一样，跟着进了蒙古包。炉火燃烧了。炉火前，蒙古包门口铺好的毯子上，让新人跪下了。小都石好奇地不时站起身来，东张西望。司仪耳语几句，让小孩子跪下了。

这时德力格尔都统问道："你媳妇是盖头帘的媳妇，还是不盖头帘媳妇？"

“不盖头帘的媳妇！”赞丹答完，掀开陶格斯的盖头巾了。掀开盖布后，陶格斯睁眼望去，认出桌子上方坐着的德力格尔都统和夫人茹乐吉德玛。陶格斯内心不安。“肯定是这两个坏蛋的阴谋。这些坏心眼的人，折磨我、惩罚我还不满足，还出这样的馊主意！”心想着，怒火上蹿。但是身不由己，只得逆来顺受，陶格斯眼睛噙满泪水跪着。

“给火神磕三头！”司仪喊道。

赞丹夫人按住新郎新娘的头刚要磕头。

都石爬起来：“干什么？脑袋快要烧坏了！”跑了出去。客人们见状，暗暗发笑，尽量不发出声音。“还是太小，‘孩子长大，毡子抻长’！会有懂事的一天的！”互相低声议论。

陶格斯独自一人跪拜。她的头发分开梳好了，戴上六个穗子的头带和网钗。这种梳妆表示，陶格斯从少女变成有夫之妇，成了人家的妻子了。跪拜火神后，赞丹、乌德巴拉带出新娘了。

婚宴开始敬酒唱歌。大家喝酒取乐、唱歌跳舞到了深夜。这时摆出整羊宴，念诵祝词，开始唱歌。之后，结束了婚礼的全部仪式。客人喝得满脸通红，大声喊叫着互相劝酒。客人们都喝高了，粗细嗓音中夹杂着歌声。

巴图孟和台吉走进来，吩咐道：“婚宴快要结束了，客人们休息吧！送亲的带头人，看看从哪个方向回去再回来！”

巴雅尔年轻力壮酒量大，乌力吉图却有些喝高了，身体摇晃着。巴雅尔领上乌力吉图、赞丹走到离马桩百步多的地方返回来。

巴雅尔向大家问安道：“大家好？”

巴图孟和台吉说道：“好，现在成了一家人。再喝点酒就休息吧！”

婚宴又持续半个钟头结束了。人们稍作休息后，洗手洗脸，穿戴好衣物。太阳升起来了。送亲方的人，到大蒙古包，喝茶醒酒。这时，重新摆上酒桌，开始了送别送亲人的宴席。双方互相敬酒，劝酒，婚宴歌曲重又响起来。昨晚喝高的乌力吉图举杯痛饮，来者不拒。喝了几盅后：

骑上黄骠马
奔向故乡土
亲朋齐团圆
举杯乐悠悠

唱了长调歌曲，巴雅尔接着唱道：

骑上高骏马
穿越千里路
亲朋齐团圆
举杯乐悠悠

响亮的嗓音唱起来。这时，从男方的客人中，一个妇女打断他人：

路边生长的榆树
风吹日晒不变质
年轻相爱的恋人
千难万险不易志

长成高山若崩塌
不如沙粒自由飞

互成恋人若分开
不如当初不相识

莫日根章京和斯博乐心中不悦。心想，“唱这种不吉利的歌曲！”暗暗生气。来客们也不高兴，沉默着。巴雅尔为了打破尴尬的场面，重新唱起：

穿越草地奔向你
问候吉祥今别离
穿越盆地奔向你
问候安康今别离

他唱完后，领上送亲的几个人要出发。男方的人，谁也没拦住。他们走进左边蒙古包和新娘陶格斯道别。陶格斯流着眼泪，想跟出来，被嫂子拉住了。乌拉特戈壁，有新娘不能随着送亲人出门的习俗。

送亲人虽然喝得酩酊大醉，但大家敏捷地跨上马背，抖动缰绳，绝尘而去。

二、虐待人的婆婆

凉爽的秋天远去，冬天的脚步悄悄临近。戈壁上风暴肆虐，飘落初冬的雪花。

莫日根章京缺少合适的羊倌，迎娶陶格斯就是为了让她放羊。陶格斯又开始每天放羊。这对习惯了放羊的陶格斯来说没什么难，但婆婆的脸色随着季节的变化，变幻莫测，进入冬天后更加冰冷了。斯博乐把结婚时候给陶格斯戴的头巾、头饰、发钗，过了三天全部收回来锁在柜子里了。虽然结婚当富人家儿媳了，但陶格斯的生活没有丝毫的变化。放羊回来后，准备饭菜、收拾干牛粪、柴火，做家务活儿，还要看护小都石，哄他睡觉，和他玩耍。都石才九岁，每天不是拴住羊圈中的几只瘦弱的羊，就是追赶牛犊玩耍。

有一次，畜群放出去后，小都石没有可玩耍的牲畜，就套狗玩耍。狗咬伤了都石的手腕。贪玩淘气的都石，要是没人看护，有被拴马桩上的马踢脑袋的危险。陶格斯放羊回来后又多了一项认真看管都石的任务。她这个媳妇和买来的奴隶一样。

早上太阳出来前去前德门呼都格拉水。井位于前德门呼楞西边洼地前的山里。据说，哈日嘎纳寺的喇嘛们挖了三年才挖出了水。井水深达七丈，用皮桶打水需要体力。陶格斯每天早上拉回两大桶的水，稍慢了就被婆婆骂；卸下水桶，匆忙喝早茶，去放羊；还得背上大背筐拾干牛粪，没有丝毫的空闲。

一晚，陶格斯结束一天的忙碌后正要休息。斯博乐走进她的蒙古包来，摆出婆婆的谱儿，给陶格斯灌输做人的道理。

“你现在已经成人家的媳妇了！作为人妻应该承担家里的一切。放羊回来，不用让人说，主动承担家里的活儿。起早贪黑烧暖蒙古包、要准备饭菜、清理内外——尽力做好所有的活儿。你男人岁数小，你就是这家的主人。不用让我多说吧？你还没到吃香喝辣，尽情享受的时候。‘没学会干活，先学会偷懒’，现在你就是没学会干活儿，学会了懒惰！你要有教养，要懂得孝敬父母，疼爱男人！晚上抱你男人睡觉，经常清洗他身子，清理身上的虱子虮子。夜里叫起来小便，不要让他尿床。出错了别怨我！我作为婆婆，能疼你也能惩罚你。不听我的话，看我怎么收拾你——”连恐吓带教育，讲了一通家教后摇晃着身子走了。

陶格斯认为天下富人有共同点，那就是对待下人严苛。她每天不停地忙碌。除了替他们大小便外，能干的都干了，但婆婆还是唠叨个没完没了，稍不顺心就扇脸，用恶毒的语言咒骂陶格斯。

一天，由于陶格斯的双手冻麻木了，给都石盛热汤时溢出了点儿汤。

婆婆拿烧火棍，敲打陶格斯脑袋，大声喝骂：“给男人盛汤还洒出来？没有教养的东西！以后盛饭跪下双手上呈！这才是为人妻子应该做的！”

“这是什么婆婆？真是丧心病狂的人。我为什么踏进这家门槛？又碰上一个活阎王了！”陶格斯心想着，眼中噙满泪水。“唉，本想稍有闲暇，就回去看看妹妹，多么幼稚的想法？看这婆婆的脸色，说不定反而让我妹妹也给他们当奴隶——”想着想着心里难受。

入冬后大雪眷顾戈壁了，戈壁白茫茫一片。雪下得越大风暴越猛，有些地方的积雪，深不可测。腊月，积雪越积越厚，避风处和盆地都被大雪覆盖如平地了，行走时，如不仔细观看，人畜有陷进积雪中的危险。放羊时，尽量选择山沿地带才安全，风雪太大山峦丘陵高地上没有积雪。但是风口严寒中，放羊够受罪的。陶格斯天天在风雪中奔跑，到了晚上双脚不听使唤。

天，风雪很人。陶格斯把羊群赶到西边的呼和朝鲁图的草地。羊群在山峦叠嶂中来回奔跑，互相顶撞。山羊啃着山沟边的灌木和草。陶格斯观察羊群时，经常带头的犄角向外叉开的母山羊，因抢吃草被别的山羊从山上顶掉在山沟里，山羊一只脚乱踢蹬挣扎。陶格斯急忙跑过去，从山沟里拽出来了。山羊的右后腿骨折了，断脚的羊，用三只脚蹦跳，发出“咩咩”的惨叫声。

晚上，陶格斯赶羊群回到家。

莫日根章京娇生惯养的女儿查干花日看见了羊群后面三只腿蹦跳的

山羊，被鬼撵似的跑进蒙古包，添油加醋地说道：“羊群带头的歪角白山羊伤了腿，跟不上羊群了。肯定是陶格斯打断的！”

对坐在桌前吃新鲜羊肉的莫日根夫妻二人赶忙跑到羊群跟前。“为什么打断山羊腿？”莫日根章京怒道。

“呼和朝鲁图山上太过拥挤，吃草时被别的山羊顶掉山沟摔断了腿！”陶格斯答道。

莫日根章京不相信陶格斯说的话：“羊群放出去后，大都在山上吃草，从没摔断过腿！是不是因为经常带头跑，故意打断的？老这样打断羊腿，整群羊也会损失殆尽的！”

“不相信你现在去看！山羊摔下去后我扶起来的痕迹还在！”

莫日根章京怒不可遏，道：“为了证明这个，大雪天我还跑一趟？做错了还不承认，还顶嘴！”抬起尖角的靴子，往陶格斯的小腿上踢了一脚，又扇了一巴掌。

“你不分青红皂白冤枉我。当公公的人还能殴打儿媳妇？你们太不讲道理了！”陶格斯捂着脸，退了几步站好。

破锣斯博乐说道：“歪角白山羊比你还懂事。多么大的风雪天，也能领羊群找到回家的路，不会说话但比人聪明。你能和它比吗？”张牙舞爪走上前要扇陶格斯。

陶格斯躲开几步，道：“你们家羊要是有自己能回来的本事，还用我放羊做什么？”顶了一句。

“行了行了。羊腿断了还争论什么？赶紧用木头固定包好！”莫日根章京领上妻子，返回蒙古包了。

陶格斯冻了一天的身体有些受不了，跟进蒙古包里正要取暖。

斯博乐瞪着眼睛：“还有心取暖？快找到木板，夹好羊腿！”

陶格斯从柴火堆里找来笔直的细木条，按倒山羊，正用粗布固定断腿。

斯博乐说道："能那样夹吗？饭桶，什么也不会！"扇了陶格斯一耳光。

陶格斯也生气道："那你夹吧！"扔下木条，走回蒙古包去了。

"你还想教训我？"斯博乐翻白眼暴跳如雷，陶格斯没有理睬回了蒙古包。

斯博乐跟到门口："今晚你不能到大蒙古包吃饭，饭吃多了，脾气也大了——"喝骂着走回蒙古包了。

陶格斯点炉子，烧暖蒙古包。奶茶里放了一把炒米喝了睡觉。

第二天，陶格斯起床时，昨天被扇的脸红肿了，热辣辣地疼痛，浑身也觉无力。

这时，查干花日走进来："叫你去大蒙古包呢！"说完，噔噔走出去了。

斯博乐不高兴地说道："快吃！"指了指桌上的羊杂、啃过的几根骨头。陶格斯盛茶泡上炒米吃了。陶格斯正要赶羊群去放牧。

斯博乐跟出来，喊叫："注意点，别再伤了羊！"

戈壁牧民忙着迎接新年。莫日根章京骑上栗公驼，去川井买办新年货物。他一旦出了门，便多日不着家，走衙门串富户。尤其到了德力格尔都统家，他会待上几天喝酒玩耍，忘记回家。富人的生活都是如此，闲逛喝酒，找女人取乐，回来打骂佣人——榨取别人的劳力，养活自己，享尽荣华富贵。

风暴大的一天。戈壁的大雪天一旦刮风，就会变成大风暴，畜群随风走散。陶格斯在风暴中来回奔跑，防止丢失羊。越怕越出事，又一只瘦弱的羊羔跟不上羊群了。无奈，陶格斯放在背筐里，赶着羊群回来。她刚进蒙古包喝茶，牛倌散皮勒也哆哆嗦嗦地走进来了。

傻散皮勒冻得嘴角颤抖："一头两岁褐黑牛犊跟不上牛群趴下了。我把牛犊躺下的地方的积雪清理好，让牛犊躺在避风处回来了。风暴要继续的话，牛犊会冻死在那儿。"

斯博乐脸色大变道："畜群快损失殆尽了！今天陶格斯背回来了一只羊羔。佛祖呀，相信佣人，要出大事了。你们是什么人？快想办法去把牛犊弄回来！今晚不得让狼叼走了？快吃饭，想办法弄回来！"

傻散皮勒是单身汉。无家可归的他，给这家人放牛放驼养活自己。莫日根章京迁到这里已有几年光景了。傻散皮勒放了多年的畜群，经验丰富，谙熟放牧的技巧。但他脾气上来了，不给任何人脸面，因此，人们称他为傻散皮勒。他活儿干得好、护理畜群有经验。莫日根章京哄骗夸赞使唤了多年。仰仗散皮勒，莫日根家的牛群驼群才顺利繁殖，成群结队。因此谁也不敢打骂傻散皮勒。

散皮勒喝着热茶，身体暖和了。

"大黑夜，怎么弄回那么大的牛犊？背不了！"散皮勒说道。

破锣斯博乐连哄带求地说道："你领上陶格斯去！想办法弄回来！丢了不可惜了吗？"

"那去看看吧！"散皮勒走出去，陶格斯跟出来了。

他们到了牛犊躺下的地方。风暴虽减弱，但夜里漆黑一片。两个人在黑夜中寻找，无论如何也找不到白天牛犊躺下的避风处。他们找遍丘陵地沟，不见牛犊踪影，找到深夜没找见，只得返回家。

"天太黑，找不到牛犊躺下的丘陵避风处。"散皮勒说道。

斯博乐说道："那怎么办？不冻死也得让狼叼走了。你应该好好记住牛犊躺下的地方！"

"那么多山怎么记住？周围又漆黑，地上的东西也看不清楚——"

斯博乐不作声了。黑夜去哪里寻找？大家无奈，各自回蒙古包躺下休息了。

时光如梭，到了腊月二十一。

两日后祭火，臭味莫日根要赶回家。喝了几天酒，他的身体受不了了，喉咙发炎发干。章京大人在太阳落山前赶到了家。

斯博乐看到男人，不悦道："快祭火了，忘了家，在哪儿闲游？"

臭味莫日根说道："又不是今天祭火？不还有两天吗？你是家里的章京，可我也是高勒苏木的章京。我扔下公务，待在家里，不得丢了章京帽子吗？明天我去叫罗布桑过来。祭火时念诵祭词招吉祥。这一年，畜群损失过多，繁殖缓慢，消消旧年的灾祸！"浑身无力、软塌塌地躺倒，嘴里直"哼哼"呻吟。

斯博乐看见男人的这副模样，心想，"不知道又上哪儿喝了几天酒，把自己弄成什么样子？"生气归生气，忍住没发作。

第二天太阳刚出山。莫日根章京换了一峰骆驼，到呼勒斯太寺接了罗布桑回来。陶格斯看见大肚子罗布桑，怒火上蹿，心想，"接来这坏蛋了！不知又会带来什么灾祸？"她躲进自己的蒙古包，仇恨和恐惧，使陶格斯思绪混乱。

那边蒙古包的喧嚣持续片刻后回归安静。"怎么了？都睡了吗？"陶格斯正胡乱猜想时，从外面传来查干花日的叫声："陶格斯！"

"干什么？"

"妈妈叫你过去！"

陶格斯加厚衣服，进入大蒙古包。大肚子罗布桑挺着大肚子，坐在上面喝茶。

罗布桑看见陶格斯，装出不认识的样子，问道："好像在哪儿见过，这是谁家姑娘？"

"不认识我了？您不是呼勒斯太寺的大肚子罗布桑吗？"怒火中烧的

陶格斯转过脸去。

大肚子罗布桑摸着光脑袋："哎呀，这么厉害！提我的大肚子，是你们家儿媳妇？"对莫日根章京问道。

莫日根章京训斥陶格斯："胡说什么？人家是活佛喇嘛、高德沙卜隆活佛，能乱说吗？没教养——"

陶格斯沉默片刻，指着罗布桑："就这大肚子，下咒害死了我一家人！还残暴地虐待过我和妹妹。后来把我发配远方，留下我妹妹，作为损失羊群的赔偿当作佣人了。现在不知怎么折磨她呢！我妹妹现在怎么样了？"质问罗布桑。

大肚子罗布桑摸着脑袋，瞪着像乌鸦般的眼睛："啊，认出来了，这是布赫的女儿！变这么厉害了。我杀了你父母吗？他是染上鼠疫了，命运不济的东西——"

陶格斯打断罗布桑的话，咬牙切齿道："是你咒死的！"

莫日根章京喝道："出去，回你蒙古包！跟客人胡说什么？嘴上没有把门的东西！"

陶格斯看着公公："公公你不知！这是满肚子坏水的东西。现在有可能下咒害你！"说完走了出去。

"仇人相见格外眼红"！"又碰上这满肚子坏水的畜生！"仇恨的火焰在陶格斯胸中乱窜。

大肚子罗布桑和莫日根章京通宵痛饮。大肚子罗布桑喝多了，把陶格斯奶奶和父母是怎么死的、哥哥怎么被土匪抓走的、舅舅彬巴以和红党串通的罪名被日本人杀害的经过和母亲在世时损失了寺产留下陶笛给当佣人的情况告诉了莫日根。

罗布桑摇晃着光头，对莫日根章京说道："你们娶了害人的儿媳！她会给你们带来灾祸。给独生子娶了什么媳妇？"拍打着大腿。

莫日根章京沉默着，望着罗布桑："喇嘛您诵经念佛多年！今天替我家禳灾驱邪吧！要不然，这个家就毁掉了。喇嘛您给驱邪吧！"

害怕至极的莫日根章京，不停地央求，给罗布桑敬酒。

第二天，吃喝毕。大肚子罗布桑拿起铃铛，打开经书，闭上眼，摇晃着铃铛，开始念经。装模作样，到了中午，结束了诵经活动。斯博乐摆桌，摆上满盆肉招待喇嘛。大肚子罗布桑和臭味莫日根二人举杯饮酒，聊了大半天。

太阳落山前，陶格斯赶了羊群回来。进蒙古包时，炉火上放着煮好的肉粥。

陶格斯正抱着炉火取暖，查干花日跑进来："妈妈叫你去吃饭！"

陶格斯走进蒙古包。炕桌上的盆子里盛满了羊后腿、羊前腿、羊头、羊蹄子。陶格斯在积雪中跑了一天饿极了，她吃喝后正清理碗筷。

斯博乐过来说道："清洗完了，叫上散皮勒来一趟！喇嘛活佛跟前不能多说话。作为媳妇应该懂规矩，注意要有教养！"

陶格斯叫上散皮勒，进入了大蒙古包。罗布桑刚吃完擦着嘴。莫日根章京喝得满脸通红。

莫日根章京说道："我儿媳妇的命如何？你给算个卦吧？"

大肚了罗布桑哼哼着，问陶格斯："今年多大了？"

"我妹妹怎么了？还在打骂折磨她呢吗？"陶格斯大声喝问。

大肚子罗布桑瞪眼睛："你妹妹不在我那儿！"

陶格斯急道："去哪里了？"

"我杀了她！"罗布桑跟老公牛一样发出吼叫声。

陶格斯头嗡嗡作响，站立不住。她发疯了似的使劲大哭，突然，控制不住自己的陶格斯，顺手抓起炉子边的烧火钳子，狠命扔向大肚子罗布桑的头，铁钳子砸在大肚子罗布桑头上，发出"砰！"的声响，罗布桑抱着头栽倒下去。

莫日根章京和斯博乐慌忙推开陶格斯："你疯了吗？"

莫日根章京要扇陶格斯耳光。

陶格斯一把抓住公公的手："那刽子手杀了我妹妹。我要报仇！"放声大哭。

莫日根章京脾气缓和道："媳妇你回蒙古包去，冷静点！"把陶格斯推出了大蒙古包。

莫日根章京和斯博乐看见大肚子罗布桑抱着头，躺在地上发出呻吟声。头上的鲜血顺着光头往下流。他们给罗布桑清洗血渍，烧了新毡子，按在伤口上止了血。罗布桑的头皮磕破了手指长短的口子。莫日根章京又拿出新布给包好了。

罗布桑呻吟，咒骂道："没有良心的东西！孤苦伶仃得快要饿死时，我接去抚养她。以怨报德吗？这臭丫头得了疯癫病。"

"你真杀了她妹妹？"莫日根问道。

"我杀她脏了手干什么？被她金巴叔叔接走了。我是为了让你疯媳妇生气才那么说的。"

莫日根、斯博乐面子上过不去，请来喇嘛让儿媳打了一顿，怕邻里说他们坏话。

大肚子罗布桑呻吟片刻："扶我一下，我起来！要错过祭火时间了！"抬头哼哼着，莫日根章京急忙扶起来，哼哼起来的喇嘛连祭火祝词也没能念诵。

"你们准备祭火神的祭品，祷告招吉祥吧！"

莫日根章京推推斯博乐，使眼色。斯博乐跑进陶格斯的蒙古包，陶格斯还在哭泣。

斯博乐走到跟前："你妹妹还在，说是你金巴叔叔接走了。你现在不要哭了，擦干眼泪去祭火！以后不能这样没教养，成了人家的媳妇，要学会包容，知道吗？”

陶格斯听了稍稍放心道：“喇嘛还说谎，差点让我发狂了。”跟着婆婆，进入大蒙古包。

莫日根章京把准备好的羊背献祭火神，大家跪拜火神后，祷告招吉祥。仪式结束，给火神敬上了食物的德吉（德吉：物之第一件），大家分食了食物。

祭火结束后，莫日根章京说道：“陶格斯，你回蒙古包睡觉吧！”

陶格斯出去后，莫日根章京道歉安慰着罗布桑。

“请来喇嘛诵经，出了这丢人的事。不要埋怨弟弟，唉！您也是，说那话——‘我唯一的妹妹在罗布桑那儿当佣人！现在断了音信，不知死活。我想去看她！’我媳妇求过我们。你戳伤了她心中最痛楚的地方！这才出了事，让您受苦了——”

大肚子罗布桑摸了一下伤口：“生死有命，没事儿。你媳妇的倔脾气我知道，她妹妹也跟她姐姐一样倔。好好治治她的倔脾气，不然会伤了你们。”

第二天，大肚子罗布桑的伤口好了点。莫日根章京送上重礼，送走了罗布桑。祭火事件就这样平息了。

新年，如期而至。戈壁，洋溢着欢声笑语，骑马骑驼的人来来回回，走家串户拜年。莫日根章京家也迎接新年，欢快地忙碌着。莫日根章京出门放了几串炮仗。炮声响彻山峦回荡许久。太阳出来前，大家出门祭拜了长生天。陶格斯也领着男人都石，给父母磕头得到祝福。礼仪结束后，陶格斯喝完早茶，照旧出去放羊了。富人到了新年，喜气洋洋，准备了吃不完的肉喝不尽的酒。拜新年的客人，从早开始络绎不绝，到了中午，远道的客人也赶过来了。富人家的客人接踵而至，送走一拨又迎接一拨。看家狗开始吠叫得欢实，到后来客人多了，它也懒得吠叫了。近邻的客人忙着回去，远道的客人反倒不着急。莫日根章京的客人除了亲戚，大多是带着红顶的权贵官人、威望高的贵族台吉、衙门里的公差。中午赶来的客人稳坐在家中，喝酒唱歌。喝到太阳偏西，大家都满脸通红。到了这时，客人们更加耐住酒力，一般不会喝醉。

太阳快落山时，陶格斯赶羊群回家来了。营地的拴马桩上，拴满了骆驼、马。大蒙古包里的宴席还在持续，歌声、劝酒声此起彼伏，大家有说有笑地合唱。陶格斯进大蒙古包吃了已经给她备好的饭菜，出来照料羊群。斯博乐叫了她。陶格斯重又进入大蒙古包，从众多客人中，陶格斯认出了秃子巴拉丹。巴拉丹的儿子乌苏如格，长成大男孩子了，跟查干花日互相抓手玩耍。

陶格斯半跪问安："大家安好，过年好吗？"

莫日根章京喝高了，嘴角不停抖动。"这是我儿媳妇，陶格斯！"给客人介绍。

巴拉丹眯眼看了许久："哎呀，布赫女儿长大了。小时候在我们家长大的，可怜的！你儿子的婚礼，我没来参加。章京大人给儿子娶了如画般漂亮的媳妇！"夸赞陶格斯。

莫日根章京给客人们敬酒："好，叫儿媳妇唱酒歌，让客人高兴！"

陶格斯知道的歌很少，小时候跟着母亲学过的几首歌还记得。

陶格斯正犹豫，客人喊叫："听儿媳妇的歌，助兴！"

陶格斯无奈清嗓子：

洁白美丽的鸿雁
嬉戏在呼勒斯太
远方的亲人归来

举杯畅饮迎旭日

洁白美丽的鸿雁
游弋在清澈湖泊
远方的亲人归来
举杯畅饮到拂晓

她唱了《鸿雁》。

大家夸赞陶格斯唱得好。陶格斯作为儿媳，从秃子巴拉丹开始，给每位客人敬酒，劝酒让客人喝尽。陶格斯出来后不久，蒙古包的宴席也收尾了。喝醉的客人摇摇晃晃走出来，骑上各自的马、骆驼四处散去。查干花日也待不住，解下拴马桩上的白驼，跟着乌苏如格不知去向了。

人们互相串门做客，过了正月十五后，后戈壁的新年氛围变淡，一切回归安静了。牧民又开始忙碌春天的接羔的活儿。陶格斯每天忙着背羊羔、擦羊羔、喂羊羔。这家今年下羔绵羊数近二百只、下羔山羊数一百多只，总共三百多只羊需要接羔，沉重的负担压在陶格斯肩上。虽然待产的母羊留在圈舍，但放出草场的母羊，每天的产羔也有十几只。这么多活儿，让陶格斯起早贪黑，废寝忘食地忙碌。婆婆的脸色依然阴沉，埋怨着不是捂死羊羔了就是埋怨让母山羊不要羊羔了、不喂饱羊羔，每天找各种不是，训斥喝骂陶格斯。

一天，陶格斯背羊羔时，突然头晕晕倒在地。在张嘎图花吃草的羊群，看见主人晕倒后顿时跑散了。下羊羔的母羊跑回羊圈，咩咩叫着寻找自己的羊羔。羊羔听见母羊的叫声，拥倒羊圈跑出来。斯博乐见乱哄哄的羊群，心想，“陶格斯准是在避风处睡着了。”她正生气时，散皮勒把驼群放在营地前的草场，赶着牛群回来了。太阳下山后，羊陆陆续续回来，仍不见陶格斯人影的斯博乐，怒气上蹿。

斯博乐吩咐散皮勒道："陶格斯那饭桶不会逃跑了去看她妹妹了吧？羊群早就陆续回来了，不见她的人影。你去草场看看！"

散皮勒惊讶道："该回来了！她早上说身体不舒服。是不是身体不适倒在外边了？"跨上骆驼，顺着羊群回来的路线寻去。让骆驼急速赶到张嘎图花后面的沙漠地，不见陶格斯的人影。天黑了，散皮勒大声喊叫"陶格斯！"中春季节的天气不太冷了。傻散皮勒找不到人只得回来。

第二天，远处的天空鱼肚大白。散皮勒骑上骆驼，赶到草场。一只母山羊下完羔，小羊羔正在吃奶。"陶格斯肯定就在这附近！"散皮勒心想，鞭打着骆驼继续寻找，终于看见躺在沙棘丛前的陶格斯。

散皮勒心里一阵发慌，"不会死了吧？"他走近陶格斯跟前。陶格斯正发出微弱的呼吸，口吐白沫，手脚冰凉。

"妹妹你怎么了？"散皮勒急问。

陶格斯嘴角抖动了一下，费了很大力气说道："昨天——昨天——胸闷难受——晕倒——"停了片刻，"一只母羊下羔——羊羔——"

"母羊和羊羔都在那儿。咱们快回吧！"散皮勒让骆驼跪倒，抱上陶格斯，骑上骆驼往营地慢慢回去。

这时，莫日根章京骑马正赶回家中。

蒙古包外边着急徘徊的斯博乐，迎了过去，生气道："你一出去就不知道回来。昨天，陶格斯把羊群放回来，自己不见人影。散皮勒昨晚没找到她，今早又去寻找了。我估计，陶格斯逃跑了！"

莫日根章京拴上马："能跑到哪里？等等散皮勒回来再说。真逃跑了，我骑马去把她抓回来！"二人刚进蒙古包，狗大声吠叫。

莫日根、斯博乐看见散皮勒抱着陶格斯骑驼赶回来了。两个人责怪着自己胡乱猜测陶格斯，急忙迎上去扶下了陶格斯。陶格斯浑身无力站立不住。几个人合力扶进去，让她躺下了。

莫日根说道：“怎么了？哪里疼？”

陶格斯说不出话。嘴动了动，不知在嘟囔着什么。散皮勒告诉莫日根，陶格斯躺下的地方一只羊下羔的事情。

散皮勒说道：“陶格斯说头疼恶心！”

斯博乐也悔恨自己瞎猜疑儿媳。责怪自己，看着男人说道：“快去请医生吧！”

莫日根章京马鞍还没来得及卸下，骑上马去请巴拉丹敖思尔医生。斯博乐拿来黄油，给陶格斯慢慢灌着。胃里有点食物后，给陶格斯揉搓手脚，透湿毛巾给擦了脸。

过了很久。陶格斯身体稍缓，张开嘴想要说话。

“婆婆，头疼——恶心——难受！”陶格斯声音微弱，模糊不清。

斯博乐安慰陶格斯：“你公公去请医生了，估计快回来了！坚持一下！”

小都石也坐在母亲身边：“妈妈，姐姐怎么了？”嘟着嘴看陶格斯。

“不是姐姐，是你妻子！现在还不知道自己有媳妇了？”斯博乐似训斥似逗笑地说道。十岁的都石还不明白妻子的含义，总是叫“姐姐！”陶格斯也对他说，“我是你姐姐！”所以都石习惯叫陶格斯为姐姐。天黑时，莫日根章京领上巴拉丹敖思尔医生回来了。从布格特日到毛和日到家里，是一整天的路程，心急的莫日根章京快马加鞭，天黑时赶回来了。

斯博乐问安盛茶。

“你家儿媳怎么样？”巴拉丹敖思尔医生喝茶问道。

斯博乐说道：“不太好，吃不进喝不了，呼吸急促，说不了话！”

巴拉丹敖思尔转身号脉，检查陶格斯的口、舌、眼睛：“唉，可怜的，这孩子伤风中暑了！心跳缓慢，要不快医治，有生命危险！”打开包裹拿出针灸，扎破陶格斯的十个手指头放血。这样扎针放血后，包上药：“现在给喝上！”

吃药后，又针灸按摩揉搓，治疗了几个钟头。

巴拉丹敖思尔医生说道：“你家儿媳常在外面跑吗？”

莫日根章京说道：“经常，放羊！”

巴拉丹敖思尔医生说道：“这孩子经常在外走动，受寒了，晚上又住太热的蒙古包，才导致的病！要是不吃药静养，有再犯病的危险。这种病无法根治。过会儿会好的！你们得给她好好治病！”

莫日根章京说道：“您既然来了就给好好治治！”

斯博乐也急道：“麻烦医生了！您住上几日，治好了再走吧。求您了！”央求着医生。

“不是住几天的事儿。现在好些了，但要再受风着凉，病还会犯！最近这半个月不能出门！”

治疗吃药后，陶格斯身体好了一些，呻吟声减弱，很快入睡了。第二天，自己能坐起，能说话了。巴拉丹敖思尔医生包了药，要急着回去。莫日根章京央求着再让医生住上几日。陶格斯身体好些能说话后，她和巴拉丹敖思尔医生聊天。巴拉丹敖思尔医生认识陶格斯，他给陶格斯的母亲看过病，像亲人一样。

“叔叔，您听过我妹妹的消息吗？”

“你以后都会知道的。前年秋天，你叔叔金巴接回家了。她现在过得很好，去年冬天我见过，长得越发漂亮懂事了！她帮助两个老人拾柴、拾牛粪，做家务活呢，现在没有受苦的厄运了！”医生告诉陶格斯。

陶格斯高兴道：“妹妹好就放心了。我唯一的妹妹，姐姐长大了，还不能照顾她！”陶格斯眼睛噙满泪水。

陶格斯按医生的吩咐，晚上喝了羊汤。吃了三天药后，陶格斯的病好了，但走路还很吃力，医生又加了补体力的药物后回家去了。陶格斯吃了一个月的药身体康复。白天在外边走走，根据自己身体状况，干些拾柴、拾牛粪的家务活。陶格斯慢慢适应了外边的天气后，开始放羊了。

入夏，到了剪羊毛、做奶食的季节。陶格斯每天忙得毫无闲暇。奇怪的是，闲惯了的人越发懒惰，勤快的人永远不知疲倦地劳作。在草场跟着羊群，陶格斯心情舒畅，忘记所有的烦恼。六月末，莫日根章京领上妻儿去塔尔寺朝圣拜佛。临走前，叫来吉格吉德老人，帮忙做活儿，给陶格斯作伴。家里只剩下散皮勒和她们老弱两人照看畜群，留守一大家子过日子。吉格吉德老人奶食品做得好，天天捣酸奶，做奶干子。没人唠叨了，陶格斯耳根清净了，干活多累也心情愉快。

一个月后，莫日根章京落魄地回来了。他们在回来的路上被山匪抢劫，从塔尔寺购买的珍珠宝物和快马被洗劫一空，只带着三峰骆驼，心情低落地归来。

三、披官服的豺狼

乌兰希布格山峦的高峰在远处的烟雾缭绕中巍峨矗立。古日斑哈西雅图东边碧绿的山峦是臭味莫日根的夏营地所在地。这里雨水丰沛草木茂密，有美丽的自然风景，是理想的牧场，在后戈壁，是数上等的好草场。它东南的嘎拉丹山、巴特尔敖包连绵起伏，东北与烟雾缭绕的索伦山相连，诉说着乌拉特戈壁的丰美富足。

臭味莫日根和破锣斯博乐贪慕这片美丽的草场，在这儿生活了多年。远近的人，夸赞臭味莫日根的草场风水好。但从塔尔寺回来的路上被土匪抢掠后，莫日根章京、斯博乐心里落下了病根，让他们寝食难安，日夜折磨他们。他们想起印度和西藏产的漂亮贵重的珊瑚、珍珠、绿宝石、玉石、金银首饰就心里难受。“怎么能碰上这倒霉的事？真如罗布桑活佛所说‘陶格斯害亲人！’‘给你们带来灾祸！’的那样吗？从前安稳顺利的生活，自娶了陶格斯后灾祸不断。陶格斯真的是灾祸根源吗？害了她自己一家人是真！真要给我们带来悲惨的灾祸吗？”斯博乐越想越怕。

“这儿媳——喇嘛说得也许有道理。陶格斯真要是害人的根源，灾祸很快就来了！”

枕着手侧躺的莫日根章京眼睛转动了一下，没有说话。斯博乐和莫日根章京心里有想法后另眼看待陶格斯，每天对陶格斯咒骂不断。

秋末。莫日根章京一家从古日斑哈西雅图夏营地，迁到了阿拉格布格特日的冬营地。秋天风大，刚入冬则飘起了雪花。入冬后，寒冷异常，柴火的用度猛增。陶格斯放羊时，背上背筐捡拾干牛粪，过十天半个月后和散皮勒一起用驼车拉回来。一个月后，营地前堆满了几大堆的牛粪，够用这家人一冬的烧柴了。

莫日根章京、斯博乐二人出门十几天没回来。回来时，拉来了一个破旧的蒙古包。把破蒙古包搭在陶格斯住的蒙古包东边。莫日根章京、斯博乐二人用旧毡子围好哈那和包顶。虽然破旧，够住几个人了。莫日根夫妻修缮破蒙古包后，决定让陶格斯住。陶格斯原先住的蒙古包当成了冬天接羔的圈舍。陶格斯和都石虽然在一起，但年小的都石离不开母亲，不愿意和陶格斯住，住上几天就回母亲那里。现在虽然搭了大的蒙古包，都石依然不愿意住，到了晚上哭闹着回母亲那里。天气越发寒冷，又破又旧的蒙古包总也烧不暖。莫日根章京也怕都石冻坏落下病，决定让都石回自己的大蒙古包住。

都石以前叫陶格斯“姐姐!”走得也近。最近，不知是不是父母不给陶格斯好脸色，还是不愿意和陶格斯同住的缘故，看见陶格斯就辱骂，拿石子扔她。不到十岁的孩子！陶格斯不往心里去，只是微笑着接受了。

冬至的戈壁，披上了厚厚的银装。快到接冬羔的时节了。莫日根章京雇来了一个叫布德白的老人帮忙。老人虽然岁数大了，但做起活来干练迅速。老人没有家，年轻时成了寡妇，至今独身一人，也不愿意待在亲戚家。老人在这家住上几个月小半年，就离开去了别处。老人是高兴时多住几个月，不高兴时一天也待不住的怪脾气。莫日根夫妻俩让布德白老人给陶格斯作伴住在新搭的蒙古包。老人虽然脾气古怪，但对陶格斯特别亲。“唉，跟我一样，从小孤苦伶仃的孩子，我当你是我干孙女吧!”老人可怜陶格斯。莫日根章京让布德白老人清理骆驼圈舍里的冻驼粪、喂养瘦弱的母山羊。布德白老人从小就干惯了放牧、拾捡牛粪、做奶食的活儿。老人又勤快仔细，几天之内就把圈舍清理好了。在别人屋檐下过日子，谈何容易。老人常说“穷人到死都是累死累活的命”。

一入腊月，更加寒冷难耐了。风暴肆虐，让后戈壁牧民胆战。虽然陶格斯住的蒙古包加厚过，但怎么能够抵挡住数九天的寒冷？蒙古包，上下透风，里面冷飕飕。老人和陶格斯整晚哆哆嗦嗦。陶格斯因得过病，怕冷。现在更加禁不住蒙古包里包外的寒冷了。陶格斯的肩膀、后背、手脚胀麻，疼痛难忍，每天行走在冰冷的雪地里放羊，更是十分吃力。

戈壁的风暴持续肆虐。陶格斯跟着羊群，腿脚背部疼痛，走不动路。好不容易熬过了一天，收了羊群赶回来。

收圈后，斯博乐清点羊群，问道：“经常走在羊群后边的几只老羊不见了。不会丢在草场了吧？”

陶格斯突然想起，如实说道：“那几只羊在阿拉格木日古澈格岩峰间吃草来着，大概落在那里了。我身体难受无力，忘记细看了！”

斯博乐脸色发黑，道：“入冬以后就断不了这事那事的，你怎么这么脆弱？现在天黑了，去哪里寻找？明天一早出去找回来！”喝骂着走回蒙古包了。

晚上，陶格斯没有睡好。她从上到下浑身疼痛，全身冰冷，哆哆嗦嗦发抖，难以入睡。

第二天黎明，陶格斯起床，去寻找丢失的羊。

散皮勒出来说：“你身体不好，我去找吧！”

散皮勒骑上了平时放牧骑的老骆驼，往阿拉格木日古澈格奔去。散皮勒寻找到阿拉格木日古澈格前面长满灌木的山沟，三只羊被狼撕掉了，狼吃了一只羊，另两只羊的肚子被掏出来了。“‘祸不单行’！又来了灾祸。可怜的陶格斯，命运为什么如此多舛？就那两口子的凶残，不知又怎么惩罚可怜的陶格斯！”散皮勒心想着，替陶格斯暗暗担心。

莫日根章京大发雷霆，跳起来往陶格斯的蒙古包跑去。陶格斯正给炉子添柴，莫日根章京一脚把陶格斯踢倒了，在她的背上狠命跺了几脚。

布德白老人看到这残暴的一幕，控制不住自己，生气道：“这孩子最近身体不好，夜里休息不好，整晚痛苦呻吟！你还这样折磨她干什么？为了三只羊，打死儿媳妇吗？”

“这样放羊挨到入春，整个羊群不得损失殆尽了吗？不给她尝尝苦滋味就不长记性！”

斯博乐：“这扫把星媳妇快要害死我们了——”吼叫着，两个人走出去了。

自这事情后，陶格斯身体更加虚弱，但她咬牙坚持着放羊。“在野外晕倒死掉就彻底脱离苦海了！”陶格斯想着，没对任何人说起自己虚弱的身体状况。

到了腊月十几，陶格斯病情加重，浑身发抖，放不了羊了。

莫日根、斯博乐也害怕。心想，“不请医生给她看病，过新年的时候，死了就麻烦了！”

于是莫日根章京叫上散皮勒吩咐道：“东边浩林呼都格有个叫孟和的医生，你牵上一峰老实的骆驼，请孟和医生过来吧！”

散皮勒牵上骆驼，太阳下山时赶了回来。吃喝后，莫日根、斯博乐，领着医生走进了陶格斯的蒙古包。

孟和医生仔细询问陶格斯的病情，号脉后揉搓疼痛处：“你儿媳妇的两个膝盖已经积水了，肺部有炎症。身上还有青紫，是掉下山崖了吗？外伤也严重！”

斯博乐说：“可能掉下山崖了。今年冬天的冰雪吓人——”

布德白老人说道：“把这孩子打得太残忍了！用皮靴踢踩，用柳条抽打。凶残地殴打，这孩子怎么能挨得住？”

医生说：“心跳缓慢，肝脾也有病症，最少也得吃上一个月的药静养才行，再拖延就有危险了！”

斯博乐不作声。一个月药费虽贵，但不能让人死在家里，她只得给陶格斯抓药吃药。

孟和医生决定第二天回去，他给斯博乐夫妻二人嘱咐注意事项。莫日根章京套上马鞍送回了孟和医生。孟和医生的诊断精准，药物也是自己配制，药力足、疗效好，因此请孟和医生的人络绎不绝，甚至外乡、外旗的人也过来请他看病。

四、陶格斯替人赴“死”

己丑年春三月。

冬天因雪大，地面湿润，有阳光避风处的草露出尖尖头了。羊群嗅着鲜草味道，来回奔跑。治疗一个月后，陶格斯的病情好了很多。但因经常被殴打，新伤旧病交替，不是这里疼就是那里疼，体力没有完全恢复。繁重的活儿，压得陶格斯两脚支撑不住身体，稍出错就要挨骂挨打，只得硬着头皮跟着羊群。

新年后，莫日根章京家接连出事了。莫日根夫妻两个人，片刻不得安心。

正月初九，大雪天。

莫日根章京和斯博乐二人把布德白老人赶出了家门。七十岁的老人背着大包裹在冰天雪地中迷了路，掉进积雪中冻死了。第二天，邻近放牧的牛倌看见后告诉了莫日根章京，又把这消息告诉了住在哈然额日格的老人的外甥女嘎初措。嘎初措听后大怒，“当初用老人时，求我才让去的，大雪天赶出家门，让老人冻死了！”嘎初措叫儿子到旗衙门上告了此事。旗衙门派来花扎木苏，调查了老人的事情，但未出结果。

后来，莫日根章京的羊群里进狼，撕掉十来只羊和三头牛。莫日根章京怨恨陶格斯，用十几只羊喂了狼，又狠狠打了一次。无法忍受的陶格斯拿上驼缰绳，跑到古日斑木日古澈格，想吊死在老榆树上，被散皮勒发现拦住了。短短几个月内，发生了很多事情。莫日根章京和斯博乐心里不安，寝食难安。他们俩把所有的灾祸根源归结到陶格斯身上，这妖魔儿媳来了后害了我们一家。他们俩痛恨陶格斯，折磨打骂得更加频繁了。

一晚，陶格斯赶着羊群疲惫不堪地回来。营地马桩上拴着莫日根章京的马和一匹海骝马。“不知又来了什么客人？”陶格斯揣想着，走进自己的蒙古包。

因家里灾祸不断，莫日根章京为了驱邪，请来了宝木布代寺的活佛尼玛道尔吉。尼玛道尔吉喇嘛是驱邪禳灾远近闻名的神人。喇嘛一般不出门做法事。章京大人的央求实在推不掉，这才来到这里。

陶格斯刚走进蒙古包。

斯博乐进来吩咐道：“你去大蒙古包！散皮勒也去！”“又不知要干什么？”陶格斯猜测着，走进大蒙古包。身体肥胖的大喇嘛坐在上座，桌子上摆满了奶食品、干果、糖果。

斯博乐跑前跑后，准备着好吃的食物。

莫日根章京脸色大好：“陶格斯！今晚在这儿吃吧！”

不一会儿，斯博乐摆上用黄油、葡萄、糖熬好的肉粥，大家吃喝了。

饭后，莫日根章京给佛像敬上佛灯，拿出长长的哈达献给喇嘛，跪拜了三下。

“上告活佛！从去年夏天开始，我们家里灾祸不断。我从塔尔寺回来路上，被土匪抢去了珍贵宝物，连骑的马都给抢掠一空了。最近，羊群被狼撕掉十来只羊。为什么灾祸这么多？请喇嘛给看看，求您给我们除灾辟邪吧！”说着把哈达敬上。

活佛尼玛道尔吉，打开包裹拿出算卦的物件，扔了三次，闭上眼，嘴里念念有词，又吹了几下。

喇嘛沉思了片刻，问道：“你们家附近有坟墓吗？”

莫日根章京立即答道：“有，东面山坡的呼和高峰西侧盆地有像坟墓的石堆，远看像躺下的羊。到现在我们没动过一块石头！”

“是这坟墓里的鬼魂在作祟！还有一个冤魂，徘徊在你们家附近不愿离去。大概不带走一个人不走！你们家有冤死的人吗？”喇嘛问道，口中念着经。

“家里没有冤死的。一个老佣人在东边哈日呼硕冻死过。我去年冬天叫来当佣人。正月初九，她要去外甥女家的路上，掉进积雪中冻死了。人不是我赶走的，是她自己执意要回去才走的——活佛上师念经作法除掉作祟的冤魂，给我们禳灾驱邪吧！”莫日根章京不停地磕头。

“从你们这儿索魂，必须带走一个才回去——”

斯博乐害怕得眼睛快蹦出来了，浑身抖动：“喇嘛，这些冤魂是不是我家儿媳带来的？我那儿媳天天垂头丧气的，病灾不断！”

活佛喇嘛观察了陶格斯的脸：“该是什么就是什么！那座古坟不是一般人的坟墓，也许是贵族官家的坟墓，你们的营地，坐落在它的上头就不对了！还有那冤魂索魂呢，你们肯定冤屈过它。还有一个原因是，你们娶媳妇的日子是丙喜鹊日，非常不吉利。你们营地风水不好，所以才灾祸不断！”

莫日根章京和斯博乐，骇得魂魄出窍而去，屁滚尿流，瞪大眼睛发愣。

“我们没有冤枉过它，那老人自己执意要走才冻死的。‘大雪天不能走！’我劝了多次。跟我一点关系没有——喇嘛，请您念经诵佛，给我们禳灾驱邪吧！”莫日根章京害怕得说话断断续续。

喇嘛闭眼念经，又扔了几下卦钱，看了许久。“只有一个办法！”

喇嘛还没说完，斯博乐眼睛亮了。问道：“什么办法？”

“用活人替冤魂，必须是活人！要不然你们家的灾祸会更多。谁去替，你们定！”

莫日根章京跪倒在喇嘛跟前：“喇嘛，就让儿媳去替吧！呼勒斯太寺的罗布桑沙卜隆也说过，‘你们家儿媳命硬克人，会给你们带来灾祸！’自娶了儿媳后才灾祸不断——儿媳去替！”

陶格斯听了心里咯噔一下。“凶残的莫日根章京把自己做的无数罪孽转嫁给我，让我替冤魂去死。现在怎么办？”陶格斯惊得六神无主。

喇嘛看看莫日根章京：“替冤魂，我决定不了谁去，你自己定！”

“就这么定了！这儿媳害够这家了，让她去替！”斯博乐也重复道。

陶格斯轮流盯着莫日根章京和斯博乐，哭泣道：“不是因为我，不是我害你们，是你们自己恶贯满盈。你们每天折磨抽打我，差一点没打死。今天，你们让我替冤魂去死，我回来带走你们——”

斯博乐竖起指头：“你才恶贯满盈，害死父母还不满足，还想害我们？妄想！”

喇嘛摇手道：“不要吵闹！活人替冤魂，不是去送命，只是骗冤魂迅速离去而已！你们先用面粉捏好冤魂！然后让替冤魂的人拿上去替它，替冤魂的人到了我指定的地方后点火烧掉面粉做的冤鬼，我会念经净化替冤魂的人，莫日根章京你再把人带回家来。谁去替？”

莫日根章京说道：“让陶格斯去！她和布德白老人一起住过，和老人一起害过病。”

喇嘛说道：“那明天陶格斯去，现在做好准备！”

到了晚上，莫日根和斯博乐忙着和面做冤鬼。

陶格斯、散皮勒回自己的蒙古包了。

“肯定点大火，要烧死我！”陶格斯捂脸哭泣。

散皮勒劝道：“不要担心！烧不死，哪有烧死活人的？衙门也不同意。到时候会有办法的，活人有菩萨庇佑！菩萨会救你的！这夫妻两个人真是丧尽天良了，布德白老人的魂魄会带走他们的——”安慰陶格斯。陶格斯哭泣了一夜。

第二天，莫日根章京一家从黎明开始忙碌了。莫日根、斯博乐为了驱鬼辟邪，带上面捏的鬼魂等东西，到了喇嘛指定的地方点火，回来叫陶格斯过去。喇嘛让陶格斯穿上了白色布子的衣服，抱上面捏的冤鬼，走向点火的地方。莫日根、斯博乐抱着喇嘛的法器。尼玛道尔吉喇嘛跟在陶格斯身后，时而摇晃着铃铛，时而吹着喇叭，口中念念有词，到了火堆旁。

“把面鬼扔进火堆烧掉，在火堆上跳三次！”喇嘛喝道。

陶格斯把抱来的东西扔进火里，来回跳了三次。穿的白布衣服的衣襟是松开的，见火便燃。

“快把衣服脱掉，扔进火里！”喇嘛喊道。

陶格斯脱掉衣服，扔进火里了。

喇嘛摇晃铃铛：“赔了你的命！快去轮回投胎吧！去去去！滚滚滚！”大喊几声，开始念经。替鬼仪式结束后，喇嘛拿经书，在陶格斯身上挥了挥，口中仍然念念有词，又让莫日根章京把带来的牲畜骨头全部扔进火堆了。

大家回家后洗脸洗手，喇嘛念经，净化了大家。喇嘛摆上桌子，打开经书，转动法轮招吉祥。

这样替冤魂的事情结束了！

让陶格斯替冤魂后，莫日根章京和斯博乐彻底放心了。莫日根和斯博乐认为，喇嘛的法术已经禳灾驱邪了，事后大家安静了一阵子。过了仲夏，这家里又出事了，弄得莫日根、斯博乐夫妻二人又不得消停。

一夜，在哈塞克山沟，莫日根章京的疾步黄驼被群狼猎捕，被掏空了内脏。莫日根章京和斯博乐疑神疑鬼，“冤魂肯定还没离去，它又出来害我们了！这样下去，会要了我们两个的老命！”心想着，又去请活佛喇嘛。这次到呼勒斯太寺请大肚子罗布桑。罗布桑去了塔尔寺，不在寺中。无奈的莫日根到宝木布代寺找尼玛道尔吉活佛，尼玛道尔吉活佛去了昆都仑寺，跑了几天两手空空一事无成。莫日根章京回来后，决定搬迁营地，但事情一个接一个，迁营地的事情也被拖了下来——

六月底，雨水减少，戈壁枯黄了。在炎热的天气里，畜群不老实吃草。不安分的山羊跑来跑去，绵羊耷拉脑袋拥挤在一起。戈壁的天气真是奇怪。越干旱炎热，就越刮热风，尘土飞扬。

一日，陶格斯起早，趁早上的凉爽，赶着羊群去放牧。突然彤云密布，黑压压地从天边压过来。在额勒斯太花西盆地放羊的陶格斯，看着天空，心想，“估计是要下雷雨了！”她赶紧收拢羊群。此时，狂风大作，沙石乱飞，要掀起山峦一般恐怖。羊群也顺风跑散。风暴刮起的沙子，不让人睁眼。陶格斯捂着脸，刚跑到羊群前面，雷鸣电闪乌云下压，下起了暴雨。倾盆大雨下了一阵，转变成雹子。刚剪完羊毛的光身羊，被雹子打得四处逃散开。陶格斯也被雹子砸得头嗡嗡疼痛，脸被划破了。陶格斯在大冰雹中无法行走，只得在山前避风处避雨。一会儿，虽然雹子稍缓，但雨势不减。陶格斯跑向羊群。羊群中，瘦弱的羊羔、母山羊被雹子砸倒躺下了。陶格斯在暴雨中，拼命奔跑也无力收拢被冰雹打散的羊群。冻坏的光身羊陷进积水中，挣扎着咩咩惨叫。雨水积满了盆地，积水中到处可见陷进去的瘦弱羊。“损失了这么多羊，莫日根、斯博乐会要了我的命！”陶格斯害怕，心怦怦乱跳。被冰冷的雨浇透的身子瑟瑟发抖，陶格斯快要支撑不住，随时都会倒下去。

“出事了，出大事了——现在怎么办？”陶格斯愣了一会儿，决定“三十六计走为上！”回去送命还不如趁大雨逃跑。陶格斯冒着倾盆大雨往西跑去，惊怕使得她不顾一切拼命逃奔，心头萦绕的只有“逃跑”二字！陶格斯跑出去一段距离后，雨势减弱，转变成小雨了。

陶格斯继续拼命奔跑，她跑过了查干哈马日、呼日古勒吉梁，到了阿都高勒北边丘陵地时，太阳开始落山了，远处的景色模糊起来。雨停了，天色变黑。“天黑了，没有人追来了！”陶格斯减缓了奔跑的速度。夜里，她通过了阿都高勒盆地、巴勒其日敖包。疲惫不堪的陶格斯，坐下休息喘口气后，再起身疾步向前走去。走了几个钟头后，到了一片滴雨未下的干旱地带。漆黑的夜幕中，周围静悄悄，偶尔碰见几峰躺着反刍的骆驼。“黑夜中，我会不会被狼吃掉！”陶格斯担心害怕。无论如何离开莫日根章京家很远了。放下心的陶格斯坐在有骆驼的灌木丛中想休息，但体力透支的她刚躺下就沉沉地睡去了。

骆驼叫声惊醒了陶格斯。天亮了。她环顾四周，北边有连绵不绝、巍峨的群山，西边有宽广的梁。“多么眼熟的地方！”陶格斯心想。她再仔细端详北面的山，情不自禁地喊道：“是淖彦套路盖！”陶格斯一家人在淖彦套路盖附近的布顿花放牧过呼勒斯太寺的畜群。“多么熟悉、亲切的地方！在这附近，还有我父母、奶奶永眠的地方！”泪水顺着陶格斯的脸颊流下来。

“我金巴叔叔家，在桑音哈西雅图过夏天，要是没换地方，不一会儿就能见到叔叔、婶婶和可怜的妹妹了！”陶格斯咬牙继续往前行进。跑了一整夜后，陶格斯迈不动两条腿了，人又饿又累，头晕眼花。陶格斯靠着灌木丛躺下休息。她几年前在这里放羊，对这里的地形了如指掌。陶格斯想起以往的事情，依稀在梦里。陶格斯到了中午，才坐起来。“现在去叔叔家！”陶格斯朝西前进。临近了桑音哈西雅图的北边盆地，盆地那边有骆驼正在吃草。“是不是叔叔家的骆驼？”陶格斯慢慢走近驼群。有个骑骆驼的人正赶过来。“是不是莫日根章京追来了？”陶格斯头发竖起，心跳加快。到了慌张不知所措的陶格斯前，骑驼人下了骆驼。陶格斯认出是放驼的叔叔丹巴。

陶格斯问安道：“叔叔好！”

丹巴看了一会儿：“哎呀，可怜的陶格斯姑娘。怎么跑到这里了孩子?”

陶格斯跑过去抱住丹巴叔叔，流下委屈的眼泪。丹巴从驼群里牵来一峰骆驼，让陶格斯骑自己的骆驼，自己骑着没有驼鞍的骆驼回家来了。丹巴的家，在这群山后面过夏天。当日陶格斯住在丹巴家。第二天，丹巴给两峰骆驼套上驼鞍，把陶格斯送到了她金巴叔叔家。

陶格斯见到叔叔和婶婶就像在梦里，十分高兴。“这是不是在做梦?”陶格斯不敢相信。妹妹陶笛去别人家帮忙了，陶格斯没见到日夜思念的妹妹。陶格斯把自己这几年来的苦难经历，告诉了叔叔婶婶。她边讲述边哭泣，几个人聊到深夜。

陶格斯虽然见到了在世上的唯一亲人，但害怕莫日根章京追来，被抓回去受他们的折磨，她颤抖着，问道：“叔叔！那活阎罗会找到这里抓我呢?”

金巴说：“不要害怕孩子，他找来了，也不让你走了。他要不讲理，我们去衙门告他。他冻死一个人，还用活人替冤鬼。他们还不满足？能无理取闹吗？这世道马上要变了。”

第八章　山外青山青　水外水涟漪　世界无限广　有缘终相聚

一、世间奇闻

陶格斯逃跑的那天，莫日根章京等到晚上，不见人畜的影子，和斯博乐两个人骑马出来寻找未果。雨虽然停了，但云层密布，外面依然黑漆漆。他们一边寻找一边喊叫，什么回音也没有，无奈下只得返回。

斯博乐拍大腿，叫苦连天。“不会连人带牲畜，都被洪水冲走了吧？”两个人胡乱猜测，又咒骂陶格斯，一夜没合眼。天刚一亮，莫日根章京、斯博乐、散皮勒三人，骑马骑驼出来寻找。草场上冻死的瘦弱羊尸体到处可见，莫日根和斯博乐的心像刀绞一样痛。循着死羊，寻到东南方向嘎拉丹山下的深沟中，找到了三百多只羊。半数羊群没有找到，除了大雨冰雹中冻死的一百多只羊，他们猜测，剩余的羊被洪水卷走了。

回来后，他们俩对陶格斯恨之入骨，口吐白沫地轮流咒骂陶格斯。

“饭桶把羊群扔掉逃跑了。坏种！只要你活着就逃不出我的手掌。等我抓回来后，把你嘴掰掉，抽心挖肺喂狗！”莫日根章京咬牙切齿地骂道。

斯博乐脸耷拉到胸前："毁掉家业根基了，财产都没有了。损失了几百只羊，现在我们怎么办？恶魔鬼怪、臭东西——把魔鬼请来毁掉了财产——"喊叫着在蒙古包里跺来跺去。

"别着急！我这就去找那坏种，估计跑到她金巴叔叔家了。"莫日根章京大口大口喝茶。

"让她消失吧！被洪水冲走了最好。替冤鬼那天应该烧死她，那样我们能损失这么多羊吗？不要再找回来那个恶魔附体的厉鬼了！"斯博乐喊道。

莫日根眼睛瞪大："那我们白白损失那么多羊？"大声吼叫。

"那恶魔能给你生出三百只羊吗？等到咱们儿子长大做主时，她也会把这家损失殆尽了。冻死的老鬼跟着她呢，再弄回来，会咬断咱们的脖子。你还没受够吗？自她来后，灾祸不断——"乱喊乱叫，大声痛哭。

莫日根再没吱声。

没人放羊，斯博乐亲自放羊。莫日根每天骑马出去寻找羊倌，但没有人愿意来。

莫日根夫妻二人冻死布德白老人、殴打陶格斯、用活人替冤魂的事被人们口口相传，后戈壁无人不知，人们都在谈论此事。布德白老人的外甥女嘎初措没闲着，隔三岔五到衙门上告。衙门把此事拖了很久。一日，嘎初措叫来了亲戚朋友十几个人，到乌拉特中公旗公爷那儿递了诉状，上告此事。公爷好言相劝，"尽快解决你们的事！你们回去等信！"让她们回去了。政治形势越发变幻莫测，内蒙古东部区解放了。内蒙古自治区政府在乌兰浩特成立，内蒙古中西部地区的革命风暴迅猛异常。政治形势不明朗的情况下，旗衙门、公爷也是观望，寻找出路。旗公爷接受布德白老人的诉状后，给衙门下令"妥善处理，平复百姓的情绪！"

莫日根章京跑了十来天没找到羊倌。中午回到家，刚一进蒙古包，心跳加速，感觉芒刺在背。“把恶魔换到另一处地狱。折磨她，让她求死不能，以解我心头之恨！”心想着，坐立不住，正准备要“去苏米亚家！”这时狗狂吠。莫日根章京从蒙古包门缝看见，马桩那边几个骑马的人正在下马。“什么人？”他正要出门迎接，旗衙门的花扎木苏领几个兵丁走进来了。

“给您送来不好的消息了。布德白老人冻死的事情，衙门已经查清楚了。决定撤掉你高勒苏木的章京职务，收回顶戴。你雇布德白老人当佣人，在大雪天赶出家门被冻死了，作为赔偿，衙门决定，判罚你五十只羊，十峰骆驼。”宣布了衙门的处理决定。

“不是我冻死的，是她自己执意要走的！”莫日根章京狡辩道。

花扎木苏打断道：“那也不能让那么大岁数的人，在大雪天独自回去，要走也是叫亲人来接，现在争辩无用。”

花扎木苏当天派人叫来嘎初措，让她把给老人赔偿的牲畜领走了。

陶格斯来到叔叔家已有一个多月时间了。她每天帮助叔叔放几峰骆驼，在家帮助婶婶做家务。能够留在世上唯一亲人家，陶格斯心满意足。她度过了活生生的阎罗殿，来到了人间天堂。

一日，她把骆驼赶到离家不远处，自己回到家中。

秋风送爽，候鸟成群结队，鸣叫在蔚蓝的天空中。远嫁的姑娘、远游的人怀念家乡。

陶格斯心想：“我要去找回妹妹！”她回到家中，金巴叔叔也回到家中，正在喝茶。

金巴说道：“孩子，好消息！”

吉布吉德说道：“喜事，上苍护佑。佛祖！”祷告着。

陶格斯：“叔叔、婶婶，什么大喜事？”

金巴喝着茶："莫日根的章京职务被撤了。旗衙门查清了布德白老人的事情。以大雪天赶出家门冻死老人的罪名，惩罚了莫日根五十只羊、十峰骆驼作为赔偿，以凶残的打骂折磨你，让你受伤，让你替冤魂等数罪并罚，撤掉了职务。驼倌散皮勒也去别处了。现在莫日根和斯博乐天天在家吵架，可能会出人命，莫日根那个活阎王，再不能找到这里——"

陶格斯高兴地抱住婶婶的脖子："这是真的吗？我再也不用看他们脸色了！"

吉布吉德："真的！坏透心了。莫日根做得太过分了，老天也会惩罚他的。"

"还有一个好消息！"金巴打断妻子的话，"你很快见到陶笛了。先别急！革命的火焰烧到了戈壁。穷苦牧民翻身得到解放了，要当家做主了——"

金巴又低下脑袋："据说，要赶走喇嘛活佛，要烧毁经书呢。这样的话寺庙会消失的！"

"叔叔，我们也能当家做主了？"陶格斯问道。

"当然可以，自己做自己的主，要过没有压迫的日子了！"

金巴家里喜气洋洋，大家高兴地谈论着。正这时狗叫声传来，吉布吉德和陶格斯看见岁数较大、骑骆驼的老人，正在马桩前下驼。

那人拴上骆驼，问安道："安好？秋天安康？"

吉布吉德还礼问安："安好？请进蒙古包！"

金巴认出了老人："那顺乌力吉！左眼跳得厉害，原来是和老弟相见的征兆呀！"互相问安进了蒙古包。

那顺乌力吉五十多岁、干瘦、黑脸汉子，没有孩子。放牧在桑音塔拉宝力高的驼群很多年了。他，人老实、勤快，看事情看得透透的心亮眼明的人，是金巴的旧识。

那顺乌力吉和金巴互换鼻烟壶：“岁月不饶人呀！现在我和你都变老了。当年，那威武凶猛的男子汉，现在变成唇塌齿落的老人了——”

“生老病死，是世间永恒不变的规律！”金巴给妻子点头示意。

正盛茶的吉布吉德，深谙丈夫的意思，开始点炉火煮肉。

那顺乌力吉看着陶格斯说道：“老哥！我跟您说个事。我放牧诺颜仓在棍宝力高的驼群，从没雇佣过人！现在老了，需要有人帮忙。我跟衙门说需要人。衙门下令，让我来求你，叫你侄女陶格斯去帮忙！我早就听过你家侄女的事情了，吃苦长大的孩子！不是说人要是老实本分，老天会庇佑吗？莫日根应该受到惩罚！”

陶格斯害怕至极。心想又要去当佣人。

陶格斯说道：“我哪里也不去。叔叔、婶婶岁数大了，需要照顾！”目不转睛地看着叔叔。

金巴叫苦道：“孩子，你不要担心！这叔叔人善良、老实，是懂事理的人。衙门下令了，不能不去，叔叔有空去看你。还能说什么，我侄女吃了太多苦，落下心病了！”

那顺乌力吉点了鼻烟：“不会让你吃苦，我是你叔叔的朋友。我像自己孩子一样，爱护你。现在衙门也乱成一团了。公爷刚过世，什么都乱糟糟。还不知道公爷的继承人是谁？时局正在变！”

金巴：“哎呀！公爷过世了吗？”

“是的，现在衙门上上下下都在戴孝。衙门也不像以前了，连说话也没底气了！”那顺乌力吉重新装上了烟袋。

“世道真要变！不是，革命到底革什么？”金巴望着那顺乌力吉问。

那顺乌力吉说道：“我也不清楚。那天衙门传令官棍楚克到我那儿说了很多。他说‘共产党来闹革命，部分穷人跟富人一样受到惩罚。共产党抢夺富人权贵的牲畜、财产，让他们当平民百姓，把穷人赶去做苦力。他们跟日本人一样凶残，你们不要瞎跟风，会吃亏！’他咒骂抵触革命。听别人说，革命不像棍楚克说的那样，说是共产党抓住土豪劣绅，惩罚他们没收他们的财产。推倒公爷的扎萨克，要建立人民政府，让人民自己当家做主。还有人说，推倒封建统治，建立叫什么社会主义的社会。不知道，不知道！总之世道要变！”

金巴接住话题：“无论如何，跟我们普通牧民没有关系！再坏，能比现在坏到哪里？要是真变好了，穷人就抬头做人了——”两个人正谈论时，吉布吉德摆上了酒肉。

旧相识的二人喝着酒，谈论着各种传闻奇事，到深夜才休息。

二、爱的依恋

晚秋的天气还未变冷，戈壁秋高气爽。

陶格斯来到那顺乌力吉家已有十来天了。那顺乌力吉家刚从秋营地迁过来，事情多，陶格斯十分忙碌，但没有了从前她在他处时的折磨和喝骂。那顺乌力吉家生活不是那么富足，算中等家庭，自己有百余只牲畜，委托亲戚放牧。老夫妻两口子，放牧诺颜仓的二百多峰骆驼。那顺乌力吉干活是把好手，很多事情自己都能解决。他为人老实直爽，对人热情。那顺乌力吉的妻子温杜拉老人心善，也是明白事理的人。夫妻二人没有孩子，他们想让陶格斯给他们当干女儿，老人们也把陶格斯当成亲生的孩子一样爱护。二十岁的陶格斯到处给人当佣人，但从没有像现在这样心安和感到温暖，感觉就像在自己的家里。陶格斯也把老人当成自己的亲父母一样敬重。

那顺乌力吉时常外出。陶格斯骑上老实的骆驼放驼群。夏天，这里虽然干旱，但到了秋天，雨下得好，草场上长满了灌木、梭梭、锦鸡草，草木茂密。骆驼在肥美的草场吃着草，不大走远，陶格斯也安心。晚上赶回驼群，收拾柴火、清理圈舍，帮助老人准备饭菜。饭后帮助老人挤驼奶。陶格斯把这里当成了自己家，不用别人说，自己抢着干活。温杜拉老人也高兴，心想真是“老来享了后辈人的福！孩子，你不要太累着自己，注意休息。该休息就休息，活儿永远做不完的！”老人时常劝慰陶格斯。

晴朗明媚的一天。

陶格斯骑着老实的公驼放驼群。驼绒蓬松、双峰傲立的骆驼啃着灌木、锦鸡，进入了洪格尔山西边长满茂密梭梭林的盆地。陶格斯把骆驼拴住，哼着《巴彦希布格》的曲调，缓步走上了洪谷尔山。洪谷尔山矗立在宽广的丘陵和山梁间，是座美丽的山。那顺乌力吉老人说过，“洪格尔山，会让人神清气爽”，陶格斯放驼后，天天来到近前，但从未登上过山顶。今天，陶格斯爬上山顶，远眺四周。金黄的深秋季节，戈壁，山峦连绵起伏，凉爽宜人的后戈壁上烟雾缭绕。远处的羊群像珍珠般散开，天空上白云像天鹅一样洁白，宽广的草场那头，牛群伴随着放牛人粗犷的歌声安然吃草。天边巍然耸立的山峰在阳光下闪着光芒，山麓上云朵飘浮。

陶格斯欣赏大自然美丽的景色，心潮澎湃。“多么美丽的地方！”心想在这片美丽的土地上生活比蜜还甜。想起小时候奶奶常说的“阿日宝木巴”的故事，萦绕在脑海。“我现在没有压迫、没有咒骂，幸福地过着日子。但不知道妹妹怎么样？不知又经历着怎样的痛苦苦难，是不是想起姐姐在哭泣呢？‘时光如梭’说的是真理！离开妹妹已经三年了，妹妹是不是长成大女孩子了！”想起可怜的妹妹，泪水在眼眶里打转。

陶格斯躺在地上，仰望天空。无边无际的天空像明镜般晴朗，一对大雁展开翅膀在深空中自由地飞翔，吟唱着美妙的歌声飞向南方。“多么美好！人还不如大自然中的飞禽鸟兽——”正胡思乱想，耳边传来了马蹄声靠近的声音。陶格斯缓缓抬起头，从南边，有一个骑白马、穿蓝袍子的汉子疾驰而来。“放马的人还是寻找丢失牲畜的人？”陶格斯正好奇，那汉子把马用马绊子绊住，抓着套马杆，缓步上山来。陶格斯看自己的骆驼依然在梭梭林吃草，有的从林中走出来，躺在梭梭林旁。

“秋天安好？”那汉子问安，走到陶格斯身旁。

陶格斯慌忙起身，问安：“路上可平安？”

那汉子是个身强力壮、高个子、黑脸的年轻人，双眼炯炯有神，说话谦虚。

“我是赛因呼都格东放牧的协理顿都格的儿子。叫朝伦！”那汉子介绍了自己。

陶格斯低声问道：“你是寻找牲畜吗？”

“我在放马呢！”朝伦往南指了指，“那远处的是我的马群！”

陶格斯顺着朝伦指的方向看了看。“协理的儿子也放马？”陶格斯正好奇。

朝伦问道：“西边盆地里的驼群是那顺乌力吉家的吧？您是？”

“是！那顺乌力吉家的驼群，我是给他家帮忙的陶格斯！”

朝伦目不转睛地望着陶格斯：“您是给莫日根章京家当佣人的陶格斯吗？”

陶格斯低下头：“是！我给那家人放过羊。现在遵照衙门的指示，来到那顺乌力吉家了。”

朝伦叹气道：“没见过你，但早听说过你的故事，你是饱受苦难的人。那莫日根是出名的恶人，恶名远播戈壁的东西南北，现在成了落水狗。可怜！”

未曾相识的两个年轻人，谈到太阳偏西。

临走，朝伦不停地挥手："明天在这里再见！"下山骑马，奔向南方。

陶格斯望着朝伦远去的背影，"多么亲和知礼的人！"陶格斯站立未动。朝伦跑出很远又回头挥手，陶格斯解开脖子上的粉色手巾，也久久挥舞着。

从那天开始陶格斯的心飞到了洪谷尔山。把驼群放在草场后，按约定在洪谷尔山和朝伦见面，两个人谈论着后戈壁的传说故事、新鲜事物。

那顺乌力吉稍得空闲，叫来陶格斯："孩子！从明天开始我放驼。你休息几天吧，秋天放驼非常累人！"

陶格斯说道："干爸！我不累，您要注意身体，岁数大的人太过劳累，容易得病。我去放驼，我已经是二十岁的大人了。"

"好，那随你意！如果太累身体不舒服，对我说吧！"那顺乌力吉说完，看着妻子，"陶格斯多懂事，我们借孩子的光了！"

"可不是吗？她是苍天保佑，赐给我们的！"老两口有说有笑。

陶格斯上洪谷尔山，朝伦已经来等她了。心心相印的两个年轻人，一见面就打开话匣了。

"陶格斯，我跟你说个事，你同意吗？"

"什么事？"

"同意才说，不同意就不能说！"

"同意。你说什么都同意！"

"真的？说了啊！"

"说吧！"

"我从心底里喜欢上你了！"

"喜欢怎样？"

“喜欢？喜欢，我们结婚，跪拜父母，生孩子——”朝伦看着陶格斯。

陶格斯脸通红，躲开朝伦的眼神，望向别处，低下头，捻着头发梢儿。

陶格斯沉默片刻，低声说道：“我已经嫁过人了！”

“莫日根九岁的儿子吗？那是欺骗、凌辱，再说你跟那户人家没有关系了，不要放在心上！”朝伦坚决地说道。

陶格斯说道：“你真的一辈子喜欢我吗？我是孤苦伶仃的穷苦人家的孩子！”

朝伦打断道：“一辈子！下辈子！下下辈子都不离开。你是我眼中最美丽、最可爱的姑娘，我要是不喜欢这样的姑娘，苍天会惩罚我的！你今年多大了？”

“十九——”

朝伦合掌祷告道：“我们同岁，真是天造地设。我是你哥，我正月初一的生日！”朝伦坐立不住，紧张得呼吸急促，问道，“陶格斯，你喜欢我吗？”

“喜欢！”陶格斯低声说完，用粉色的手巾捂住了脸，拼命跑向驼群。

各自表白的那天后，陶格斯再没上洪谷尔山。把驼群放牧在后面的梭梭林。她对自己说过的话感到脸红。“说喜欢人家男孩子，多么不知羞耻？他说真心喜欢我，还说生孩子！”陶格斯想起朝伦的话，捂住脸偷偷笑——“按他说的话，我就成了协理家的儿媳妇，要是协理大人跟莫日根章京一样凶残怎么办？无论如何，我喜欢朝伦，之前从没想过这个，我喜欢上别人的儿子了，苍天保佑吧！”她仰望上苍，跪拜祷告。

陶格斯晚上收驼群回来时，干妈准备好了饭，干爸坐在黑幕日喝酒。

那顺乌力吉捋着胡须：“孩子，累了吧？过来喝茶吃饭！”

“干爸，我不累！”

温杜拉老人盛茶给陶格斯，桌上已经摆上了羊肉包子。

饿极了的陶格斯，包子一摆上来，说道：“真香，好吃的包子！”把包子先给父母各夹了一个。

“天气开始变冷了，干爸把冬营地的棚舍加厚了有些累了，喝几盅酒！”

陶格斯洗刷碗筷后，跪在干父母的跟前：“干爸、干妈，我做错了事。你们能原谅吗？”低下头。

那顺乌力吉惊讶道：“孩子，怎么了？丢了骆驼？秋天的骆驼不会走远的。放心吧！”

陶格斯低下头沉默片刻，说道：“干爸，没丢骆驼。我喜欢上了一个黑小伙子！”

陶格斯心跳加速。

温杜拉老人眼睛瞪得老大：“孩子你喜欢谁了？”

“那边的朝伦。”

那顺乌力吉猛呷了一口酒：“你跟那孩子什么时候认识的？”

“认识十几天了！我把驼群放在盆地梭梭林后上洪谷尔山了，他放马群时上山来。我们两个，每天说话聊天——”

温杜拉老人说：“那可是协理家的儿子！他父母能同意吗？”看着丈夫。

那顺乌力吉沉思着，没有搭理老伴的话。

那顺乌力吉说：“孩子你有些冒失了，那孩子的父亲是旗协理！富贵人家，光牛羊牲畜就千余只。协理叫顿都格，和其他当官的不同。他为人勤快、朴实、正直、直爽，有远见的人，在中公旗威望很高。他多数时在家打理家业。富人权贵不是每个人都是残暴无道、懒惰、罪孽深重！顿都格协理深得牧民的拥戴。他妻子叫萨仁杜丽玛，聪慧、谨慎的人，自己做奶食品，手巧、心灵、记性好，也会做衣服、帽子，戈壁上被称为‘戈壁巧夫人’。‘人看起小，马看蹄走’，朝伦随他父母，从小勤快，从小又和牛马打交道，热爱牲畜，刚十几岁就拿上套马杆去放马了，驯烈马既有技巧又有力量，一般的烈马出不了几天，就在他手上老实了，驯赛马也是把好手。那年在敖包那达慕上他的黑骏马、飞白马，夺得了赛马冠军，让远近的牧民刮目相看。这家有几个公马的马群，都是朝伦自己看护。人和人不同，同样是富家孩子，和穷人家孩子一样，勤劳、朴实，但是，富贵人家的孩子能喜欢上普通牧民家的女儿吗？”

陶格斯低下头：“他肯定喜欢，可他父母——”

那顺乌力吉说道：“他喜欢就成了，他父母都是明白事理的人，应该不会干涉孩子的事！朝伦真要喜欢陶格斯，那干爸设宴嫁女儿！”把杯中酒一饮而尽。

“能不喜欢吗？这么漂亮，勤快老实的女孩子，谁都喜欢——苍天保佑我们！”温杜拉老人闭眼祷告。

又一个晴朗的日子。

陶格斯骑上老实的公驼，把驼群放好后，环顾四周，爬上了洪谷尔山。今天，总是提前来等她的朝伦还没来。马群在远处吃草。“他怎么了？我好几天没来，是不是怨恨我了？或者外出了吗？”心想着，解下粉色手巾，往远处久久地挥舞。不见朝伦的人影，陶格斯心怦怦跳。“我说了不该说的话了吗？真要那样，我该怎么办？现在他是我的一切，要是扔下我，我只有去死，别无他法——我从心底喜欢你朝伦，你快来呀！”低声自语。

陶格斯唱起了跟乌德巴拉姐姐学的《洁白的云》：

并排前进的白马
马嚼互碰声音脆
相恋已久的色仁布
永远牵绊我心扉

并排前行的黑马
马嚼互碰声音脆
相识多年的色仁布
是我心中的独爱

陶格斯清亮的嗓音刚传出，从山后传出来歌声：

天上云朵落雨水
初心不变终相守
天上云朵下甘霖
忠心不易会聚首

朝伦唱着歌走了出来。

陶格斯看见朝伦，再也控制不住自己，跑上去搂住朝伦。朝伦也抱紧了陶格斯的细腰，两颗年轻的心急速跳跃。

“你为什么躲着我，让我着急？”陶格斯说完，脸通红。“在荒无人烟的地方，搂抱一个男人！”害羞得陶格斯迅速放下手，推开了朝伦的手，到山避风处坐下了。朝伦也害羞得脸通红。

“我早来了，看不见你，我非常着急。正坐立不安时看见你驼群往这儿过来才放下心。等你靠近，想给你个惊喜，才躲起来的！”朝伦激动地说道。

陶格斯手指头轻轻按在朝伦脸上："傻瓜，让我难受得快哭了！"直盯着朝伦。长长的睫毛下黑亮的眼睛放出光，可爱的脸蛋泛着红晕。

朝伦说："我不忍心让你难受。前几天，你为什么没来？我每天在山上，等你到中午。等人时，时间过得太漫长。这几天真是难熬！责怪我自己太冒失，让你害怕了。你到底还是过来了。我现在就想把你抱在马背上带回家！告诉你好消息，我父母同意了，他们说，不阻拦我和心爱的人结婚成家！"

陶格斯再也控制不了自己，一把抓住朝伦厚大的双手："太好了——我干爸干妈也同意了！"

朝伦奇道："你干爸干妈是谁？"

陶格斯答道："那顺乌力吉和温杜拉！他们可怜我孤苦伶仃的，就让我给他们当干女儿了。菩萨心肠的两个老人，我一辈子要照顾他们！"

朝伦说："是的，他们真是好人。我们两家的草场连着，所以我们经常见面。陶格斯，我拜托你一件事。父母为了让我学知识，决定让我去旗公爷府私塾。大概一个月，或者半个月回家一趟。等我学知识了，我再教你知识！认我当老师吗？"

"认，我愿意一辈子当你学生！"亲了亲朝伦粗大的手。朝伦也握住陶格斯的大长辫子亲了一口。

陶格斯问道："你要是扔下我，再不回来怎么办？"

"我不回来去哪里？看情况，要是能学就学几天，不行就回来！你好好放你的驼群！"从怀里掏出包裹，拿出一个蓝色绸缎的手巾，缠在陶格斯的脖子上，又打开白色的小包裹拿出镶珍珠的金戒指给陶格斯戴上了。

"这么好的东西，是给我的吗？我没有享用的福分！"

朝伦说："给你的，你要成为富人的媳妇了。你真有福气——"两个人聊了很久——

陶格斯因为是普通牧民的孩子，被人呼来喝去，吃尽了苦头。她饱受心里折磨后，对自己没有信心了。"我真要成富人家的儿媳妇了吗？我的命运，会峰回路转了吗？"胡思乱想。

陶格斯低声问道："我真有那命吗？你是真心喜欢我吗？"

朝伦猛地站起大声喊道："我对天地发誓！洪谷尔山为我作证！我真心喜欢陶格斯！"

声音传出很远，在山峦间久久回荡。

三、失去主人的一群疯狗

戈壁在骇人的传闻和疑惑彷徨中，喧嚣不安了一冬，迎来了庚寅年的春天。戈壁上各种奇谈怪论传来传去。虽说"流言不可信"，但人们在信与不信之间迷茫，无法预知自己的命运。在贝尔河过冬的那顺乌力吉一家同样没躲开戈壁上沸沸扬扬的传言流语。整一个冬天在害怕、不安中，心惊肉跳地度过。富贵人家，藏匿自己贵重的财宝，穷人则是三五成群，逃往外蒙古和阿拉善等地。山匪也是时常下来，抢夺戈壁牧民，赶走他们的牲畜、杀人越货。不放心陶格斯一人在外，那顺乌力吉自己放驼，让陶格斯帮助家里做活。

入春后的一天。那顺乌力吉刚过中午就把驼群赶回来，在离营地不远处放好，回到家中。他刚要喝茶，外面看家狗叫起来。两个骑马的人在马桩前下了马。陶格斯看见二人像公差，穿着旧军服，背着长枪。

"您好？"陶格斯问安，那两个人也问安，进了蒙古包。

"你们还没动身？共产党的部队打进戈壁了。过不了多久，后戈壁都成共产党的天下了！德王也从阿拉善跑到了外蒙古，你们还等什么？等着要送命吗？那些‘人民解放军’是蟒古斯般凶残，他们抢走富人的牛羊牲畜后，把人绑在马桩上打死他们。穷人则是被他们的刀枪挖心掏肺了——让那些凶残的人杀害，还不如现在就逃走！”吓唬老人道。

那顺乌力吉说道：“我们能去哪儿？要是丢失了诺颜仓的驼群，同样掉脑袋！天塌下来也只得等着，别无他路！”

“我们传达了衙门的命令，走不走你们自己决定！现在贝尔河、杜楞河几家牧民还没走，其余的牧民都逃跑了。你们等着让‘人民解放军’掐断脖子，被军马拖死时会后悔的！”生气地训斥一通走了。

那两个传令兵走后，陶格斯跑进来：“干爸干妈你们别害怕！他们在吓唬我们。共产党人民解放军可能不是那样凶残的人。去年朝伦哥跟我说过‘穷苦牧民当家做主的日子马上到来了，共产党人民解放军要建立人民政府，给穷苦人们自由——’这些人散布谣言，蛊惑普通牧民呢！”

那顺乌力吉叹道：“唉，不知道哪个是真。西河，杜楞河的哈日夫、双胡尔都迁走了。我们瞎跟着跑什么。外蒙古也加强了边境的管理，拦住逃散的人群。等等吧！”点上香，对佛祖跪拜祷告。老人每日三次的拜佛从没间断过。

寒冷的北风吹来，天空阴沉，飘起了雪花。那顺乌力吉正出去放牧驼群，看家狗狂吠叫。那顺乌力吉看见十几个骑马的人越过前面山坡而来。有的穿着军服，有的穿着皮衣。在马桩下马后，推搡着一个高个子的年轻人过来。

陶格斯一眼认出那高个子是朝伦，忙问道：“哥，怎么了？”

朝伦眨眼示意，没有作声。山匪推搡着朝伦进了蒙古包。

山匪都背着长枪，头发蓬松，样子凶恶。陶格斯看着他们，“完了，朝伦哥被山匪抓住了，他父母不会被杀了吧？”害怕，不敢作声。

“你们是谁家？”挎枪的麻脸汉子问道。

陶格斯说道：“那顺乌力吉家。我哥什么时候跟你们碰面的？”

山匪说道：“昨天认识的。是你哥呀？”

“是的，我表哥！”

陶格斯向着朝伦：“爸妈都好吗？最近忙得没去看他们。”

朝伦说道：“都好。我寻找丢失的马匹时，碰到这帮兄弟。你们看见枣骝公马为首的几匹马了吗？这些官兵的马倦了，要求我们给他们抓几匹换骑的马。马匹不知跑到哪里了？找了好几天了。”

陶格斯：“这附近没看到。”

山匪头子模样的带枪的那汉子，拍桌子喝道：“快准备饭菜！煮肉熬汤！”

温杜拉老人害怕，腿脚发软了，踉跄跑进去，从仓房拿出一盆肉，点火煮上了。

山匪向陶格斯问道：“附近来过共产党的间谍吗？”

陶格斯摇头道：“我们不知道，我们家没来过人。”

“共产党军队来了，会闷死你们。小心些！听到消息赶紧逃跑，知道吗？”另一个山匪喝道。

“知道了。父母岁数大了，我们没有可去的地方。”陶格斯回答。

山匪瞪眼睛：“快拿出吃喝的！我们吃饱喝足了，去追赶共产党的土匪。”

温杜拉老人在桌上摆满了奶酪、奶豆腐、奶皮子、黄油、炒米——陶格斯盛茶。山匪像饿极的狼一样咽着口水，茶碗里泡满奶食吃了。这时肉香味儿也飘出来，陶格斯用盘子盛肉摆上桌子。

山匪吃得五饱六撑，叫上朝伦走出去了。

陶格斯跑出来，跪在像头子模样的山匪跟前：“官爷，放了我哥吧，我给您磕头了！”趴在地上跪求。

那山匪胡子竖起：“你能给找换骑的马匹吗？别再说了！”下令喊叫，“上马出发。”

山匪上马出发了。朝伦也跨上一匹秃尾瘦马，被山匪赶着消失在远处。陶格斯望着山匪消失的地方，泪流满面。“我的命为什么这么苦？刚认识不久、心心相印的恋人就被山匪抓走了。不知道会怎样？我哥哥也是被土匪抓走几年了，毫无音信，也不知死活。要是朝伦也那样的话，我该怎么办？苍天保佑朝伦！”哭泣着、祷告着。

那顺乌力吉、温杜拉两个老人也十分悲伤，大家沉默不语。

温杜拉老人跪在佛像前祷告：“大慈大悲的佛祖，救救朝伦吧！保佑他早日脱离魔爪，平安回到家里！”

祷告后，看着丈夫：“老头子，去安慰安慰孩子！在外边哭半天了。伤心过度，出事了可怎么办？”

那顺乌力吉叹气道：“让她痛快地哭吧，这样心里就好受些。唉，这孩子命怎么这么苦？”长叹，拿出烟袋，装烟抽烟。

这家人一天都没安生。几个人坠落在担心难受的深渊，为朝伦叫苦连天。

初春的灰白太阳懒洋洋地躲进了山后。陶格斯帮干爸赶驼群，刚回到营地，看家狗狂吠起来。“难道又来了土匪？”陶格斯出门看见，从前面的坡上有个人，长长的衣襟随风摇摆着徒步走过来。天黑陶格斯看不清楚。那人慢慢走近，依稀是朝伦的模样，不知背了什么，身体摇晃着。

陶格斯细看，认出是朝伦，大喊：“干爸，是朝伦！背马鞍过来了。山匪可能抢了他的马！”

“朝伦，你活着回来了吗？我快担心死了！”陶格斯吼喊着跑到朝伦跟前，把马鞍接过来了。

陶格斯泪眼汪汪地望着朝伦：“佛祖保佑，你平安回来了。你的马怎么了？”

朝伦用手擦净脸上的汗水：“我的马被山匪头子抢去，把秃尾瘦马给我骑了，那马趴下跑不动了。”

二人正说话时，那顺乌力吉、温杜拉也迎过来：“佛祖！孩子你平安回来了。我们担心山匪带你走远了！”大家说着话，进了蒙古包。

陶格斯透湿毛巾给朝伦，盛了热茶。饭菜有现成的。温杜拉老人忙碌着，拿出些肉，大家吃了饭。

陶格斯吃饭间问道：“哥！你怎么逃出来的？他们没从你后面开枪吗？”

朝伦喝了几口浓浓的奶茶：“别说朝我开枪！怕别人对他们开枪，逃跑得影儿也没有了。山匪早上从这儿出发，他们头子说：‘你马群在哪儿放牧？快去找。这些马快要趴下了！’命令我。我把他们领向别处。走到前面的阿斯哈图山沟时，我那瘦马趴下不起了。我用马缰抽打也无济于事。那些山匪叫喊着，让我赶快把马弄起来。正这时山那边‘砰！砰！’响起枪声。山匪惊怕得魂儿都丢了，从山沟往东南方，抱住马鞍狠命抽打着马迅速逃去了。枪声又响了几下，我也害怕，不知是不是另一伙儿山匪，还是猎人？或者真的是共产党的军队？我赶紧卸下马鞍，跑到山沟中隐蔽的缝隙藏了起来。枪声再没响。马蹄声也没有了音信。躲了很久，没有人影我就背着马鞍来你们这儿了。想回家没有马，路又远，又怕路上碰见别的什么事情。你们也为我担心，所以先到这儿，让你们安心！”讲述了事情的经过，“真的是苍天保佑！”对陶格斯微笑。

“真是苍天保佑！不知道开枪的是什么人？是不是为了救你，才开的枪？”陶格斯好奇地问道。

“不知道！也许是猎人，阿斯哈图山里野山羊多。或许真的是人民解放军来了？他们要是来了肯定追剿山匪。那些山匪都是国民党的逃兵，他们落下大部队，在后戈壁做了山匪。他们传播谣言，蛊惑牧民！”

那顺乌力吉吸着鼻烟，说道：“孩子！那些国民党的山匪被共产党军队打败后无处可去，蛊惑牧民是想让共产党孤立吗？”

朝伦说道：“他们是没有主人的疯狗，进网沟的野狼！做着最后的挣扎。我在旗里听到了很多奇闻。衙门有些当官的还看报纸呢。说是，国民党军队吃了败仗，蒋介石领剩下的部队，逃到了台湾。共产党人民解放军和平解放了北平市，有个叫毛泽东的大官，在天安门城楼宣布：‘中华人民共和国成立了！’现在正建立人民政府呢。中公旗公爷的亲戚们，也在观望形势。据说，共产党早就来戈壁进行了秘密宣传活动。真要改朝换代了！”

那顺乌力吉、温杜拉和陶格斯没有听懂。只想到“好时代要来了”！

那顺乌力吉问朝伦：“那蒋介石是土匪头子吗？”

朝伦：“是！土匪最大头子！”

温杜拉老人接着问道：“那台湾在中公旗的哪个地方？”

“这个我也不知道。据有文化的人说，台湾在浩瀚大海中间的孤岛上，离这儿很远！”朝伦告诉老人们他所知的一切。

陶格斯也点头：“那个叫毛泽东的大官来我们高勒苏木建立人民政府吗？”

朝伦说道：“毛泽东不来，他的下属应该来建立政府的！”

那顺乌力吉好奇问道：“人民政府是穷人当衙门老爷的意思吗？”

“是！像陶格斯这样的穷人做衙门里的大官！”朝伦望着陶格斯。

陶格斯微笑道："你拿我开玩笑。我做什么官儿？那样的话，承袭多年爵位的公爷亲戚后代，都要成平民了吗？"

朝伦说道："应该是！你要当官了我也成了官爷的丈夫！"大家兴奋地大笑。

四、高个子彬巴回来了

阳春三月，后戈壁羊羔声声，迎来了又一个美丽的春天。盆地沟壑的积雪融化了，青草露出头。那顺乌力吉一家也忙碌着，接羔的活儿进入尾声了。诺颜仓对春营地作出调整，衙门传来命令，让那顺乌力吉一家迁到远处的古日斑哈西雅图。因有几峰母驼还没下羔，刚下的驼羔也走不到春营地，古日斑哈西雅图离贝尔河大概有七八天的路程，驼羔走不了远路，所以，至少半月后才可以动身迁徙。那顺乌力吉把实情告诉了衙门传命令的人。

要迁远处，那顺乌力吉开始准备。"春天的天气变化大。"临近迁徙，风力加大，时常还飘着雪花。天一冷，母驼、驼羔叫声此起彼伏。早些出生的驼羔可以吃草了，但刚下的驼羔还围着母驼，贪婪地吮吸母乳。

陶格斯更加忙碌，跑到远处的梁塬，拾捡短花针茅草，喂养大的驼羔。刮风暴，下雨夹雪是戈壁春天典型的气候。因此人们把戈壁春冷称为"透骨的冷"。但不能耽误迁往春营地的时机，那顺乌力吉做好准备后出去寻找帮忙迁徙的人。路途远、驼羔小，迁走二百多峰骆驼，得需要几个人才行。还有驼架也需要有专人负责看管，他们急需帮手。那顺乌力吉跑了几天，找来了叫桑布的老实汉子。其实桑布也正在帮别人做活，那顺乌力吉极力央求，这才答应过来帮忙。那顺乌力吉做好了迁徙准备，出去放驼。春天的骆驼，寻着灌木丛、锦鸡草到处乱跑，不在营地附近放牧的话，迁徙时候就寻不见骆驼了。

陶格斯和干妈一起照顾母驼和驼羔。中午，陶格斯刚饮完母驼，跟干妈进蒙古包做饭，看家狗狂吠。陶格斯看见狗吠叫着跑向西边，从西边坡上骑驼的两个人正疾驰而来。陶格斯大声喝退狗，那两个人到马桩前下了驼。一个骑了一峰栗公驼，一个骑了驼峰交错的黑骆驼。高个子的人身穿棉衣服，矮个子的穿了一身军服。陶格斯心里不由发毛。“那些该死的山匪又来了！”心想着，胆战心惊地站立在原地。

“春天安好？”高个子、岁数大点的人问安道。

“好，您路上安好？请进吧！”陶格斯低声问安，领进蒙古包。

温杜拉老人看见穿军服的人便害怕，站在门口颤抖。那两个人走过去，和老人打招呼问安，伸手想握老人的手。温杜拉老人惊怕得赶紧把手藏在身后了。

高个子对同伴笑道：“后戈壁人没有握手致意的习俗。没事！世道都在变，戈壁也会变的。慢慢就习惯了。”大家进蒙古包入座了。陶格斯盛了热茶，摆上奶酪、奶豆腐、干肉。

高个子性格温和。喝着茶，笑问：“你们是谁家的？”

“我们是诺颜仓驼倌那顺乌力吉家的！”温杜拉老人答完，细看那汉子，问道，“像是认识人，您怎么称呼？”

四十多岁、高个子汉子轮流看了看温杜拉和陶格斯，点了点头：“有句名言叫：‘相识前是草原的三只鹿，相识后是知心的好朋友’，很快会认识的！我们也许以前也见过面。”说完，叫温杜拉老人和陶格斯，“你们也过来坐，聊一聊吧！”

温杜拉看着二人的脸色，心想，“这两个是好人！”来到桌前蹲坐。陶格斯也跪坐在干妈身旁。“不知是干什么的人？肯定不是山匪！”陶格斯揣测着，稍稍放了心。

“你们从哪里来？有什么新闻？”陶格斯不客气地问道。

矮个子的年轻人只是笑，不说话。

高个子喝口茶：“我们是中公旗人，转遍了西公旗的各个角落。说真的，我们是你们的军——”

温杜拉老人打断他的话，反复祷告着：“佛祖！我们哪儿有军队？我们是看见当兵的就害怕的老老实实的普通牧民！”

“我们是人民解放军。‘人民’不是说普通牧民吗？人民解放军把穷苦人民从苦难中解放出来，给他们幸福、自由的美好生活！但是，在像倒扣的锅一样偏僻荒凉的后戈壁，牧民对解放军了解不多，大多数人都互传，我们比国民党军队还坏！但是普通牧民怎么能知道？你们是这世上最可怜的人。国民党的逃兵在后戈壁抢掠的同时，为了把牧民从共产党隔离，不让和共产党接近，和地方恶势力串通，到处传播假消息！他们正在做最后的挣扎，过不了多久，他们被彻底消灭。共产党为了解放普通牧民，让他们过上人人平等、幸福的生活而建立了人民解放军，与敌人作斗争！革命的胜利歌声正在响彻天地间。解放军现在要来解放乌拉特戈壁了。我们是穷苦牧民的人民子弟兵。你们很快得到自由。共产党要建立人民政府，人民当家做主！”高个子正说话时，那顺乌力吉走进来。

陶格斯站起来欢跳着介绍：“干爸，他们是人民解放军。朝伦哥说过的那些解放军。来给普通牧民自由、幸福——”

那顺乌力吉和客人打招呼问安，坐下沉默不语。

高个子向老人微笑着，问道：“今年春天旱了吗？”

“唉，哪有不旱的春天。正月刚过，飘雪到今。风暴也大，刚出头的青草被沙石覆盖，骆驼没有吃的东西，驼羔也吃不饱母奶，瘦弱不堪！从去年冬天以来，山匪抢劫，各种骇人传闻又多。牧民看见穿军服的人就害怕逃跑。到头的苦难只得咬牙挺过去。我们也在咬牙坚持——”那顺乌力吉叹气道。

陶格斯推了推干爸着急道：“干爸，这些真是好兵，朝伦哥说过的人民解放军。您相信他们！”

“我信，干爸相信！”那顺乌力吉用袖子擦了脸。

“现在可以不相信，但很快你会相信的。人民解放军从不说假话。我们的目的是，在后戈壁普通牧民中，宣传党的政策，带领他们参加革命，解放乌拉特戈壁！建立人民政府，走上合作社的道路——”

陶格斯好奇地问道：“合作社的路是什么路？”

“哦，把畜群和草场国有化，不论穷富，家家有牲畜！那样才能让人民过上自由、平等、幸福的生活。现在共产党人民解放军已经推翻了中华民国，建立了人民共和国。内地都走上合作化道路了。现在乌拉特戈壁也要那样，这样才能让被僧俗阶级压迫的穷苦人，开始自由、美好的崭新生活！”高个子兴致勃勃地讲道。

那顺乌力吉看着汉子：“那样最好！您怎么称呼？”

高个子笑道：“我叫高，这小伙子叫矮！”说完哈哈大笑起来。

温杜拉老人觉得奇怪，心想，原来人民解放军不说真名。

陶格斯目不转睛地看着二人，听他们说话，站起来：“爸，您休息着，我去收回驼群！”

那顺乌力吉也站起来：“一起去。真到太阳下山时了！”父女二人走出去了。

那顺乌力吉、陶格斯赶回驼群，两个客人迎了出来。

高个子走近那顺乌力吉夸赞道：“您是戈壁上出名的放驼人。春天，骆驼大多数都会掉膘，可您家骆驼跟秋天一样膘肥体壮！”

“我就是一辈子放驼的人。快六十了。还能走多久？”二人说着话，进蒙古包。

陶格斯帮助干妈做饭。“给这客人吃好的！”陶格斯进入仓房拿出干肉、腌制好的沙葱，清洗。温杜拉老人掏箱翻柜，拿出来珍藏的奶酒。

那顺乌力吉把酒倒到木碗里，几个人喝酒聊天。

高个子看着准备饭菜忙碌的陶格斯：“您孩子真是乖巧懂事！长得漂亮又勤快！”

那顺乌力吉说道：“我干女儿。给我们帮忙一起过日子呢。是好孩子！”

“您干女儿？”

“是的，这孩子的父母早过世了，到处给人当佣人！去年冬天诺颜仓下令，让她来我们这里帮忙。我比亲生的还亲！”那顺乌力吉说道。

高个子仔细观看陶格斯很久，好像认识似的。

“孩子，你家是哪里的？叫什么名字？”高个子问道。

“我叫陶格斯！住在淖彦套路盖后面。那年的鼠疫中奶奶和父母都去世了，我和妹妹活了下来。哥哥不知死活，被土匪抓走至今杳无音信。我和妹妹分开也好几年了！”陶格斯眼中噙满泪水。

“不要悲伤！不要为过去的诸多苦难经历伤心。还有其他亲戚吗？”高个子问道。

陶格斯擦干眼泪：“我叔叔金巴住在中嘎顺，快七十了。舅妈在东戈壁。母亲去世前曾留下遗愿‘孩子去找你舅妈！’可我去哪里寻找？据说，可怜的舅舅被人打死了。父亲在世时时常提起哭泣。打死活人，多么残忍。”

那汉子问道：“你舅舅叫什么名字？”

陶格斯叹气道：“彬巴！跟你一样高个子。人们叫他高个子彬巴。

我小时候跟妈妈去过舅舅家!”

“你是老实布赫、通乐嘎的孩子——”高个子汉子哽咽道。

陶格斯抬头看那汉子，高个子用双手捂住了脸。

陶格斯奇怪道:“叔叔，您为什么哭了?认识我父母吗?”

高个子哭了一会儿，擦干泪水，不作声了。

他低下头沉默了片刻后，望着陶格斯柔声问道:“孩子，你高个子舅舅现在回来，你能认出他吗?”

陶格斯低下头:“去世快十年的人还能回来?真要活着，我也认不出!”

那汉子看着陶格斯:“你再仔细看看!我跟你印象中的舅舅像吗?”

陶格斯看了看高个子，摇了摇头。

“我是你高个子彬巴舅舅!”

“不要拿我开玩笑!骨头都化作尘土的人了。舅舅被打死，是父亲亲眼所见的，过世的人不能复活!”

陶格斯说完话刚要出去，那汉子叫住陶格斯，拉到身前，让她坐下:“你高个子舅舅没死，还活着。而且就在你身旁坐着呢!”握住陶格斯的手，“我给你讲个故事。听了这故事你全都会明白的。”叹口气。

“那天，日本兵狠命折磨我。那时你爸正在现场，可没有营救的办法，那么多荷枪实弹的人，他怎么应付得了?我被折磨得昏死了几次。后来我一点知觉都没有了。日本间谍机构的军官叫来军医，检查我是否已经死亡了，那军医人好，仔细检查后给出了‘已死!’的答案。据说，日本军官下令让士兵‘把他扔到山沟里喂狼!’日本间谍机构呼勒斯太寺站中有个叫快吉日嘎拉的蒙古族青年。刚开始，我骂他是‘日本人的走狗!’其实他是共产党秘密派来的地下工作者。来到呼勒斯太寺后，他慢慢得到了日本人的信任，升职当了警察队的副队长。快吉日嘎拉叫上几个士兵，趁黑夜把我抬到西山扔掉了。他知道我还没死，等间谍们睡熟后，悄悄拿来衣服、食物送给我。那时我虽然醒过来了，但是行走困难。快吉日嘎拉给我东西，他叫我‘快逃跑！再被抓住彻底完了！’说完，他迅速离去了。我吃了他拿来的食物，肚子里有食了，加厚衣服，咬牙走了几步，十分困难，走不了多远，于是，我走不了就爬行，过了缓坡进入长满芨芨草和竹子的小盆地，看见几峰骆驼在那儿。我是放驼人，看见骆驼如虎添翼！于是把破烂衣服撕开拧成丈余长绳子，慢慢走到那些骆驼跟前，一峰骆驼好像是刚下羔的母驼，不让我靠近，但对放驼人来说，还能少了抓骆驼的技巧吗？慢慢弄老实后，抱住脖子一看，鼻子上有鼻勒。我套上缰绳爬上去，便直往北逃离！”

高个子说话停顿，慈祥地看着陶格斯：“孩子，你舅舅就是这样逃出去的！”撸开袖口，让陶格斯看了四个手指头上的疤痕。

陶格斯抱住那汉子的脖子：“舅舅，你真的还活着？这不是做梦吧？”哽咽起来。

高个子彬巴手上的伤是公爷的搏克手划伤的。在一次祭祀敖包的那达慕上，公爷的搏克手和高个子彬巴摔了一天，没分胜负。最后一天，公爷的搏克手袖子里藏刀，装出摔跤的样子，想砍断彬巴的四根手指头。摔跤间，公爷的搏克手拿刀猛地刺向彬巴，彬巴迅速抽出手逃走了。那伤痕到现在还留在手上，陶格斯一眼就认出了。

“不要哭泣！舅舅不是还活着呢吗？你舅妈也安好。以后会见面的！”泪水在高个子彬巴眼眶中打转。

温杜拉老人盛上肉包子。

那顺乌力吉也感慨万千，默默地听完他们的话：“孩子，让你舅舅吃！你舅舅是到阎王殿转了一圈回来的人——”

陶格斯擦干眼泪，给舅舅和那个年轻人盛包子。陶格斯和想念多年的舅舅相见，有太多话堆在心中，但又不知从何说起。

“找到舅舅了。要是找到哥哥那该多好？”陶格斯高兴地说道。

高个子彬巴看着孩子：“心想事成。你哥哥肯定活着——”换了话题，“这个年轻人叫达娃夫！家在达尔罕旗，是我们部队一个连侦察班的班长。现在我们军队正在清剿侵入后戈壁的国民党流匪。我是侦察部队一个营的副教导员。”介绍了自己和同伴。

那顺乌力吉从来不相信那些谣传。听了彬巴的话更是云开日出，心中豁然开朗，开始相信“革命”了！

他喝了几口酒：“以前听说过你们的军队，但从没见过。现在见到了才相信了。真的要出我们的太阳了。世道变好了——”

陶格斯举起手，喊道：“我们成了自由人。我也参加革命！”

“普通百姓都要得到自由。要过上以前梦里才有的好日子！”

陶格斯说道：“舅舅你是怎么找到的人民解放军？”

“舅舅躲藏在人烟罕至的地方，到了夜里，往北骑驼疾奔两日后，跨过了边境线。外蒙古走上社会主义革命已有十几年的时光，从内蒙逃去的众人，建立了革命的组织，和共产党保持联系。我以前就和他们有联系，进入外蒙古后，和他们一起开展革命工作了。后来共产党中央，秘密把我们调过来，在大青山进行游击战。内蒙古大青山游击队在中国人民解放军内蒙古军分区的指导下，在进行清剿内蒙西部偏僻地区的土匪流匪的工作。现在后戈壁地区的胡子苏德巴、花苏德纳木、丹德尔的部分土匪基本已经被消灭了——”

大家谈论到了深夜。大家睡觉了，陶格斯兴奋得彻底失眠了。“舅舅回来了，哥哥不知道什么时候回来？哥哥还活着吗？‘心想事成’！和哥哥也会相见的！”想了很多，辗转反侧到了黎明。

早上喝完茶，高个子彬巴他们准备出发。失去的舅舅回来了，陶格斯虽然不愿让舅舅再次离开，但为了革命工作，不能拦阻舅舅，陶格斯流着喜悦的泪水，告别了舅舅——

第九章 东风吹散漫天乌云 传奇戈壁升起红日

一、喜悦的相逢

天气越来越热，戈壁到了炎热的夏天。春天雪大，草木早发芽了，畜群膘肥体壮。烟雾缭绕、碧绿的草地上牛羊成群，明镜般的湖泊边，马群像疾风一样奔驰。夏营地畔，羊羔驼羔欢快地蹦跳，涟漪清澈的湖水边，牛群安静地吃草。颂唱晴朗明媚的好天气，悠扬的长调从远处传来，人们的脸上洋溢着笑容，传奇戈壁幸福安详。

那顺乌力吉一家迁到古日斑哈西雅图已有时日了。古日斑哈西雅图缓坡连缓坡，草木旺盛，畜群惬意地过着炎热的夏天。古日斑哈西雅图和巴彦宝日的广阔戈壁中间是延伸百余里长的宽广的哈布塔盖梁。几千只野鹿、野驴奔来跳去，哈布塔盖梁像古老的传说般神秘，引人入胜。在这片天气变化多端的荒凉梁上，有两个骑马的人，朝西提缰疾驰。穿着白色旧衣服的年轻人骑黄骠马，穿绿色军服的年轻人则骑着铁青马。在炎热的夏天，通过哈布塔盖梁犹如穿越地狱。稍不小心，在炎热的夏天，人马会被太阳晒死。因此，后戈壁人冬夏季节通过哈布塔盖梁，格外小心翼翼。

中午刚过。梁上微风吹来，炎热稍缓。两个年轻人疾驰一阵缓行一阵，掉转马头向南行进。这两个人看样子，从没有在哈布塔盖梁行走过，在荒凉的梁上聊天赶路。

“这哈布塔盖梁是与世隔绝的荒凉地方吗？不见人畜的影子，各种野鹿、野驴成群结队，狐狸、饿狼嚎叫。走不到尽头，多么骇人的地方。”

“我们在行走，地又不挪动，慢慢总会通过的。后戈壁人，称这片地方为荒凉、蛮野的地方，真是恰如其分！”

“水喝完了。太阳落山前要是通不过，咱们可有的受了！”

“从这里再往西走一阵，就遇到平顶的山梁。梁前面有圆形坡地。那就是满都呼敖包！从那儿再往前，就到了古日斑哈西雅图。”

“不加快速度，天黑前也许到不了目的地——”

二人有说有笑，在荒凉的沼地上，像传说中的英雄一样奔走。他们一会儿让马吃草，喂点东西。但从早晨跑到现在的马匹，筋疲力尽，赶路速度下降了。二人下马，松开马鞍，让马吃草。二人则枕着芨芨草丛休息片刻，重又上马赶路。“拉近距离的活宝——马”！马虽然力竭，但比徒步行走好上万千。他们在行进间，远处的山峦在雾霭中忽隐忽现，偶尔看到驼群在吃草。

“那圆顶的山，大概就是满都呼敖包了！”

“无论如何，看见人烟了——”高个子年轻人，对另一个人说道，“这里的地形，你应该清楚！”

壮汉子说道：“不说谎话。那时候岁数小，没有印象。在阿都高勒、扎马棍，给有满盆地牲畜的富人巴拉丹家当了两年佣人，那时我才十六，没来过这里。”

“那富人是个凶残的人吗？”高个子问道。

“哪个富人有心肠好的？他们都是吸吮普通牧民的鲜血过生活，都是凶残吝啬的人，这是他们的共同点。巴拉丹的脑袋跟刮净的羊肚子一样光秃秃，所以叫他‘秃子巴拉丹’。我给他们家放马。秃子巴拉丹给他小儿子做满月宴时，来了很多人。那次的赛马比赛，他给我骑上紫檀马想拿第一名。紫檀马速度极快，刚开始跑在最前，但临近终点时突然受惊，跳进沟里把我摔下马背了。秃子巴拉丹大骂我给他丢了脸，辱没了宴席，关了我三天三夜，不给吃喝。他还嗜酒如命，来了亲戚朋友没日没夜地酗酒取乐。”壮汉子说道。

高个子叫巴图铁木尔，是来解放乌拉特地区的人民解放军的一个营的副营长。壮汉子叫苏和，是来解放乌拉特地区的人民解放军的一个连的指导员。苏和自从土匪窝里跑出来后，投奔人民解放军，参加了革命。刚开始，他照料军队的马匹，后来得到上级的赏识，调到侦察班。后来担任侦察班的班长、排长，现在担任连长兼任连指导员的职务。苏和军队在剿灭乌拉特地区国民党流匪的战斗中立了大功。他和舅舅的部队密切配合，攻进西山土匪窝，彻底消灭了胡子苏德巴、斜眼拉西的一股土匪，但在战斗中苏和受了重伤。苏和又在解放阴山的一次战役中，英勇作战，消灭了十几个敌人。为了消灭残余的敌人，虽然伤了肩膀，但他穿过敌人的枪林弹雨，领几个战友从敌后猛烈开火，把敌人全部消灭。苏和多次参加解放乌拉特地区的战斗。他凭借坚韧、耐力出众，英勇冲刺，取得了战斗胜利，尽显戈壁蒙古汉子的风采。苏和的英雄名声传遍部队，得到了“英雄战士”的称号。他还立了几次一等功，得到了勋章——

两个年轻人聊着天，过了满都呼敖包。前面盆地中，驼群正在吃草。驼群边有个包着蓝色头巾的姑娘。西北缓坡下一个破旧的小蒙古包，从天窗冒着烟，包外，驼羔欢跳欢叫。盆地西边的山上有几座蒙古包，羊群像珍珠般散在蒙古包附近。

二人走近蒙古包。

巴图铁木尔说道：“不是说你妹妹在放驼人家帮忙吗？那赶驼群的姑娘是你妹妹吧。”

“说不好。舅舅去的时候在贝尔河。但舅舅说过，他们要到古日斑哈西雅图过夏天。古日斑哈西雅图不止他们一家过夏，不管怎么样去问问！”苏和说完，二人朝盆地中的驼群奔去。

他们进入驼群吃草的盆地时，走在驼群边的姑娘骑上骆驼把驼群赶向了营地的方向。二人直奔女孩子。

苏和勒住缰绳：“妹妹，夏天安好？”问安道。

放驼女孩子惊道：“路上安好？到哪里？”

巴图铁木尔问道：“你们是谁家的？能借宿一晚吗？”

放驼姑娘轮流看着他们二人，不知想什么！驼缰绳抽打骆驼，正要离去。

巴图铁木尔说道：“妹妹，我们是赶路人，不要怕！”

“我们家人多，去那边人家可以过夜！”用手指了指，“去那边，嘎顺西边的人家看看！”

“那是谁家？”巴图铁木尔问道。

“说是跳大神喇嘛（喇嘛教中的主持一种仪式的人）铁木尔家。我也不认识他！来到夏营地，从没见过面！”女孩子说道。

苏和看着女孩子，心里暖乎乎的，但不能肯定，她就是陶格斯。如果不是陶格斯，跟素不相识的女子说这么多话，觉得不好意思，犹豫道：“妹妹！你们是谁家的？”

“那顺乌力吉家的！放诺颜仓骆驼的人家，到这里才半个多月。”

苏和观察姑娘的脸色眼神，心里确定是他妹妹陶格斯。“都这么大了？可怜的妹妹！”苏和眼睛噙满泪水。

“你不是苏和的妹妹、陶笛的姐姐陶格斯吗？”苏和颤声问道。

那女孩子仔细看看苏和，突然想起了什么，滑下骆驼：“哥哥，你是我哥哥苏和吗？”跑向苏和。苏和翻身下马，跑去抱住了陶格斯。

苏和抱住妹妹，高兴得说不出话。“可怜的妹妹，孤苦伶仃的，给人当佣人，受苦受累，长这么大了——”眼泪不由自主地流下来。

陶格斯也抱住哥哥低声啜泣，“这回不能再让哥哥离去！”

苏和说道：“妹妹，哥哥是没本事、懦弱的人。被土匪抓走后，扔下你们两个，孤苦伶仃的，让你们饱尝小孩子不该有的苦难。是不是恨哥哥？”

巴图铁木尔泪流满面。他们在战场上像猛虎一样，冒着炮火扑向敌人，但此时却变得十分的脆弱伤感。

“现在回家吧。兄妹相见，回家好好畅谈！”巴图铁木尔骑上马，跟上了正朝着营地往回走的驼群。

陶格斯抽出抱住哥哥的手：“哥哥回家吧。赶了一天的路，肯定渴了累了。我给你们做好吃的！”骑上骆驼，三个人在落日的余晖中，奔向营地。

进进出出用望远镜看着驼群的那顺乌力吉老人，看见两个骑马的人从满都呼敖包前面走来，进入盆地不见人影了。陶格斯还没回来。那顺乌力吉心中诧异，“现在什么革命、土匪，不知身份的各色人来来回回的，不知道会发生什么事情！”老人担心陶格斯的安危，迎着驼群走去。正这时，从那边的缓坡，陶格斯领着那两个人过来。

到营地，陶格斯下驼大声喊叫：“干爸！我哥哥回来了——”那两个骑马的人也下了马，往马桩走来。

那顺乌力吉迎上去：“孩子，你刚才说什么？”

苏和下马，跑去扶住老人的手臂，半跪问安："老人家安好！"

那顺乌力吉问道："路上可好？从哪里来的客人？"

"是我哥哥苏和！"陶格斯赶紧说道。

"可怜的孩子，找到哥哥了。快进蒙古包！"催促着两个年轻人。听到陶格斯的话，温杜拉老人也跑出来，高兴得脚不着地。

进蒙古包后，陶格斯忙着盛茶、盛酸奶。

"幸福的时代来了！离散的亲人们相见了。佛祖保佑——"那顺乌力吉坐下祷告。温杜拉老人也是"佛祖保佑、佛祖保佑！"嘴里念念叨叨，忙和面。

陶格斯往桌子上摆满了奶食。她清洗野葱，剁肉，和干妈一起包包子，母女二人有说有笑。

那顺乌力吉高兴地一边劝着"吃！喝！"一边和他们聊天。

"这孩子叫什么？"

"巴图铁木尔！我们是战友，都是人民解放军！"

"好孩子，真是朝气蓬勃的年轻人！"

"老阿爸！我家也在乌拉特戈壁。我是东公旗达木林扎布章京家的大儿子。"

"认识达木林扎布章京，章京家的孩子也参加革命吗？"那顺乌力吉好奇地问道。

苏和笑道："老阿爸！革命不分穷富、平民权贵！为了人民和祖国，为了自由，要解放奴隶！什么人都可以参加革命队伍！"

巴图铁木尔接住话题，说道："日本侵略者侵入乌拉特戈壁杀人放火时，我跟着父母到巴彦宝日寺拜佛，但巴彦宝日寺也被日本间谍占领了。那时，日本间谍抓年轻力壮的人，去当兵或者当劳力。我刚到那儿，被日本间谍的一个头目抓住了。父母惊怕，跪求也无济于事。于是把我和关在那里的几个人推上汽车，带到了朱勒格太的日本间谍机构的总指挥部。没过几天，被带到矿上，没日没夜地干苦力。在那儿干了一年多，每天背石头沙子，累得筋疲力尽，离死不远了。1945 年春，安排我放日本军马，这给了我逃跑的机会。大风暴天翻地覆、漆黑一片的一晚，我突袭了看守军马的哨兵，抢了他的枪弹，骑上一匹黄骠马，趁夜黑逃向东方。全速跑了一夜，黎明时过了阴山，我逃避隐藏了几天，碰到一个好心人，我逃到了大青山，参加了抗日游击队。后来，苏和弟弟也从土匪窝逃过来，我们成了好朋友、战友——”他讲述着自己参加革命的经历。

他们正欢快地聊天，陶格斯摆上肉包子：“暂且停下聊天，吃饭吧！”

苏和、巴图铁木尔，两个刚通过哈布塔盖梁的人已经饿极了，他们美美地吃着沙葱包子、羊肉、牛肉干，填饱了肚子。古日斑哈西雅图的小小蒙古包，洋溢着世间无比的欢乐、喜庆气氛，高兴的话说不尽，打破了后戈壁宁静的夜晚。陶格斯兴奋得吃不进睡不着，跟哥哥诉说这几年来的遭遇、苦难、欺凌，眼泪挂在脸上。特别提到奶奶、父母去世时的惨状，大肚子罗布桑、歪胯巴拉桑的残暴，捂住脸痛哭。

苏和也叹气流泪，痛恨那些昏暗、凶残的富人权贵。

“妹妹，你这些苦难悲惨的经历，我从舅舅那里都听说了。那些昏庸、残暴的僧俗当权人的末日到了。我们现在获得自由了。妹妹——”

陶格斯问道：“你跟舅舅什么时候见的面？”

苏和笑道：“早见过了。我从土匪窝里逃出来找到大青山游击队时，舅舅刚从外蒙古回到那里。”

陶格斯望着哥哥：“舅舅为什么没有提起你？”

苏和说道：“舅舅说怕你受不了，所以没说！”

“舅舅要告诉了，我不就早安心了吗？”陶格斯望着多年未见的哥哥。

“妹妹，陶笛现在好吗?”苏和问道。

“前段时间听桑布叔叔说，很好。在帮别人放羊呢!”

“找到妹妹，见个面!妹妹要是见到哥哥，不知道怎样哭泣?可怜!妹妹——”苏和叹气道。

第二天，大家正喝早茶。

巴图铁木尔说道:“现在说正题!我们来后戈壁的目的是在偏僻边疆牧区牧民当中宣传党的政策。乌拉特戈壁很快就要解放了。但在边疆地区，流传各种谣言，牧民被蛊惑。因此我们积极宣传党的政策，解开他们心中的疑团，这样牧民才会真心拥护共产党、拥护革命、拥护社会主义建设。因此，我们要团结一切可以团结的力量，共同建设美好家园，给少数土豪劣绅、僧俗压迫阶级沉重打击，让他们知道革命的力量。在牧区以生产嘎查大队为单位，把牲畜草场国有化，坚决实行人人平等的原则，按劳分配，多劳多得的政策。国有化财产就是人民的财产。这是什么意思?集体的畜群是牧民的畜群，集体的草场就是牧民的草场。所以牧民是集体的主人，要当家做主，是国家的主人。我们要坚信党的政策，为了取得社会主义革命伟大的胜利而努力——”

陶格斯高兴地跳起来。

那顺乌力古、温杜拉老人，跪在佛像前:“佛祖!好时代到了!”脸上洋溢着笑容。

苏和、巴图铁木尔领上陶格斯，在古日斑哈西雅图、阿都高勒等处牧民中宣传党的政策。

二、政策宣传

初夏的二十几。因为巴图铁木尔、苏和等人要从古日斑哈西雅图出发，深入呼勒斯太寺、毛和日额日格、买卖公、哈日德勒、巴彦希布格、苏海图、棍呼都格、额肯查干、哲里木等地宣传党的政策，那顺乌力吉老人让陶格斯当向导，送他们到诺颜仓驼倌厚实丹巴那里。

陶格斯愉快地接受任务，她成了宣传员，格外高兴。决定路过中嘎顺，看望金巴叔叔和妹妹陶笛。

陶格斯望着干父母，笑道："爸妈，你们注意身体，我过几天就回来了——"

三个人从古日斑哈西雅图出发，赶了一整天的路，太阳快落山时，到了中嘎顺。金巴、吉布吉德立在门口，好奇地望着三人。陶笛正好也回来在家，听着狗叫声，跑出来站在叔叔身边。

陶格斯把马拴在马桩上，跑向好奇的叔叔和婶婶："叔叔、婶婶大家可安好？您看，谁来了？"看见陶笛，认出了妹妹，"妹妹——"跑过去抱住妹妹。陶笛也认出了姐姐。

"姐姐，您成大人了——"陶笛哭起来。

陶格斯流着泪："妹妹也大了。妹妹，是苏和哥哥。你看那强壮的年轻人！"

陶笛擦干眼泪，仔细看那人，觉得不是她心中的苏和哥哥。苏和给叔叔、婶婶问安后，抱起陶笛高高托起流泪道："妹妹，可怜！"

大家进蒙古包，吉布吉德盛茶。

金巴久久地望着苏和："唉，离去的终归回来。孩子长成漂亮的男子汉了。失去音信多年，以为你再也回不来了，要是你父母健在，那该多高兴。可怜的人们！'马驹长成良马，幼子变成壮汉'！孩子成了戈壁上的好汉了，喝茶！"

"叔叔、婶婶身体康健，我很高兴！"苏和指着巴图铁木尔，"这个年轻人是我的好友巴图铁木尔，东公旗人。"

苏和回身叫来陶笛，让她坐在身旁："妹妹，想哥哥了吗？想念妹妹们时，虽感觉遥不可及，但相见的时刻终归会来的！"

陶笛点头道："不只想，夜里梦了很多次！您为什么不早些回来？"两眼噙满泪水。

上苍也许不会理解一个孩子苦苦地等待世上唯一哥哥的心情。十岁，正孩提时，失去双亲，在苦难中看着别人的脸色，饱尝了人世间的世态炎凉，她想起唯一的哥哥就哭泣，越想越哭。她苦涩、痛苦的泪水，唯有戈壁的蓝天见得最多——

苏和擦干妹妹的眼泪："哥哥不是回来了吗？'百日的苦难不会早一天结束！'有吃苦的日子，就有享福的一天。妹妹你现在再也不受欺凌了，哥哥常来看你、照顾你，补偿我作为哥哥所欠的一切，可以吗？妹妹——"

陶笛高兴得不知说什么好，凝视哥哥的脸，使劲点了点头。

陶格斯叫上妹妹："让姐姐好好看看你！"亲了又亲陶笛冻裂过的、皮肤粗糙的小脸。

陶格斯说道："姐姐离开你三年了。每次受苦都会想你想得哭泣。几次想回来看你，但那些活阎王们都不允准。后来从叔叔、婶婶那里听到你的消息，这才稍稍放心——"姐妹二人走出蒙古包，互诉所受的苦难经历。

"姐姐你离开后，大肚子罗布桑和歪胯巴拉桑、德吉德狠狠打骂我。我受不了，跑到巴拉丹敖思尔医生那里了。他可怜我，留在家里给我治疗。回来后，大肚子罗布桑和德吉德更加痛恨我，打骂得越发厉害了。后来让我放羊。有一天我放羊时丢了几只羊，我没发现。第二天找到羊时，一半被狼撕掉了。大肚子罗布桑、德吉德两个人，因为这事把我拴在马桩上狠命抽打，我被打晕了几次。后来，金巴叔叔把我接回来了。

我在叔叔家住了一年多，诺日布僧格台吉为了找做家务的人，苦苦央求叔叔把我接过去了。他们家住在北边哈那的西侧。诺日布僧格以前在都勒河、塔拉宝力高、额肯查干一带游牧。因前年干旱，草场贫瘠，诺日布僧格才迁到这里过冬。我到那儿后，他们让我拾捡柴火、干牛粪，后来让我放驼。他们才有五十多峰骆驼。我每天骑上最老实的公驼，在哈那前面的沙地上放驼。诺日布僧格台吉和大肚子罗布桑、德吉德他们不同，从不打骂我。但在春寒料峭中，每天在外边放牧实在太累。飘雪的一天早上，起了风暴。我放驼时，风暴越发凶猛，天地昏暗。在睁不开眼睛的风暴中，驼群顺风走散了。我丢了驼群怕出大事，我拼命抽打老实的公驼，跟着驼群追赶。骆驼虽老实，但也分人。不知是不是因为在大风暴中抽打太过的原因？还是动脾气了？突然跳起来把我摔下了。我被甩出很远，倒地就失去意识，在大雪中晕死过去了。叫莫奇德的好心班迪喇嘛看见了，把我背回了寺里。莫奇德是川井宝义通人。八岁时，给希热图寺希热图活佛桑杰罗布桑当了徒弟，班迪喇嘛深通经书。在师父的教导下不仅学会了经书，做活也勤快。莫奇德放寺里的骆驼。那天，他在雪中放驼，看见淖干敖日布格后面有个黑点。我的脸和半边身子被雪覆盖，呼吸微弱。他让骆驼跪下，把我抱在骆驼上带到寺里了。希热图活佛心善，扶我进屋后，猜想大概是脑震荡了！和徒弟一起，合力包扎了我的头，检查全身后，确诊为‘肩膀受伤，而且左手脱臼！’于是，活佛拉拽着，给我复位了。他又给我喝肉汤，这样，疼痛有所减缓，但还是说不了话。第二天，我身体好了一些。希热图活佛给我熬药喝了，问道：‘孩子，你摔下骆驼了吗？’我点头回答‘是’‘你几岁？给谁家放驼？’活佛问。我说‘十三，给诺日布僧格台吉放驼。风暴里睁不开眼，骆驼顺风走散了。我怕丢驼群，跟着驼群时被骆驼摔下失去知觉了。要是您没救我，就死在外面了——’那个善心喇嘛长叹道：‘唉。这么小的孩子，在这么大风暴中，还让你出来放驼，这些没有善心的人！大人都受不了，何况小孩子？要不是我徒弟，你就死在野外了。这些有钱的富人，心太黑！’叫苦着，问我父母、家乡。我告诉了他，他更加可怜我。于是，那天活佛派他徒弟，送信给诺日布僧格台吉。台吉夫人娜仁高娃领了几个人来接我，她给活佛磕头‘佛祖保佑，把佣人的命从鬼门关夺回来，可怜！要是冻死了可怎么办？央求着她叔叔金巴接来的，跟金巴怎么交代？活佛的恩我们一定要报答——’说尽了好话。我回诺日布僧格台吉家，吃了一个月活佛给的药，静养。体力恢复后，让我放羊，和叫巴雅尔玛的姐姐一起放羊。诺日布僧格台吉的夫人心善，从那事后更加可怜我。她总是微笑，不吝啬。我也叫她‘妈妈’，尊重她，听她的话。要是没有莫奇德喇嘛救我，我也会跟着父母去了。那样，我们今天能见面吗？姐姐，我是死过一次的人，您要抱紧我！”陶笛流着眼泪讲述她的经历。

陶格斯抱住妹妹，亲了亲额头，抚弄着她的长头发：“你恨姐姐吗？”

陶笛低下头：“不恨。我听金巴叔叔说你也是经历了几次死亡！”

“但我是姐姐！姐姐要在你身边，你不会受到那么多苦难。姐姐没本事、无能，是懦弱的人——”

“您是好姐姐。要不是您，我早就冻死了。姐姐，现在多好！哥哥回来了，我们三个见面了，真是大喜事！”陶笛微笑道。

“是呀！分开多年的兄妹又见面了。时代也变好了。再也不用受残暴的富人和权贵的欺凌了。真是双喜临门！”陶格斯不住地抱住陶笛亲一亲。

“姐姐，告诉你个好消息。巴雅尔玛姐姐教了我很多歌！

陶格斯问道：“我妹妹也会唱歌了？”

陶笛清清嗓子，望着戈壁初夏的圆月：

杭盖故乡若隐若现
家乡亲朋浮现心头
山间树木成排成林
父母双亲萦绕心头
俊俏黄马惊跳踢蹬
兄弟姐妹永在心头

《杭盖故乡》的歌声回荡在后戈壁的山峦之间。

蒙古包外，陶格斯、陶笛姐妹有说有笑。蒙古包里，大家回忆过去，盼望即将到来的美好的光景！

三、太阳升起

巴图铁木尔、苏和等人在金巴家休息一天后，为了革命事业继续出发了。他们在附近的牧民家宣传党的政策，得到了广大牧民的拥护。他们到呼勒斯太寺，只有寺厨师希日布和班迪喇嘛德楞在留守寺庙。日本侵略者在呼勒斯太寺建立间谍机构毁坏寺庙后，逃跑的喇嘛们再没有回来。只有希日布和班迪喇嘛德楞，依然守着寺。歪胯巴拉桑像听到枪声的狐狸一样，夹着尾巴逃跑了，革命的消息在戈壁传开后，从未在寺里现过身。寺大殿中堆满垃圾，寺前面的大祭堂坍塌了。一辈子守着寺的希日布没离开，跟班迪喇嘛德楞守着废墟过日子。寺产被大肚子罗布桑、歪胯巴拉桑二人损耗殆尽，只留下了一百多只羊。最近，乌力吉图寺来人赶走了羊群。日本侵略者从呼勒斯太寺溃逃后，呼勒斯太寺归乌力吉图寺直接管辖，但一直没收回寺产。寺产被收走后，大肚子罗布桑、歪胯巴拉桑成了无家可归的丧家之犬，躲避人烟，不敢见太阳。

巴图铁木尔、苏和、陶格斯三人对希日布和德楞宣讲党的政策、当下形势、革命的道理。之后在伊西格图的古日斑毛都、夕日塔拉、希热格图、额肯公等地——宣传十余天。顺道与诺颜仓驼倌丹巴、那顺扎布、巴拉丹敖思尔医生、希热图喇嘛等好心人谈论过去的事，诉说僧俗封建统治阶级的黑暗残暴。大家因推倒压在牧民头上的“三座大山”，高兴万分。

一路宣讲的三人在太阳偏西时，到了顿都格协理家。他们在马桩拴马时，顿都格协理和萨仁杜丽玛两个人迎出来了。

陶格斯迎上去，半跪问安：“叔叔、婶子安好？”

“路上安好？”顿都格协理还礼问安，“不知是些什么人？”心中诧异，领进蒙古包。

“是从哪里来？”顿都格协理问道。

“我们是宣传革命的人。我叫巴图铁木尔，这个年轻人叫苏和。这姑娘是苏和的妹妹陶格斯。”巴图铁木尔一一介绍道。

顿都格协理点头倾听，又仔细端详陶格斯：“这陶格斯是古日斑哈西雅图的那顺乌力吉家的干女儿吗？”

“是的，叔叔、婶子！”陶格斯低下头，回道。

“我儿子常提起‘陶格斯’！我这才问的。朝伦放马去了，一会儿就回来了！”顿都格协理对夫人微笑。萨仁杜丽玛盛茶的间隙也端详陶格斯。

顿都格协理和巴图铁木尔、苏和说话，他望着陶格斯：“朝伦说你有个妹妹，你哥哥——”打断了话。

苏和解释道：“我是陶格斯哥哥。五六年前被土匪抓走，后来，逃出来参加了人民解放军。没有机会和妹妹们联系，不知道她们的死活——”

顿都格协理放下茶碗："是！"点着头。

萨仁杜丽玛老人满脸堆笑，准备饭菜。陶格斯帮助老人，老人更加高兴，把奶食装满盘子，递给陶格斯，自己走进仓房，拿出肉来。

苏和喝茶，问老人："今年雨水好吗？"

顿都格协理点头，捋着胡子："今年夏天的雨水经常眷顾戈壁，草木泛起绿波，上苍保佑戈壁！"

众人正说话间，马蹄声传来。陶格斯急忙跑出家，朝伦正在马桩上拴马。

她跑向朝伦："哥哥安好？"

朝伦笑道："你来了？是的！从早双眼轮着跳，不知什么征兆。原来是你要来，妹妹路上可安好？"

"你是聪明人。前几天我经常耳鸣，于是就来找你了嘛！"陶格斯对朝伦微笑。

朝伦看着马桩上的马："领了什么人？"

"宣传革命的人！今天来跟你宣讲革命的道理！一个是我失去音信多年的哥哥，另一个是他的战友。进去见面吧！"

朝伦愣道："什么？你哥哥还活着？"

"大家安好？"进蒙古包，朝伦半跪问安。

巴图铁木尔、苏和站起身："好，好！弟弟，夏天过得安好？"

朝伦说道："陶格斯经常因为失去你的音信愁闷。哥哥受苦了！"

苏和说道："人生下来就要受苦——我逃脱土匪窝后，下决心寻到人民解放军。在战火中，奋战到了现在——这是我的战友巴图铁木尔！"

巴图铁木尔说道："陶格斯常念叨的俊朗的小伙子是你吗？"

朝伦脸红道："我认识陶格斯半年多了！"

"真是天造地设！祝福你们的美好未来！"巴图铁木尔说完，看顿都格协理。

顿都格协理依旧点着头。萨仁杜丽玛夫人和陶格斯摆上了羊肉。几个人愉快地边吃边聊。

巴图铁木尔对顿都格说道："乌拉特戈壁上的人，都说您通晓几种语言文字、知识广。现在缺少的就是有知识的人。人民政府建立后要建立学校。让穷苦人家子弟入校学习，还要组织年轻人，举办'快学班'。那样，大多数人都能掌握知识了！"

顿都格协理点头道："对！现在的孩子应该掌握知识，他们是戈壁的未来。掌握了知识，我们民族的未来，才更加光明！"

巴图铁木尔说道："建校的话，您当校长，可以把知识传授给子弟们！我先报名！"

"唉，老了。不是说'五十知天命'吗？但让我教书，我义不容辞！没有什么比让后代掌握知识更积德！"

萨仁杜丽玛老人笑着看丈夫："那我也参加'快学班'学习！要我当你学生吗？"

"要，学习知识没有年龄的界限。学习知识是打开认识世界的眼界——人人掌握知识了，就不用挨家挨户地宣传革命，印在纸上发下去就可以了！"顿都格协理说道。

陶格斯站起来："我也参加'快学班'，学知识！"说完，她看着朝伦，"你已经是掌握知识的人了——"

朝伦说道："才学了两个月。刚学会韵母，还没学会拼读呢！我们一起去学习，你愿意和我一起学习吗？"

陶格斯说道："愿意！"

巴图铁木尔面向大家："我们大家齐心协力，建设平安、自由、富足的社会主义乌拉特！"举起手喊口号——

革命的烈火燃烧到乌拉特戈壁的每个角落。穷苦人扬眉吐气，脸上洋溢着笑容。那些残暴凶狠的富贵牧主们心惊肉跳。“不会把我们都抓起来杀掉吧——”他们害怕恐慌。富贵家的佣人都逃走了，有的参加了革命队伍，有的进行革命宣传。

抱着日本侵略者大腿，把无数优秀青年送到日本鬼子枪口下，吸吮人民的鲜血，毁坏历史悠久的呼勒斯太寺，违背佛教人心，戈壁牧民共同的敌人刽子手大肚子罗布桑无处安身。他把德吉德扔在营地上，像受惊的一匹老狼，逃遁不见踪迹了。但革命的火焰烧到了戈壁的每个角落，他能跑到哪里？这匹披人皮的狼，迟早落入人民的手。跟他沆瀣一气，祸害无辜牧民、罪孽深重的歪胯巴拉桑夹着尾巴逃跑了。他躲藏在人迹罕至的深山，慢慢靠近阿布日勒图险峻的山，想逃往外蒙古，被边境线上的哨兵抓获了。

棍楚克吊死了。和诺颜仓的长舌苏米亚，蛇鼠一窝，骑在穷苦牧民头上，凶暴残忍地打骂佣人，吃惯人肉、恶贯满盈的畜生，最终可耻地结束了生命，暴尸野外。莫日根夹尾巴逃跑，从此断了音信。

1950 年是乌拉特戈壁伟大新篇章的开张之年。党的政策、革命宣传有条不紊地进行，军队和平解放了乌拉特。戈壁升起了太阳！天变蓝，戈壁花香阵阵，掀起绿色的波浪。人们的脸上堆满笑容。到处在传唱自由、和平、兴旺生活的美丽乐章。

推翻骑在人们头上的僧俗封建统治，建立了人民政府。内蒙古自治区党委政府派来孟克巴达仁贵等一批领导干部。他们到乌拉特戈壁后，着手准备建立人民政府工作，和各方的人士积极联系，广泛听取意见，团结一切可团结的力量，号召思想进步的一些地方权贵、上层、进步知识分子、达官贵人和广大人民群众，宣传落实了政务协商、参政议政党的政策。按照上级的指示，决定将乌拉特中公旗改为乌拉特中公联合旗。他们抓紧协商建立旗政府，学校、医院、供销社和群众团体等单位机构，商定工作范围、负责人名单的同时，广泛听取群众意见，保证了人民政府建立大典顺利进行。领导小组和各方进步人士广泛商谈，以前的苏木章京负责管理各自的苏木职责，直到新政府成立，保证牧民放心、社会安稳。这样齐心协力共同努力下，各项工作进入尾声了，人们高兴地盼望早日成立新政府。

七月一日，又红又圆的太阳从东方缓慢升起，照亮了戈壁。美丽的德日斯湖畔广阔草地上人山人海，人们心潮澎湃、满心欢喜，喜庆的歌声嘹亮、红旗招展、大地欢乐无穷。

今天要举行成立乌拉特中公联合旗的盛大仪式。绿波荡漾的草地上，珍珠般的蒙古包星罗棋布。蒙古包后，各种颜色的帐篷排成一对，点缀着绿草地，形成了一幅美丽的画卷，像一群群洁白的鸿雁和各种颜色的鸟展翅飞翔的神奇画面。广场中间，五星红旗慢慢升起，锣鼓喧天，颂唱国歌。这时，主席台宣布“乌拉特中公联合旗政府成立了！”聚集的群众掌声雷鸣，欢快跳跃。

广场上进行盛大的骑兵方队阅兵仪式，人们喊叫着口号。

大会按程序进行，宣布了人民政府的负责人和机要机构的负责人员名单。孟克巴达仁贵当选党委秘书长兼任人民政府旗长。宣布了巴图铁木尔为武装部部长，呼春图为公安局长、光头陶布青为副局长，吉雅图为检察院和法院院长，花扎木苏、策楞东如布为副院长，苏和为社会治安局长，彭斯克、宝日、阿日格雅、黄吉格米德、巴雅尔为副局长和委员，高个子彬巴为畜牧局长，图雅为妇联主席，吉米斯为医药卫生局长——同时宣布了各苏木的负责人——

原先的旗衙门改成乌拉特中公联合旗人民政府，诺颜仓的牲畜变成旗政府集体畜群，给负责人按月发放工资待遇。成立乌拉特中公联合旗，人民政府诞生后的第十天，下发了“快学班”招录第一批学生的通知。

那顺乌力吉一家迁到了巴彦查干西过夏天。陶格斯饮完骆驼，走到蒙古包西边的缓坡，前面宽广的梁上，有个牵着一匹马的人疾驰而来。“来了什么人？是不是哥哥回来了？不，哥哥最近忙，不可能！”那人奔到陶格斯跟前下了马。

原来是朝伦。她急忙迎上去：“哥哥你为什么牵了一匹马？”

朝伦堆满笑容：“你猜猜！因为什么事情来找你？”

“我怎么知道？大概——”

朝伦说道：“传来喜讯。我们要去学习了。昨天，旗教育局送来通知书了，你高兴吗？”

陶格斯问道：“真的让我们去学校？你不会让我空欢喜吧？”深情地望着朝伦。

陶格斯那驼羔般的双眼皮、大眼睛，要望穿朝伦，朝伦岩石般强壮的身体要被融化了。

他们对视着：“为什么让你空欢喜？我们成了同学！”

陶格斯对视着朝伦温柔的眼神，心快要跳出来了。

她躲开朝伦眼神柔声问道：“学知识——多么幸福。普通牧民的孩子要学知识了。哥哥，我能学好吗？”

“能学会。我记住了韵母和字母变化！你听着，我背给你听！”

朝伦跟小学生一样，顺顺利利地念了一遍蒙文《字母歌》。

陶格斯眼睛亮道：“你是有大学问的人！”

朝伦笑道：“学蒙语有《韵母初学》《字母变化》《其他教本》三本书。这是梅力更寺大学者梅力更葛根所著的学蒙文最简单的教材——”

朝伦握住陶格斯的手微笑道：“还没结束！不是说‘双喜临门’吗？在‘快学班’学习两个月后，开始自学。十月十日选派我们两个人、莫奇德、德楞、道尔吉、萨尼其日、萨仁——等十几个人，到内蒙古自治区首府呼和浩特学习，重点培养！那样就当官了！”

陶格斯高兴得眼中泛着泪花。

“佛祖！还有这样的一日？我也像舅舅那样当官了！”站起身，来回踱步，“哥哥，呼和浩特在德日斯湖的哪边？”

“我也不知道。听父亲说在德日斯湖的东南方很远的地方。经过包头、萨拉齐、察素齐、毕克齐等很多地方。骑马得走四五天，徒步不知道要走多久——”两个人谈论着，骑上马奔回家。

他们把马拴在马桩上。那顺乌力吉、温杜拉老人迎了出来。朝伦跑过去给老人们问安。

进蒙古包后，陶格斯脸上泛着红光，微笑道：“干爸干妈，朝伦哥送来喜讯了。我一高兴就想哭！”

“爸妈！旗里送来紧急通知，让陶格斯和我进‘快学班’学习！”

朝伦的话被陶格斯打断：“还有一件大喜事。十月十日，派我们去青年干部学校学习！”

那顺乌力吉、温杜拉老人愣在那里。过了片刻，那顺乌力吉瞪大眼睛：“共产党、人民政府的关怀下，我女儿享福了，飞黄腾达了！”捋着几根稀疏的黄胡子。

“干部学校是诺颜学校吗？”温杜拉老人问道。

朝伦解释道：“不是。额吉！干部是领导的意思——”

温杜拉老人望着丈夫：“那我们孩子回来后，成孟克巴达仁贵那样的大官了！”

朝伦笑道：“不是那么大的官儿，父亲说是当小官！”

老人接着问道：“像高个子彬巴和巴图朝鲁那样的官儿吗？”

“不知道，以后才知道！”

温杜拉老人跑进仓房，拿出奶酪、奶豆腐、黄油、干肉装好，给陶格斯当干粮："女儿走了，就剩下我和老头子守着巴彦查干——"叫苦道。

陶格斯握住干妈的手："妈妈不要担心。我请假过来看你们。我自离开父母成孤儿后，辗转各处受苦受难，到了这里，才感到了家庭的温暖。您二老像我亲生父母一样，是给了我温暖的人！我永远不会忘记你们。会好好照顾你们的晚年——"劝慰老人。

"妈妈不是担心，而是高兴！遇上这样好事，哪儿有不高兴的人。蒙古的年轻人，应该朝气蓬勃！孩子们享了新时代的福！趁着青春年华，多学点东西。'心想事成'！只要努力没有不成功的。你们出息了，我们也高兴。人和骆驼的寿命长，只要不死就能看到孩子们的好——"温杜拉老人望着陶格斯微笑。

那顺乌力吉老人也高兴，不时插上几句。

"'买卖人靠本钱，蒙古人靠吉言'！苍天保佑女儿！"那顺乌力吉老人说着吉祥的话，预祝女儿前程似锦——

第二天，大家早起喝完茶，陶格斯他们准备动身了。陶格斯流着高兴的眼泪，跪拜父母道别。人心是肉长的，无论多大的喜事，一旦到了离别的时刻，不免心中伤感。两个老人抱住陶格斯，亲了亲额头，热泪满眶。

陶格斯、朝伦骑上马："爸妈注意身体！"反反复复嘱咐道。

温杜拉老人拎着檀香木奶桶，向上洒奶献祭，祝祷孩子们的前路平安。

早晨，晴朗安静。

东方升起太阳，照亮了整个戈壁，泛着金黄色的光芒。

心心相印的两个年轻人迎着朝阳，并排前行，映成了后戈壁上美丽无比的一幅画，向远方越走越远——

图书在版编目（CIP）数据

苍茫戈壁 / 那·希日呼著；布和吉雅译. -- 北京：作家出版社，2020. 6（2023.2重印）

（中国少数民族文学发展工程·民译汉专项）

ISBN 978-7-5212-0728-6

Ⅰ. ①苍… Ⅱ. ①那… ②布… Ⅲ. ①长篇小说－中国－当代 Ⅳ. ① I247.5

中国版本图书馆CIP数据核字（2019）第204780号

苍茫戈壁

作　　者： 那·希日呼
译　　者： 布和吉雅
责任编辑： 史佳丽　李亚梓
特约编辑： 陈　涛　郑　函
装帧设计： 薛　怡
出版发行： 作家出版社有限公司
社　　址： 北京农展馆南里10号　　　　**邮　　编：** 100125
电话传真： 86-10-65067186（发行中心及邮购部）
　　　　　　86-10-65004079（总编室）
E-mail:zuojia@zuojia.net.cn
http://www.zuojiachubanshe.com
印　　刷： 固安兰星球彩色印刷有限公司
成品尺寸： 152×230
字　　数： 262千
印　　张： 21.5
版　　次： 2020年6月第1版
印　　次： 2023年2月第2次印刷
ISBN 978-7-5212-0728-6
定　　价： 63.00元
